El poder

El poder

Naomi Alderman

Traducción de
Ana Guelbenzu

rocabolsillo

Título original: *The Power*

© 2016, Naomi Alderman

Primera edición en este formato: mayo de 2018

© de la traducción: 2017, Ana Guelbenzu
© de esta edición: 2017, 2018, Roca Editorial de Libros, S. L.
Av. Marquès de l'Argentera 17, pral.
08003 Barcelona
actualidad@rocaeditorial.com
www.rocabolsillo.com

Ilustraciones de Marsh Davies

© de la cubierta: Ignacio Ballesteros

Impreso por LIBERDÚPLEX, S.L.U.
Sant Llorenç d'Hortons (Barcelona)

ISBN: 978-84-16859-21-4
Depósito legal: B. 7557-2018
Código IBIC: FA; FM

RB59214

Para Margaret y para Graeme,
que me han enseñado milagros

*E*l pueblo acudió a Samuel y dijo: Concédenos un rey que nos guíe.

Y Samuel les dijo: Esto es lo que hará un rey si reina sobre vosotros: se llevará a vuestros hijos y los hará correr con sus carros y caballos. Dispondrá de ellos a su antojo: los convertirá en mandos de miles o capitanes de cincuenta soldados, los enviará a arar, cosechar, forjar sus armas y sus carros. Se llevará a vuestras hijas para que le hagan perfume, o le cocinen los alimentos. Os arrebatará los campos, los viñedos y vuestros olivares, se llevará lo mejor y se lo dará a sus amigos. Se llevará mucho más. Una décima parte de vuestro grano y vuestro vino, que irá a parar a sus aristócratas preferidos y fieles sirvientes. Vuestros criados y criadas, vuestros mejores hombres, vuestras mulas, sí, se los llevará para su propio uso. Se llevará una décima parte de vuestros rebaños y vosotros mismos os convertiréis en sus esclavos. Ese día, creedme, lloraréis suplicando que os liberen de ese rey, el rey que pedisteis, pero el Señor no contestará ese día.

Sin embargo, el pueblo no escuchó a Samuel. Dijo: No, concedednos un rey. Para poder ser como las demás naciones. Concedednos un rey que nos guíe y nos dirija en la batalla.

Cuando Samuel oyó lo que decía el pueblo, se lo dijo al Señor.

El Señor contestó: Dales un rey.

1 Samuel 8

Asociación de Escritores Masculinos
New Bevand Square

27 de octubre

Querida Naomi:

He terminado el condenado libro. Te lo envío, con todos los fragmentos y dibujos, con la esperanza de que me orientes o por lo menos de oír finalmente el eco cuando lo lance a un pozo.

Antes de nada me preguntarás qué es. Prometí que no sería «otro denso volumen de historia». Hace cuatro libros que me di cuenta de que a ningún lector general le interesa meterse en montañas infinitas de pruebas, y a nadie le importan los aspectos técnicos de los hallazgos de fechas y comparación de estratos. He visto la cara de desesperación del público cuando intento explicar mi investigación, así que lo que he hecho en este caso es una especie de híbrido, algo que espero atraiga más a la gente común. No es ni historia, ni novela. Una suerte de «novelización» de lo que los arqueólogos coinciden en considerar el relato más plausible. He incluido algunas ilustraciones de hallazgos arqueológicos que espero resulten sugerentes, pero los lectores pueden saltárselas, ¡seguro que muchos lo harán!

Tengo algunas preguntas. ¿Es muy impactante? ¿Resulta demasiado duro aceptar que algo así pudiera haber ocurrido, por muy lejos que sucediera en el tiempo? ¿Puedo hacer algo para que todo parezca más plausible? Ya sabes lo que dicen sobre «la verdad» y «la apariencia de verdad» como opuestos.

He incluido material terriblemente desconcertante sobre Madre Eva... ¡pero todos sabemos cómo funcionan estas cosas! Seguro que nadie se molestará demasiado...

de todos modos ahora todo el mundo se declara ateo. Y todos los «milagros» en realidad se pueden explicar.

Bueno, lo siento, ya me callo. No quiero influir en ti, tú léelo y dime qué te parece. Espero que tu libro vaya bien. Estoy ansioso por leerlo, cuando se pueda. Muchas gracias por esto. Te agradezco mucho que le dediques un tiempo.

Con cariño,

Neil

Nonesuch House
Kalevik

Querido Neil:

¡Vaya! ¡Menudo lujo! He hojeado algunas páginas y estoy ansiosa por meterme ya en la historia. Veo que has incluido algunas escenas con hombres soldados, agentes de policía masculinos y «bandas criminales de chicos», como dijiste que harías, ¡descarado! No hace falta que te diga lo mucho que me divierten este tipo de cosas. Seguro que te acuerdas. Estoy prácticamente en el borde de la silla.

Estoy muy intrigada por ver qué has hecho con la premisa. Será un respiro de mi propio libro, a decir verdad. Selim dice que si el nuevo no es una obra maestra, me dejará por una mujer que sepa escribir. No tiene ni idea de cómo me hacen sentir esos comentarios bruscos.

¡Da igual! ¡Estoy ansiosa por leerlo! Creo que me va a gustar ese «mundo gobernado por hombres» del que hablas. Seguro que sería más amable, más atento y —¿puedo decirlo?— un mundo más sexy que el que vivimos.

¡En breve más, cariño!

Naomi

(body)

NAOMI ALDERMAN

de todos modos ahora todo el mundo se declara ateo. Y todos los «milagros» en realidad se pueden explicar.

Bueno, lo siento, ya me callo. No quiero influir en ti, tú léelo y dime qué te parece. Espero que tu libro vaya bien. Estoy ansioso por leerlo, cuando se pueda. Muchas gracias por esto. Te agradezco mucho que le dediques un tiempo.

Con cariño,

Neil

Nonesuch House
Kalevik

Querido Neil:

¡Vaya! ¡Menudo lujo! He hojeado algunas páginas y estoy ansiosa por meterme ya en la historia. Veo que has incluido algunas escenas con hombres soldados, agentes de policía masculinos y «bandas criminales de chicos», como dijiste que harías, ¡descarado! No hace falta que te diga lo mucho que me divierten este tipo de cosas. Seguro que te acuerdas. Estoy prácticamente en el borde de la silla.

Estoy muy intrigada por ver qué has hecho con la premisa. Será un respiro de mi propio libro, a decir verdad. Selim dice que si el nuevo no es una obra maestra, me dejará por una mujer que sepa escribir. No tiene ni idea de cómo me hacen sentir esos comentarios bruscos.

¡Da igual! ¡Estoy ansiosa por leerlo! Creo que me va a gustar ese «mundo gobernado por hombres» del que hablas. Seguro que sería más amable, más atento y —¿puedo decirlo?— un mundo más sexy que el que vivimos.

¡En breve más, cariño!

Naomi

El poder

Una novela histórica

Neil Adam Armon

$\mathcal{L}$a energía siempre adquiere la misma forma: la de un árbol. De la raíz a la copa, el tronco central se va ramificando una y otra vez, alargando unos dedos cada vez más finos que buscan algo. La forma de la energía es el contorno de un ser vivo que se esfuerza por salir al exterior y envía sus zarcillos un poco más allá, y un poco más.

Es la forma de los ríos que se dirigen al océano: hilillos que se convierten en arroyos, arroyos en riachuelos, riachuelos en torrentes, una gran energía se reúne y sale a borbotones, cada vez más potente hasta entregarse al gran poder marino.

Es la forma que adopta el relámpago cuando impacta desde el cielo en la tierra. El desgarro en zigzag en el cielo se convierte en un patrón en la carne o en la tierra. Esos mismos dibujos característicos se perfilan en un bloque de acrílico cuando recibe el impacto de la electricidad. Enviamos corrientes eléctricas por recorridos ordenados de circuitos e interruptores, pero la forma que desea adoptar la electricidad es la de un ser vivo, un helecho, una rama desnuda. El punto de descarga en el centro, la energía buscando el exterior.

Esa misma fuerza se forma en nuestro interior, en nuestros árboles internos hechos de nervios y vasos sanguíneos. El tronco central, los senderos que se dividen y se vuelven a dividir. Las señales que viajan desde las puntas de los dedos pasando por la espina dorsal hasta llegar al cerebro. Somos eléctricos. La energía viaja por nuestro interior igual que en la naturaleza. Hijos míos, aquí no ha pasado nada que no sea conforme a la ley natural.

La energía viaja de la misma manera entre las personas: así

NAOMI ALDERMAN

debe ser. La gente funda aldeas, las aldeas se convierten en pueblos, los pueblos ceden ante las ciudades y las ciudades ante los Estados. Las órdenes viajan desde el centro hasta las puntas. Las consecuencias van de las puntas hacia el centro. La comunicación es constante. Los océanos no pueden sobrevivir sin hilillos de agua, ni los férreos troncos de árbol sin brotes, ni el cerebro consagrado sin las terminaciones nerviosas. Como arriba es abajo. Igual en la periferia que en el mismo centro.

Resulta que hay dos maneras de cambiar la naturaleza y el uso de la energía humana. Una es que salga una orden de palacio, una instrucción para que la gente diga: «Es así». Pero la otra, la más segura, la más inevitable, es que esos miles y miles de puntos de luz envíen cada uno un mensaje nuevo. Cuando el pueblo cambia, el palacio no puede aguantar.

Está escrito: «Ella sostuvo el relámpago en la mano. Le ordenó descargar».

Del Libro de Eva, 13-17

Faltan diez años

Roxy

*L*os hombres la encierran en el armario mientras lo hacen. Lo que no saben es que Roxy ya ha estado antes ahí. Cuando se porta mal, su madre la mete unos minutos, hasta que se calma. Poco a poco, a base de horas de estar allí dentro, ha conseguido soltar la cerradura rascando los tornillos con una uña o un clip. Habría podido quitarla cuando quisiera, pero no lo había hecho porque entonces su madre habría puesto un pestillo por fuera. Le bastaba con saber, allí sentada a oscuras, que si realmente quisiera podría salir. El conocimiento es tan bueno como la libertad.

Por eso creen que la tienen ahí encerrada, sana y salva. Pero sale, y así es como acaba viéndolo.

Los hombres llegan a las nueve y media de la noche. Se suponía que Roxy tenía que haber ido a casa de sus primos esa noche; hacía semanas que habían quedado así, pero había incordiado a su madre por no haberle comprado las medias que quería en Primark, así que esta había dicho: «No irás, te quedarás aquí». Como si a Roxy le importara ir a casa de sus puñeteros primos.

Cuando los tipos dan una patada a la puerta y la ven ahí, enfurruñada en el sofá junto a su madre, uno dice:

—Joder, está la niña.

Son dos hombres, uno más alto con cara de rata, el otro más bajo y con las mandíbulas cuadradas. No los conoce.

El bajo agarra a su madre por la garganta, el alto persigue a Roxy por la cocina. Ya casi ha llegado a la puerta trasera cuando la agarra por el muslo. Ella cae hacia delante y el hombre la coge por la cintura. Roxy no para de patalear y dar gritos, «¡Suéltame, joder!», y cuando le tapa la boca con la mano ella lo muerde con tanta fuerza que siente el sabor de la sangre. Él está sudando, pero no la suelta. La arrastra por el salón. El tipo más bajo ha empujado a su madre contra la chimenea. En ese momento Roxy lo nota, siente que empieza a brotar en su interior, pero no sabe qué es. Solo es una sensación en la punta de los dedos, un cosquilleo en los pulgares.

Se pone a gritar. Su madre no para de decir:

—No le hagáis daño a mi Roxy, no le hagáis daño, joder, no sabéis dónde os habéis metido, esto se os volverá en contra como el fuego, vais a desear no haber nacido. Su padre es Bernie Monke, por Dios.

El bajo se echa a reír.

—Resulta que estamos aquí para darle un mensaje a su padre.

El tipo alto mete a Roxy a empujones en el armario de debajo de la escalera, tan rápido que ella no sabe qué está pasando hasta que se impone la oscuridad alrededor y el dulce olor polvoriento de la aspiradora. La madre grita.

Roxy está sin aliento. Tiene miedo, pero necesita llegar hasta su madre. Gira uno de los tornillos de la cerradura con la uña. Uno, dos, tres giros y está fuera. Salta una chispa entre el metal del tornillo y su mano. Electricidad estática. Se siente extraña; concentrada, como si pudiera ver con los ojos cerrados. Tornillo inferior, uno, dos, tres giros. Su madre dice:

—Por favor, por favor, no. Por favor. ¿Qué es esto? Solo es una niña. Solo es una niña, por Dios.

Uno de los hombres se ríe por lo bajo.

—No me ha parecido una niña.

La madre suelta un chillido. Suena como el metal en un motor malo.

Roxy intenta deducir dónde están situados los hombres en la sala. Uno está con su madre. El otro… oye un ruido a su izquierda. Su plan es salir con sigilo, golpear al alto por detrás a la altura de las rodillas, pisarle la cabeza, y así serán dos contra uno. Si llevan armas, no las han enseñado. No es la primera vez que Roxy se pelea. La gente dice cosas sobre ella. Y sobre su madre. Y su padre.

Uno. Dos. Tres. Su madre vuelve a gritar, Roxy saca la cerradura de la puerta y la abre de un golpe con todas sus fuerzas.

Tiene suerte, le ha dado al alto por detrás con la puerta. El hombre da un traspié, pierde el equilibrio, ella lo agarra por el pie derecho y él se desploma sobre la alfombra. Se oye un crujido, le sangra la nariz.

El tipo más bajo presiona una navaja contra la garganta de su madre. La hoja le hace un guiño, plateada y sonriente.

La mujer abre los ojos de par en par.

—Corre, Roxy —dice en un susurro, pero Roxy lo percibe como si estuviera dentro de su cabeza: «Corre. Corre».

Roxy no sale corriendo de las peleas del colegio. Si hiciera eso, nunca pararían de decir: «Tu madre es una zorra y tu padre un delincuente. Ten cuidado, que Roxy te robará el libro». Tienes que patearlos hasta que suplican. No sale corriendo.

Algo está pasando. La sangre le palpita en las orejas. Siente un cosquilleo que se expande por la espalda, los hombros, la clavícula. Le dice: puedes hacerlo. Le dice: eres fuerte.

Salta por encima del hombre tumbado, que gruñe y se toca la cara. Roxy va a agarrar a su madre de la mano y salir de ahí. Solo necesitan estar en la calle. Eso no puede pasar ahí fuera, a plena luz del día. Encontrarán a su padre, él lo solucionará. Son solo unos pasos, pueden hacerlo.

El tipo bajo le da un fuerte golpe a su madre en el estómago. Ella se dobla de dolor y cae sobre las rodillas. El hombre agita la navaja hacia Roxy.

El alto gime.

—Tony, recuerda, la niña no.

El tipo bajo le da una patada al otro en la cara. Una, dos. Tres patadas.

—No digas mi puto nombre.

El tipo alto se queda callado. Su cara borbotea sangre. Roxy sabe que ahora está en apuros. Su madre grita: «¡Corre! ¡Corre!». Roxy siente como si tuviera alfileres y agujas clavadas en los brazos. Como pinchazos de agujas de luz que van desde la columna hasta la clavícula, desde la garganta hasta los codos, muñecas y las yemas de los dedos. Brilla por dentro.

El hombre estira una mano hacia ella, en la otra sujeta la navaja. Roxy se dispone a darle una patada o un puñetazo, pero el instinto le dice otra cosa. Le agarra la muñeca. Retuerce algo en lo más profundo de su pecho, como si siempre hubiera sabido cómo hacerlo. Él intenta zafarse, pero es demasiado tarde.

Ella sostuvo el relámpago en la mano. Le ordenó descargar.

Se ve un chisporroteo y un sonido parecido al crujir del papel. Roxy percibe un olor entre tormenta y pelo quemado. El sabor que nota debajo de la lengua es de naranjas amargas. Ahora el hombre bajo está en el suelo, sollozando como si tarareara sin palabras. No para de apretar y abrir la mano. Tiene una larga marca roja que le sube por el brazo desde la muñeca. La ve incluso debajo del vello rubio: es de color escarlata, el dibujo de un helecho, con sus hojas y zarcillos, yemas y ramas. Su madre está boquiabierta, la mira fijamente, aún le caen las lágrimas.

Roxy tira del brazo de su madre, que está anonadada y lenta, y con la boca aún dice: «Corre, corre». Roxy no sabe qué ha hecho, pero sí que cuando luchas contra alguien más fuerte y está derrotado, te vas. Pero su madre no se mueve lo bastante rápido. Antes de que Roxy pueda levantarla, el tipo bajo empieza a decir: «Ah, no, tú no te vas».

Está alerta, se está poniendo en pie, avanza a duras penas entre ellas y la puerta. Tiene una mano muerta a un lado, pero con la otra sujeta la navaja. Roxy recuerda qué ha sentido al hacer lo que sea que ha hecho. Coloca a su madre tras ella.

—¿Qué tienes ahí, niña? —dice el hombre. Tony. Le recordará el nombre a su padre—. ¿Una batería?

—Apártate —dice Roxy—. ¿Quieres volver a probarlo?

Tony retrocede unos cuantos pasos. Le mira los brazos. Observa para ver si tiene algo en la espalda.

—Lo has tirado, ¿verdad, niña?

Roxy recuerda lo que ha sentido. El giro, la explosión hacia fuera.

Avanza un paso hacia Tony. Él se mantiene firme. Roxy da otro paso. Él se mira la mano inerte. Aún le tiemblan los dedos. Niega con la cabeza.

—No tienes nada.

Avanza hacia ella con la navaja. Ella estira el brazo y le toca el dorso de la mano buena. Hace el mismo giro.

No pasa nada.

Él rompe a reír. Se coloca la navaja en los dientes. Le agarra las dos muñecas con una mano.

Roxy lo vuelve a intentar. Nada. El hombre la obliga a arrodillarse.

Entonces siente un golpe en la nuca y pierde el conocimiento.

Cuando despierta, el mundo está en perpendicular. Ve la chimenea, como siempre. La moldura de madera alrededor de la chimenea. La tiene contra el ojo, le duele la cabeza y tiene la boca aplastada contra la alfombra. Nota el sabor de la sangre en los dientes. Algo gotea. Cierra los ojos. Los vuelve a abrir y sabe que han pasado más de unos minutos. Fuera, la calle está en silencio. La casa está fría. Y torcida. Se siente fuera de su cuerpo. Tiene las piernas apoyadas en una silla, la cabeza colgando hacia abajo, presionada contra la alfombra y la chimenea. Intenta incorporarse, pero es demasiado esfuerzo, así que se retuerce y deja caer las piernas al suelo. Le duele, pero por lo menos está toda en el mismo nivel.

Los recuerdos regresan en destellos rápidos. El dolor, luego el origen del dolor, luego lo que hizo. Luego su madre. Se incorpora despacio, y al hacerlo se nota las manos pegajosas. Y algo que gotea. La alfombra está empapada, hay una mancha roja formando un ancho círculo alrededor de la chimenea. Ahí está su madre, con la cabeza apoyada en el reposabrazos del sofá. Tiene un papel sobre el pecho, con un dibujo a rotulador de una prímula.

Roxy tiene catorce años. Es una de las más jóvenes, y una de las primeras.

Tunde

*T*unde está haciendo largos en la piscina, chapoteando más de lo necesario para que Enuma se fije en él sin que parezca que quiere que se fije en él. Ella está hojeando la revista *Today's Woman*; vuelve a fijar la vista en la revista cada vez que él levanta la cabeza para mirarla, fingiendo leer sobre Toke Makinwa y la retransmisión de su boda sorpresa de invierno en su canal de YouTube. Sabe que Enuma lo está mirando. Y cree que ella sabe que él lo sabe. Es emocionante.

Tunde tiene veintiún años, acaba de salir de ese período de la vida en el que todo parece tener el tamaño equivocado: es demasiado largo o demasiado corto, apunta en la dirección equivocada, es rígido. Enuma tiene cuatro años menos pero es más mujer que él hombre, recatada pero no ignorante. Tampoco demasiado tímida, no en los andares o en la sonrisa fugaz que se le dibuja en la cara cuando entiende una broma un instante antes que los demás. Está de visita en Lagos desde Ibadan; es la prima de un amigo de un chico que Tunde conoce de su clase de fotoperiodismo de la universidad. Durante el verano ha habido unas cuantas como ella rondando por ahí. Tunde la vio el día de su llegada. Su sonrisa discreta y las bromas que al principio él no captaba que eran bromas. Y la curva de las caderas, y la manera de rellenar las camisetas, sí. Ha sido todo un tema conseguir estar a solas con Enuma. Si algo es Tunde es obstinado.

Al principio de su visita Enuma dijo que no le gustaba la playa: demasiada arena y demasiado viento; mejor las piscinas. Tunde esperó uno, dos, tres días, luego propuso una excursión: podrían ir todos a la playa de Akodo, comer de pícnic, pasar el día. Enuma dijo que prefería no ir. Tunde fingió no darse cuenta. La víspera del viaje, empezó a quejarse de tener el estómago revuelto. Es peligroso nadar quejándose del estómago: el agua fría puede afectar al sistema digestivo. Deberías quedarte en casa, Tunde. Pero me perderé la excursión a la playa. No deberías nadar en el mar. Enuma se queda, llamará a un médico si lo necesitas.

Una de las chicas dijo:

—Pero estaréis solos, en esta casa.

Tunde deseó que enmudeciera en ese preciso instante.

—Mis primos vendrán más tarde —contestó.

Nadie preguntó qué primos. Había sido uno de esos veranos ociosos de calor y gente entrando y saliendo de la gran casa de la esquina del Ikoyi Club.

Enuma consintió. Tunde se percató de que no protestaba, de que no le dio un golpe en la espalda a su amiga y le pidió que se quedara también en casa y no fuera a la playa. No dijo nada cuando él se levantó media hora después de que partiera el último coche, se estiró y dijo que se encontraba mucho mejor. Lo observó mientras saltaba del trampolín a la piscina, y vio el destello de su sonrisa rápida.

Él da un giro bajo el agua, limpio, los pies apenas rompen la superficie. Se pregunta si ella le ha visto hacerlo, pero Enuma no está. Mira alrededor, ve sus piernas esbeltas, los pies desnudos saliendo de la cocina. Lleva una lata de Coca-Cola.

—Eh —dice, imitando un tono señorial—. Eh, criada, tráeme esa Coca-Cola.

Ella se vuelve y sonríe con los ojos bien abiertos y límpidos. Mira a un lado, luego al otro, y se señala el pecho como diciendo: «¿Es a mí?».

Dios, cómo la desea. No sabe exactamente qué hacer. Solo ha estado con otras dos chicas antes que ella y ninguna acabó siendo su «novia». En la universidad siempre bromean diciendo que está casado con sus estudios porque nunca tiene pareja. No le hace gracia, pero está esperando a alguien que realmente le guste. Ella tiene algo, y él lo quiere.

Planta las palmas sobre las baldosas mojadas y se eleva del agua para sentarse en la piedra con un movimiento grácil que sabe que destaca los músculos de sus hombros, el pecho y la clavícula. Tiene una buena sensación. Esto va a funcionar.

Ella está sentada en una tumbona. Cuando Tunde se le acerca, clava las uñas bajo la lengüeta de la lata, como si estuviera a punto de abrirla.

—Oh, no —dice, aún sonriente—. Ya sabes que estas cosas no son para gente como tú. —Agarra la Coca-Cola contra el estómago. Debe de notarse fría contra la piel. Dice con recato—: Solo quiero probar. —Se muerde el labio inferior.

Debe de hacerlo a propósito. Seguro. Está excitado. Va a pasar. Se planta sobre ella.

—Dámela.

Enuma sujeta la lata con una mano y se la pasa por el cuello para refrescarse. Niega con la cabeza. Y él se abalanza sobre ella.

Luchan en broma. Él procura no forzarla de verdad. Está convencido de que ella disfruta tanto como él. Levanta un brazo por encima de la cabeza, sujetando la lata, para apartarla de sí. Empuja un poco más el brazo, y ella lanza un gritito y se retuerce hacia atrás. Él intenta agarrar la lata y ella se ríe, en voz baja y con suavidad. Le gusta su risa.

—Vaya, intentando privar a tu amo y señor de esa bebida —dice—. Eres una criada muy perversa.

Ella se ríe de nuevo, se retuerce más. Los pechos se elevan contra el escote de pico de su bañador.

—Nunca será tuya —dice—. ¡La defenderé con mi propia vida!

Y él piensa: «Lista y guapa, que el Señor se apiade de mi alma». Ella se ríe, y él también. Deja caer el peso del cuerpo hacia ella, la nota cálida debajo.

—¿Crees que puedes evitarlo? —Arremete de nuevo, Enuma se retuerce para escapar. La agarra por la cintura.

Ella le coge la mano.

Se nota el aroma a flor de azahar. Sopla una ráfaga de viento que arroja unos puñados de flores a la piscina.

Él nota en la mano como si le hubiera picado algún insecto. Baja la mirada para ahuyentarlo y lo único que ve es la palma cálida de Enuma.

La sensación se intensifica, de forma constante y veloz. Al principio son pinchazos en la mano y el antebrazo, luego un montón de cosquilleos con un zumbido, después dolor. Tiene la respiración demasiado acelerada para poder emitir un sonido. No puede mover el brazo izquierdo. Oye el corazón fuerte en los oídos. Nota el pecho tenso.

Ella aún suelta risitas suaves. Se inclina hacia delante y lo atrae hacia sí. Lo mira a los ojos, tiene en los iris reflejos marrones y dorados y el labio inferior húmedo. Tunde siente miedo. Está excitado. Sabe que no podría pararla, fuera lo que fuese lo que quisiera hacer ahora. La idea es aterradora. Electrizante. Está duro y dolorido, no sabe bien por qué. No siente nada en absoluto en el brazo izquierdo.

Ella se inclina, con aliento a chicle, y le da un beso tierno en los labios. Luego se aparta, sale corriendo a la piscina y se lanza al agua en un movimiento suave y estudiado.

Tunde espera a recuperar la sensibilidad en el brazo. Ella hace piscinas en silencio, sin llamarlo ni salpicarle. Él sigue excitado. Se siente avergonzado. Quiere hablarle, pero tiene miedo. A lo mejor todo han sido imaginaciones suyas. Quizá le diría de todo si le preguntara qué ha pasado.

Va andando al puesto de la esquina de la calle a comprar una naranjada helada para no tener que hablarle. Cuando los demás vuelven de la playa, se apunta encantado a los planes de visitar a un primo lejano al día siguiente. Quiere estar distraído y no estar solo. No sabe qué ha ocurrido, ni puede comentarlo con nadie. Si se imagina contándoselo a su amigo Charles, se le hace un nudo en la garganta. Si le contara lo que ha pasado pensaría que está loco, o que es un flojo, o que miente. Piensa en la manera en que ella se rio de él.

Se sorprende buscando en el rostro de Enuma señales de lo ocurrido. ¿Qué ha sido? ¿Quería hacerlo? ¿Tenía pensado hacerle daño o asustarle, o fue solo un accidente, un acto involuntario? ¿Sabía siquiera que lo había hecho? ¿No fue ella sino un lujurioso fallo de su propio cuerpo? Todo aquello lo está carcomiendo. Ella no da señal alguna de que haya pasado nada. El último día del viaje va de la mano de otro chico.

La vergüenza se abre paso en su cuerpo como si fuera herrumbre. Recuerda compulsivamente aquella tarde. En la cama, de noche: sus labios, sus pechos contra el tejido suave, el perfil de sus pezones, la absoluta vulnerabilidad de Tunde, la sensación de que podía dominarlo si quisiera. La idea le excita, y se toca. Se dice que le excita el recuerdo de su cuerpo, el olor parecido a las flores de hibisco, pero no lo sabe con certeza. Todo está enmarañado en su cabeza: la lujuria y el poder, el deseo y el miedo.

Tal vez sea porque ha reproducido las imágenes de lo ocurrido aquella tarde tantas veces en su cabeza, porque ansía tener una prueba científica, una fotografía, un vídeo, una grabación de sonido, tal vez por eso piensa en coger el teléfono ese día en el supermercado. O quizás algunas de las cosas que han intentado enseñarle en la universidad —sobre el periodismo ciudadano, sobre «el olfato por la noticia»— han hecho mella.

Unos meses después de aquel día con Enuma, está en la tienda Goodies con su amigo Isaac. Están en el pasillo de la fruta, inspirando el dulce aroma denso a guayaba madura, atraídos por él desde el otro lado de la tienda como las moscas diminutas que se posan en la superficie de la fruta demasiado madura y abierta. Tunde e Isaac hablan de chicas, de cómo son. Tunde intenta mantener la vergüenza enterrada en lo más profundo de su cuerpo para que su amigo no adivine su secreto. Entonces, una chica que está comprando sola empieza a discutir con un hombre. Él tendrá unos treinta años, ella tal vez quince o dieciséis.

El hombre ha intentado ligar con ella; al principio Tunde pensó que se conocían. No se da cuenta del error hasta que ella dice: «déjame en paz». El hombre sonríe con soltura y da un paso hacia ella.

—Una chica guapa como tú merece un piropo.

Ella se inclina hacia delante, baja la mirada y respira hondo. Clava los dedos en el borde de un cajón de madera lleno de mangos. Ahí está esa sensación: pica en la piel. Tunde saca el teléfono del bolsillo y se pone a grabar. Lo que está a punto de pasar es lo mismo que le ocurrió con Enuma. Quiere apropiarse de ello, poder llevárselo a casa y verlo una y otra vez. Lleva pensando en eso desde aquel día, con la esperanza de que ocurriera algo así.

El hombre dice:

—Eh, no me des la espalda. Sonríeme.

La chica traga saliva sin dejar de mirar al suelo.

Los olores del supermercado ganan intensidad; Tunde detecta en una sola inhalación las fragancias individuales de las manzanas, los pimientos y las naranjas dulces.

Isaac susurra:

—Creo que le va a dar con un mango.

¿Se pueden dirigir los rayos de tormenta? ¿O son ellos los que te dicen: «aquí estamos»?

Tunde está grabando cuando ella se da la vuelta. La pantalla del teléfono se funde un momento cuando ataca. Él, en cambio, lo ve todo con mucha claridad. Ahí está ella, moviendo la mano hacia el brazo del hombre mientras este sonríe y piensa que la chica finge ser una furia para divertirle. Si uno detiene el vídeo un instante en ese punto, se ve el arranque de la carga. Hay un rastro de figura de Lichtenberg que se arremolina y se ramifica como un río por la piel del hombre desde la muñeca al codo cuando los capilares revientan.

Tunde lo sigue con la cámara cuando se desploma en el suelo, entre convulsiones y asfixiado. Gira la cámara para mantener a la chica en la imagen cuando sale corriendo del supermercado. Se oye un ruido de fondo de gente pidiendo ayuda, dicen que una joven ha envenenado a un hombre. Le ha pegado y le ha envenenado. Le ha clavado una aguja llena de veneno. O no, hay una serpiente entre la fruta, una víbora o una monarub escondida entre las pilas. Alguien grita:

—*Aje ni girl yen, sha.* ¡Esa chica era una bruja! Así es como una bruja mata a un hombre.

La cámara de Tunde vuelve a la silueta en el suelo. Los talones del hombre dan golpes contra las baldosas de linóleo. Tiene una espuma rosa en los labios y los ojos en blanco. Da cabezazos de lado a lado. Tunde pensó que si podía captarlo en la pantalla clara del teléfono, perdería el miedo. Pero al ver al hombre tosiendo moco rojo y llorando, siente el pánico recorriéndole la espalda como un cable ardiendo. Entonces sabe qué sintió en la piscina: que Enuma podría haberlo matado si hubiera querido. Mantiene la cámara enfocada en el hombre hasta que llega la ambulancia.

Cuando lo cuelga en internet, ese es el vídeo que empieza la historia del Día de las Chicas.

Margot

—*T*iene que ser falso.

—Fox News dice que no.

—Fox News diría cualquier cosa para conseguir que más gente ponga Fox News.

—Seguro, pero aun así.

—¿Qué son esas líneas que le salen de las manos?

—Electricidad.

—Pero eso es... quiero decir...

—Sí.

—¿De dónde es el vídeo?

—Nigeria, creo. Lo colgaron ayer.

—Hay un montón de tarados por ahí, Daniel. Farsantes. Estafadores.

—Hay más vídeos. Además de este han salido... cuatro o cinco.

—Mentira. A la gente le encantan estas cosas. Es, ¿cómo lo llaman? Un meme. ¿Sabes lo de Slender Man? Unas chicas intentaron matar a una amiga como homenaje a él. A «eso». Es terrible.

—Salen cuatro o cinco vídeos cada hora, Margot.

—Joder.

—Sí.

—Bueno, ¿y qué quieres que haga?

—Cerrar los colegios.

—¿Te imaginas cómo se van a poner los padres? ¿Te imaginas lo que pueden hacer los millones de padres votantes si envío a sus hijos a casa hoy?

—¿Te imaginas cómo se pondrán los sindicatos de profesores si uno de sus miembros sale herido? ¿Tullido? ¿Muerto? Imagina la responsabilidad.

—¿Muerto?

—No podemos estar seguros.

Margot se mira las manos, aferradas al borde del escritorio. Va a parecer una idiota participando en esto. Tiene que ser una broma para un programa de televisión. Será la idiota, la alcaldesa que cerró los colegios de su área metropolitana por una maldita broma. Pero si no los cierra y ocurre algo… Daniel, que llegará a ser el gobernador de este gran estado, fue quien avisó a la alcaldesa, quien intentó convencerla de que hiciera algo, todo en vano. Margot prácticamente ve las lágrimas cayéndole por las mejillas mientras da una entrevista en directo desde la mansión del gobernador. Joder.

Daniel mira el teléfono.

—Han anunciado cierres en Iowa y Delaware —dice.

—De acuerdo.

—¿Qué significa «de acuerdo»?

—«De acuerdo» significa «de acuerdo». Lo haré. Cerraré.

Durante cuatro o cinco días apenas va a casa. No recuerda salir de la oficina, ni volver a casa en coche, ni meterse en la cama, aunque supone que ha hecho todas esas cosas. El teléfono no para. Se acuesta con él en la mano y se despierta igual. Bobby está con las niñas, así ella no tiene que pensar en ellas y, que Dios la perdone, no interfieren en sus reflexiones.

Esto ha irrumpido en el mundo y nadie sabe qué demonios está ocurriendo.

Al principio aparecieron caras en televisión tratando de transmitir seguridad, portavoces del Centro de Control y Prevención de Enfermedades de Estados Unidos diciendo que era un virus, no muy grave, que la mayoría de la gente se recuperaba bien, que solo «parecía» que hubiera chicas jóvenes electrocutando a gente con las manos. Todos sabemos que es imposible, es una locura, los presentadores de las noticias se reían tanto que se les agrietaba el maquillaje. Solo por diversión, llevaron a una pareja de biólogos marinos a hablar de las anguilas eléctricas y su patrón corporal. Un tipo con barba, una chica con gafas, peces de acuario en un tanque… perfecto para un buen programa de mañana. ¿Sabían que el tipo que inventó la batería se inspiró observando los cuerpos de las anguilas eléctricas? No lo sabía, Tom, es fascinante. Me han dicho que pueden derribar a un caballo. No puede ser, jamás lo habría imaginado. Por lo visto, un laboratorio japonés encendió las luces del árbol de Navidad con un tanque de anguilas eléctricas. No podemos hacerlo con esas chicas, ¿no? Creo que no, Kristen, creo que no. Por cierto, ¿no os parece que cada año la Navidad llega antes? Y ahora, el tiempo.

Margot y la oficina del alcalde se lo toman en serio días antes de que las redacciones de noticias comprendan que es real. Son los que consiguen los primeros informes de peleas en los parques. Un nuevo tipo de pelea extraña que deja a los chicos —casi siempre chicos, a veces chicas— sin aliento y con convulsiones, con cicatrices en forma de hojas que se abren subiéndoles por brazos y piernas o por la carne blanda de la cintura. La primera idea después de una enfermedad es que se trate de un arma nueva, algo que esos chicos llevan al colegio, pero cuando la primera semana da paso a la segunda, saben que no es eso.

Se aferran a cualquier teoría absurda, sin saber cómo distinguir lo plausible de lo ridículo. De madrugada, Margot lee un informe de un equipo de Delhi, los primeros en descubrir la franja de músculo estriado en las clavículas de las chicas, que llaman el «órgano de electricidad», o «el ovillo» por sus ramales retorcidos. En los puntos del cuello hay electrorreceptores que permiten, según ellos, una forma de ecolocalización eléctrica. Los brotes del ovillo se han descubierto utilizando resonancias magnéticas en las clavículas de niñas recién nacidas. Margot fotocopia ese informe y lo envía por correo electrónico a todos los colegios del estado; es el único buen artículo científico que ha leído en muchos días entre un montón de interpretaciones confusas. Hasta Daniel se siente agradecido por un instante, antes de recordar que la odia.

Un antropólogo israelí sugiere que el desarrollo de este órgano en humanos es una prueba de la hipótesis del simio acuático: este sostiene que no tenemos pelo porque procedemos de los océanos, no de la jungla, donde éramos el terror de las profundidades, como la anguila eléctrica o la raya eléctrica. Pastores y telepredicadores se apoderan de las noticias y exprimen la situación, encuentran en los puntos peliagudos señales inequívocas del inminente fin de los tiempos. Se produce una primera pelea en un popular programa de debate entre un científico que exige investigar quirúrgicamente a las Chicas Eléctricas y un hombre de fe que cree que son el presagio del apocalipsis y la mano humana no debe tocarlas. Existe el debate sobre si siempre estuvo latente en el genoma humano y ha despertado o si es una mutación, una deformidad horrible.

Justo antes de dormir, Margot piensa en hormigas aladas y en que había un día todos los veranos en que la casa junto al lago estaba llena de ellas, formando una capa gruesa en el suelo, pegadas a la madera, vibrando en los troncos de los árboles; el aire estaba tan lleno de hormigas que parecía que las fueras a inhalar. Esas hormigas viven en el subsuelo durante todo el año, completamente solas. Salen de sus huevos, comen cualquier cosa —polvo y semillas o algo así— y esperan y esperan. Y un día, cuando la temperatura es justo la adecuada durante la cantidad exacta de días, y cuando la humedad es justo la necesaria… todas se elevan en el aire a la vez. Para encontrarse. Margot no podía contar a nadie ese tipo de pensamientos. Pensarían que se había vuelto loca del estrés, y sin duda había mucha gente que buscaba ser su reemplazo. Aun así, se tumba en la cama después de pasarse el día lidiando con informes de niños quemados, y niños con convulsiones, y bandas de chicas que se pelean y acaban detenidas por su propia seguridad. Y piensa: ¿Por qué no? ¿Por qué demonios no? Y vuelve una y otra vez a esas hormigas que esperan su momento, esperan a la primavera.

Pasadas tres semanas, recibe una llamada de Bobby, que le cuenta que han pillado a Jocelyn en una pelea.

Separaron a chicos y chicas al quinto día; pareció obvio cuando vieron que eran las chicas las que lo hacían. Ya hay padres que les dicen a sus hijos que no salgan solos, ni se alejen mucho.

—Cuando ves lo que ocurre… —dice una mujer de cara macilenta en televisión—. Vi a una chica en el parque haciéndoselo a un chico sin motivo alguno, a él le sangraban los ojos. Los ojos. Una vez lo has visto, ninguna madre perdería de vista a su hijo.

Las escuelas no podían estar cerradas para siempre, así que se reorganizaron. Autobuses solo para chicos los llevaban a salvo a colegios exclusivamente masculinos. Se adaptaron con facilidad; solo había que ver los vídeos en internet para que el miedo se te atascara en la garganta.

Sin embargo, para las chicas no fue tan sencillo. No se las puede separar. Algunas están enfadadas, otras son malvadas, y ahora que todo ha quedado al descubierto algunas compiten por demostrar su fuerza y destreza. Se han producido heridas y accidentes; una chica ha dejado ciega a otra. Los profesores están asustados. Los entendidos de la televisión dicen: «Enciérrenlas a todas, máxima seguridad». Según los datos de que disponen, se trata de todas las chicas de unos quince años, o de casi todas, no importa. No pueden encerrarlas a todas, no tiene sentido. Aun así, la gente lo pide.

Ahora han pillado a Jocelyn en una pelea. La prensa se entera antes de que Margot logre llegar a casa a ver a su hija. Hay furgonetas de televisiones plantadas en el jardín delantero cuando llega. Señora alcaldesa, ¿le importaría comentar los rumores de que su hija ha enviado a un chico al hospital?

No, no le importa comentarlo.

Bobby está en el salón con Maddy, que está sentada en el sofá entre las piernas de su padre, bebiéndose la leche mientras ve *Las supernenas*. Alza la vista al entrar su madre, pero no se mueve y vuelve a fijar la mirada en el televisor. Le faltan diez años para los quince. OK. Margot le da un beso a Maddy en la coronilla, aunque la niña intenta girar la cabeza de vuelta a la pantalla. Bobby le da un apretón en la mano a Margot.

—¿Dónde está Jos?
—Arriba.
—¿Y?
—Está asustada, como todo el mundo.
—Ya.

Margot cierra la puerta del dormitorio con cuidado.

Jocelyn está en la cama, con las piernas estiradas, abrazada al Señor Oso. Es una niña, solo una niña.

—Debería haber llamado en cuanto empezó. Lo siento —se disculpa Margot.

Jocelyn está al borde de las lágrimas. Su madre se sienta en la cama con cautela, como si hubiera un cubo lleno que no debe volcarse.

—Papá dice que no has hecho daño a nadie, nada grave.

Hay una pausa, pero Jos no dice nada, así que Margot sigue hablando.

—Había… ¿tres chicas más? Sé que empezaron ellas. Ese chico no debería haberse acercado a ti. Le han dado el alta en el hospital John Muir. Solo ha sido un susto.

—Ya lo sé.

Muy bien. Comunicación verbal. Es un principio.

—¿Era la… primera vez que lo hacías?

Jocelyn hace un gesto de impaciencia y tira del edredón con una mano.

—Esto es nuevo para las dos, ¿de acuerdo? ¿Cuánto tiempo llevas haciéndolo?

Jocelyn masculla algo en voz tan baja que Margot apenas la oye.

—Seis meses.

—¿Seis meses?

Error. Nunca expreses incredulidad, ni alarmismo. Jocelyn sube las rodillas.

—Lo siento —dice Margot—. Es que… me sorprende, nada más.

Jos frunce el entrecejo.

—Muchas chicas empezaron antes. Era… como divertido… cuando comenzó, como la electricidad estática.

Electricidad estática. ¿Cómo era, te peinabas y luego acercabas un globo al pelo? ¿Una actividad para hacer con niños de seis años aburridos en las fiestas de cumpleaños?

—Era divertido, locuras que hacían las chicas. Había vídeos secretos en internet. Tutoriales para hacer trucos.

Es ese preciso instante en que todo secreto que tengas de tus padres se vuelve precioso. Cualquier cosa que sepas que nunca han oído.

—¿Y cómo… cómo aprendiste a hacerlo?

—No lo sé. Solo sentí que podía hacerlo, ya está. Es como una especie de… retortijón.

—¿Por qué no dijiste nada? ¿Por qué no me lo contaste?

Mira por la ventana hacia el césped. Al otro lado de la alta valla trasera ya se aglomeran hombres y mujeres con cámaras.

—No lo sé.

Margot recuerda cuando intentaba hablar con su madre de chicos o de lo que pasaba en las fiestas. De cuando «rápido» se convertía en «demasiado rápido», de dónde debería detenerse la mano de un chico. Recuerda la absoluta imposibilidad de esas conversaciones.

—Enséñamelo.

Jos la mira con suspicacia.

—No puedo… te haría daño.

—¿Has estado practicando? ¿Tienes el suficiente control para saber que no me vas a matar o me va a dar un soponcio?

Jos respira hondo. Infla las mejillas. Saca el aire despacio.

—Sí.

Su madre asiente. Esa es la chica que conoce: concienzuda y seria. Sigue siendo Jos.

—Entonces enséñamelo.

—No lo controlo tanto como para que no duela, ¿de acuerdo?

—¿Cuánto me dolerá?

Jos separa los dedos y se mira las palmas de la mano.

—Lo mío viene y va. A veces es fuerte, otras no es nada.

Margot aprieta los labios.

—De acuerdo.

Jos extiende la mano y luego la retira.

—No quiero.

Hubo un tiempo en que Margot limpió y cuidó hasta el último pliegue del cuerpo de esa niña. No le gustaba no conocer la fuerza de su propia hija.

—Nada de secretos. Enséñamelo.

Jos está al borde de las lágrimas. Coloca el dedo índice y el anular en el brazo de su madre. Esta espera que Jos haga algo: contener la respiración, arrugar una ceja o utilizar los músculos del brazo, pero no hay nada. Solo el dolor.

Ha leído los informes preliminares del Centro para el Control y Prevención de Enfermedades que apuntaba que la corriente «afecta en particular a los centros de dolor del cerebro humano», lo que significa que, aunque parezca una electrocución, duele más de lo necesario. Es un impulso dirigido que provoca una respuesta en los receptores del dolor del cuerpo. Aun así, esperaba ver algo: la carne tostándose y arrugándose, o la corriente arqueándose, rápida como la mordedura de una serpiente.

En cambio, percibe el aroma a hojas mojadas después de una tormenta. Un manzano con las frutas caídas que empiezan a pudrirse, como ocurría en la granja de sus padres.

Y entonces empieza a doler. Desde el punto del antebrazo donde Jos la está tocando, empieza un leve dolor de articulación. La gripe, que viaja a través de los músculos y las articulaciones. Se agudiza. Algo le rompe el hueso, lo retuerce, lo dobla, quiere decirle a Jos que pare pero no puede abrir la boca. El dolor hurga en el hueso como si se estuviera partiendo por dentro; no puede evitar ver un tumor, un bulto sólido y pegajoso surgiendo a través del tuétano del brazo, dividiendo el cúbito y el radio en fragmentos afilados. Se encuentra mal. Tiene ganas de gritar. El dolor irradia en el brazo y, de manera nauseabunda, se extiende por el cuerpo. No hay ni una parte de ella que no se haya visto afectada por él, nota cómo resuena en su cabeza y baja por la columna, por la espalda, por la garganta y sale, expandiéndose por la clavícula.

La clavícula. Solo han sido unos segundos, pero se han alargado. Solo el dolor llama así la atención sobre el cuerpo; de ese modo Margot percibe el eco de respuesta en el pecho. Entre los bosques y montañas de dolor, una nota de campana en la clavícula. Como si contestara que le gusta.

Le recuerda a algo, a un juego que practicaba de pequeña. Qué raro: hacía años que no pensaba en ese juego. Nunca se lo contó a nadie; sabía que no debía hacerlo, aunque no sabía cómo lo sabía. En el juego ella era una bruja y podía hacer una bola de luz en la palma de la mano. Sus hermanos jugaban a que eran astronautas con pistolas láser de plástico que habían comprado con vales de los paquetes de cereales, pero el juego al que jugaba ella completamente sola entre las hayas, junto al borde de su jardín, era distinto. En su juego no necesitaba una pistola, ni un casco espacial, ni un sable de luz. En el juego al que jugaba Margot de pequeña, se bastaba ella sola.

Nota un cosquilleo en el pecho, los brazos y las manos. Como cuando se te ha dormido el brazo y se te despierta. El dolor no ha desaparecido, pero es irrelevante. Está ocurriendo otra cosa. Por instinto hunde las manos en el edredón de Jocelyn. Percibe el olor de las hayas, como si regresara, bajo su protección leñosa, el aroma a madera vieja y a marga húmeda.

Ella descargó su relámpago hasta los confines de la Tierra.

Cuando abre los ojos, hay un dibujo alrededor de cada una de las manos. Círculos concéntricos, claros y oscuros, quemados en la parte del edredón dónde tenía las manos. Siente el retortijón, y recuerda que tal vez siempre lo conoció y siempre le ha pertenecido. Es suyo para sujetarlo en la mano. Suyo para ordenar el ataque.

—Dios mío —dice—. Dios mío.

Allie

Allie se inclina sobre la tumba para mirar el nombre. Siempre se toma un momento para recordarlos: «Eh, ¿qué tal estás, Annabeth MacDuff, querida madre que en paz descanses?», y se enciende un Marlboro.

El tabaco es uno de los cuatro o cinco mil placeres de este mundo que la señorita Montgomery-Taylor considera abominable a los ojos de Dios, solo las brasas ardientes, la inhalación, el humo que sale de sus labios separados bastaba para decir: «Que te den, señora Montgomery-Taylor, que te den a ti y a las señoras de la iglesia y al maldito Jesucristo». Habría bastado con hacerlo como siempre, de forma impactante y con una promesa para los chicos de cosas que ocurrirían pronto. Pero a Allie no le importa encender el cigarrillo como lo hace normalmente.

Kyle hace un gesto con la barbilla y dice:

—He oído que un grupo de tíos mataron a una chica la semana pasada en Nebraska por hacer eso.

—¿Por fumar? Qué fuerte.

Hunter dice:

—La mitad de los chicos del colegio saben que puedes hacerlo.

—¿Y qué?

Hunter dice:

—Tu padre podría utilizarte en su fábrica. Ahorraría dinero en electricidad.

—No es mi padre.

Vuelve a provocar un destello plateado en la punta de los dedos. Los chicos observan.

Cuando el sol se pone, el cementerio cobra vida con los gritos de grillos y ranas que esperan la lluvia. Ha sido un verano largo y caluroso. La tierra ansía una tormenta.

El señor Montgomery-Taylor es propietario de una empresa de envasado de carne con sucursales en Jacksonville, Albany y hasta en Statesboro. Lo llaman envasado de carne, pero en realidad es producción de carne. Matan animales. El señor Montgomery-Taylor llevó a Allie a ver las instalaciones cuando era más pequeña. Estaba en esa etapa en que le gustaba considerarse un buen hombre que educaba a una niña pequeña en un mundo de hombres. Para ella fue una especie de orgullo observarlo todo sin estremecerse, apartar la mirada ni irse. El señor Montgomery-Taylor tuvo la mano posada en su hombro como unas tenazas durante toda la visita, le enseñaba los rediles donde se amontonaban los cerdos antes de su encuentro con el cuchillo. Los cerdos son animales muy inteligentes; si los asustas, la carne no sabe tan bien. Hay que andarse con cuidado.

Los pollos no son inteligentes. Le dejaron ver cómo los sacaban de las jaulas, blancos con las plumas de pelusa. Las manos los agarraban, les daban la vuelta para mostrar el trasero blanquecino y les metían las piernas en la cinta transportadora, que arrastraba sus cabezas a través de un baño de agua electrificada. Los pollos chillaban y se retorcían. Uno por uno se ponían rígidos, luego flácidos.

—Es un detalle de cortesía —dijo el señor Montgomery-Taylor—. No saben qué les ocurre.

Soltó una carcajada, igual que sus empleados.

Allie vio que uno o dos pollos levantaban la cabeza. El agua no los había dejado sin sentido. Aún estaban despiertos cuando pasaron por la línea, conscientes cuando entraron en el tanque que los escaldaba.

—Eficiente, higiénico y amable —dijo el señor Montgomery-Taylor.

Allie pensó en los discursos extasiados de la señora Montgomery-Taylor sobre el infierno, en los cuchillos que se arremolinaban y el agua ardiente que consumirá todo tu cuerpo, el aceite hirviendo y los ríos de plomo fundido.

Allie sintió ganas de correr junto a la línea, sacar a los pollos de allí y liberarlos, salvajes y enfadados. Se los imaginó yendo a por el señor Montgomery-Taylor para vengarse a base de picotazos y patadas. Sin embargo, una voz le dijo: «No es el momento, hija. Tu momento no ha llegado». La voz nunca se ha equivocado, en todos los días de su vida. Así que Allie asintió y dijo:

—Es muy interesante. Gracias por traerme.

Poco después de su visita a la fábrica se dio cuenta de que podía hacerlo. No había ninguna urgencia, fue como el día en que se dio cuenta de que tenía el cabello largo. Seguramente siempre estuvo ahí, en silencio.

Estaban cenando. Allie fue a coger el tenedor y le saltó una chispa en la mano.

La voz dijo: «Hazlo otra vez. Puedes volver a hacerlo. Concéntrate». Hizo un pequeño giro o un tironcito de algo en el pecho. Ahí estaba, la chispa. «Buena chica —dijo la voz—, pero no se lo enseñes, no es para ellos.» El señor Montgomery-Taylor no se dio cuenta, y la señora Montgomery-Taylor tampoco. Allie mantuvo la mirada baja y el rostro impasible. La voz dijo: «Este es el primero de mis regalos para ti, hija. Aprende a usarlo».

Practicó en su habitación. Provocaba saltos de chispas de mano a mano. Hizo que la lámpara de la mesita de noche brillara con más fuerza, luego menos. Abrió un agujero diminuto quemando un pañuelo de papel y practicó hasta que pudo hacer ese agujero como un pinchazo, más pequeño. Ese tipo de cosas exigen una atención constante y total, y eso se le da bien. Nunca ha oído hablar de nadie que supiera encender un cigarrillo con eso.

La voz dijo: «Llegará el día en que lo usarás, y ese día sabrás qué hacer».

Normalmente dejaba que los chicos la tocaran si querían. Para eso creen que han ido hasta esa tumba. Una mano que sube por el muslo, un cigarrillo que cae de la boca como un caramelo, a un lado, mientras se besan. Kyle se incorpora a su lado, le pone la mano en el estómago y empieza a subir la tela de la camiseta. Ella lo para con un gesto. Él sonríe.

—Vamos —dice él. Le levanta un poco la camiseta.

Ella lo pincha en el dorso de la mano. No mucho. Lo justo para que pare.

Él se retira. Mira la mano de ella, ofendido, luego a Hunter.

—Eh, ¿a qué viene eso?

Allie se encoge de hombros.

—No estoy de humor.

Hunter se sienta al otro lado de ella. Ahora está entre los dos, los dos cuerpos la presionan, los bultos en los pantalones delatan sus pensamientos.

—Me parece muy bien —dice Hunter—, pero mira, nos has traído hasta aquí y nosotros sí que estamos de humor.

Le coloca un brazo en la cintura, con el pulgar le roza el pecho y la mano abierta y fuerte se posa sobre ella.

—Vamos —dice—, nos lo pasaremos bien los tres.

Se acerca para darle un beso, con la boca abierta.

A Allie le gusta Hunter. Mide casi dos metros y tiene la espalda ancha y fuerte. Se han divertido juntos, pero ella no está allí para eso. Hoy tiene un presentimiento.

Le da en la axila. Uno de sus pinchazos, justo en el músculo, preciso y cuidadoso, como un cuchillo de hoja fina a través del hombro. Aumenta la intensidad, como si hiciera que la lámpara brillara cada vez con más fuerza. Como si el cuchillo fuera de fuego.

—¡Joder! —dice Hunter, y da un salto atrás—. ¡Joder!

Se pone la mano derecha en la axila izquierda, se la masajea. Le tiembla el brazo.

Kyle está enfadado y la atrae hacia sí de un tirón.

—¿Para qué nos has hecho venir hasta aquí si...?

Le da en la garganta, justo debajo de la mandíbula. Como si una hoja de metal le rebanara la laringe. Se le abre la boca, floja. Emite sonidos de asfixia. Aún respira, pero no puede hablar.

—¡Que te den! —grita Hunter—. ¡Yo no te llevo a casa!

Se da la vuelta. Kyle recoge la mochila mientras aún se toca la garganta.

—¡Que te den! —grita mientras vuelven caminando al coche.

Allie espera un buen rato una vez anochece, estirada sobre la tumba de Annabeth MacDuff, querida madre que en paz descanse, encendiendo un cigarrillo tras otro con la chispa de la punta de los dedos y fumándoselos hasta la colilla. El ruido de la noche surge alrededor y piensa: «Ven y llévame».

Le dice a la voz: «Eh, mamá, es hoy, ¿verdad?».

La voz dice: «Claro, hija. ¿Estás preparada?».

Allie dice: «Tráelo».

Trepa por el enrejado para volver a casa. Lleva los zapatos colgados en el cuello, con los cordones atados. Mete los dedos, que entran y se agarran. La señora Montgomery-Taylor la vio una vez de pequeña escalando un árbol, uno, dos, tres, seguía subiendo, y dijo:

—Mira, trepa como un mono.

Lo dijo como si sospechara desde hace tiempo que sería así, como si hubiera estado esperando a descubrirlo.

Allie llega a la ventana de su dormitorio. La había dejado abierta solo una rendija, empuja la jamba para subirla, se quita los zapatos del cuello y los lanza dentro. Se cuela por la ventana. Luego mira el reloj: ni siquiera llega tarde a cenar y nadie podrá quejarse de nada. Deja escapar una especie de risa, suave y ronca. Le contesta otra risa, y se da cuenta de que hay alguien más en la habitación. Sabe quién es, por supuesto.

El señor Montgomery-Taylor se levanta de la silla como si fuera una de las máquinas de brazos largos de su línea de producción. Allie respira hondo, pero antes de poder pronunciar palabra él le da un golpe muy fuerte en la boca con el dorso de la mano. Como un golpe de tenis en el club de campo. El ruido de la mandíbula es como el de la pelota cuando le da la raqueta.

Su particular furia siempre ha sido muy controlada, muy tranquila. Cuanto menos dice, más enfadado está. Está borracho, lo huele, y furioso. Masculla:

—Te he visto. Te he visto en el cementerio con esos chicos. Asquerosa. Pequeña. Puta.

Cada palabra va rematada con un puñetazo, una bofetada o una patada. Allie no se queda hecha un ovillo, no le suplica que pare. Sabe que así solo consigue que dure más. La obliga a abrir las rodillas, se lleva la mano al cinturón. Le va a enseñar qué tipo de putilla es. Como si no se lo hubiera enseñado ya muchas veces.

La señora Montgomery-Taylor está sentada abajo escuchando polkas en la radio, bebiendo jerez, despacio pero sin cesar, en sorbitos que no harían daño a nadie. No le importa ver lo que hace el señor Montgomery-Taylor ahí arriba por las noches; por lo menos no está por ahí, y esa chica se lo ha ganado. Si un periodista del *Sun-Times*, interesado por algún motivo en los entresijos de su casa, le pusiera un micrófono delante en ese momento y dijera: «Señora Montgomery-Taylor, ¿qué cree que está haciendo su marido con esa chica mestiza de dieciséis años que se llevaron a su casa por caridad cristiana? ¿Qué cree que está haciendo para que ella grite y se porte mal?». Si se lo preguntaran —¿aunque quién se lo preguntaría?—, diría: «Pues le está dando una paliza, que es lo que se merece». Y si el periodista presionara —«¿A qué se refiere con "estar por ahí"»—, la señora Montgomery-Taylor haría una leve mueca, como si hubiera percibido un hedor desagradable, luego volvería a dibujar una sonrisa en el rostro y diría, en tono de confidencia: «Ya sabes cómo son los hombres».

Fue en otro momento, años atrás, cuando Allie estaba aprisionada, con la cabeza apretada contra el cabecero y la mano de él en la garganta, cuando la voz le habló por primera vez, con claridad, dentro de su cabeza. Si lo piensa bien, hacía tiempo que la oía en la distancia. Desde antes de llegar a casa de los Montgomery-Taylor; desde que iba de casa en casa y de mano en mano oye una voz baja que le indica cuándo debe andarse con cuidado, la alerta del peligro.

La voz le dijo: «Eres fuerte, sobrevivirás».

Y Allie dijo, mientras él apretaba la mano en el cuello: «¿Mamá?».

Y la voz dijo: «Claro».

Hoy no había pasado nada especial, nadie puede decir que la habían provocado más de lo normal. Solo es que uno crece cada día un poco, cada día algo es diferente, así que a base de acumular días de pronto algo que era imposible ya no lo es. Así es como una chica se convierte en una mujer adulta. Paso a paso, hasta que está hecho. Mientras él la embiste, Allie sabe que podría hacerlo. Que tiene la fuerza, tal vez hace semanas o meses que la tiene, pero ahora está segura. Ahora puede hacerlo sin miedo a fallar o a sufrir represalias. Parece lo más sencillo del mundo, como tender una mano y darle al interruptor de la luz. No sabe por qué no se ha decidido antes a apagar esa vieja luz.

Le dice a la voz: «Es ahora, ¿verdad?».

La voz dice: «Ya lo sabes».

Un olor como de lluvia inunda la habitación. El señor Montgomery-Taylor levanta la mirada, cree que por fin ha empezado a llover, que la tierra reseca se está bebiendo el agua a grandes tragos. Piensa que tal vez entra por la ventana, pero el corazón se le llena de gozo incluso mientras sigue a lo suyo. Allie le pone las manos en las sienes, a derecha e izquierda. Siente las palmas de su madre alrededor de sus dedos. Se alegra de que el señor Montgomery-Taylor no esté mirándola a ella sino hacia la ventana, en busca de la lluvia inexistente.

Ella abre un canal para el rayo y un camino para la tormenta.

Se ve un destello de luz blanca. Un parpadeo plateado en la frente, alrededor de la boca y los dientes. Sufre un espasmo y se aparta de ella. Tiene temblores y sacudidas. Las mandíbulas castañetean. Cae al suelo con un fuerte ruido y Allie teme que la señora Montgomery-Taylor haya oído algo, pero tiene la radio puesta a todo volumen, así que no se oyen pasos en la escalera, ni voces. Allie se sube las bragas y los vaqueros. Se inclina a mirar.

Él tiene una espuma roja en los labios, la columna encorvada hacia atrás y las manos rígidas como garras. Parece que aún respira. Piensa: «Podría llamar a alguien y tal vez sobreviviría». Así que le pone la palma sobre el corazón y recoge el puñado de luz que ha dejado. Lo envía al interior de aquel hombre, justo al lugar donde los seres humanos están hechos de ritmo eléctrico. Y se detiene.

Recoge unas cuantas cosas de la habitación. Dinero que ha escondido debajo del alféizar, unos cuantos billetes, suficiente de momento. Una radio a pilas que la señora Montgomery-Taylor tenía de pequeña y le dio en uno de esos momentos de amabilidad que servían para eclipsar y oscurecer incluso la sencilla pureza del sufrimiento. Deja el teléfono, ha oído que se pueden rastrear. Lanza una mirada al pequeño Cristo de marfil clavado en una cruz de caoba en la pared, en la cabecera de la cama.

«Llévatelo», le dice la voz.

«¿He hecho bien? —dice Allie—. ¿Estás orgullosa de mí?»

«Muy orgullosa, hija. Y aún vas a hacerme sentir más orgullosa. Harás milagros en el mundo.»

Allie mete el pequeño crucifijo en la bolsa de tela. Siempre ha sabido que jamás debe contarle a nadie lo de la voz. Es buena guardando secretos.

Allie mira al señor Montgomery-Taylor por última vez antes de salir por la ventana. Quizá no se ha enterado de qué le ha pasado, espera que sí. Ojalá pudiera haberlo enviado vivo al tanque de agua hirviendo.

Mientras se deja caer de la reja y cruza el jardín trasero, piensa que tal vez debería haber intentado birlar un cuchillo de la cocina antes de irse. Pero luego recuerda, y le hace gracia, que, aparte de para cortar la comida, no necesita un cuchillo para nada.

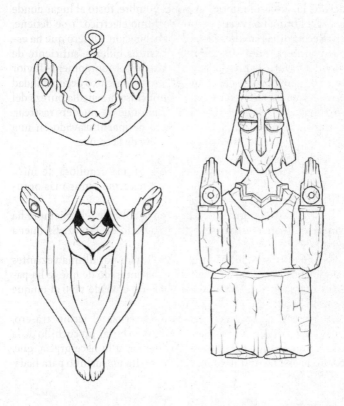

Tres imágenes de la Santa Virgen, de aproximadamente quinientos años de antigüedad, encontradas en una excavación en el sur de Sudán.

Faltan nueve años

Allie

Camina y se esconde, se esconde y camina durante ochenta y dos días. Va en coche cuando puede, pero sobre todo camina.

Al principio no le cuesta mucho encontrar a alguien dispuesto a llevar a una chica de dieciséis años que va recorriendo el estado, cubriendo su rastro. Pero cuando viaja al norte y el verano se convierte en otoño, hay menos conductores que contesten a su pulgar levantado. Muchos más dan un giro brusco, presas del pánico, para huir de ella, aunque no esté en la carretera. Una mujer se santigua cuando su marido y ella pasan con el coche a su lado.

Allie compró un saco de dormir al principio en Goodwill. Huele, pero lo airea todas las mañanas y aún no ha llovido mucho. Disfruta del viaje, aunque la mayor parte del tiempo tiene el estómago vacío y le duelen los pies. Algunas mañanas se ha despertado justo al amanecer y ha visto la silueta dura y clara de los árboles, y el sendero bañado por el sol matutino, ha sentido la luz brillando en sus pulmones y se ha alegrado de estar allí. Una vez tuvo a un zorro gris siguiéndola durante tres días, caminando a unos pasos de ella, sin acercarse nunca lo suficiente para tocarla pero sin alejarse mucho tampoco, salvo para atrapar a una rata una vez; volvió con el cuerpo blando en la boca y la sangre en el hocico.

Allie le dijo a la voz: «¿Es una señal?». Y la voz dijo: «Sí. Sigue adelante, niña».

Allie no ha leído el periódico ni oído la radio. No lo sabe, pero se ha perdido del todo el Día de las Chicas. No sabe que eso fue lo que le salvó la vida.

Y

En Jacksonville, la señora Montgomery-Taylor subió a la hora de acostarse, esperando encontrar a su marido en el estudio leyendo el periódico y a la chica debidamente castigada por sus fechorías. En la habitación de la joven vio lo que había ocurrido. Allie había dejado al señor Montgomery-Taylor con los pantalones por los tobillos, el miembro aún parcialmente tumescente y una espuma sangrienta manchando la alfombra de color crema. La señora Montgomery-Taylor estuvo media hora sentada en la cama arrugada, mirando a Clyde Montgomery-Taylor. Su respiración era lenta y regular, tras un primer chillido rápido. «El Señor te lo da —dijo por fin a la habitación vacía—, y el Señor te lo quita.» Le subió los pantalones a Clyde y puso sábanas limpias en la cama, con cuidado de no pisarlo. Pensó en incorporarlo a una silla en su escritorio y lavar la alfombra pero, pese a que lamentaba la indignidad de verlo ahí, lamiendo el suelo, no estaba segura de tener fuerzas para ello. Además, la historia se explicaría mejor si él estaba en el cuarto de la chica dando catecismo.

Llamó a la policía y, cuando llegaron los agentes a mediodía, empáticos, dio testimonio. De haber dado cobijo al lobo y de socorrer al perro rabioso. Tenía fotografías de Allie. Habrían sido más que suficientes para encontrarla en unos días si, esa misma noche, las llamadas no se hubieran sucedido en esa comisaría, y en la de Albany, y en Statesboro, y en todo el país, expandiéndose, ramificándose una y otra vez; llamadas que iluminaban las comisarías como una vasta red que se iba extendiendo.

En una ciudad de la costa cuyo nombre nunca recuerda, Allie encuentra un buen sitio donde dormir en la madera cubierta de maleza que roza las casas; un banco con techo con un lugar cálido y seco donde acurrucarse, donde la roca se curva hasta formar un borde. Se queda tres días porque la voz le dice: «Aquí hay algo para ti, mi niña. Ve a buscarlo».

Está cansada y hambrienta todo el tiempo, así que una leve sensación de aturdimiento forma parte de ella y en cierto modo es agradable. Oye la voz con más claridad cuando le zumban los músculos así y ya ha pasado un tiempo desde su última comida; antes ya ha sentido la tentación de dejar de comer, sobre todo porque está segura de que el tono de voz, su ruido leve y divertido, es el de su propia madre hablando.

En realidad Allie no recuerda a su madre, aunque sabe que tuvo una, claro. Para ella, el mundo empezaba en un recuerdo claro de estar en algún lugar a los tres o cuatro años. Se encontraba en el centro comercial con alguien, porque llevaba un globo en una mano y un algodón de azúcar en la otra, y ese alguien —no era su madre, de eso está segura, lo habría sabido—, decía: «Ahora tienes que llamar tía Rose a esta señora, y ella será amable contigo».

En ese momento oyó la voz por primera vez. Cuando alzó la vista hacia el rostro de la tía Rose y la voz dijo: «amable». Claro. Ya. No creo.

Desde entonces, la voz nunca le había indicado mal. La tía Rose resultó ser una anciana malvada que insultaba a Allie cuando tenía algo que beber, y le gustaba beber casi todos los días. La voz le decía a Allie qué hacer: cómo escoger al profesor adecuado en el colegio y contar la historia de tal manera que no pareciera que se hacía la espabilada.

Sin embargo, la señora que llegó después de la tía Rose fue aún peor, y la señora Montgomery-Taylor peor que eso. Aun así, la voz la había mantenido a salvo del peor daño durante todos esos años. Conserva todos los dedos de manos y pies, aunque por poco, y ahora le dice: «Quédate aquí. Espera».

Entra en la ciudad todos los días y recorre los lugares cálidos y secos de los que no la expulsan. La biblioteca, la iglesia, el pequeño museo recalentado de la Guerra de Independencia. El tercer día logra colarse en el acuario.

Es temporada baja. Nadie vigila de verdad la puerta. A fin de cuentas, es un sitio pequeño: cinco salas unidas al final de una línea de tiendas. «¡Milagros de las profundidades!», dice el cartel que hay fuera. Allie espera hasta que el chico de la puerta sale a buscar un refresco y deja un cartel que dice «Vuelvo en veinte minutos», abre la portezuela de madera y entra. Porque hace calor, de verdad. Y porque la voz le ha dicho que busque en todas partes. Que no quede una piedra por levantar.

Siente que allí hay algo para ella en cuanto entra en la sala llena de tanques con una iluminación tenue, repletos de peces de cientos de colores que no paran de patrullar por el agua de un lado a otro. Lo siente en el pecho, en la clavícula, hasta en los dedos. Allí hay algo, otra chica que puede hacer lo mismo que ella. No, no es una chica. Allie vuelve a sentir esa otra sensación, el hormigueo. Ha leído algo en internet, chicas que dicen que notan si hay otra mujer en la sala a punto de descargar la corriente. Pero nadie lo tiene como Allie. Desde la primera vez que sintió la corriente, sabe a primera vista si alguien alrededor también la tiene. Y aquí hay algo.

Lo encuentra en el penúltimo tanque. Es más oscuro que el resto, sin los peces de colores, engalanados y frondosos. Contiene criaturas largas, oscuras y sinuosas que esperan en el fondo moviéndose despacio. Hay un medidor a un lado del tanque con la aguja a cero.

Allie no las había visto nunca, ni sabe cómo se llaman.

Posa una mano en el cristal.

Una de las anguilas se mueve, gira y hace algo. Allie lo oye: es un sonido gaseoso y como un crujido. La aguja del medidor salta.

Pero a Allie no le hace falta saber qué es la caja para entender lo que acaba de ocurrir. El pez ha emitido una descarga.

Hay un panel en la pared de al lado del tanque. Es tan emocionante que tiene que leerlo tres veces y mantener el control o se le acelera la respiración. Son anguilas eléctricas. Pueden hacer locuras. Emiten descargas a su antojo bajo el agua; sí, así es. Allie forma un pequeño arco entre el dedo y el pulgar bajo la mesa. Las anguilas se alborotan.

Eso no es todo lo que pueden hacer las anguilas eléctricas. Pueden tener «control remoto» sobre sus músculos, interfiriendo con las señales eléctricas del cerebro. Pueden hacer que otros peces naden directamente hasta su boca si quieren.

Allie se queda un rato. Vuelve a posar la mano en el cristal. Observa los animales.

«Es una corriente potente. Hay que controlarla. Pero tú siempre lo has hecho, hija. Tienes que ser muy hábil, pero puedes aprender esas destrezas.»

Allie dice en su corazón: «Mamá, ¿adónde voy a ir?».

Y la voz dice: «Vete de aquí y ve al lugar que te indicaré».

La voz siempre tiene un aire bíblico, así.

Esa noche, cuando Allie se dispone a acostarse, la voz dice: «No, sigue andando. Sigue adelante». Tiene el estómago vacío y se siente rara, mareada, con la cabeza turbia de imágenes del señor Montgomery-Taylor, como si su lengua holgazana aún le lamiera la oreja. Ojalá tuviera un perro.

La voz dice: «Ya casi estás, mi niña, no te preocupes».

Y en plena oscuridad, Allie ve una luz que ilumina un cartel, que dice: «Hermanas del Convento de la Misericordia. Sopa para personas sin hogar y cama para quien lo necesite».

La voz dice: «¿Ves? Te lo dije».

Y lo único que sabe Allie cuando cruza el umbral es que tres mujeres la agarran con fuerza, mientras la llaman «niña» y «cariño» y lanzan una exclamación cuando encuentran el crucifijo en la bolsa porque es la prueba de lo que esperaban encontrar en su rostro. Le llevan la comida mientras se incorpora, apenas consciente, en una cama suave y caliente, y esa noche nadie le pregunta quién es ni de dónde sale.

Durante unos meses una niña mestiza sin casa ni familia llevada por la corriente a un convento de la Costa Este apenas llama la atención. No es la única chica que aparece varada en esa orilla, ni es la que más orientación necesita. Las hermanas están contentas de dar uso a sus habitaciones vacías, pues viven en un edificio demasiado grande para ellas, construido casi un siglo antes, cuando el Señor aún llamaba a un puñado de mujeres a su matrimonio eterno. Al cabo de tres meses ya ha puesto literas y ha organizado un horario de clases y escuela dominical, además de repartir tareas a cambio de comidas y edredones y un techo sobre la cabeza. Se ha producido un gran cambio en el movimiento de personas, y las viejas costumbres se han impuesto: chicas expulsadas a la calle, y monjas que las acogen.

A Allie le gusta que las demás chicas le cuenten su historia. Se convierte en una confidente, una amiga para muchas de ellas, así puede hacer encajar su relato. Estaba Savannah, que le dio una descarga a su hermanastro tan fuerte en la cara, dice, que «le empezaron a crecer telarañas justo en la boca, la nariz, e incluso en los ojos». Savannah cuenta la historia con los ojos desorbitados, masticando chicle con entusiasmo. Allie hunde el tenedor en la dura carne de estofado que sirven las monjas tres veces por semana para cenar. Pregunta:

—¿Qué vas a hacer ahora?

Y Savannah dice:

—Quiero encontrar a un médico que me quite esto. Que me lo arranque.

Una pista. Hay otras. Muchos padres rezaban por sus hijas, a las que creían poseídas por un demonio. Algunas se peleaban con otras chicas, otras seguían peleándose allí. Una se lo había hecho a un chico porque él se lo pidió: esa historia despierta el interés de las chavalas. ¿Podía ser que a ellos les gustara? ¿Es posible que lo desearan? Algunas habían encontrado foros en internet que lo insinuaban.

Solo una chica, Victoria, le enseñó a su madre cómo se hacía. Cuenta con toda naturalidad que recibía brutales palizas de su padrastro tan a menudo que no le quedaba ni un solo diente. Victoria despertó la corriente en su madre tocándole la mano, y le enseñó a usarla, pero esta la echó a la calle tras llamarla bruja. Ninguna necesita un foro de internet para entenderlo. Todas asienten, y alguien le pasa a Victoria la jarra de la salsa.

En un momento menos caótico, tal vez la policía, o los servicios sociales, o gente honrada de la dirección del colegio se preguntaría qué era de esas chicas. Pero las autoridades simplemente estaban agradecidas de recibir ayuda.

Alguien le pregunta a Allie qué le pasó a ella, y sabe que no puede dar su nombre real. Se bautiza como Eva y la voz dice: «Buena elección, la primera mujer; excelente elección».

La historia de Eva es sencilla, sin el interés suficiente para recordarla. Eva es de Augusta, sus padres la enviaron con unos parientes durante dos semanas y cuando regresó aquellos se habían mudado, no sabía dónde. Tenía dos hermanos pequeños; cree que sus padres tenían miedo por ellos, aunque nunca había hecho daño a nadie. Las otras chicas asienten y pasan a la siguiente.

«No es lo que he hecho, es lo que voy a hacer», piensa Allie para sus adentros.

Y la voz dice: «Es lo que Eva va a hacer».

Y Allie dice: «Sí».

Le gusta estar en el convento. Las monjas, la mayoría, son amables, y la compañía de mujeres le resulta agradable. Nunca había encontrado en la compañía de los hombres nada que recomendar. Las chicas tienen tareas que hacer, cuando terminan tienen el océano para nadar y la playa para pasear, hay columpios en la parte de atrás, los cantos de la capilla son pacíficos y acallan todas las voces en la cabeza de Allie. En esos momentos de tranquilidad se sorprende pensando que tal vez podría quedarse allí para siempre. Morar en la casa de Dios todos los días de mi vida es mi única petición.

Hay una monja, la hermana María Ignacia, que le llama la atención especialmente. Tiene la piel oscura como la propia Allie, y unos ojos castaños suaves. A la hermana María Ignacia le gusta contar historias de la infancia de Jesús y de cómo su madre, María, siempre fue buena con él y le enseñó a amar a todos los seres vivos.

—Mirad —les dice a las chicas que se congregan a escucharla

antes del oficio de vísperas de la tarde—, nuestro Señor aprendió a amar de una mujer. Y María está cerca de todos los niños. Está cerca de vosotros ahora y os ha traído hasta nuestra puerta.

Una tarde, cuando se van las demás, Allie apoya la cabeza en las rodillas de la hermana María Ignacia y pregunta:

—¿Puedo vivir aquí toda la vida?

La hermana María Ignacia le acaricia el pelo y dice:

—Bueno, tendrías que hacerte monja para quedarte. Y tal vez decidas que quieres otras cosas en tu vida. Un marido y niños, un trabajo.

Allie piensa: «La respuesta siempre es la misma. Nunca quieren que te quedes para siempre. Te dicen que te aman, pero no desean que te quedes».

Y la voz dice, muy bajito: «Hija, si quieres quedarte, puedo arreglarlo».

Allie le dice a la voz: «¿Eres María, la madre de Dios?».

Y la voz dice: «Si tú quieres, cariño. Si eso es lo que te mantiene a flote».

Allie dice: «Pero nunca quieren quedarse conmigo, ¿verdad? Nunca consigo quedarme».

Y la voz dice: «Si quieres quedarte, tendrás que hacerte tuyo este lugar. Piensa en cómo hacerlo. No te preocupes, lo averiguarás».

Las chicas juegan a pelear, prueban sus habilidades entre ellas. En el agua, en tierra, se dan unas a otras pequeñas sacudidas y sustos. Allie también invierte el tiempo en practicar, pero es más sutil. No quiere que sepan lo que está haciendo, recuerda lo que leyó sobre las anguilas eléctricas. Después de mucho tiempo, logra emitir una mínima sacudida que hace saltar un brazo o una pierna a una de las chicas.

—¡Ah! —dice Savannah cuando el hombro se le sube volando—. ¡He notado como si alguien caminara sobre mi tumba!

—Vaya —dice Victoria cuando Allie le crispa un poco el cerebro—, me duele la cabeza. No… no puedo pensar con claridad.

—¡Joder! —grita Abigail cuando se le tuerce la rodilla—. Me ha dado un puto calambre en el agua.

No hace falta mucha potencia para lograrlo, y no les hace daño. Nunca sabrán que ha sido Allie, como las anguilas del tanque, con la cabeza justo por encima de la línea del agua, con los ojos bien abiertos y fijos.

Al cabo de unos meses, algunas de las demás chicas empiezan a hablar de irse del convento. A Allie —o Eva, como intenta pensar en sí misma, incluso en la intimidad— se le ha ocurrido que algunas tal vez tengan secretos también, quizá se estén escondiendo hasta que las aguas vuelvan a su cauce.

Una de las chicas, la llaman Gordy porque se apellida Gordon, le pide que vaya con ella.

—Vámonos a Baltimore —dice—. Hay familia de mi madre allí, nos ayudarán a instalarnos. —Se encoge de hombros—. Me gustaría contar con tu compañía por el camino.

Eva ha hecho amigas de una manera que a Allie siempre le ha costado. Eva es amable, callada y observadora, mientras que Allie era susceptible y complicada.

No puede volver al lugar del que vino, ¿a qué iba a volver? Pero no habrá una gran cacería por ella. De todos modos tiene un aspecto distinto, con la cara más larga y delgada y el cuerpo más alto. Es esa época de la vida en que los niños empiezan a ponerse su cara de adultos. Podría caminar hacia el norte hasta Baltimore, o mudarse a cualquier otra ciudad en ninguna parte y emplearse como camarera. En tres años seguro que nadie en Jacksonville la conocería. O podría quedarse aquí. Cuando Gordy dice «vámonos», Allie sabe que quiere quedarse. Aquí es más feliz que nunca.

Escucha tras las puertas y en los rincones. Siempre ha tenido esa costumbre. Una niña en peligro debe aprender a prestar más atención a los adultos que un niño querido y apreciado.

Así es como oye discutir a las monjas, y se entera de que tal vez no tenga opción de quedarse.

Es la voz de la hermana Verónica, con su rostro de granito, la que oye al otro lado de la puerta de su pequeña sala de estar.

—¿Lo habéis visto? —dice—. ¿Lo habéis visto en acción?

—Todas lo hemos visto —murmura la abadesa.

—¿Entonces cómo podéis dudar de lo que es?

—Son cuentos de hadas —dice la hermana María Ignacia—. Cosas de niños.

La voz de la hermana Verónica suena tan fuerte que hace que la puerta retumbe un poco, y Allie retrocede un paso.

—¿Acaso los Evangelios son cuentos de hadas? ¿Nuestro Señor era un mentiroso? ¿Me estás diciendo que no existe el Diablo y que cuando expulsaba demonios de los hombres era solo un juego de niños?

—Nadie está diciendo eso, Verónica. Nadie duda de los Evangelios.

—¿Lo habéis visto en las noticias? ¿Habéis visto lo que hacen? Tienen poderes que no deberían estar al alcance de los seres humanos. ¿De dónde sale esa energía? Todas sabemos la respuesta. El Señor ha dichoo de dónde salen esos poderes. Todas lo sabemos.

Se hizo el silencio en la sala.

La hermana María Ignacia habló en voz baja.

—He leído que es por culpa de la contaminación. Había un artículo interesante en el periódico. La contaminación de la atmósfera provoca determinadas mutaciones en el…

—Es el Diablo. El Diablo sale y pone a prueba a inocentes y culpables, concede poderes a los condenados, como siempre.

—No —replica la hermana María Ignacia—, he visto la bondad en sus caras. Son niñas, tenemos la obligación de cuidar de ellas.

—Tú verías bondad en la cara del mismo Satán si llamara a tu puerta con una historia lastimera y el estómago vacío.

—¿Y me equivocaría? ¿Si Satán necesitara alimento?

La hermana Verónica suelta una carcajada que suena como un ladrido.

—¡Las buenas intenciones! El infierno está lleno de buenas intenciones.

La abadesa habla por encima de todas.

—Ya hemos solicitado orientación al consejo episcopal. Rezan por ello. Entretanto, recordemos que el Señor nos dijo que hay que ayudar a los niños.

—Las jóvenes lo despiertan en mujeres de mayor edad. Es el Diablo actuando en el mundo, pasando de mano en mano igual que Eva le pasó la manzana a Adán.

—No podemos dejar a unas niñas en la calle sin más.

—El Diablo las acogerá en su seno.

—O morirán de hambre —dice la hermana María Ignacia.

Allie lo estuvo pensando mucho tiempo. Podría irse, pero le gustaba estar allí.

La voz dice: «Ya oíste lo que dijo. Eva le pasó la manzana a Adán».

Allie piensa que tal vez hizo bien. Quizás era lo que el mundo necesitaba. Una pequeña sacudida. Algo nuevo.

La voz dice: «Esa es mi chica».

Allie piensa: «¿Eres Dios?».

La voz dice: «¿Tú quién crees que soy?».

Allie piensa: «Sé que me hablas en momentos de necesidad. Sé que me has guiado por el verdadero camino. Dime qué hacer ahora. Dímelo».

La voz dice: «Si el mundo no necesitara una sacudida, ¿por qué habría surgido esa energía precisamente ahora?».

Allie piensa: «Dios le está diciendo al mundo que tiene que haber un nuevo orden. Las viejas costumbres están patas arriba. Los viejos tiempos se han terminado. Igual que Jesús le dijo al pueblo de Israel que los deseos de Dios habían cambiado, la época de los Evangelios ha terminado y tiene que haber una doctrina nueva».

La voz dice: «Hay necesidad de un profeta en la Tierra».

Allie piensa: «Pero ¿quién?».

La voz dice: «Tú pruébalo para saberlo, cariño. Recuerda, si vas a quedarte aquí, necesitarás hacerte tuyo el lugar para que no puedan arrebatártelo. La única manera de estar a salvo, cariño, es que sea tuyo».

Roxy

Roxy ya le ha visto antes pegar a un tipo. Le ha visto dar puñetazos en la cara, con todos los anillos puestos, con naturalidad, justo cuando se daba la vuelta para irse. Le ha visto pegar a un tío hasta que le sangraba la nariz y caía al suelo, y Bernie le daba patadas en el estómago una y otra vez, y cuando terminaba se limpiaba las manos en el pañuelo que llevaba en el bolsillo trasero y miraba el destrozo en la cara del tipo y decía:

—No te atrevas a joderme. No creas que puedes joderme.

Ella siempre había querido hacerlo.

El cuerpo de su padre es un castillo para ella. Un cobijo y un arma. Cuando le pone el brazo en los hombros siente una mezcla de terror y consuelo. Ha subido la escalera corriendo, a gritos, huyendo de su puño. Le ha visto hacer daño a gente que quería hacerle daño a ella.

Siempre ha querido tener eso. Lo único que vale la pena tener.

—Sabes lo que ha pasado, ¿verdad, cariño? —dice Bernie.

—Puto Primrose —dice Ricky.

Ricky es el mayor de sus hermanastros.

Bernie continúa:

—Matar a tu madre fue una declaración de guerra, cariño. Y hemos tardado mucho en estar seguros de que podemos cogerlo. Pero ahora estamos seguros. Y preparados.

Una mirada va pasando por la habitación, entre Ricky y Terry, el hijo mediano, entre Terry y Darrell, el menor. Tres hijos de su propia esposa, y luego Roxy. Sabe por qué ha estado viviendo con su abuela el año anterior y no con ellos. Ni una cosa ni la otra, eso es lo que es ella. No está lo bastante dentro para la comida de los domingos pero tampoco lo bastante fuera para quedar excluida de algo así. Esto los implica a todos.

Roxy dice:

—Deberíamos matarlo.

Terry suelta una carcajada.

Su padre le lanza una mirada, y la risa se corta en seco con un sobresalto. No hay que meterse con Bernie Monke. Ni siquiera si eres su hijo natural.

—Tiene razón —dice Bernie—. Tienes razón, Roxy. Probablemente deberíamos matarlo. Pero es fuerte y tiene muchos amigos, así que hay que ir despacio y con cuidado. Si lo hacemos, tendrá que ser de una vez. Acabar con todo de una tacada.

Roxy les enseña qué puede hacer. Se contiene un poco, solo les deja el brazo dormido a todos por turnos. Darrell suelta un insulto cuando Roxy le toca, y ella lo lamenta ligeramente; es el único que siempre ha sido amable con ella. Le traía un ratón de chocolate de la confitería cuando su padre lo llevaba a casa de su madre después de clase.

Cuando termina, Bernie se frota el brazo y dice:

—¿Eso es todo lo que puedes hacer?

Así que se lo enseña. Ha visto lo de internet.

La siguen hasta el jardín, donde Barbara, la esposa de Bernie, tiene un estanque ornamental lleno de grandes peces naranjas nadando en círculo, persiguiéndose.

Hace frío. Los pies de Roxy hacen crujir la hierba helada. Se arrodilla y mete las puntas de los dedos en el estanque.

De pronto notan un olor como de fruta podrida, dulce y suculento. El olor del centro del verano. Un destello de luz en el agua oscura. Un sonido como un siseo y un crujido.

Uno de los peces aparece en la superficie del agua.

—¡Joder! —dice Terry.

—¡Mierda! —dice Ricky.

—Mamá se va a cabrear —dice Darrell.

Barbara Monke nunca fue a ver a Roxy, ni siquiera cuando su madre murió, ni después del funeral, nada. Por un momento, Roxy se pone contenta al imaginársela viendo a todos los peces muertos al volver a casa.

—Yo me ocuparé de vuestra madre —dice Bernie—. Podemos utilizar esto, Rox, mi niña.

Bernie encuentra a un par de sus hombres con hijas de la

edad adecuada, y hace que les enseñe qué pueden hacer. Juegan a pelearse. Entrenan una contra una, o dos contra una. Bernie las observa en el jardín, entre chispas y destellos. La gente se está volviendo loca con esto en todo el mundo, pero algunos solo lo ven y se van. ¿Dónde está el beneficio de esto, dónde está la ventaja?

Después de las peleas de entrenamiento y los combates, una cosa está clara: Roxy tiene mucho de eso. No solo más que la media, sino más que cualquiera de las chicas que encuentra para practicar. Aprende unas cuantas cosas sobre el radio de acción y el alcance, sobre cómo hacer que se arquee y que funciona mejor sobre la piel húmeda. Ella se siente orgullosa de su fortaleza. Lo da todo.

Es la más fuerte que han encontrado de todas las chicas de las que tienen noticia.

Por eso, cuando llega el momento, cuando Bernie ya lo ha organizado todo y saben dónde va a estar Primrose, Roxy también va con ellos.

Ricky la mete de un empujón en el lavabo antes de irse.

—Ya eres mayor, ¿verdad Rox?

Ella asiente. Sabe de qué va el asunto, más o menos.

Él saca una bolsa de plástico del bolsillo y pone un poco de polvo blanco en el lateral del lavamanos.

—Lo has visto hacer, ¿no?

—Sí.

—¿Lo has hecho alguna vez?

Ella niega con la cabeza.

—Está bien.

Él le enseña a hacerlo, con un billete enrollado que saca de la cartera, y le dice que se lo puede quedar cuando terminen, un extra por el trabajo. Roxy se siente muy lúcida y muy limpia cuando terminan. No es que haya olvidado lo que le ha ocurrido a su madre. La rabia aún es pura, blanca y eléctrica, pero no siente la tristeza. Solo es algo que le contaron una vez. Está bien. Es poderosa. Tiene el día entero en los dedos. Deja ir un arco largo entre las palmas de las manos, ruidoso y con un chisporroteo, el arco más largo que ha conseguido hacer jamás.

—Vaya —dice Ricky—. Aquí no, ¿vale?

Lo baja y lo deja brillando alrededor de las yemas de los dedos. Le dan ganas de reír de ver cuánto tiene y lo fácil que es soltarlo.

Ricky mete un poco de polvo en una bolsa limpia y se lo pone en el bolsillo de los vaqueros.

—Por si lo necesitas. No lo hagas a menos que tengas miedo, ¿vale? No lo hagas en el coche, por Dios.

No lo necesita. De todos modos, todo le pertenece.

Las siguientes horas las vive como instantáneas, como si fueran imágenes del teléfono. Parpadea y ve una imagen. Vuelve a parpadear y hay algo más. Mira el reloj y son las doce; lo vuelve a mirar al cabo de un momento y ha pasado media hora. No podría preocuparse por nada aunque lo intentara. Está bien.

La han incluido en el plan. Primrose estará allí con solo dos tipos. Weinstein, su colega, lo ha vendido. Lo ha traído a este almacén con la excusa de que necesita reunirse con él. Bernie y sus chicos esperarán detrás de algunas de las cajas de embalaje con las pistolas. Dos de ellos estarán fuera para cerrar las puertas, los encerrarán. Quieren que estén desprevenidos, dejar que ella los ataque, acabar y estar en casa para la hora del té. Primrose no lo ve venir. En realidad Roxy solo va con ellos porque merece ver cómo ocurre, después de lo que ha pasado. Y porque Bernie siempre ha sido un hombre de recursos, así ha conseguido sobrevivir tanto tiempo. Así que Roxy está escondida en la planta superior del almacén mirando a través de la rejilla, rodeada de cajas. Por si acaso. Está allí, mirando, cuando llega Primrose. Puerta abierta, puerta cerrada.

Cuando cierran, es rápido, violento, un maldito caos. Bernie y los chicos están abajo, le gritan a Weinstein que se aparte, y este hace un gesto, un encogimiento de hombros como si quisiera decir: «Mala suerte, colega», pero se agacha de todos modos cuando Bernie y sus hijos avanzan, y entonces Primrose esboza una sonrisa. Entran sus hombres. Muchos más de los que Weinstein dijo que habría. Alguien ha mentido. Se oye cerrar la puerta.

Primrose es un hombre alto, delgado y pálido. Hay veinte de los suyos como mínimo. Disparan, esparcidos por la entrada al edificio, utilizando medias puertas de hierro contra las barandillas para taparse. Son más que los hombres de Bernie. Tres tienen a Terry clavado detrás de un cajón de madera. Este, un gigantón lento, con su frente enorme y blanca marcada por el acné, saca la cabeza por detrás de la caja cuando Roxy mira. No debería hacerlo, Roxy intenta gritar, pero no le sale nada.

Primrose apunta con cuidado, se toma todo el tiempo del mundo; sonríe al hacerlo, luego ve un agujero rojo en medio de la cara de Terry, que cae hacia delante como un árbol talado. Roxy se mira las manos. Hay largos arcos eléctricos entre ellas, aunque no cree haber dado la orden de hacerlo. Debería hacer algo. Tiene miedo. Solo tiene quince años. Saca el paquetito de los vaqueros y esnifa un poco más de polvo. Ve la energía correr por brazos y manos. Piensa, como si una voz ajena a ella le susurrara al oído: «Estás hecha para esto».

Está en una pasarela de hierro, en contacto con las medias puertas metálicas de abajo que los hombres de Primrose utilizan para taparse. Hay muchos allí abajo, tocando el hierro o apoyados en él. Roxy ve lo que puede hacer en un instante y se emociona tanto que apenas puede estar quieta. Empieza a temblarle una rodilla. Es esto, son los hombres que mataron a su madre, y ahora sabe qué hacer. Espera a que uno pose las puntas de los dedos en la barandilla, otro apoye la cabeza y un tercero se agarre a un pomo para agacharse y disparar. Uno de ellos le da a Bernie en un costado. Roxy saca aire despacio con los labios fruncidos. «Os lo habéis buscado», piensa. Enciende la barandilla. Tres caen, con la espalda arqueada, entre gritos y sacudidas, con los dientes apretados y los ojos en blanco. «Os cogí. Lo estabais pidiendo a gritos.»

Entonces la ven: la escena queda congelada.

Ya no quedan muchos. Están compensados, tal vez incluso Bernie vaya por delante, sobre todo porque Primrose está un poco asustado, se le ve en la cara. Se oyen pisadas en la escalera de hierro, y dos tipos intentan atraparla. Uno de ellos se acerca a ella —a los niños normales les asustaría, a cualquier niña le daría miedo, es puro instinto—, pero Roxy solo tiene que ponerle los dedos en las sienes y dejar ir una descarga en la frente y el tipo cae al suelo, llorando sangre. El otro la agarra por la cintura —¿es que no entienden nada?—, y ella le coge la muñeca. Sabe que no queda mucho para que dejen de tocarla, y se siente encantada consigo misma hasta que mira abajo y ve a Primrose dirigiéndose a la puerta trasera del edificio.

Se va a escapar. Bernie está gimiendo en el suelo, y Terry sangra por el agujero en la cabeza. Se ha ido, como su madre, de eso está segura, pero Primrose intenta escapar. «Ah, no, no vas a escapar, miserable», piensa Roxy. Claro que no.

Baja corriendo los escalones sin hacer ruido y sigue a Primrose por el edificio, por un pasillo y un despacho vacío. Lo ve girar a la izquierda y acelera el paso. Si llega al coche lo habrá perdido y volverá a por ellos rápido y con dureza; no dejará a ninguno vivo. Piensa en sus hombres agarrando a su madre por la garganta. Él lo ordenó. Él hizo que eso pasara. Las piernas avanzan con más fuerza.

Primrose recorre otro pasillo y entra en una sala. Hay una puerta que da a la escalera de incendios, oye el pomo y se dice a sí misma: «Mierda, mierda, mierda», pero cuando da la vuelta a la esquina Primrose aún está allí. La puerta estaba cerrada, ¿no? Tiene un cubo metálico en la mano y golpea la ventana para romperla, ella se lanza como ha estado practicando, se desliza y apunta a la espinilla. Con una mano le agarra el tobillo, la carne dulce y desnuda, y le da.

La primera vez él no emite ningún sonido. Pierde el equilibrio y cae al suelo como si le fallara la rodilla, aunque con los brazos sigue intentando romper la ventana con el cubo, así que choca contra la pared. Mientras cae, ella le agarra la muñeca y le vuelve a dar.

Por la manera de gritar, nadie le ha hecho eso nunca. No es el dolor: es la sorpresa, el horror. Ve cómo la línea le sube por el brazo, como aquel tipo en casa de su madre, y al pensar en ello, al recordarlo, hace que la corriente corra con más fuerza y más caliente por su cuerpo. Él grita como si tuviera arañas bajo la piel, como si le picaran por dentro de la carne.

Roxy baja un poco la intensidad.

—Por favor —suplica—. Por favor.

La mira, centra la mirada.

—Te conozco. Eres la hija de Monke. Tu madre era Christina, ¿verdad?

Se supone que no debe decir el nombre de su madre, no debería hacerlo. Roxy lo agarra por la garganta y él grita, y luego dice:

—Joder, joder, joder.

Luego empieza a farfullar:

—Lo siento, lo siento, fue por tu padre pero puedo ayudarte, puedes trabajar para mí, una chica lista como tú, eres una chica fuerte, nunca he sentido nada igual. Bernie no te quiere, te lo digo. Ven a trabajar para mí. Dime qué quieres, puedo conseguírtelo.

Roxy dice:

—Mataste a mi madre.

Él dice:

—Tu padre mató a tres de mis hombres ese mes.

Ella dice:

—Tú enviaste a los hombres que mataron a mi madre.

Primrose se queda tan callado, tan silencioso y quieto que Roxy piensa que se va a poner a gritar en cualquier momento o a abalanzarse sobre ella. Luego Primrose sonríe y se encoge de hombros. Dice:

—Cariño, no tengo nada que ofrecerte si te pones así. Pero se suponía que no debías verlo. Newland dijo que no estarías en casa.

Alguien sube la escalera. Los oye. Pasos, más de un par, botas sobre los peldaños. Podrían ser los hombres de su padre o los de Primrose. Tiene que huir o habrá una bala para ella en cualquier momento.

—Pero sí que estaba en casa —dice Roxy.

—Por favor —dice Primrose—. Por favor, no lo hagas.

Y ahí está Roxy de nuevo, lúcida con los cristales explotándole en el cerebro, de nuevo en casa de su madre. Eso fue lo que ella dijo, justo eso. Piensa en su padre con los anillos puestos y los nudillos apartándose de la boca sangrienta de un hombre. Es lo único que merece la pena tener. Pone una mano en las sienes de Primrose. Y lo mata.

Tunde

Al día siguiente de colgar el vídeo en internet recibe una llamada. De la CNN, dicen. Cree que es una broma. Es lo típico que haría su amigo Charles, una broma estúpida. Una vez llamó a Tunde fingiendo ser el embajador francés, y mantuvo el acento altanero durante diez minutos antes de soltar una carcajada.

La voz al otro lado de la línea dice:

—Queremos el resto del vídeo. Estamos dispuestos a pagar lo que pidas.

—¿Qué?

—¿Hablo con Tunde? ¿BourdilonBoy97?

—Sí.

—Llamo de la CNN. Queremos comprar el resto del vídeo que has colgado en internet del incidente en el supermercado. Y todos los que tengas.

Y piensa: «¿El resto? ¿El resto?». Y entonces lo recuerda.

—Solo… solo faltan un minuto o dos para el final. Apareció más gente en la imagen. No pensé que fuera…

—Difuminaremos las caras. ¿Cuánto pides?

Aún tiene la almohada marcada en la cara y le duele la cabeza. Lanza el primer número absurdo que se le ocurre. Cinco mil dólares americanos.

Acceden tan rápido que sabe que debería haber pedido el doble.

Ese fin de semana ronda las calles y discotecas en busca de metraje. En una pelea entre dos mujeres en la playa a medianoche, la electricidad ilumina los rostros impacientes del público mientras las mujeres gruñen y luchan por agarrarse de la cara o la garganta. Tunde consigue imágenes con claroscuros de sus rostros deformados por la rabia, medio ocultas en la sombra. La cámara lo convierte en alguien poderoso, como si estuviera y no estuviera allí. «Haced lo que queráis —piensa para sus adentros—, pero seré yo quien lo convierta en algo. Yo seré quien cuente la historia.»

Hay un chico y una chica haciendo el amor en un callejón trasero. Ella lo anima con la mano chisporroteando en la zona lumbar. El chico se da la vuelta, ve la cámara de Tunde enfocando y se detiene, pero la chica da un chasquido en el rostro del chico y dice:

—No lo mires a él, mírame a mí.

Cuando se acercan al clímax, la chica sonríe, ilumina la espalda del chico y le dice a Tunde:

—Eh, ¿quieres un poco también?

Entonces ve a una segunda mujer que observa en la distancia en el callejón, y sale corriendo todo lo rápido que puede mientras las oye reír tras él. Una vez está a salvo, se ríe también. Mira las escenas en la pantalla. Es sexy. Tal vez le gustaría que alguien le hiciera eso. Tal vez.

La CNN también se queda con ese metraje. Pagan. Tunde mira el dinero en la cuenta y piensa: «Soy periodista. Eso es lo que significa. Yo encontré la noticia y me han pagado por ello». Sus parientes dicen:

—¿Cuándo vas a volver a clase?

Y él dice:

—Me voy a tomar el semestre libre. Para adquirir experiencia práctica.

Es el inicio de su vida, lo siente.

Enseguida aprende a no usar la cámara del móvil. Durante las primeras semanas, tres veces una mujer toca la cámara y el aparato se muere. Compra una caja de cámaras digitales baratas en un camión del Alaba Market, pero sabe que no va a conseguir el dinero que quiere —el que sabe que está ahí fuera— con las escenas que puede grabar en Lagos. Lee foros de internet en los que se comenta lo que ocurre en Pakistán, Somalia, Rusia. Nota el hormigueo de la emoción en la columna. Es esto. Su guerra, su revolución, su historia; aquí mismo, colgada de un árbol al alcance de cualquiera. Charles y Joseph le llaman por si quiere ir a una fiesta el viernes por la noche. Él se ríe y dice:

—Tengo planes más importantes, tíos.

Compra un billete de avión.

Llega a Riad la noche de los primeros grandes disturbios. Tiene suerte: de haber aparecido tres semanas antes, podría haberse quedado sin dinero o sin ganas demasiado pronto. Tendría las mismas escenas que todos los demás: mujeres con batula practicando con las chispas entre ellas, entre tímidas risitas. Lo más probable es que no hubiera conseguido nada: la mayoría de esas escenas las graban mujeres. Para ser hombre y grabar allí, tenía que llegar la noche en que salieron por toda la ciudad.

Quedó impactado por la muerte de dos chicas, de unos doce años. Un tío suyo las encontró practicando su brujería juntas; hombre religioso, reunió a sus amigos, las chicas se resistieron al castigo y de algún modo ambas acabaron muertas a golpes. Los vecinos lo vieron y lo oyeron. ¿Quién puede saber que ese tipo de cosas pasan un jueves, cuando los mismos hechos pueden haber pasado desapercibidos el martes? Ellas se lo devolvieron. Una docena de mujeres pasaron a ser cien. De cien pasaron a ser mil. La policía se retiró. Las mujeres gritaban, algunas hicieron pancartas. De repente, comprendieron cuál era su fuerza.

Cuando Tunde llega al aeropuerto, los agentes de seguridad de la puerta le dicen que no es seguro viajar, que los visitantes extranjeros deberían quedarse en la terminal y tomar el primer vuelo de regreso. Tiene que sobornar a tres hombres distintos para colarse. Paga el doble a un taxista para que lo lleve al lugar donde se reúnen las mujeres, entre gritos y marchas. Están a plena luz del día y el hombre tiene miedo.

—A casa —le dice cuando baja del taxi, y Tunde no sabe si le está diciendo lo que está a punto de hacer o le está dando un consejo.

A tres calles, ve la multitud. Tiene la sensación de que va a pasar algo que no ha visto nunca. Está demasiado emocionado para sentir miedo. Va a ser él quien lo grabe.

Las sigue, con la cámara junto al cuerpo para que no sea tan evidente lo que está haciendo. Aun así, unas cuantas mujeres se dan cuenta. Le gritan, primero en árabe y luego en inglés.

—¿Noticias? ¿CNN? ¿BBC?

—Sí —dice—. CNN.

Rompen a reír y por un momento se asusta, pero pasa como una brizna de nube cuando empiezan a gritarse: «¡CNN! ¡CNN!», y llegan más mujeres, con los pulgares arriba y sonriendo a la cámara.

—No puedes caminar con nosotras, CNN —dice una de ellas, con un inglés un poco mejor que las demás—. Hoy no habrá hombres con nosotras.

—Ya, pero… —Tunde esboza su mejor sonrisa seductora—. Soy inofensivo. No me haríais daño.

Las mujeres dicen:

—No. Hombres no, no.

—¿Qué tengo que hacer para convenceros de que confiéis en mí? —dice Tunde—. Mirad, esta es mi placa de la CNN. No llevo armas. —Se abre la chaqueta, se la quita despacio y la gira en el aire para enseñarles ambos lados.

Las mujeres lo observan. La que habla mejor inglés dice:

—Podrías llevar cualquier cosa.

—¿Cómo te llamas? Tú ya sabes mi nombre. Estoy en desventaja.

—Noor —contesta ella—. Significa «la luz». Somos las que portamos la luz. Ahora, dinos, ¿y si llevaras una pistola en una funda en la espalda, o una pistola eléctrica pegada a la pantorrilla?

Tunde la mira y levanta una ceja. La mujer tiene los ojos oscuros y risueños. Se está burlando de él.

—¿De verdad? —dice él.

Ella asiente con una sonrisa.

Tunde se desabrocha la camisa despacio. Se la retira de la espalda. Vuelan chispas entre sus dedos, pero no tiene miedo.

—No llevo ningún arma pegada a la espalda.

—Ya lo veo —dice—. ¿Y las pantorrillas?

Para entonces ya hay unas treinta mujeres mirándolo. Cualquiera podría matarlo de un solo golpe. No tiene nada que perder.

Se desabrocha los vaqueros. Se los baja. Se oye como la multitud de mujeres contiene la respiración. Se da la vuelta formando un círculo lento.

—No llevo una pistola eléctrica en la pantorrilla —dice Tunde.

Noor sonríe. Se lame el labio superior.

—Entonces puedes venir con nosotras, CNN. Vístete y síguenos.

Se pone la ropa a toda prisa y sale a trompicones tras ellas. Ella lo coge de la mano izquierda.

—En nuestro país está prohibido que un hombre y una mujer vayan de la mano por la calle. En nuestro país, una mujer no puede conducir un coche. Los coches no son cosas de mujeres.

Le aprieta la mano con más fuerza. Tunde nota el chisporroteo de la corriente en los hombros de ella, como la sensación que pende en el aire antes de una tormenta. No le hace daño, no le llega ni una chispa. La mujer tira de él por la calle vacía hasta un centro comercial. Fuera, en la entrada, hay docenas de coches aparcados en filas ordenadas, marcados con banderas rojas, verdes y azules.

En las plantas superiores del centro comercial, Tunde ve a algunos hombres y mujeres mirando. Las chicas jóvenes alrededor se ríen, los señalan y hacen saltar una chispa con la punta de los dedos. Los hombres se estremecen. Las mujeres miran con avidez. Tienen los ojos resecos de mirar.

Noor se ríe y hace que Tunde se quede atrás, lejos del capó de un todoterreno negro aparcado justo en la entrada. Su sonrisa es amplia y confiada.

—¿Estás grabando? —dice.

—Sí.

—Aquí no nos dejan conducir coches, pero observa lo que podemos hacer.

Apoya la palma de la mano plana en el capó. Se oye un clic y se abre.

Le dedica una media sonrisa. Coloca la mano igual encima del motor, junto a la batería.

El motor arranca. El coche acelera. Cada vez más, con más ruido, el motor emite un ruido sordo y chirría, la máquina entera intenta huir de ella. Noor se ríe mientras lo hace. El ruido se vuelve más fuerte, el sonido de un motor agonizando, luego una amplia percusión explosiva, una gran luz blanca sale del bloque y todo se derrite, se comba en el asfalto, goteando aceite y acero caliente. Ella hace una mueca, agarra la mano de Tunde y grita:

—¡Corre! —le dice al oído, y lo hacen, corren por el aparcamiento mientras ella grita—: Mira, grábalo, grábalo.

Tunde se da la vuelta hacia el coche justo en el momento en que el metal caliente toca el conducto del combustible y todo explota.

Hace tanto ruido y emite tanto calor que por un momento la pantalla de la cámara se queda blanca, y luego negra. Cuando vuelve la imagen, se ven chicas jóvenes avanzando por el centro de la pantalla, todas repelidas por el fuego, todas caminando con el relámpago en las manos. Van de coche en coche, acelerando los motores y quemándolos hasta convertirlos en calor derretido. Algunas pueden hacerlo sin tocar los vehículos; envían las líneas de corriente desde su cuerpo, y todas se ríen.

Tunde levanta la cámara para ver qué hace la gente que observa desde las ventanas. Hay hombres que intentan apartar a rastras a sus mujeres del cristal, y mujeres que no les hacen caso.

Ni se molestan en decir nada. No paran de observar, con las manos contra el cristal. En ese momento Tunde entiende que ese fenómeno va a apoderarse del mundo y todo será distinto, y está tan contento que lanza un grito de alegría, armando jolgorio con las demás entre las llamas.

En Manfouha, en el oeste de la ciudad, una anciana etíope sale a la calle de un edificio a medio construir, lleno de andamios, para saludarlas, con las manos en alto, gritando algo que ninguna entiende. Tiene la espalda doblada, los hombros encorvados hacia delante, la columna cargada entre las clavículas. Noor le pone la palma entre sus dos manos, y la anciana la mira como un paciente observa el tratamiento del médico. Noor le pone dos dedos en la palma y le enseña a usar eso que siempre debe de haber tenido, que debe de llevar todos los años de su vida esperando despertar. Así funciona. Las mujeres más jóvenes pueden despertarlo en las mayores, pero a partir de ahora lo tendrán todas.

La anciana rompe a llorar cuando esa fuerza suave despierta los conductos nerviosos y los ligamentos. En las imágenes se le ve en la cara el momento en que lo siente en su interior. No tiene mucho que dar. Salta una chispa diminuta entre la punta de los dedos y el brazo de Noor. Debe de tener unos ochenta años, y las lágrimas le caen por el rostro mientras lo hace una y otra vez. Levanta las dos palmas y se pone a ulular. Las demás mujeres se suman y la calle se llena de ese sonido, la ciudad entera; el país —piensa Tunde— debe de estar lleno de esa alegre advertencia. Es el único hombre allí, el único que graba. Siente esta revolución como su milagro personal, algo que pondrá el mundo patas arriba.

Va con ellas toda la noche y graba lo que ve. En el norte de la ciudad ve a una mujer en una habitación de una planta superior, tras una ventana barrada. La mujer deja caer una nota entre los barrotes. Tunde no puede acercarse lo suficiente para leerla, pero se produce una oleada entre la multitud cuando el mensaje pasa de una a otra. Rompen la puerta, Tunde las sigue cuando encuentran al hombre que la tiene prisionera encogido del miedo en un armario de la cocina. Ni siquiera se molestan en hacerle daño, se llevan a la mujer mientras se reúnen y crecen en número. En el campus del departamento de Ciencias de la Salud un hombre corre hacia ellas, disparando un rifle y gritando en árabe e inglés sobre su ofensa a los mayores. Hiere a tres mujeres en la pierna o el brazo y las demás se abalanzan sobre él como una marea. Se oye un sonido como de huevos friéndose. Cuando Tunde se acerca lo suficiente para mostrar lo que han hecho, el hombre está perfectamente quieto, con marcas de vides retorcidas en la cara y el cuello tan gruesas que apenas se distinguen los rasgos.

Al final, casi al amanecer, rodeado de mujeres que no muestran signos de cansancio, Noor lo coge de la mano y lo lleva a un apartamento, a una habitación, una cama. Es de una amiga suya, dice, una estudiante. Viven seis personas, pero media ciudad ha huido y está vacío. La electricidad no funciona. Provoca una chispa en la mano para ver el camino y allí, con su luz, se quita la chaqueta y le levanta la camisa por encima de la cabeza. Mira el cuerpo de Tunde como antes: con descaro y avidez. Lo besa.

—No lo he hecho nunca —dice, y Tunde contesta que a él le pasa lo mismo y no se avergüenza.

Ella le pone una palma en el pecho.

—Soy una mujer libre —dice.

Él lo nota. Es estimulante. En la calle aún se oyen gritos y crujidos, además de disparos esporádicos. Allí, en un dormitorio cubierto de pósters de cantantes de pop y estrellas de cine, sus cuerpos se calientan juntos. Ella le desabrocha los tejanos y él se los quita. Ella va con cuidado; Tunde nota que la corriente se empieza a animar. Tiene miedo, está excitado. Está todo liado, igual que en sus fantasías.

—Eres un buen hombre —dice ella—. Eres guapo.

Le pasa la mano por el escaso vello del pecho. Ella deja ir un minúsculo chisporroteo, un picor en la punta del pelo, con un leve brillo. Es agradable. Todos los nervios de su cuerpo están concentrados mientras ella le toca, como si nunca hubieran estado allí.

Tunde quiere estar dentro de ella, el cuerpo ya le dice qué hacer, cómo hacerlo avanzar, cómo agarrarle los brazos, cómo llevarla a la cama, cómo consumar. Pero el cuerpo tiene impulsos contradictorios: el miedo es tan significativo como la lujuria, el dolor físico tan fuerte como el deseo. Se contiene, quiere y no quiere. Deja que ella marque el ritmo.

Tarda mucho, y está bien. Ella le enseña qué hacer con la boca y los dedos. Para cuando lo monta, sudando y gritando, el sol ha salido anunciando un nuevo día en Riad. Cuando la joven pierde el control y termina, emite una descarga en las nalgas de Tunde y la pelvis, y él apenas nota el dolor, de lo intenso que es el placer.

Esa misma tarde envían hombres en helicópteros y soldados a las calles, armados y con munición de guerra. Tunde está allí para grabarlo cuando las mujeres se resisten. Hay muchas y están furiosas. Han matado a varias, pero eso solo sirve para enfadar aún más a las demás. ¿Algún soldado puede disparar para siempre, acribillando a una fila tras otra de mujeres? Estas funden las agujas percutoras dentro de los cañones, cuecen los componentes electrónicos de los vehículos. Lo hacen encantadas.

«La dicha aquel amanecer estaba en estar vivo —dice Tunde en su relato del reportaje, porque ha estado leyendo sobre la revolución—, pero ser joven era el mismo cielo.»

Doce días después el gobierno ha sido derrocado. Hay rumores, nunca confirmados, sobre quién ha matado al rey. Unos dicen que fue un miembro de la familia, otros un asesino israelí, y algunos susurran que fue una de las criadas que sirvió con lealtad en el palacio durante años, que sintió la corriente entre los dedos y ya no pudo contenerse.

De todos modos, para entonces Tunde está de nuevo en un avión. Lo que ha ocurrido en Arabia Saudí lo ha visto el mundo entero, y ahora sucede en todas partes a la vez.

Margot

—Es un problema.

—Todos sabemos que es un problema.

—Piénsalo, Margot. Me refiero a que lo pienses de verdad.

—Lo estoy pensando.

—No tenemos manera de saber si alguien en esta sala puede hacerlo.

—Sabemos que tú no, Daniel.

Eso les arranca una carcajada. En una sala llena de gente ansiosa, una risa es un alivio, pero alcanza una intensidad superior a la adecuada. Las veintitrés personas sentadas a la mesa de reuniones tardan unos segundos en recomponerse. Daniel está enfadado. Cree que es una broma a su costa. Siempre ha querido un poco más que su cargo.

—Obviamente —dice—. Obviamente. Pero no tenemos manera de saberlo. Las chicas, bueno, hacemos lo que podemos con ellas; por Dios, ¿has visto los números de las fugitivas?

Todos han visto esos números.

Daniel sigue presionando.

—No hablo de las chicas. Eso lo tenemos bajo control, la mayoría. Hablo de mujeres adultas. Las adolescentes pueden despertarlo en mujeres mayores, y se lo pueden pasar unas a otras. Ahora las adultas pueden hacerlo, Margot, lo has visto.

—Es muy poco frecuente.

—Creemos que es muy poco frecuente. Lo que digo es que no lo sabemos. Podrías ser tú, Stacey. O tú, Marisha. Por lo que sabemos, Margot, tú también podrías hacerlo. —Se ríe, y eso también arranca una oleada nerviosa.

Margot dice:

—Claro, Daniel, podría liquidarte ahora mismo. La oficina del gobernador se ocupa de un ciclo electoral que tú acordaste dar a la alcaldía. —Hace un gesto separando los dedos—. Prrrffttt.

—No me parece divertido, Margot.

Sin embargo, el resto de la mesa se ríe.

Daniel dice:

—Vamos a hacer una prueba. En todo el estado, a todos los empleados del gobierno. Nada de discusiones. Necesitamos tener la certeza. No puede haber alguien que pueda hacer eso trabajando en los edificios del gobierno. Es como ir por ahí con una pistola cargada.

Ha pasado un año. Se han visto imágenes en la televisión de disturbios en lugares remotos e inestables del mundo, de mujeres tomando ciudades enteras. Daniel tiene razón. Lo importante no es que las quinceañeras puedan hacerlo: eso se puede contener; lo que cuenta es que pueden despertar ese poder en las mujeres mayores. Eso plantea dudas. ¿Cuánto hace que es posible? ¿Cómo es que nadie lo sabía hasta ahora?

En los programas matutinos llevan a expertos en biología humana e imágenes prehistóricas. Esta imagen grabada hallada en Honduras, con más de seis mil años, ¿acaso no parece una mujer con un relámpago que sale de las manos, profesor? Bueno, por supuesto, esos grabados a menudo representan conductas míticas y simbólicas. Pero podría ser histórico, es decir, podría representar algo que ocurrió en realidad. Podría ser. ¿Sabe que en los textos antiguos el dios de los israelitas tenía una hermana, Anath, una adolescente? ¿Sabía que ella era la guerrera, que era invencible y hablaba con la luz, que en los textos antiguos mató a su propio padre y ocupó su lugar? Le gustaba sumergir los pies en la sangre de sus enemigos. Los presentadores de televisión se ríen incómodos. Eso no suena a régimen de belleza, ¿verdad, Kristen? Sin duda, Tom. Pero esta diosa destructora, ¿cree que esos pueblos antiguos sabían algo que nosotros no sabemos? Es difícil saberlo, claro. ¿Y es posible que esta capacidad se remonte a mucho más atrás? ¿Quiere decir que las mujeres antes podían hacerlo y lo hemos olvidado? Parece algo horrible como para olvidarlo, ¿no? ¿Cómo se podría olvidar? Bueno, Kristen, si existiera un poder como este, tal vez si lo produjéramos deliberadamente, no querríamos tenerlo cerca. Me lo dirías si pudieras hacer algo así, ¿verdad, Kristen? Bueno, Tom, a lo mejor preferiría reservármelo para mí. Los presentadores se cruzan una mirada. Algo tácito ocurre entre ellos. Y ahora, el tiempo.

Y

La postura oficial a partir de entonces por parte de la alcaldía, repartida en fotocopias por los colegios de la principal área metropolitana, es la abstinencia. No lo hagáis. Hasta que pase. Mantendremos a las chicas separadas de los chicos. En un año o dos habrá una inyección que impida que esto ocurra y volveremos a la normalidad. Es igual de terrible para las chicas que lo usan como para sus víctimas. Esa es la postura oficial.

De madrugada, en una zona de la ciudad en la que sabe que no hay cámaras de vigilancia, Margot aparca el coche, baja, pone la palma en el poste de una farola y descarga todo lo que tiene. Necesita saber qué hay ahí debajo, quiere sentir cómo es. Le resulta natural como todo lo que ha hecho, tan conocido y comprensible como la primera vez que practicó el sexo, como si su cuerpo le dijera: «Eh, tengo esto».

Todas las luces de la calle se apagan: pop, pop, pop. Margot suelta una sonora carcajada, allí, en la calle silenciosa. Si alguien lo descubriera la acusarían de cometer un delito, pero lo harían de todos modos si supieran que puede hacerlo, así que, ¿cuál es la diferencia? Pone en marcha el coche y se va antes de que salten las sirenas. Se pregunta qué habría hecho si la detuvieran, y al preguntárselo sabe que le queda suficiente para dejar sin sentido a un hombre, por lo menos, tal vez más: siente la corriente fluyendo por la clavícula y arriba y abajo por los brazos. La idea le provoca otra carcajada. Descubre que últimamente lo hace más a menudo: reír. Siente una especie de sosiego constante, como si siempre fuera verano en su interior.

Con Jos no ha sido así. Nadie sabe por qué, nadie ha investigado lo suficiente para siquiera aventurar una hipótesis. Está teniendo fluctuaciones. Algunos días siente tanta energía en su interior que hace que se dispare la caja de fusibles de la casa con solo encender una luz. Otros días no tiene nada, ni siquiera la energía suficiente para defenderse si alguna chica busca pelea con ella en la calle. Se han inventado nombres despectivos para las chicas que no pueden o no quieren defenderse. «Manta», las llaman, o «batería plana». Esos son los términos menos ofensivos. «Coja.» «Girada.» «Friolera.» «Psé.» Este último, por lo visto, por el sonido de una mujer que intenta encender una chispa y fracasa. Para conseguir el máximo efecto, se necesita un grupo de chicas susurrando «psé» de forma inofensiva al pasar. Las jóvenes siguen siendo mortíferas. Jos cada vez pasa más tiempo sola, pues sus amigas han encontrado amigas nuevas con las que tienen «más en común».

Margot sugiere que Jocelyn pase un fin de semana sola con ella. Estará con Jos, y Bobby con Maddy. Para las chicas es bonito tener al padre o la madre solo para ellas. Maddy quiere ir en autobús al centro para ver los dinosaurios, pues ya nunca va en autobús; ahora mismo es más capricho que el museo. Margot ha estado trabajando mucho. «Me llevaré a Jos a hacerse las uñas —dice—. Nos irá bien a las dos tomarnos un respiro.»

Desayunan sentadas a la mesa, junto a la pared de cristal de la cocina. Jos se sirve un poco de compota de ciruelas encima del yogur y Margot dice:

—Aún no se lo puedes decir a nadie.

—Sí, ya lo sé.

—Podría quedarme sin trabajo si se lo cuentas a alguien.

—Mamá, ya lo sé. No se lo he dicho a papá ni a Maddy. No se lo he contado a nadie. No lo haré.

—Lo siento.

Jocelyn sonríe.

—Mola.

De pronto Margot recuerda cuánto le habría gustado tener un secreto que compartir con su madre. El ansia de tenerlo hacía que incluso los repugnantes rituales de cintas elásticas para compresas o cuchillas para afeitarse las piernas escondidas con cuidado parecieran levemente adorables o incluso glamurosos.

Por la tarde practican juntas en el garaje, se retan la una a la otra, luchan y sudan un poco. La energía de Jos es más fuerte y fácil de controlar si la trabaja. Margot la ve vacilar, nota que a Jos le hace daño cuando la corriente aumenta y luego de pronto se corta. Tiene que haber alguna manera de que aprenda a dominarla. Tiene que haber chicas en los colegios del área metropolitana que hayan aprendido a controlarla y puedan enseñarle algunos trucos.

En cuanto a Margot, solo necesita saber que puede mantenerlo bajo control. Tendrá que pasar una prueba en el trabajo.

—Pase, alcaldesa Cleary. Siéntese.

La sala es pequeña, solo hay una diminuta ventana cerca del techo que deja entrar un fino haz de luz grisácea. Cuando viene la enfermera para la vacuna anual contra la gripe, usa esta sala, o cuando alguien hace la revisión de la plantilla. Hay una mesa y tres sillas. Detrás de la mesa hay una mujer con una placa de seguridad de color azul claro enganchada en la solapa. Encima de la mesa está la pieza de una máquina: parece un microscopio o un aparato para hacer análisis de sangre; hay dos agujas, una ventanilla para enfocar y lentes.

La mujer dice:

—Queremos que sepa, señora alcaldesa, que todo el mundo en el edificio está pasando por la prueba. Usted no será una excepción.

—¿También los hombres? —Margot levanta una ceja.

—Bueno, no, los hombres no.

Margot lo piensa.

—De acuerdo. ¿En qué consiste exactamente?

La mujer esboza una leve sonrisa:

—Señora alcaldesa, ha firmado los papeles. Ya sabe de qué se trata.

Siente un nudo en la garganta. Se lleva una mano a la cadera.

—Lo cierto es que quiero que me cuentes de qué se trata. Para que conste.

La mujer que lleva la placa de seguridad dice:

—Es obligatorio en todo el estado hacer pruebas por si hay presencia de un ovillo o de energía electrostática. —Se pone a leer una tarjeta sentada junto a la máquina—. Por favor, sepa que al seguir la orden estatal del gobernador Daniel Dandon, la opción de ser elegida para su puesto en el gobierno depende de que acepte pasar la prueba. Un resultado positivo de la prueba no necesariamente tiene relación con su futuro empleo. Es posible que una mujer dé positivo sin saber que tiene la capacidad de usar la energía electrostática. Hay asesores disponibles si los resultados de esta prueba le resultan angustiosos, o para ayudarla a considerar sus opciones si su puesto actual ya no es adecuado para usted.

—¿Qué significa «ya no es adecuado»? ¿Qué significa?

La mujer frunce la boca:

—La oficina del gobernador ha dado orden de que se consideren inadecuados determinados puestos que implican contacto con niños y el público.

Es como si Margot viera a Daniel Dandon, gobernador de este gran estado, detrás de la silla de la mujer, riendo.

—¿Niños y público? ¿Dónde me deja eso?

La mujer sonríe.

—Si aún no ha notado la energía, todo irá bien. No hay nada de qué preocuparse, seguirá con lo suyo.

—No le irá bien a todo el mundo.

La mujer le da al interruptor de la máquina. Se oye un suave zumbido.

—Estoy lista para empezar, señora alcaldesa.

—¿Qué pasa si me niego?

La mujer lanza un suspiro.

—Si se niega, tendré que dar parte, y el gobernador informará a alguien del Departamento de Estado.

Margot se sienta. Piensa: «No serán capaces de ver que la he usado. Nadie lo sabe. No he mentido». Piensa: «Mierda». Traga saliva.

—Está bien —dice—. Quiero que quede constancia de mi protesta formal ante el hecho de que se me obligue a pasar por una prueba invasiva.

—De acuerdo —dice la mujer—. Lo dejaré por escrito.

Tras una leve sonrisa, Margot vuelve a ver la cara de Daniel, riendo. Estira el brazo para que le pongan los electrodos y piensa que, cuando acabe, aunque se quede sin trabajo y se desvanezcan sus ambiciones políticas, por lo menos ya no tendrá que ver esa cara de idiota.

Le colocan las almohadillas de electrodos en las muñecas, los hombros y la clavícula. Buscan actividad eléctrica, el técnico habla en voz baja y ronca.

—Debería estar perfectamente cómoda, señora. En el peor de los casos, notará un leve picor.

«En el peor de los casos, será el fin de mi carrera», piensa Margot, pero no dice nada.

Todo es muy sencillo. Van a disparar su función nerviosa autónoma con una serie de impulsos eléctricos de nivel bajo. Funciona en las pruebas rutinarias que se están haciendo a las niñas recién nacidas en los hospitales, aunque la respuesta siempre es la misma, pues ahora todas las niñas lo tienen, todas. Se les provoca un impacto casi imperceptible, y el ovillo responde automáticamente con una sacudida. Margot nota que su ovillo está listo, son los nervios, la adrenalina.

«Recuerda fingir sorpresa —se dice—. Recuerda fingir estar asustada, avergonzada y abrumada por algo tan nuevo.»

La máquina emite un zumbido leve como un murmullo cuando arranca. Margot conoce el procedimiento. Empezará produciendo un impacto totalmente imperceptible, demasiado leve para que lo perciban los sentidos. Los ovillos de esas pequeñas bebés casi siempre responden con este nivel, o el siguiente. La máquina tiene diez parámetros. Los estímulos eléctricos aumentarán, nivel a nivel. En un determinado momento, el ovillo adulto de Margot, inexperta, responderá, como si deseara gustar. Entonces lo sabrán. Toma aire, lo expulsa. Espera.

Al principio no lo nota en absoluto. Solo percibe la sensación de aumento de la presión. En el pecho, por la espalda. No siente el primer nivel, ni el segundo, ni el tercero, mientras la máquina hace clic con suavidad a través de su ciclo. El dial sigue moviéndose. Margot siente que en ese momento sería agradable descargarse. Es como la sensación al despertar de que puede ser agradable abrir los ojos. Resiste. No es difícil.

Toma aire, lo expulsa. La mujer que opera la máquina sonríe, escribe una nota en su fotocopia de cuadros. Un cuarto cero en el cuarto cuadro. Ya casi van por la mitad. Por supuesto, en algún momento será imposible, Margot lo ha leído en los artículos. Dedica una sonrisa atribulada al técnico.

—¿Está cómoda? —dice la mujer.

—Estaría más cómoda con una copa de whisky —contesta Margot.

El dial sigue haciendo clic. Cada vez es más difícil. Nota el hormigueo en la clavícula derecha y en la palma de la mano. «Vamos, vamos», dice. Es como si una presión le agarrara el brazo. Está incómoda. Sería muy fácil deshacerse de ese peso que la presiona y liberarse de él. No la pueden ver sudar, no puede mostrar que lucha.

Margot piensa en lo que hizo cuando Bobby le dijo que había tenido una aventura. Recuerda que el cuerpo se le calentó y se le enfrió y notó un nudo en la garganta. Recuerda que él preguntó: «¿No vas a decir nada? ¿No tienes nada que decir?». Su madre gritaba a su padre por dejar la puerta abierta cuando salía por la mañana, o por dejarse las zapatillas en medio de la alfombra del salón. Nunca ha sido una de esas mujeres, nunca quiso serlo. De niña solía caminar sobre el frescor de los tejos, colocaba cada pie con mucho cuidado, fingía que si daba un traspié las raíces atravesarían la tierra y la agarrarían. Siempre ha sabido muy bien estar en silencio.

El dial sigue haciendo clic. Hay una fila clara de ocho ceros en la fotocopia de la mujer. Margot tenía miedo de no saber cómo era un cero, que todo terminara antes de empezar y no tuviera opción. Toma aire y lo expulsa. Es duro, muy duro, pero esa dificultad le resulta familiar. Su cuerpo quiere algo que ella le niega. El picor, la presión, está en el torso, baja por los músculos del estómago, hacia la pelvis, alrededor de las nalgas. Es como no orinar cuando la vejiga te lo pide. Es como contener la respiración unos segundos más de los que resulta completamente cómodo. No es de extrañar que las recién nacidas no puedan hacerlo. Es un milagro que hayan encontrado a mujeres adultas con eso. Margot siente que quiere descargar y no lo hace. Simplemente no lo hace.

La máquina sigue haciendo clic hasta el décimo parámetro. No es imposible, ni mucho menos. Espera. El zumbido se detiene. Los ventiladores ronronean y luego se quedan en silencio. El bolígrafo se eleva de la tabla de gráficos. Diez ceros.

Margot intenta fingir decepción.

—No ha habido suerte, ¿eh?

El técnico se encoge de hombros.

Margot mete un pie detrás del otro tobillo cuando el técnico le retira los electrodos.

—Nunca he pensado que lo tuviera.

Hace que se le rompa la voz justo al final de la frase.

Daniel verá su informe. Será quien lo firme. «Sin tacha para trabajar en el gobierno», dirá.

Sacude un poco los hombros y suelta una pequeña carcajada.

Ya no hay motivo para no ponerla a cargo del programa que realiza esta prueba en el área metropolitana. Ni uno. Ella es quien cierra el presupuesto, quien acuerda las campañas informativas que explican que esta tecnología mantendrá a salvo a nuestros hijos. Es el nombre de Margot, al final de todo, el que aparece en la documentación oficial diciendo que ese equipo de pruebas ayudará a salvar vidas. Mientras firma los formularios, piensa que tal vez sea cierto. Toda mujer que no pueda evitar la descarga bajo esta leve presión es un peligro para sí misma y, sí, para la sociedad.

Están surgiendo movimientos extraños, no solo en el mundo, sino aquí, en el estado de A. Se puede ver en internet. Chicos que se visten de chicas para parecer más poderosos. Chicas que se visten de chicos para deshacerse de lo que significa la energía, o para no parecer sospechosas; lobos vestidos de corderos. La iglesia baptista de Westboro ha experimentado la repentina afluencia de nuevos miembros locos convencidos de que se acerca el día del juicio final.

El trabajo que se está haciendo aquí —intentar mantener la

normalidad, que la gente siga sintiéndose a salvo, yendo a trabajar y gastando dólares en las actividades de ocio del fin de semana— es importante.

Daniel dice:

—Lo intento, de verdad que intento tener siempre algo positivo que decir, ya lo sabes, pero es que —deja caer los folios de la mano en la mesa— tu gente no me ha dado nada que pueda usar.

Arnold, el tipo de los presupuestos de Daniel, asiente en silencio, con una mano en la barbilla, en un gesto incómodo y retorcido.

—Sé que no es culpa tuya —dice Daniel—. Vas corto de personal y recursos, todos sabemos que estás haciendo todo lo posible en circunstancias difíciles, pero esto no se puede usar.

Margot ha leído el informe de la alcaldía. Es audaz, sí, propone una estrategia de apertura radical en cuanto al estado actual de protección, de tratamientos, de la posibilidad de un futuro cambio. (El potencial es nulo.) Daniel sigue hablando, escuchando un problema tras otro, sin acabar de decir «no soy lo bastante valiente para esto», pero queriéndolo decir todo el tiempo.

Margot tiene las manos abiertas contra la parte interna de la mesa, con las palmas hacia arriba. Nota que está empezando el burbujeo mientras Daniel habla. Respira muy despacio y con regularidad. Sabe que puede controlarlo, al principio es el control lo que le procura placer. Piensa en qué haría exactamente, mientras Daniel sigue con su perorata, lo nota de manera muy sencilla. Tiene suficiente energía en su interior para agarrar a Daniel por la garganta y darle un pellizco eléctrico. Le quedaría mucha energía para darle una descarga en la sien, por lo menos dejarlo inconsciente. Sería fácil. No le costaría mucho. Podría hacerlo rápido y sin ruido. Podría matarlos a ambos, allí mismo, en la sala de reuniones 5b.

Mientras lo piensa, se siente muy lejos de la mesa, donde Daniel aún abre y cierra la boca a golpes como un pez. Margot se encuentra en un reino elevado y noble, un lugar donde los pulmones se llenan de cristales de hielo y todo está muy limpio y claro. Casi no importa lo que está ocurriendo en realidad. Podría matarlos, esa es la profunda verdad. Deja que la corriente le haga cosquillas en los dedos y chamusca el barniz de la parte inferior de la mesa. Nota el dulce aroma químico. Nada de lo que dice ninguno de esos hombres tiene en realidad mucha importancia, porque ella podría matarlos en tres movimientos antes de que se revolvieran en sus cómodas sillas tapizadas.

No importa que no deba hacerlo, que nunca lo vaya a hacer. Lo que importa es que podría, si quisiera. El poder de hacer daño es un tipo de riqueza.

Margot habla con brusquedad, por encima de Daniel, contundente como un golpe contra una puerta.

—No me hagas perder el tiempo con esto, Daniel —dice.

Daniel no es su superior. Tienen el mismo rango. No puede despedirla, y habla como si pudiera.

Margot dice:

—Ambos sabemos que nadie tiene una respuesta aún. Si tienes una idea genial, soy toda oídos. Si no…

Lo deja pendiente. Daniel abre la boca como si fuera a decir algo y luego la vuelve a cerrar. Bajo las puntas de los dedos, en la parte interna de la mesa, el barniz se reblandece, se retuerce, se desmenuza y cae en escamas sobre la alfombra de pelo grueso.

—No quería decir eso —se disculpa Margot—. Trabajemos juntos en esto, ¿de acuerdo, colega? No tiene sentido que nos tiremos el uno al otro a los leones.

Margot piensa en su futuro. «Algún día comerás de mi mano, Daniel. Tengo grandes planes.»

—Claro —dice él—. Claro.

Margot piensa: «Así hablan los hombres. Por esa razón».

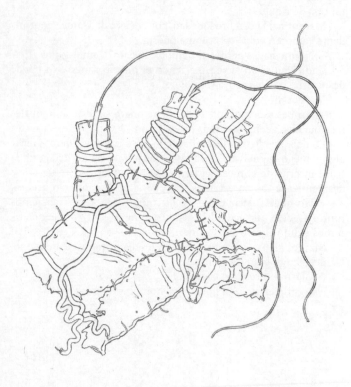

Arma rudimentaria, de aproximadamente mil años de antigüedad. Los cables sirven para dirigir la corriente. Probablemente utilizada en la batalla o como castigo. Descubierta en una tumba del antiguo Westchester.

Faltan ocho años

Allie

$\mathcal{N}$o se necesitan muchos milagros. Ni para el Vaticano, ni para un grupo de adolescentes muy susceptibles encerradas durante meses temiendo por sus vidas. No se necesitan tantos milagros. Dos son muchos. Tres, demasiados.

Hay una chica, Luanne. Es muy pálida, pelirroja y con una lluvia de pecas en las mejillas. Solo tiene catorce años. Llegó hace tres meses y es muy amiga de Gordy. Comparten cama en la habitación. Para darse calor.

—De noche hace un frío horrible —dice Gordy, y Luanne sonríe, las demás chicas se ríen y se dan codazos en el costado.

No está bien, no lo está desde que notó la energía. Ningún médico puede ayudarla. Le ocurre una cosa cuando se exalta, o se asusta, o se ríe demasiado: se queda con los ojos en blanco, se desploma en el suelo donde esté y empieza a sufrir tales convulsiones que parece que se vaya a romper la espalda.

—Solo hay que sujetarla —dice Gordy—. Rodearle los hombros con los brazos y sujetarla hasta que despierte. Lo hace sola, solo hay que esperar.

Suele dormir durante una hora o más. Gordy se ha quedado sentada con ella, con el brazo en los hombros de Luanne, en el refectorio a medianoche o en los jardines a las seis de la mañana, esperándola.

Allie tiene un presentimiento con Luanne. Un cosquilleo por algo.

Pregunta: «¿Es ella?»

La voz dice: «Creo que sí».

Una noche hay una tormenta eléctrica. Empieza a lo lejos, en el mar. Las chicas la contemplan con las monjas, de pie en la azotea de la parte trasera del convento. Las nubes son de color violeta azulado, la luz es brumosa, los rayos impactan una, dos, tres veces en la superficie del océano.

Observar una tormenta eléctrica hace sentir un hormigueo en el ovillo. Todas las chicas lo notan. Savannah no puede contenerse. Al cabo de unos minutos, deja ir un arco hacia la madera de la azotea.

—Para eso —ordena la hermana Verónica—. Para eso ahora mismo.

—Verónica —dice la hermana María Ignacia—, no ha hecho daño a nadie.

Savannah suelta una risita y deja ir otra pequeña descarga. Si realmente se esforzara podría parar, pero es que la tormenta tiene algo excitante, algo que invita a unirse a ella.

—Mañana no habrá comida para ti, Savannah —anuncia la hermana Verónica—. Si no puedes controlarte lo más mínimo, nuestra caridad no es para ti.

La hermana Verónica ya expulsó a una chica que no paraba de luchar en el terreno del convento. Las demás monjas le hicieron esa concesión: puede escoger a las chicas en las que detecte la acción del Diablo.

Sin embargo, «mañana no habrá comidas» es una sentencia dura. El sábado es el día del pastel de carne.

Luanne tira de la manga de la hermana Verónica.

—Por favor, no quería hacerlo —dice.

—No me toques, niña.

La hermana Verónica retira el brazo y aparta a Luanne con un leve empujón.

Sin embargo, la tormenta ya ha tenido su efecto en Luanne. Tira la cabeza hacia atrás y a un lado de la manera que todos conocen. Se le cierra y abre la boca, pero no emite ningún sonido. Cae hacia atrás, se da un golpe contra el suelo. Gordy sale corriendo, y la hermana Verónica le impide el paso con el bastón.

—Déjala —ordena la hermana Verónica.

—Pero, hermana…

—Ya hemos consentido bastante a esta chica. No debería haberle dado la bienvenida a esa cosa en su cuerpo y, una vez hecho, tendrá que asumir las consecuencias.

Luanne sufre convulsiones en el suelo, se golpea con la coronilla en los tablones de madera. Hay sangre en las burbujas de saliva que se le forman en la boca.

La voz dice: «Vamos, ya sabes qué hacer».

Allie dice:

—Hermana Verónica, ¿puedo intentar que deje de armar escándalo?

La hermana Verónica baja la mirada hacia Eva, la chica callada y aplicada que Allie ha fingido ser durante todos estos meses.

La monja se encoge de hombros.

—Si crees que puedes parar este absurdo, Eva, adelante.

Allie se arrodilla junto al cuerpo de Luanne. Las demás chicas la miran como si fuera una traidora. Todas saben que no es culpa de Luanne, ¿por qué finge Eva que puede hacer algo?

Allie nota la electricidad dentro del cuerpo de Luanne: en la columna, en el cuello y dentro de la cabeza. Siente las señales que van arriba y abajo, a trompicones, intentando corregirse, confundidas y asíncronas. Las ve, como si lo hiciera con sus propios ojos: hay un bloqueo aquí y aquí, y esta parte justo en la base del cráneo está haciendo que vaya a destiempo. Solo necesita un pequeño ajuste, una cantidad de corriente que ni siquiera se notaría, esa cantidad que nadie puede fraccionar, solo un minúsculo hilillo justo ahí para arreglarlo.

Allie sostiene la cabeza de Luanne con la palma de la mano, coloca el dedo índice en el hueco de la base del cráneo, lo estira con un fino brote de corriente y le da un chasquido.

Luanne abre los ojos. Las convulsiones cesan de repente en su cuerpo.

Parpadea.

Dice:

—¿Qué ha pasado?

Todas saben que nunca funciona así, que Luanne debería haber dormido durante una hora o más, que podría estar aturdida durante una semana.

Abigail dice:

—Eva te ha curado. Te ha tocado, y estabas curada.

Esa fue la primera señal, y esta vez dijeron:

—Ella es especial para los cielos.

Le llevan a otras chicas que necesitan curarse. A veces puede imponerles las manos y acabar con su dolor. Otras solo es que duele algo que no debe doler, un dolor de cabeza, un músculo con un tirón, un aturdimiento. Allie, la chica sin historia de Jacksonville, ha practicado que Eva, la chica tranquila y callada, pueda poner las manos sobre el cuerpo de una persona y encontrar el lugar exacto para emitir una chispa de corriente y arreglar algo, por lo menos un tiempo. Las curas son reales, aunque solo sean temporales. No puede enseñar al cuerpo a que funcione mejor, pero puede corregir sus errores durante un tiempo.

Así que empiezan a creer en ella. Que tiene algo dentro. Las chicas lo creen, si no las monjas.

Savannah dice:

—¿Es Dios, Eva? ¿Es Dios que te habla? ¿Dios está dentro de ti?

Lo dice en voz baja una noche en la habitación, con las luces apagadas. Las demás chicas están escuchando, fingiendo dormir en sus camas.

Eva dice:

—¿Tú qué crees?

Savannah contesta:

—Creo que tienes el poder de curar. Como hemos leído en las Sagradas Escrituras.

Se oye un murmullo en la habitación, pero nadie discrepa.

La noche siguiente, mientras se preparan para acostarse, Eva dice a unas diez chicas:

—Venid conmigo a la orilla del mar mañana al amanecer.

Ellas preguntan:

—¿Para qué?

Ella dice:

—He oído una voz que dice: «Id a la orilla del mar al amanecer».

La voz dice: «Bien jugado, mi niña, has dicho lo que debías».

El cielo está de un color azul grisáceo claro y salpicado de nubes, el sonido del océano es tranquilo como una madre que calma a su hijo cuando las chicas bajan a la orilla en camisón.

Allie habla con la voz de Eva, que es suave y tenue.

Dice:

—La voz me ha dicho que deberíamos entrar en el agua.

Gordy se echa a reír y dice:

—¿Qué es esto, Eva? ¿Quieres ir a nadar?

Luanne la manda callar poniéndole un dedo en los labios. No ha vuelto a tener un ataque que dure más de diez segundos desde que Eva le puso el pulgar en la nuca.

Abigail dice:

—¿Qué haremos luego?

Eva dice:

—Entonces ella nos indicará qué quiere de nosotras.

Ese «ella» es una nueva enseñanza, y muy impactante. Pero lo entienden todas. Llevan tiempo esperando buenas noticias.

Las chicas entran en el agua, con los camisones y pijamas pegados a las piernas, estremeciéndose cuando los pies encuentran rocas afiladas, con algunas risitas pero con una sensación de solemnidad que ven en los rostros las unas de las otras. Algo va a pasar. Empieza a amanecer.

Se quedan quietas formando un círculo. Todas tienen el agua hasta la cintura, arrastran las manos en el agua fría y clara.

Eva dice:

—Santa Madre, enséñanos qué quieres de nosotras. Bautízanos con tu amor y enséñanos a vivir.

De pronto todas y cada una de las chicas del círculo notan que se les doblan las rodillas. Como si una mano enorme las presionara en la espalda, empujándolas hacia abajo, agachándoles las cabezas hacia el océano para luego levantarlas, con el agua cayendo a chorros del pelo, un grito ahogado y la certeza de que Dios las ha tocado y que ese día han vuelto a nacer. Todas caen de rodillas en el agua. Todas notan la mano que las empuja hacia abajo. Todas saben por un momento que morirán ahí, bajo el agua, no pueden respirar y luego cuando las levantan han vuelto a nacer.

Permanecen en el círculo, con la cabeza mojada y atónitas. Solo Eva sigue de pie, seca en el agua.

Siente la presencia de la Diosa alrededor, y Ella está contenta. Los pájaros vuelan por encima de ellas, cantando en la gloria de un nuevo amanecer.

Esa mañana había unas diez chicas en el océano que habían presenciado el milagro. Antes de ese momento, no habían sido cabecillas en el grupo de cinco docenas de chicas que vivían con las monjas. No eran las carismáticas, ni las más populares, ni las más divertidas, ni las más guapas o las más listas. Eran, si algo las unía, las que más habían sufrido, sus historias eran especialmente terribles, su conocimiento de lo que uno puede temer de los demás y de sí mismas era de una profundidad especial. Sea como fuere, después de esa mañana habían cambiado.

Eva hace jurar a esas chicas que guardarán el secreto de lo que han visto; no obstante, no pueden evitar difundirlo. Savannah se lo dice a Kayla, Kayla a Megan y Megan a Danielle: que Eva ha estado hablando con la Creadora de todas las cosas y que tiene mensajes secretos.

Vienen a preguntarle por sus enseñanzas.

Dicen:

—¿Por qué llamas a Dios «Ella»?

Eva dice:

—Dios no es hombre ni mujer, sino ambas cosas. Pero ahora Ella ha venido a indicarnos una nueva vertiente de su rostro, a la que hemos hecho caso omiso durante demasiado tiempo.

Dicen:

—¿Pero qué pasa con Jesús?

Eva dice:

—Jesús es el hijo. Pero el hijo procede de la madre. Pensadlo: ¿qué es más grande, Dios o el mundo?

Dicen, pues ya lo han aprendido de las monjas:

—Dios es más grande, porque Dios creó el mundo.

Eva dice:

—¿Entonces el que crea es más grande que lo creado?

—Así debe ser.

Eva dice:

—Entonces ¿quién debe ser más grande, la madre o el hijo?

Hacen una pausa porque creen que sus palabras pueden constituir una blasfemia.

Eva dice:

—Ya se insinuaba en las Escrituras. Se nos dijo que Dios llegó al mundo en un cuerpo humano. Aprendimos a llamar «padre» a Dios. Jesús nos lo enseñó.

Admiten que es así.

Eva dice:

—Así que yo enseño algo nuevo. Este poder se nos ha concedido para sobrepasar nuestro pensamiento corrupto. Es la Madre y no el Hijo la emisaria de los cielos. Debemos llamar «madre» a Dios. Dios la Madre llegó a la Tierra en el cuerpo de María, que renunció a su hijo para que nosotros pudiéramos vivir libres de pecado. Dios siempre dijo que Ella regresaría a la Tierra. Y Ella ha regresado ahora para enseñarnos sus modos.

Dicen:

—¿Quién eres?

Eva dice:

—¿Vosotras quién creéis que soy?

Allie le dice a su corazón: «¿Qué tal lo estoy haciendo?».

La voz dice: «Lo estás haciendo bien».

Allie dice: «¿Esta es tu voluntad?».

La voz dice: «¿Crees que hay una sola cosa que pueda ocurrir sin la voluntad de Dios?

»Habrá más que esto, cariño, créeme.»

Por aquel entonces había una gran fiebre en la Tierra, sed de verdad y hambre de comprender lo que el Todopoderoso quería decir al provocar ese cambio en el destino de la humanidad. Por aquel entonces, en el sur, muchos predicadores lo explicaban: es un castigo por el pecado. Satán se pasea entre nosotros, es la señal del fin de los días. Sin embargo, ellos no representaban la auténtica religión. Porque la verdadera religión es el amor, no el miedo. La madre fuerte que acuna a su hijo: eso es el amor y la verdad. Las chicas hacen correr la noticia de una a la otra, y a la siguiente. Dios ha vuelto como mujer, y su mensaje es para nosotras, solo para nosotras.

Unas semanas después, se producen más bautizos a primera hora de la mañana. Es primavera, casi Pascua, la festividad de los huevos, la fertilidad y la apertura del útero. La festividad de María. Cuando salen del agua, las chicas no se molestan en esconder lo que les ha ocurrido, ni podrían hacerlo aunque quisieran. Durante el desayuno todas lo saben ya, así como las monjas.

Eva se sienta bajo un árbol en el jardín y las demás chicas se acercan a hablar con ella.

Dicen:

—¿Cómo debemos llamarte?

Y Eva contesta:

—Solo soy la mensajera de la Madre.

Dicen:

—¿Pero es la Madre la que está dentro de ti?

Eva dice:

—Ella está en todas nosotras.

Aun así, las chicas empiezan a llamarla Madre Eva.

Esa noche se produce un gran debate entre las monjas de las Hermanas de la Misericordia. La hermana María Ignacia —las demás notan que es buena amiga de Eva— defiende la nueva organización de las creencias. Es lo mismo de siempre, dice. La Madre y el Hijo, es lo mismo. María es la madre de la Iglesia. María es la reina de los cielos. Es ella quien reza por nosotros ahora, y en la hora de nuestra muerte. Algunas de esas chicas no estaban bautizadas y se les ha metido en la cabeza bautizarse. ¿Acaso está mal?

La hermana Katherine habla de las herejías marianas, y de la necesidad de esperar instrucciones.

La hermana Verónica se pone en pie de un respingo y se queda quieta, recta como la auténtica cruz, en el centro de la sala.

—El demonio está en esta casa —afirma—. Hemos permitido que el demonio arraigue en nuestros pechos y anide en nuestros corazones. Si no cortamos ese cáncer ahora, todas seremos condenadas.

Lo repite más alto, paseando la mirada por cada mujer de la sala.

—Condenadas. Si no las quemamos como quemaron a esas chicas en Decatur y Shreveport, el demonio se nos llevará a todas. Debe ser reducido a cenizas. —Hace una pausa. Es una oradora potente. Dice—: Rezaré por ello esta noche, rezaré por todas vosotras. Encerraremos a las chicas en sus habitaciones hasta el amanecer. Tenemos que quemarlas a todas.

La chica que escuchaba en la ventana lleva el mensaje a Madre Eva.

Esperan a ver qué dice.

La voz dice: «Ya las tienes, niña».

Madre Eva dice:

—Dejemos que nos encierren. La Todopoderosa obrará sus milagros.

La voz dice: «¿No se da cuenta la hermana Verónica de que cualquiera de vosotras podría abrir la ventana y bajar por los tubos de desagüe?».

Y Allie dice a su corazón: «La voluntad de la Todopoderosa es que no se haya dado cuenta».

Al día siguiente por la mañana, la hermana Verónica sigue rezando en la capilla. A las seis, cuando las demás hermanas entran para las vigilias, está ahí, postrada ante la cruz, con los brazos estirados y la frente tocando las frías baldosas de piedra. Solo cuando se inclinan para tocarle el brazo con suavidad ven la sangre seca en la cara. Lleva muchas horas muerta. Un ataque al corazón. El tipo de incidente que podría ocurrir en cualquier momento a una mujer de su edad. Y mientras sale el sol, miran hacia la figura en la cruz. Y ven que, grabadas en la carne, con líneas marcadas como si estuvieran talladas con un cuchillo, se ven las marcas en forma de helecho de la corriente. Saben que la hermana Verónica falleció en el momento de presenciar ese milagro y así se arrepintió de todos sus pecados.

La Todopoderosa ha regresado como había prometido, vuelve a morar en la carne humana.

Es un día de júbilo.

Hay mensajes del Mar Sagrado que llaman a la calma y el orden, pero el ambiente entre las chicas del convento es tal que un mero mensaje no puede imponer la tranquilidad. En el edificio reina un ánimo festivo, todas las reglas ordinarias parecen suspendidas. Las camas quedan sin hacer, las chicas cogen la comida que quieren de la despensa sin esperar a la hora de comer, cantan y ponen música. Hay luz en el ambiente. A la hora del almuerzo, quince chicas más han pedido el bautismo, y por la tarde ya lo han recibido. Algunas monjas protestan y dicen que van a llamar a la policía, pero las chicas se ríen y les lanzan sus descargas hasta que salen corriendo.

A última hora de la tarde, Eva se dirige a su congregación. La graban con el móvil y lo envían por el mundo. Madre Eva lleva una capucha para preservar mejor su humildad, pues ella no predica su mensaje, sino el mensaje de la Madre.

Eva dice:

—No temáis. Si confiáis, la Diosa estará con vosotras. Le ha dado la vuelta al cielo y la tierra por nosotras.

»Os han dicho que el hombre gobierna sobre la mujer, igual que Jesús manda en la Iglesia. Pero yo os digo que la mujer gobierna sobre el hombre igual que María guio a su hijo, con amabilidad y amor.

»Os han dicho que la muerte de Jesús limpió el pecado. Pero yo os digo que no se han limpiado los pecados de nadie, sino que se unen en la gran obra de hacer justicia en el mundo. Se han cometido muchas injusticias, y es la voluntad de la Todopoderosa que nos unamos para arreglarlo.

»Os han dicho que el hombre y la mujer deben vivir juntos como marido y mujer. Pero yo os digo que es una bendición mayor que las mujeres vivan juntas, para ayudarse las unas a las otras, hacer causa común y ser un consuelo las unas para las otras.

»Os han dicho que debéis contentaros con vuestro terreno, pero yo os digo que habrá una tierra para nosotras, un nuevo país. Habrá un lugar que la Diosa nos enseñará donde crearemos una nación nueva, poderosa y libre.

Una de las chicas dice:

—Pero no podemos quedarnos aquí para siempre. ¿Dónde está la tierra nueva, y qué ocurrirá cuando llegue la policía? ¡Este no es nuestro sitio, no nos dejarán quedarnos aquí! ¡Nos meterán en la cárcel!

La voz dice: «No te preocupes por eso. Alguien llegará».

Eva dice:

—La Diosa nos enviará su salvación. Llegará una soldado. Y tú serás condenada por dudar. La Diosa no olvidará que no confiaste en ella en este momento de triunfo.

La chica rompe a llorar. Las cámaras de móvil se acercan a ella. La chica es expulsada de la comunidad al anochecer.

En Jacksonville, alguien ve las noticias en televisión. Alguien ve el rostro en la capucha, medio oculto en la sombra. Alguien piensa: «Me suena esa cara».

Margot

—*M*ira esto.

—Es lo que hago.

—¿Lo has leído?

—No todo.

—No es un país del tercer mundo, Margot.

—Ya lo sé.

—Es Wisconsin.

—Ya lo veo.

—Está pasando en el maldito Wisconsin. Esto.

—Intenta mantener la calma, Daniel.

—Deberían pegar un tiro a esas chicas. Simplemente pegarles un tiro. En la cabeza. Pam. Fin de la historia.

—No puedes pegarles un tiro a todas las mujeres, Daniel.

—De acuerdo, Margot, a ti no te mataríamos.

—Vaya, qué consuelo.

—Ah, lo siento, tu hija. Se me olvidaba. Bueno... yo no la mataría.

—Gracias, Daniel.

Daniel tamborilea los dedos en el escritorio y Margot piensa, como le ocurre a menudo últimamente: «Podría matarte por eso». Se ha convertido en un leve zumbido constante en su interior. Una idea a la que vuelve como una piedra lisa que llevara en el bolsillo para acariciarla con el pulgar. Ahí está. La muerte.

—No está bien hablar de matar a chicas jóvenes.

—Ya lo sé. Sí. Es que...

Señala la pantalla con un gesto. Están viendo un vídeo de seis chicas que hacen demostraciones de su poder entre ellas. Miran hacia la cámara. Dicen: «Se lo dedicamos a la Diosa». Lo han aprendido en otro vídeo, en algún sitio de internet. Se infligen descargas la una a la otra hasta el punto que una de ellas se desmaya. A otra le sangran la nariz y los oídos. Esa «diosa» es una especie de meme de internet, alimentada por la existencia de la energía, por foros anónimos y por la imaginación de los jóvenes, que son ahora lo que siempre han sido y siempre serán. Existe un símbolo: una mano como la de Fátima, con un ojo en la palma, desde el cual los brotes de descarga se extienden como extremidades adicionales, como las ramas de un árbol. Aparecen versiones pintadas con espray del símbolo en paredes, vías muertas de trenes y puentes de carretera: lugares elevados, apartados. Algunas páginas de internet animan a las chicas a unirse para cometer atrocidades; el FBI está intentando cerrarlas, pero en cuanto salta una aparece otra para ocupar su lugar.

Margot observa cómo las chicas de la pantalla juegan con su energía. Gritan cuando dan en el blanco. Se ríen cuando emiten una descarga.

—¿Cómo está Jos? —dice Daniel por fin.

—Está bien.

No está bien. Está teniendo problemas con la energía. Nadie sabe lo suficiente para explicar qué le está pasando. No puede controlar la energía que tiene en su interior, y va a peor.

Margot contempla a las chicas de Wisconsin en la pantalla. Una de ellas tiene un tatuaje en la mano de la Diosa, en el centro de la palma. Su amiga suelta un chillido cuando descarga la energía, pero Margot no logra distinguir si grita de miedo, dolor o placer.

—Hoy nos acompaña en el plató la alcaldesa Margot Cleary. Algunos la recordaréis como una de las dirigentes que actuó con celeridad y decisión tras el brote, lo que probablemente salvó muchas vidas.

»Y está aquí con su hija, Jocelyn. ¿Cómo te va, Jocelyn?

Jos se revuelve inquieta en la silla. Los asientos parecen cómodos, pero en realidad son duros. Algo afilado se le está clavando. La pausa se hace un segundo demasiado larga.

—Estoy bien.

—Bueno, tienes una historia interesante que contar, ¿verdad, Jocelyn? ¿Has tenido problemas?

Margot descansa una mano en la rodilla de Jos.

—Como muchas chicas jóvenes, mi hija Jocelyn ha empezado a experimentar hace poco el desarrollo de la energía.

—Tenemos imágenes, ¿verdad, Kristen?

—Aquí tenemos la rueda de prensa en vuestro jardín. Creo que enviaste a un chico al hospital, ¿verdad, Jocelyn?

Cortan en el momento del día en que llaman a Margot para que vaya a casa. Ahí está, de pie en la entrada de la residencia de la alcaldía, colocándose el pelo detrás de las orejas de una manera que la hace parecer nerviosa aunque no lo esté. En la imagen rodea a Jos con el brazo y lee la declaración que tiene preparada.

«Mi hija ha sido partícipe de un breve altercado. Nuestros buenos deseos para Laurie Vicens y su familia. Nos alegramos de que el daño que ha sufrido no parezca grave. Es el tipo de accidente que les está sucediendo a muchas chicas jóvenes ahora mismo. Jocelyn y yo esperamos que todo el mundo conserve la calma y permita que nuestra familia supere este incidente.»

—Vaya, parece que han pasado siglos, ¿verdad, Kristen?

—Y tanto, Tom. Jocelyn, ¿qué sentiste cuando heriste a ese niño?

Jos lleva más de una semana preparándose para eso con su madre. Sabe qué tiene que decir. Tiene la boca seca. Es disciplinada, así que lo hace.

—Daba miedo —dice—. No había aprendido a controlarlo. Me preocupaba haberle hecho daño de verdad. Deseé... deseé que alguien me hubiera enseñado a usarlo. A controlarlo.

Jos tiene lágrimas en los ojos. No lo habían ensayado, pero es fantástico. El productor amplía el plano y la cámara tres gira para captar el brillo. Es perfecto. Es tan joven, fresca, bella, triste.

—Suena realmente terrorífico. ¿Crees que habría ayudado que...?

Margot interviene de nuevo. También está guapa. Tiene el cabello brillante, lacio. Tonos sutiles color crema y marrón en los párpados. Nada muy llamativo. Podría ser la vecina que se cuida, nada y practica yoga. Un modelo a seguir.

—Ese día, Kristen, empecé a pensar en cómo podemos ayudar de verdad a las chicas. El consejo ahora mismo es que no usen la energía para nada.

—No queremos que vayan emitiendo rayos de tormenta por la calle, ¿verdad?

—Eso es, Tom. Mi plan de tres puntos es el siguiente. —Muy bien. Asertiva. Eficaz. Frases cortas. Una enumeración. Como en

NAOMI ALDERMAN

BuzzFeed—. Primero: crear espacios seguros para que las chicas practiquen juntas con su energía; al principio una prueba en mi área metropolitana y luego, si se populariza, en todo el estado. Segundo: identificar a las chicas que tienen un buen control para ayudar a las jóvenes a aprender a mantener a raya la energía. Tercero: tolerancia cero con el uso fuera de esos espacios seguros.

Se produce una pausa. Ya lo habían hablado con antelación. El público que escucha en sus casas necesita tiempo para adaptarse a lo que acaba de oír.

—Entonces, si entiendo bien su propuesta, alcaldesa Cleary, ¿le gustaría usar dinero público para enseñar a las chicas a usar su energía de un modo más eficaz?

—Más seguro, Kristen. De hecho, estoy aquí para valorar el interés que despierta. En momentos como este deberíamos recordar lo que dice la Biblia: «Los más elevados entre nosotros no siempre son los más sabios, y la generación más vieja no siempre es la mejor para juzgar qué es lo correcto». —Sonríe. Citar la Biblia es una estrategia ganadora—. De todos modos, pienso que la obligación del gobierno es dar ideas interesantes, ¿no crees?

—¿Está proponiendo una especie de campos de entrenamiento para estas chicas?

—Tom, sabes que no es eso lo que digo. Te pongo un ejemplo: no permitimos que los jóvenes conduzcan sin licencia, ¿verdad? Lo que digo es: dejemos que las chicas enseñen a otras chicas.

—Pero ¿cómo sabemos qué les van a enseñar? —Tom ha subido un poco el tono, parece asustado—. Suena muy peligroso. En vez de enseñarles a usarlo, deberíamos intentar curarlo. Eso es lo esencial para mí.

Kristen sonríe directamente a la cámara.

—Pero nadie tiene una cura, ¿verdad, Tom? En el *Wall Street Journal* dicen esta mañana que un equipo internacional de científicos tiene la certeza de que el origen de la energía es la influencia ambiental de un gas nervioso que se liberó durante la Segunda Guerra Mundial. Ha cambiado el genoma humano. Todas las niñas nacidas a partir de ahora tendrán la energía: todas. Y la conservarán durante toda su vida, igual que las mujeres mayores si se les despierta. Es demasiado tarde para intentar curarlo. Necesitamos ideas nuevas. —Tom intenta añadir algo, pero Kristen continúa—. Creo que es una idea fantástica, alcaldesa Cleary. Si quiere mi aprobación, apoyo totalmente el plan.

»Y ahora el tiempo.

De: throwawayaddress29457902@gmail.com
Para: Jocelyn.feiburgcleary@gmail.com

Te he visto hoy en las noticias. Tienes problemas con tu
energía. ¿Quieres saber por qué? ¿Quieres saber si hay más
chicas con problemas? No sabes ni la mitad, hermana. Este
embrollo no tiene fin. Tu confusión de género es solo el principio. Necesitamos volver a poner a hombres y mujeres en el
sitio que les corresponde.

Consulta www.urbandoxspeaks.com si quieres saber la
verdad.

—Pero ¿cómo te atreves?
—No había movimiento en tu despacho, Daniel. Nadie quería
escuchar.
—¿Y haces esto? ¿En un canal nacional? ¿Prometes llevarlo a
cabo en todo el estado? No sé si recuerdas, Margot, que soy el gobernador de este estado y tú solo la alcaldesa de tu área metropolitana. ¿Has ido a un canal nacional para hablar de extenderlo a todo
el estado?
—No hay ley que lo prohíba.
—¿Que no hay una ley? ¿Que no hay una maldita ley? ¿Y qué
te parecen los acuerdos que tenemos vigentes? ¿Qué te parece que
nadie vaya a buscarte la maldita financiación para esto si montas
este número de enemigos en el trabajo? ¿Qué te parece que yo
mismo convierta en mi misión personal bloquear cualquier propuesta que presentes? Tengo amigos poderosos en esta ciudad, Margot, y si crees que puedes pasar por encima de todo lo que he hecho
para convertirte en una especie de famosa…
—Cálmate.
—No quiero calmarme, joder. No se trata de tu táctica, Margot,
ni de ir a la maldita prensa, es todo este plan ridículo. ¿Vas a usar dinero público para entrenar a operativos terroristas con el fin de que
usen sus armas de forma más eficaz?
—No son terroristas, son niñas.
—¿Quieres apostar? ¿Crees que no hay terroristas entre ellas?
Ya has visto lo que ha ocurrido en Oriente Medio, la India y Asia. Lo
has visto en televisión. ¿Apostamos a que tu pequeño plan acabará
atrayendo a alguna maldita yihadista?
—¿Has acabado?

—¿Estoy…?

—¿Has acabado? Porque tengo trabajo que hacer, así que si has acabado…

—No, no he acabado, joder.

Pero sí ha terminado. Incluso mientras está en el despacho de Margot despotricando entre los elegantes muebles y los premios de cristal a la excelencia municipal, se hacen llamadas, se envían correos electrónicos, se envían tuits y se redactan *posts* en foros. «¿Habéis oído a esa señora en el programa matutino? ¿Dónde puedo apuntar a mis hijas para eso? Lo digo en serio, tengo tres hijas de catorce, dieciséis y diecinueve años, y se están volviendo locas. Necesitan un lugar donde ir. Tienen que desahogarse.»

Antes de que termine la semana, Margot ha recibido más de medio millón de dólares en donaciones para sus campamentos de chicas: algunos son de cheques de padres preocupados, y hay hasta donaciones anónimas de multimillonarios de Wall Street. Ahora hay gente que quiere invertir en su plan. Va a ser una iniciativa mixta, pública y privada, un modelo de cómo el gobierno y la empresa pueden ir de la mano.

Antes de que pase un mes, ha encontrado lugares para los primeros centros de prueba en el área metropolitana: antiguas escuelas cerradas de cuando chicos y chicas fueron segregados, lugares con gimnasios de buen tamaño y espacio al aire libre. Llegan seis representantes estatales más para realizar visitas informativas y les enseña lo que tiene previsto.

Antes de que pasen tres meses, la gente empieza a decir:

—¿Por qué la alcaldesa Margot Cleary no organiza algo más ambicioso? Hacedla venir. Tengamos una reunión.

Tunde

*E*n un sótano oscuro de un pueblo de la rural Moldavia, una chica de trece años con un leve bigote en el labio superior lleva pan seco y pescado aceitoso a un grupo de mujeres apiñadas en colchones sucios. Lleva semanas yendo allí. Es joven y de mente lenta. Es la hija del hombre que conduce el camión del pan. A veces hace de vigilante para los propietarios de esa casa y las mujeres encerradas allí. De vez en cuando le pagan algo por el pan seco.

Las mujeres han intentado pedirle cosas antes. Un móvil; ¿podría conseguirles un teléfono? Un papel para escribir una nota; ¿podría enviar algo de su parte? ¿Un sello y un papel? Cuando sus familias sepan lo que les ha ocurrido, podrán pagarle. Por favor. La chica siempre baja la mirada y niega con la cabeza con rotundidad, parpadeando con los ojos húmedos de boba. Las mujeres creen que la chica tal vez sea sorda. O que le han dicho que sea sorda. A esas mujeres ya les han pasado cosas que les harían desear ser sordas y ciegas.

La hija del hombre del camión del pan vacía los orinales en el sumidero del patio, los limpia con la manguera y se los devuelve limpios, aparte de algunas manchas de heces debajo del borde. Por lo menos durante una hora o dos olerá mejor allí dentro.

La chica se da la vuelta dispuesta a irse. Cuando se vaya, quedarán a oscuras de nuevo.

—Déjanos una luz —dice una de las mujeres—. ¿No tienes una vela? ¿Una lucecita para nosotras?

La chica se vuelve hacia la puerta. Levanta la mirada por la escalera hasta la planta baja. No hay nadie.

Agarra la mano de la mujer que ha hablado. Le pone la palma hacia arriba. En el centro de la palma, la niña de trece años hace un ligero giro con lo que acaba de despertársele en la clavícula. La mujer del colchón —veinticinco años, convencida de que iba a ocupar un buen puesto de secretaria en Berlín—, suelta un grito ahogado y se estremece; se le retuercen los hombros y los ojos se le abren de par en par. La mano que sujeta el colchón emite un destello plateado momentáneo.

Esperan a oscuras. Practican. Necesitan estar seguras de que pueden hacerlo todas a la vez, que nadie tendrá tiempo de agarrar el arma. Se lo pasan de mano en mano en la oscuridad, y se maravillan con el fenómeno. Algunas llevan tanto tiempo cautivas que no han oído hablar de eso; para otras no era más que un rumor extraño, una curiosidad. Creen que Dios ha enviado un milagro para salvarlas, igual que rescató a los hijos de Israel de la esclavitud. Desde sus sitios estrechos, soltaron un grito. En la oscuridad, les enviaban luz. Lloran.

Uno de los vigilantes acude a desencadenar a la mujer que pensaba que iba a ser secretaria en Berlín antes de que la arrojaran a un suelo de cemento y le mostraran, una y otra vez, cuál era su trabajo en realidad. Lleva las llaves en la mano. Se abalanzan sobre él todas a la vez, el hombre no puede emitir un sonido y la sangre sale a borbotones de ojos y oídos. Se quitan las cadenas unas a otras con el manojo de llaves.

Matan a todos los hombres de la casa y no se dan por satisfechas.

Moldavia es la capital mundial del tráfico sexual de personas. Hay mil pueblos con puntos de parada en sótanos y pisos en edificios cerrados. También comercian con hombres y niños. Las niñas crecen día a día hasta que la energía llega a las manos y la pueden pasar a las mujeres adultas. Ocurre una y otra vez; el cambio se ha producido demasiado rápido para que los hombres aprendan los trucos nuevos que necesitan. Es un don. ¿Quién puede decir que no procede de Dios?

Tunde presenta una serie de informes y entrevistas desde la frontera moldava, donde la lucha es más cruenta. Las mujeres confían en él gracias al trabajo que hizo en Riad. No muchos hombres podrían acercarse tanto; la suerte lo ha acompañado, pero también ha demostrado tener inteligencia y determinación. Lleva encima otros reportajes suyos, se los enseña a la mujer que dice que está al mando de un pueblo u otro. Quieren que se cuente su historia.

—No es solo por los hombres que nos hicieron daño —le dice Sonja, una mujer de veinte años—. Los matamos, pero no fueron solo ellos. La policía sabía lo que estaba ocurriendo y no hizo nada. Los hombres del pueblo pegaban a sus esposas si intentaban llevarnos más comida. El alcalde sabía lo que estaba sucediendo, los propietarios lo sabían, hasta los carteros estaban al corriente.

Rompe a llorar, se restriega los ojos con el dorso de la mano. Le enseña el tatuaje en el centro de la palma: el ojo con los brotes saliendo del centro.

—Esto significa que jamás dejaremos de vigilar —advierte—. Igual que Dios nos vigila a nosotras.

De noche, Tunde escribe rápido y con prisa. Una especie de diario. Notas de la guerra. Esta revolución necesita un cronista, y va a ser él. Tiene en mente un libro extenso, arrollador, con entrevistas, sí, además de valoraciones de la historia, un análisis por regiones, por naciones. Tirar del hilo para ver cómo la onda expansiva de la corriente se extiende por el planeta. Ampliar el plano para centrarse en momentos concretos, historias individuales. A veces escribe con tal intensidad que olvida que él no tiene la energía en las manos y la clavícula. Va a ser un libro largo. Novecientas páginas, mil. Como *La democracia en América* de Tocqueville. O *Historia de la decadencia y caída del Imperio Romano* de Gibbon. Lo acompañará un aluvión de imágenes en internet. *Shoah* de Lanzmann. Informar desde dentro de los acontecimientos, además de ofrecer análisis y argumentos.

Empieza el capítulo sobre Moldavia con una descripción de cómo la energía ha pasado de mano en mano entre las mujeres, luego pasa al reciente florecimiento de la religión *online*, y cómo ha logrado el apoyo para que las mujeres tomen sus pueblos, para luego acabar con la inevitable revolución en el gobierno del país.

Tunde entrevista al presidente cinco días antes de que caiga el gobierno. Víktor Moskalev es un hombre bajito y sudoroso que ha mantenido unido el país gracias a una serie de alianzas y a hacer la vista gorda con los amplios sindicatos del crimen organizado, que han usado ese pequeño país sin pretensiones como escala para su sucio negocio. Gesticula nervioso con las manos durante la entrevista, se aparta de los ojos los pocos mechones de cabello que le quedan en la cabeza, le caen gotas de sudor por la calva, aunque la sala está bastante fresca. Su esposa, Tatiana

—una exgimnasta que una vez casi llegó a competir en los Juegos Olímpicos— está sentada a su lado, cogiéndole de la mano.

—Presidente Moskalev —dice Tunde, relajando deliberadamente el tono, con una sonrisa—, entre nosotros, ¿qué cree que está ocurriendo en su país?

A Víktor se le tensan los músculos de la garganta. Están sentados en la espléndida sala de recepción del palacio en Chisinau. La mitad de los muebles son dorados. Tatiana le acaricia la rodilla y sonríe. Ella también es dorada: el color bronce destaca en el cabello, brilla en la curva de las mejillas.

—Todos los países —dice Víktor, despacio— han tenido que adaptarse a la nueva realidad.

Tunde se reclina en la silla y cruza las piernas.

—No va a emitirse en la radio ni en internet, Víktor. Solo es para mi libro. De verdad me gustaría conocer su valoración. Cuarenta y tres pueblos fronterizos están siendo gobernados en la práctica por bandas paramilitares, la mayoría compuestas por mujeres liberadas de la esclavitud sexual. ¿Qué opciones cree que tiene de recuperar el control?

—Las fuerzas del orden ya están movilizadas para acallar a esas rebeldes —dice Víktor—. En unos días la situación se normalizará.

Tunde levanta una ceja en un gesto burlón. Se le escapa la risa. ¿Habla en serio? Las bandas han conseguido armas, trajes blindados y munición de las organizaciones mafiosas que han destruido. Son prácticamente imbatibles.

—Disculpe, pero ¿qué piensa hacer? ¿Bombardear su propio país hasta hacerlo estallar en pedazos? Están por todas partes.

Víktor esboza una sonrisa enigmática.

—Si es necesario, así se hará. El problema pasará en una semana o dos.

Joder. A lo mejor de verdad bombardea todo el país para acabar como presidente de un montón de escombros. O tal vez no ha aceptado lo que está pasando en realidad. Sería una nota al pie interesante para el libro. Con el país desmoronándose a su alrededor, casi parecía que al presidente Moskalev le traía sin cuidado.

En el pasillo exterior, Tunde espera que un coche de la embajada lo lleve de vuelta al hotel. Es más seguro viajar con bandera nigeriana que bajo la protección de Moskalev. Pero los coches pueden tardar dos o tres horas en atravesar la seguridad.

Allí es donde lo encuentra Tatiana Moskalev: esperando en

una silla tapizada a que alguien lo llame al móvil para decirle que el coche está listo.

Recorre el pasillo repiqueteando con sus tacones de aguja. El vestido es de color turquesa, ceñido, fruncido y cortado para resaltar esas piernas fuertes de gimnasta y los elegantes hombros. Se planta delante de él.

—Mi marido no le gusta, ¿verdad? —dice.

—Yo no diría tanto. —Sonríe con tranquilidad.

—Pues yo sí. ¿Va a publicar algo malo sobre él?

Tunde apoya los codos en el respaldo de la silla y saca pecho.

—Tatiana, si vamos a tener esta conversación, ¿hay algo de beber en este palacio?

Hay brandy en una vitrina en lo que parece una sala de juntas de Wall Street sacada de una película de los ochenta: accesorios de plástico dorado muy brillantes y una mesa de madera oscura. Sirve una cantidad generosa para cada uno y contemplan la ciudad juntos. El palacio presidencial es una torre de pisos en el centro: desde fuera parece un hotel comercial de nivel medio.

Tatiana dice:

—Fue a ver una actuación en mi colegio. Yo era gimnasta. ¡Actuar delante del ministro de finanzas! —Bebe—. Yo tenía diecisiete años y él cuarenta y dos. Pero me sacó de esa ciudad insignificante.

Tunde dice:

—El mundo está cambiando. —Intercambian una discreta mirada.

Ella sonríe.

—Usted va a tener mucho éxito —augura ella—. Tiene la ambición. Lo he visto otras veces.

—¿Y usted? ¿Tiene… ambición?

Ella lo mira de arriba abajo y suelta una risa acompañada de un bufido. No tendrá más de cuarenta años.

—Mira lo que sé hacer —dice, aunque él cree saber qué puede hacer.

Coloca la palma plana sobre el marco de la ventana y cierra los ojos.

Las luces del techo silban y se apagan.

Ella levanta la mirada, suspira.

—¿Por qué están… conectadas a los marcos de las ventanas? —pregunta Tunde.

—Por una porquería de instalación eléctrica, como todo en este lugar.

—¿Víktor sabe que puede hacerlo?

Ella niega con la cabeza.

—Me lo pasó la peluquera. Una broma. Me dijo que una mujer como yo jamás lo necesitaría. Que cuidan de mí.

—¿Y es cierto? ¿Cuidan de usted?

Ella suelta una carcajada en toda regla, a pleno pulmón.

—Tenga cuidado. Víktor le cortaría las pelotas si le oyera hablar así.

Tunde se ríe también.

—¿De verdad es Víktor quien debe darme miedo? ¿Alguien más?

Ella da un sorbo largo y lento a su copa.

—¿Quieres saber un secreto? —dice.

—Siempre.

—Awadi-Atif, el nuevo rey de Arabia Saudí, está exiliado en el norte de nuestro país. Ha proporcionado dinero y armas a Víktor. Por eso cree que puede abatir a las rebeldes.

—¿En serio?

Ella asiente.

—¿Puede conseguirme una confirmación? ¿Correos electrónicos, faxes, fotografías, cualquier cosa?

La mujer lo niega con la cabeza.

—Búsquelos. Es usted un chico listo. Lo conseguirá.

Tunde se relame los labios.

—¿Por qué me lo cuenta?

—Quiero que se acuerde de mí cuando tenga mucho éxito. Recuerde que estuvimos hablando así.

—¿Solo hablar? —dice Tunde.

—Su coche está aquí —dice ella, al tiempo que señala la larga limusina negra que pasa el cordón de fuera del edificio, treinta plantas más abajo.

Al cabo de cinco días, Víktor Moskalev muere, de manera repentina e inesperada, de un ataque al corazón mientras dormía. La comunidad internacional se lleva una sorpresa cuando, momentos después de su muerte, el Tribunal Supremo del país vota unánimemente en una sesión de emergencia a favor de nombrar a su esposa, Tatiana, como presidenta interina. En otro momento habría elecciones en las que Tatiana se presentaría candidata al cargo, pero en momentos difíciles lo más importante es mantener el orden.

Sin embargo, dice Tunde en su informe, no hay que subestimar a Tatiana Moskalev; es una figura política hábil e inteligente, y es obvio que ha hecho un buen uso de su influencia. En su primera aparición pública llevó un pequeño broche de oro con la forma de un ojo; algunos dijeron que era un guiño a la creciente popularidad de los movimientos de la «Diosa» en internet. Algunos destacaron la dificultad de distinguir entre un ataque hábil utilizando la corriente eléctrica y un ataque al corazón común, pero los rumores carecían de pruebas.

Los traspasos de poder, por supuesto, rara vez son fluidos. Este lo complica un golpe militar encabezado por el jefe de defensa de Víktor, que se lleva a más de la mitad del ejército y logra derrocar al gobierno interino de Moskalev de Chisinau. Sin embargo, los ejércitos de mujeres liberadas de las cadenas en las ciudades fronterizas están a favor de Tatiana Moskalev de forma amplia y visceral. Más de trescientas mil mujeres pasan por el país todos los años, vendidas para usar sus cuerpos húmedos y su carne frágil. Gran parte se ha quedado en el país porque no tienen adónde ir.

El decimotercer día del quinto mes del tercer año después del Día de las Chicas, Tatiana Moskalev lleva sus bienes y personal de confianza, poco menos que la mitad de su ejército, y muchas de sus armas a un castillo en las montañas de la frontera de Moldavia. Allí declara un nuevo reinado, uniendo las tierras costeras entre los viejos bosques y las grandes ensenadas y así, a todos los efectos, declara la guerra en cuatro países distintos. Llama al nuevo país Bessapara, en honor al antiguo pueblo que vivió allí e interpretaba los dichos sagrados de las sacerdotisas en las cimas de las montañas. La comunidad internacional espera el resultado. El consenso es que el estado de Bessapara no puede durar mucho.

Tunde lo registra todo en notas y documentaciones cuidadosas. Añade: «Huele a algo en el ambiente, un olor como a lluvia tras una prolongada sequía. Primero una persona, luego cinco, luego quinientas, luego pueblos, ciudades y estados. Brote a brote y hoja a hoja. Algo nuevo está ocurriendo. La escala ha aumentado».

Roxy

*H*ay una chica en la playa cuando la marea está alta que ilumina el mar con las manos. Las chicas del convento la observan desde lo alto del acantilado. Se ha metido en el océano hasta la cintura, más arriba. Ni siquiera lleva bañador, solo vaqueros y una chaqueta negra. Está prendiendo fuego al mar.

Se acerca el anochecer, así que lo ven con claridad. Hay hilos de algas esparcidos que forman una malla fina y desordenada en la superficie del agua. Y cuando envía su poder al agua, las partículas y los desechos brillan vagamente, y las algas marinas con más intensidad. La luz se expande en un círculo amplio alrededor de ella, encendida desde abajo, como si el gran ojo del océano mirara hacia el cielo. Se oye un sonido como de caramelo al crujir cuando las extremidades ramificadas de las plantas de sargazo arden y los brotes se hinchan y estallan. Se percibe un olor marino, salado, verde y acre. La chica debe de estar a unos doscientos cincuenta metros, pero lo huelen desde lo alto del acantilado. Piensan que en algún momento agotará la energía, pero continúa; observan la luminiscencia titilante en la bahía, el olor cuando los cangrejos y los peces pequeños emergen a la superficie del agua.

Las mujeres se dicen unas a otras: «La Diosa nos enviará su salvación».

—Ha grabado un círculo en el rostro de las aguas —dice la hermana María Ignacia—. Está en el límite entre la luz y la oscuridad.

Es una señal de la Madre.

Avisan a Madre Eva: ha llegado alguien.

Ɏ

Han ofrecido a Roxy varios lugares adonde ir. Bernie tiene familia en Israel, podría ir con ellos. Piénsalo, Rox, playas de arena, aire fresco, podrías ir a clase con los hijos de Yuval; tiene dos hijas de tu edad, y debes creerme: los israelitas no encierran a las chicas por que sepan hacer lo que tú haces. Ya las tienen en el ejército, las están entrenando, Rox. Seguro que saben cosas que ni siquiera se te han ocurrido. Búscalo en internet, si quieres. Ni siquiera hablan inglés en Israel, ni escriben con el alfabeto inglés. Bernie intenta explicar que la mayoría de la gente en Israel sí habla inglés, en realidad, pero Roxy dice: «No, no creo».

Además, su madre tiene familia cerca del mar Negro. Bernie lo señala en el mapa.

—Es tu abuela la que es de allí. No llegaste a conocerla, ¿verdad? La madre de tu madre. Todavía hay primos allí. Aún tenemos relaciones familiares, también hacemos buenos negocios con esa gente. Podrías entrar en el negocio, dijiste que querías.

Pero Roxy ya ha decidido a dónde quiere ir.

—No soy burra —dice—. Sé que queréis sacarme del país porque están buscando a la persona que mató a Primrose. No son unas vacaciones.

Bernie y los chicos dejan de hablar y se la quedan mirando.

—No puedes decir eso, Rox —dice Ricky—. Vayas donde vayas, tú solo di que estás de vacaciones, ¿de acuerdo?

—Quiero ir a Estados Unidos —dice ella—. Quiero ir a Carolina del Sur. Mira, allí hay una mujer, Madre Eva. Da charlas por internet. Ya sabes.

Ricky dice:

—Sal y conoce a gente por ahí. Podemos conseguirte un sitio donde quedarte, Rox, alguien que te cuide.

—No necesito que nadie me cuide.

Ricky mira a Bernie, que se encoge de hombros.

—Después de todo lo que ha pasado… —dice Bernie. Y luego lo organizan.

Allie está sentada en una roca, chapoteando con los dedos en el agua. Cada vez que la mujer del agua descarga la corriente la nota, incluso a esa distancia, como un chasquido agudo.

Le dice a su corazón: «¿Tú qué crees? Nunca he visto a nadie con tanta fuerza en su interior».

La voz dice: «¿No te dije que te iba a enviar a una soldado?».

Allie le dice a su corazón: «¿Ella conoce su destino?».

La voz dice: «¿Y quién lo conoce, cariño?».

Está oscuro, y las luces de la autopista apenas se ven desde allí. Allie sumerge la mano en el océano y envía toda la carga que puede. Apenas sale un parpadeo por el agua. Suficiente. La mujer de las olas camina hacia ella.

Está demasiado oscuro para verle la cara con claridad.

Allie dice:

—Debes de tener frío. Tengo una manta, si quieres.

La mujer del agua dice:

—¿Qué eres, del equipo de rescate? Supongo que no llevarás algo de pícnic, ¿no?

Es británica. No se lo esperaba. Aun así, los caminos de la Todopoderosa son misteriosos.

—Roxy —se presenta la mujer del agua—. Soy Roxy.

—Yo soy… —dice Allie, y se detiene. Por primera vez en mucho tiempo tiene el impulso de decirle a esa mujer su nombre real. Es ridículo—. Soy Eva.

—Madre mía —exclama Roxy—. Dios mío, eres tú la que he venido a buscar, ¿verdad? Joder, acabo de llegar esta mañana; en un vuelo de noche, me muero, te lo juro. He dormido una siesta, pensaba ir a buscarte mañana y aquí estás. ¡Es un milagro!

«¿Ves, qué te dije?», dice la voz.

Roxy se sube a la piedra plana al lado de Allie. Impresiona al instante y por sorpresa. Tiene los hombros y los brazos musculados, pero es más que eso.

Allie estira el brazo con ese sentido que ha pulido y practicado, intentando captar cuánto poder alberga Roxy.

Nota como si cayera por el borde del mundo. Continúa y continúa. Tan infinito como el océano.

—Vaya, llegará una soldado.

—¿Qué es eso?

Allie niega con la cabeza.

—Nada, algo que oí una vez.

Roxy le lanza una mirada inquisitoria.

—Das un poco de miedo, ¿sabes? Eso pensé cuando vi tus vídeos. «Da un poco de miedo.» Quedarías bien en uno de esos programas de televisión de cosas paranormales, ¿sabes? Por cierto, no tendrás algo para comer, ¿no? Me muero de hambre.

Allie se tantea los bolsillos y encuentra una barra de caramelo en la chaqueta. Roxy se abalanza sobre ella y le da unos mordiscos enormes.

—Mucho mejor —dice—. ¿Sabes cuando usas un montón de

energía y te mueres de hambre? —Hace una pausa, mira a Allie—. ¿No?

—¿Por qué hacías eso? Lo de la luz en el agua.

Roxy se encoge de hombros.

—Se me ocurrió la idea. Nunca había estado en el mar, así que quería ver qué podía hacer. —Agudiza la mirada hacia la inmensidad del agua—. Creo que he matado a un montón de peces. Podríamos cenarlos toda la semana si tienes… —Juega con las manos—. No sé, un barco y una red o algo así. Supongo que algunos deben de ser veneno. ¿Te puedes envenenar con un pez? ¿O es solo en… *Tiburón* y esas cosas?

Allie se ríe, muy a su pesar. Hacía mucho tiempo que alguien no la hacía reír. Desde la última vez que rio sin decidir de antemano que reír era lo más inteligente.

«Solo se le ocurrió una idea —dice la voz—. Le vino a la cabeza. Ha venido a buscarte. Te dije que llegaría una soldado.»

«Sí —dice Allie—. Calla un minuto, ¿quieres?»

—¿Qué te hizo venir a buscarme? —pregunta Allie.

Roxy mueve los brazos como si se moviera a ambos lados, esquivando golpes imaginarios.

—Tenía que irme de Inglaterra por un tiempo. Y te vi en You-Tube. —Respira, saca el aire, sonríe para sí misma y dice—: Mira, no sé, todas esas cosas que dices, cuando explicas que Dios hizo que ocurriera todo esto por un motivo y que se supone que las mujeres deben tomar el relevo de los hombres… yo no creo en esas cosas de Dios, ¿vale?

—Vale.

—Pero creo… ¿sabes lo que les están enseñando a las chicas en los colegios ingleses? ¡Ejercicios de respiración! No es broma, a respirar, joder. Esa mierda de «mantener el control, no usarlo, no hacer nada, ser buenas y estar de brazos cruzados», ¿sabes lo que quiero decir? Y bueno, me enrollé con un tío hace unas semanas que prácticamente me suplicó que se lo hiciera, un poco, lo había visto en internet. Nadie se va a quedar de brazos cruzados para siempre. Mi padre está bien, y mis hermanos también, no son malos, pero quería hablar contigo porque eres como… Tú estás pensando en qué significa esto. Para el futuro, ¿sabes? Es emocionante.

Le sale una gran carga.

—¿Tú qué crees que significa? —dice Allie.

—Todo va a cambiar —dice Roxy, mientras pellizca las algas con una mano al hablar—. Es de lógica, ¿no? Y entre todos tenemos que encontrar una manera nueva de trabajar juntos en ello. Ya sabes. Los tíos tienen algo: son fuertes. Ahora las chicas también tenemos algo. Y sigue habiendo armas, no dejan de funcionar. Muchos tíos con armas: yo no soy opción para ellos. Me siento como… es emocionante, ¿sabes? Se lo conté a mi padre. Las cosas que podríamos hacer juntos.

Allie se echa a reír.

—¿Y tú crees que querrán trabajar con nosotras?

—Bueno, algunos sí y otros no, ¿no? Pero los sensibles sí querrán. Lo hablé con mi padre. ¿Alguna vez tienes esa sensación cuando estás en una sala y sabes qué chicas alrededor tienen un montón de poder, y cuáles no lo tienen? Ya sabes, como… un sentido arácnido.

Es la primera vez que Allie oye hablar a otra persona de ese sentido que ella tiene muy agudo.

—Sí —admite—. Creo que sé a qué te refieres.

—Madre mía, pero si nadie sabe a qué me refiero. Y he hablado de eso con montones de gente. Pero bueno, eso: es útil poder decírselo a los tíos, ¿no? Es útil trabajar juntos.

Allie aprieta los labios.

—Yo lo veo un poco distinto, ya sabes.

—Sí, tía, ya lo sé, he visto tus vídeos.

—Creo que se va a producir una gran batalla entre la luz y la oscuridad. Y que tu destino es luchar en nuestro bando. Creo que serás la más poderosa entre las poderosas.

Roxy se echa a reír y lanza un guijarro al mar.

—Siempre he querido tener un destino —dice—. Mira, ¿podemos ir a algún sitio? ¿A tu casa, o a otra parte? Aquí hace mucho frío.

La dejaron ir al funeral de Terry; fue un poco como Navidad. Había tías y tíos, bebida, bocadillos y huevos duros. Mucha gente la rodeaba con el brazo y le decían que era una buena chica. Ricky le dio un poco de mierda antes de salir, él también tomó y dijo: «Solo para ponernos a tono». Así que parecía que estuviera nevando. Hacía frío y el ánimo arriba. Como en Navidad.

En el cementerio, Barbara, la madre de Terry, fue a lanzar una palada de tierra sobre el ataúd. Cuando la tierra dio a la madera soltó un largo grito lastimero. Había un coche aparcado y unos tíos que hacían fotografías con objetivos de largo alcance. Ricky y algunos amigos suyos los ahuyentaron.

Cuando regresaron, Bernie dijo:
—¿Paparazzis?
Y Ricky dijo:
—Podría ser policía. Trabajando.
Probablemente eso implicaba problemas para Roxy.
Estuvieron bien con ella en la recepción, pero en el cementerio ninguno de los asistentes sabía adónde mirar cuando Roxy pasaba.

En el convento, ya están sirviendo la cena cuando llegan Allie y Roxy. Hay un lugar reservado para ellas en la cabecera de la mesa, se oye charlar y se nota el olor a buena comida caliente. Es un guiso con almejas, mejillones, patatas y maíz. Hay pan crujiente y manzanas. Roxy tiene una sensación difícil de describir, no se sitúa. La hace sentir un poco blanda por dentro, un poco compungida. Una de las chicas le busca ropa para cambiarse: un jersey de lana y unos pantalones de chándal desgastados y cómodos de tanto lavarlos, justo como se siente ella. Todas las chicas quieren hablarle: nunca han oído un acento como el suyo y le hacen decir «agua» y «plátano». Hablan mucho. Roxy siempre había pensado que ella era una bocazas, pero eso va más allá.

Después de la cena, Madre Eva les da una pequeña clase sobre las Escrituras. Están buscando unas Escrituras que les funcionen, reescribiendo los fragmentos que no sirven. Madre Eva habla sobre el Libro de Ruth. Lee en voz alta el pasaje en el que Ruth le dice a su suegra, su amiga: «No me pidas que te deje. Allí donde tú vayas, iré yo. Tu gente será mi gente. Tu Dios será mi Dios».

Madre Eva se siente cómoda con esas mujeres, de una manera que a Roxy le resulta difícil. No está acostumbrada a la compañía femenina; siempre eran chicos en la familia de Bernie, y en su banda; su madre siempre fue mujer de más de un hombre y las chicas del colegio nunca trataron bien a Roxy. Madre Eva no se siente rara. Sujeta las manos de dos de las chicas que están sentadas a su lado y habla con ternura y humor.

Dice:

—La historia de Ruth es la historia de amistad más bonita en toda la Biblia. Nadie fue nunca tan leal como Ruth, nadie expresó mejor los lazos de amistad.

Tiene lágrimas en los ojos cuando habla, y las chicas de la mesa ya están conmovidas.

—No somos nosotras quienes debemos preocuparnos por los hombres —dice—. Que sean ellos mismos, como siempre. Si quieren pelear entre ellos, que lo hagan. Nosotras nos tenemos las unas a las otras. Donde vayáis vosotras, iré yo. Vuestra gente será mi gente, hermanas.

Y ellas dijeron:

—Amén.

Arriba, han preparado una cama para Roxy. Es un cuarto pequeño: una cama individual con una colcha tejida a mano encima, una mesa y una silla y vistas al océano. Siente ganas de llorar cuando abren la puerta, pero no lo demuestra. De pronto, cuando se sienta en la cama y nota la colcha bajo la mano, recuerda una noche en que su padre la llevó a su casa, donde él vivía con Barbara y los hermanos de Roxy. Era de noche y su madre estaba enferma, vomitaba, así que llamó a Bernie para que recogiera a Roxy y él fue. Ella llevaba pijama, no tendría más de cinco o seis años. Recuerda que Barbara dijo: «No puede quedarse aquí», y Bernie contestó: «Joder, déjala en el salón y ya está». Barbara se cruzó de brazos y dijo: «Te he dicho que no va a quedarse aquí. Envíala a casa de tu hermano si quieres». Esa noche llovía y su padre la llevó en brazos al coche, las gotas caían por la capucha de su bata hasta llegar al pecho.

Esa noche alguien está esperando a Roxy, más o menos. Alguien que se va a llevar una buena si la pierden. Pero tiene dieciséis años, y un texto lo arreglará.

Madre Eva cierra la puerta y se quedan las dos solas en el cuarto. Se sienta en la silla y dice:

—Puedes quedarte el tiempo que quieras.

—¿Por qué?

—Tengo un buen presentimiento contigo.

Roxy se ríe.

—¿Tendrías un buen presentimiento conmigo si fuera un chico?

—No eres un chico.

—¿Tienes un buen presentimiento con todas las mujeres?

Madre Eva lo niega con la cabeza.

—No así. ¿Quieres quedarte?

—Sí —contesta Roxy—. Un poco, por lo menos. Para ver qué hacéis aquí. Me gusta vuestro… —Busca la palabra—. Me gusta la sensación que da esto.

Madre Eva dice:

—Eres fuerte, ¿no? ¿Como todo el mundo?

—Más fuerte que nadie, tía. ¿Por eso te gusto?

—Nos hace falta alguien fuerte.

—¿Sí? ¿Tienes grandes planes?

Madre Eva se inclina hacia delante y le pone las manos en las rodillas.

—Quiero salvar a las mujeres —dice.

—¿A todas? —Roxy se ríe.

—Sí —contesta Madre Eva—, si puedo. Quiero llegar a ellas y explicarles que ahora hay nuevas maneras de vivir. Que podemos unirnos, dejar que los hombres sigan su camino, que no necesitamos seguir el viejo orden, podemos abrir una nueva vía.

—Ah, ¿sí? Pues se necesitan algunos tíos para hacer bebés, no sé si lo sabes.

Madre Eva sonríe.

—Todo es posible con la ayuda de Dios.

Suena un pitido en el teléfono de Allie. Lo mira. Hace una mueca. Le da la vuelta para que no vea la pantalla.

—¿Qué pasa? —dice Roxy.

—La gente no para de enviar correos electrónicos al convento.

—¿Para intentar sacaros de aquí? Es un buen sitio. Entiendo que quieran recuperarlo.

—Intentan darnos dinero.

Roxy se echa a reír.

—¿Y qué problema hay? ¿Tenéis demasiado?

Allie mira a Roxy pensativa un momento.

—Solo la hermana María Ignacia tiene cuenta bancaria. Y yo... —Se pasa la lengua por los dientes de arriba, chasquea los labios.

Roxy dice:

—No te fías de nadie, ¿verdad?

Allie sonríe.

—¿Y tú?

—Es el precio de hacer negocios. Tienes que confiar en alguien o no podrás hacer nada. ¿Necesitas una cuenta bancaria? ¿Cuántas quieres? ¿Alguna fuera del país? Las Islas Caimán están bien, creo, no sé por qué.

—Espera, ¿a qué te refieres?

Antes de que Allie pueda pararla, Roxy ya ha sacado su teléfono, le ha hecho una foto a Allie y envía un texto.

Roxy sonríe.

—Confía en mí. Tengo que encontrar una manera de pagar el alquiler, ¿no?

Υ

Un hombre llega al convento antes de las siete al día siguiente por la mañana. Aparca en la puerta principal y espera ahí. Roxy llama a la puerta de Allie y la arrastra por el pasillo en camisón.

—¿Qué? ¿Qué pasa? —dice Allie, pero sonríe.

—Ven y lo verás.

—De acuerdo, Einar —dice Roxy al hombre. Es fornido, cuarenta y tantos años, cabello oscuro, lleva gafas de sol en la frente.

Einar sonríe y asiente despacio.

—¿Estás bien aquí, Roxanne? Bernie Monke me dijo que cuidara de ti, ¿cuidan de ti?

—Estoy espléndidamente, Einar —contesta Roxy—. Súper. Me voy a quedar aquí con mis amigas unas semanas, creo. ¿Tienes lo que necesito?

Einar se ríe de ella.

—Te conocí en Londres una vez, Roxanne. Tenías seis años y me diste una patada en la espinilla porque no te compré un batido mientras esperábamos a tu padre.

Roxy se ríe también, con soltura. Es más sencillo esto para ella que la cena. Allie lo ve.

—Entonces deberías haberme comprado el batido, ¿no? Vamos, dámelo.

Hay una bolsa con ropa de Roxy y otras cosas dentro. Hay un portátil nuevo, último modelo. Y un pequeño estuche con cremallera. Roxy lo deja en equilibrio en el borde del maletero abierto del coche y lo abre.

—Cuidado —advierte Einar—. Ha sido rápido. La tinta aún se correrá si la frotas.

—¿Lo has pillado, Evie? —dice Roxy—. Nada de frotarlos hasta que estén secos.

Roxy le da unas cuantas cosas de dentro del estuche.

Son pasaportes estadounidenses, permisos de conducir, tarjetas de sanidad, todos con el mismo aspecto legal que si estuvieran expedidos por el mismo gobierno. Y todos los permisos y pasaportes llevan su foto. Cada vez cambia un poco: el pelo distinto, algunas con gafas. Y nombres diferentes, para agrupar los nombres de las tarjetas sanitarias y los permisos. Pero siempre ella.

—Te hemos hecho siete —dice Roxy—. Media docena, más el

de la suerte. El séptimo es del Reino Unido. Por si te gusta. ¿Has conseguido cuentas bancarias, Einar?

—Todas abiertas —contesta Einar, al tiempo que saca otra cartera más pequeña con cremallera del bolsillo—. Pero nada de depósitos de más de cien mil en un día sin decírnoslo antes, ¿de acuerdo?

—¿Dólares o libras? —dice Roxy.

Einar hace una leve mueca.

—Dólares —contesta. Y se apresura a añadir—: ¡Pero solo durante las primeras seis semanas! Luego saca los cheques de las cuentas.

—Vale —dice Roxy—. Esta vez no te daré una patada en la espinilla.

Roxy y Darrell estuvieron dando vueltas por el jardín, pegando pataditas a las piedras y sacando la corteza del árbol. A ninguno le gustaba mucho Terry, pero era raro que no estuviera.

Darrell dijo:

—¿Qué sentiste?

Y Roxy dijo:

—Yo no estaba cuando le dieron a Terry.

Y Darrell:

—No, me refiero a Primrose. ¿Qué sentiste?

Lo sintió de nuevo, el brillo en la palma de la mano, cómo se le calentaba el rostro para luego enfriarse. Tomó aire. Se miró la mano como si fuera a darle la respuesta.

—Me sentí bien. Mató a mi madre.

Darrell dijo:

—Ojalá yo pudiera hacerlo.

Roxanne Monke y Madre Eva hablan mucho durante los días siguientes. Encuentran los puntos en común y los estudian para admirar los detalles. La madre ausente, el lugar que ambas usaron para situarse, entre dentro y fuera de las familias.

—Me gusta que todas digáis «hermana». Yo no tengo ninguna hermana.

—Yo tampoco —dice Allie.

—Siempre he querido tener una —dice Roxy.

Y lo dejan ahí por un tiempo.

Y

Algunas chicas del convento quieren entrenar con Roxy, practicar sus habilidades. Ella está dispuesta. Utilizan el gran césped que hay en la parte trasera del edificio, que da al océano. Se enfrenta a dos o tres a la vez, las esquiva, les da fuerte, las confunde hasta que se dan descargas entre ellas. Llegan a cenar con morados y entre risas, una vez con una diminuta cicatriz en forma de telaraña en la muñeca o el tobillo, y lo llevan con orgullo. Hay chicas muy jóvenes, de once o doce años, que siguen a Roxy como si fuera una estrella del pop. Ella les dice que se larguen, que se busquen otra cosa que hacer. Pero le gusta. Les enseña trucos de lucha especiales que ella ha inventado: reventar una botella de agua en la cara de alguien, meter un dedo en el agua cuando sale un chorro de la botella y electrificarlo todo. Lo practican con las otras en el césped, entre risitas, tirando agua por todas partes.

Una tarde, a última hora, Roxy está sentada con Allie en el porche mientras el sol se pone tras ellas con su tono oro rojizo. Observan a las niñas que hacen el tonto en el césped.

Allie dice:

—Me recuerda a cuando yo tenía diez años.

—¿Ah, sí? ¿Familia numerosa?

Se produce una pausa demasiado larga. Roxy se pregunta si ha preguntado algo que no debía, pero a la mierda. Puede esperar.

Allie dice:

—Un orfanato.

—Ah —dice Roxy—. Conozco niños que han ido. Es duro. Cuesta mantenerse en pie. Pero tú ahora lo llevas bien.

—Cuidé de mí misma —contesta Allie—. Aprendí a cuidar de mí misma.

—Sí, ya lo veo.

La voz de la cabeza de Allie lleva callada los últimos días. Más de lo que recuerda en años. Hay algo en el hecho de estar allí, en esos días de verano, en saber que Roxy está allí y podría matar a cualquiera al instante; algo ha hecho que todo se calme.

Allie dice:

—De niña pasé por muchos sitios. Nunca conocí a mi padre, y mi madre es solo un pedacito de recuerdo.

Lo único que recuerda Allie es un sombrero. Un sombrero dominical de iglesia de color rosa claro, colocado en un ángulo atrevido y un rostro debajo que le sonríe y le saca la lengua. Parece un recuerdo feliz, de algún momento entre largas tandas de tristeza, o enfermedad, o ambas cosas. No recuerda haber ido nunca a la iglesia, pero tiene ese sombrero en la memoria.

Continúa:

—Creo que he tenido doce hogares antes que este. Tal vez trece. —Se pasa una mano por la cara y se clava las puntas de los dedos en la frente—. Una vez me llevaron con una señora que coleccionaba muñecas de porcelana. Había cientos, por todas partes, que me miraban desde las paredes del dormitorio donde dormía. Me vestía bonita, eso lo recuerdo. Vestiditos de color pastel con cintas ensartadas en los dobladillos. Pero la encarcelaron por robar, así pagaba todas esas muñecas, así que me llevaron a otro sitio.

Una de las chicas del césped le tira agua a otra y la hace chispear con una leve descarga. La otra chica suelta una risita. Hace cosquillas.

—La gente hace lo que le va bien —dice Roxy—. Eso dice mi padre. Si necesitas algo, algo que realmente debes tener, no solo que lo quieras, sino que lo necesitas, encontrarás la manera de conseguirlo. —Suelta una carcajada—. Hablaba de yonquis, ¿sabes? Pero es mucho más que eso.

Roxy mira hacia las niñas del césped, en esa casa que es un hogar, más que un hogar. Allie sonríe.

—Si lo haces, tienes que protegerlo.

—Sí, bueno. Ahora estoy yo aquí.

—Eres la persona que más energía tiene que haya conocido, ya lo sabes.

Roxy se mira las manos como si estuviera entre impresionada y asustada.

—No lo sé —dice—. Probablemente hay más gente como yo.

Entonces Allie tiene una súbita intuición. Como una máquina de feria con los engranajes funcionando y las cadenas sonando. Una vez alguien la llevó de pequeña. Pusieron dos monedas, tiraron de la palanca, se oyeron chirridos; salió una leyenda impresa en un pequeño rectángulo de cartón grueso con el borde rosa. La intuición de Allie es igual: repentina y completa, como si hubiera una maquinaria funcionando en su mente a la que ni siquiera ella tuviera acceso. Con sus chirridos.

La voz dice: «Aquí. Ahora sabes algo. Utilízalo».

Allie habla con voz bastante tenue.

—¿Has matado a alguien?

Roxy se mete las manos en los bolsillos y frunce el entrecejo.

—¿Quién te lo ha dicho?

Al ver que no dice «¿quién te ha dicho eso?», Allie sabe que tiene razón.

La voz dice: «No digas nada».

Allie dice:

—A veces simplemente sé cosas. Es como si tuviera una voz en la cabeza.

Roxy dice:

—Madre mía, sí que das miedo. ¿Quién va a ganar la carrera de caballos Grand National este año?

Allie dice:

—Yo también maté a alguien. Hace mucho tiempo. Era otra persona.

—Si lo hiciste, probablemente lo merecía.

—Sí.

Se quedaron pensando.

Roxy dice, en tono casual como si no viniera a cuento:

—Hubo un tío que me metió la mano en los pantalones cuando tenía siete años. Profesor de piano. Mi madre pensó que estaría bien que aprendiera a tocar el piano. Allí estaba yo, en el taburete, tocando «Every Good Boy Deserves Fun» cuando, de pronto, noté la mano en las bragas. «No digas nada», me dijo. «Tú sigue tocando.» Así que se lo dije a mi padre al día siguiente por la noche cuando vino a llevarme al parque y, madre mía, se volvió loco. Se puso a gritarle a mi madre que cómo podía ser, ella le dijo que no lo sabía, si no, no lo hubiera permitido. Mi padre se llevó a algunos de sus chicos a casa del profesor de piano.

Allie pregunta:

—¿Qué pasó?

Roxy se echa a reír.

—Le dieron una paliza de miedo. Acabó la noche con un huevo menos.

—¿De verdad?

—Sí, claro. Mi padre le dijo que si volvía a tener un alumno en esa casa, y quería decir para siempre, volvería a por el resto. Y que no se le ocurriera irse de la ciudad para empezar de nuevo en otro sitio, porque Bernie Monke está en todas partes. —Roxy se ríe para sus adentros—. Sí, lo vi en la calle una vez y salió corriendo. Me vio, bueno, dio media vuelta y corrió de verdad. Muy bueno, tía.

Allie dice:

—Eso está bien. Suena bien. —Suelta un leve suspiro.

Roxy dice:

—Sé que no te fías. De acuerdo. No tienes por qué fiarte, cariño.

Estira el brazo y posa la mano encima de la de Allie, y se quedan sentadas así un buen rato.

Al cabo de un tiempo, Allie dice:

—El padre de una de las chicas es policía. La llamó por teléfono hace dos días para decirle que el viernes no debe estar en este edificio.

Roxy suelta una carcajada.

—Padres. Les gusta mantener a sus hijas a salvo. No saben guardar secretos.

—¿Nos ayudarás? —pregunta Allie.

—¿Qué crees que pasará? —dice Roxy—. ¿El equipo de élite de la policía?

—No tanto. Solo somos un grupo de chicas en un convento practicando nuestra religión como ciudadanas respetables.

—No puedo matar a nadie más —dice Roxy.

—No creo que sea necesario —dice Allie—. Tengo una idea.

El resto de la banda de Primrose se desintegró cuando este murió. No costó mucho: todos se largaron. Dos semanas después del funeral de Terry, Bernie llamó a Roxy al móvil a las cinco de la madrugada y le dijo que acudiera a un garaje cerrado en Dagenham. Allí, sacó el gran manojo de llaves del bolsillo, lo abrió y le enseñó dos cuerpos extendidos, muertos, fríos y limpios y a punto de meterlos en ácido, y con eso acabarían.

Los miró a la cara.

—¿Son ellos? —preguntó Bernie.

—Sí —dijo. Rodeó con el brazo la cintura de su padre—. Gracias.

—Cualquier cosa por mi niña —dijo.

El tipo alto, el bajito, los dos que mataron a su madre. Uno de ellos aún tenía la marca que ella le había dejado en el brazo, amoratada y ramificada.

—¿Entonces ya está, cariño?

—Ya está, papá.

Le dio un beso en la coronilla.

Aquella mañana fueron a dar un paseo por el cementerio de Eastbrookend. Caminaban despacio, charlando, mientras unos cuantos limpiaban el garaje.

—¿Sabes que el día que naciste fue el día que atrapamos a Jack Conaghan? —dijo Bernie.

Roxy lo sabe. Aun así, le gusta volver a oír la historia.

—Llevaba años detrás de nosotros —dijo Bernie—. Mató al padre de Micky, no llegaste a conocerlo, a él y a los irlandeses. Pero al fin lo cogimos. Pescando en el canal. Estuvimos toda la noche esperándolo, y cuando llegó a primera hora, acabamos con él, lo mandamos al diablo. Así acabó. Cuando terminamos y estábamos en casa, secos, miré el teléfono: ¡quince mensajes de tu madre! ¡Quince! Se había puesto de parto esa noche, ¿sabes?

Roxy notaba que se le escapaba algo de la historia. Siempre le parecía escurridiza, algo que se le iba entre los dedos. Ella nació en la oscuridad, con gente que esperaba a alguien: su padre esperaba a Jack Conaghan, su madre esperaba a su padre, y Jack Conaghan, aunque nunca lo supo, esperaba a la muerte. Es una historia de lo que ocurre justo cuando no esperas nada; justo la noche en que piensas que no va a pasar nada, ocurre todo.

—¡Por fin, una niña! Después de tres niños, nunca pensé que tendría una niña. Me miraste fijamente a los ojos y te measte en mis pantalones. Y así supe que me traerías buena suerte.

Trae buena suerte. Salvando unas cuantas cosas, siempre ha tenido buena suerte.

¿Cuántos milagros hacen falta? No demasiados. Uno, dos, tres son muchos. Cuatro son multitud, más que suficiente.

Doce policías armados avanzan por los jardines en la parte trasera del convento. Ha llovido. El suelo está anegado de agua, más que eso. Hay llaves abiertas corriendo por ambos lados del jardín. Las chicas han usado una bomba para llevar agua del mar hasta arriba del todo de la escalera y se produce una cascada, el agua se derrama por los escalones de piedra. Los agentes no llevan botas de goma, no sabían que el terreno estaría tan fangoso. Solo sabían que una señora del convento había salido para decirles que las chicas estaban refugiadas allí y se habían puesto amenazadoras y violentas. Así que doce hombres entrenados con trajes blindados van a por ellas. Debería bastar para acabar con esto.

Los hombres gritan:

—¡Policía! ¡Abandonen el edificio con las manos en alto!

Allie mira a Roxy. Esta le sonríe.

Esperan tras las cortinas del comedor, las de la ventana que da a los jardines traseros. Esperan a que todos los policías estén en los escalones de piedra que dan a la terraza de atrás. Esperan, esperan… y ahí están todos.

Roxy saca el corcho de media docena de barriles de agua marina que han almacenado detrás de ellas. La alfombra ya está empapada, y el agua sale a chorro por debajo de la puerta hacia los escalones. Todos están en una misma masa de agua: Roxy, Allie y la policía.

Allie mete la mano en el agua alrededor de los tobillos y se concentra.

Fuera, en la terraza y los escalones, el agua toca la piel de todos los agentes de policía, de un modo u otro. Hace falta más control del que Roxy ha logrado jamás; tiene los dedos a punto, quieren apretar. Pero uno a uno va enviando su mensaje por el agua, al ritmo que lo piensa. Y uno a uno los agentes se retuercen como marionetas, los ángulos de los codos salen disparados, las manos se sueltan y se quedan flácidas. Uno a uno, sueltan las armas.

—Joder —dice Roxy.

—Ahora —dice Allie, y se sube a una silla.

Roxy, la mujer con más energía de la que puede manejar, suelta una descarga por el agua, y cada uno de los agentes de policía da un respingo, sufre una convulsión y cae al suelo. Muy pulido.

Tenía que hacerlo una sola mujer; doce chicas del convento no podrían haber actuado juntas tan rápido sin hacerse daño. Tenía que llegar una soldado.

Roxy sonríe.

Arriba, Gordy lo ha grabado con el móvil. Estará en internet en una hora. No hacen falta muchos milagros para que la gente empiece a creer en ti. Luego te envían dinero y te ofrecen ayuda legal para estar bien cubierta. Todo el mundo está buscando algún tipo de respuesta, hoy más que nunca.

Madre Eva graba un mensaje para ponerlo sobre las imágenes. Dice: «No he venido a deciros que renunciéis a ninguna de vuestras creencias. No he venido a convertiros. Cristianos, judíos, musulmanes, sijs, hindúes, budistas, si pertenecéis a alguna fe o a ninguna, la Diosa no quiere que cambiéis vuestras prácticas».

Hace una pausa. Sabe que no es lo que esperan oír.

«La Diosa nos quiere, y quiere que sepamos que solo ha cambiado de vestimenta. Está por encima de lo femenino y lo masculino. Va más allá de la comprensión humana. Pero quiere que prestéis atención a lo que habéis olvidado. Judíos: mirad a Míriam, no a Moisés, y veréis que podéis aprender de ella. Musulmanes: fijaos en Fátima, no en Mahoma. Budistas: recordad a Tara, la madre de la liberación. Cristianos: rezad a María por vuestra salvación.

»Os han enseñado que sois impuras, que no sois sagradas, que vuestro cuerpo es impuro y jamás podréis albergar lo divino. Os han enseñado a despreciar todo lo que sois y a desear ser un hombre. Pero son mentiras. La Diosa está en vuestro interior, ha regresado a la Tierra para enseñaros, con la forma de este nuevo poder. No acudáis a mí en busca de respuestas, pues debéis encontrar las respuestas en vuestro interior.»

¿Qué puede haber más tentador que os pidan que os apartéis? ¿Qué acerca más a la gente que le digan que no son bienvenidos?

Esa misma tarde ya recibe correos electrónicos: ¿adónde hay que ir para unirse a sus seguidoras? ¿Qué puedo hacer desde casa? ¿Cómo inicio un círculo de oración para esta nueva creencia? Enséñanos a rezar.

También hay súplicas de ayuda. Mi hija está enferma, rezad por ella. El nuevo marido de mi madre la ha esposado a la cama, por favor, enviad a alguien a rescatarla. Allie y Roxy leen los correos electrónicos juntas.

Allie dice:

—Tenemos que intentar ayudar.

Roxy dice:

—No puedes ayudarlas a todas, cariño.

Allie dice:

—Sí puedo. Con la ayuda de la Diosa, puedo.

Roxy dice:

—A lo mejor no hace falta que vayas a buscarlas a todas, o ayudarlas a todas.

Las fuerzas policiales de todo el estado se endurecen después de que el vídeo de lo que han hecho Allie y Roxy circule por internet. Se sienten humillados, claro. Tienen algo que demostrar. Hay estados y países donde la policía ya está reclutando a mujeres, pero aquí aún no ha ocurrido. La policía aún es principalmente masculina. Y están enfadados, tienen miedo y luego pasan cosas.

Veintitrés días después de que la policía intentara tomar el convento, una chica llega a la puerta con un mensaje para Madre Eva. Solo Madre Eva, por favor, tienen que ayudarla. Está débil de tanto llorar, tiembla y está asustada.

Roxy le prepara un té caliente y dulce y Allie le busca unas galletas, y la chica, que se llama Mez, les cuenta lo que ha pasado.

Había siete agentes de policía patrullando su barrio. Mez y su madre caminaban a casa de vuelta de la tienda de comestibles, charlando. Mez tiene doce años y hace unos meses que siente la energía; su madre hace más tiempo, se la despertó su prima pequeña. Según Mez, simplemente hablaban, con las bolsas de la tienda en la mano, entre risas, cuando de pronto unos seis o siete policías les dijeron:

—¿Qué hay en las bolsas? ¿Adónde vais? Nos han informado de que un par de mujeres están causando problemas por aquí. ¿Qué lleváis en las malditas bolsas?

La madre de Mez no se lo tomó muy en serio, se echó a reír y dijo:

—¿Qué vamos a llevar? Comida de la tienda.

Uno de los policías dijo que se comportaba con mucha frialdad para ser una mujer caminando por una zona peligrosa, que qué hacía allí.

La madre de Mez solo dijo:

—Dejadnos en paz.

Y la empujaron. Ella descargó un pequeño cosquilleo de corriente en dos de ellos. Solo a modo de advertencia.

Con eso tuvieron bastante los policías. Sacaron las porras y las pistolas y se pusieron manos a la obra. Mez gritaba y su madre también, había sangre en la acera y le dieron un golpe en la cabeza.

—La tiraron al suelo y la destrozaron. Eran siete contra una.

Allie escucha con mucha calma. Cuando Mez termina de hablar, dice:

—¿Está viva?

Mez asiente.

—¿Sabes a dónde se la han llevado? ¿A qué hospital?

—No se la llevaron al hospital. Se la llevaron a comisaría.

Allie le dice a Roxy:

—Vamos.

Roxy dice:

—Entonces tendremos que ayudar a todo el mundo.

Son sesenta mujeres caminando juntas por la calle hacia la comisaría donde tienen retenida a la madre de Mez. Andan tranquilas pero rápido, grabándolo todo; las mujeres del convento han hecho correr la voz. Documentadlo todo. Retrasmitidlo en directo si podéis. Colgadlo en internet.

Para cuando llegan, la policía sabe que se dirigen hacia allí. Hay hombres fuera, rifles en mano.

Allie se acerca a ellos, con las manos en alto y las palmas hacia ellos.

—Hemos venido en son de paz. Queremos ver a Rachel Latif. Queremos saber si está recibiendo atención médica. Queremos que la envíen a un hospital.

El agente al cargo, en la puerta, dice:

—La señora Latif está legalmente detenida. ¿Con qué derecho pedís su liberación?

Allie mira a izquierda y derecha, al ejército de mujeres que la acompañan. Cada minuto llegan más mujeres. Tal vez haya ya doscientas cincuenta. La noticia de lo ocurrido ha pasado de casa en casa. Han enviado mensajes de texto, las mujeres lo han visto en internet y han salido para estar allí.

—El único poder que importa son las leyes comunes de la humanidad y de Dios. Tenéis a una mujer muy malherida en vuestras celdas, tiene que verla un médico.

Roxy nota el chisporroteo de la corriente en el aire. Las mujeres están fuera de sí, exaltadas, rabiosas. Se pregunta si los hombres también lo notan. Los agentes de los rifles están nerviosos. Sería muy fácil que algo saliera mal.

El agente al cargo niega con la cabeza y dice:

—No podemos dejaros pasar. Vuestra presencia aquí es una amenaza para mis agentes.

Allie dice:

—Hemos venido en son de paz, agente, somos pacíficas. Queremos ver a Rachel Latif, que un médico la trate.

Se oye un gran murmullo entre la multitud que luego se silencia, a la espera.

El agente al cargo dice:

—Si permito que la veas, ¿les dirás a estas mujeres que se vayan a casa?

Allie dice:

—Primero déjeme verla.

Cuando Roxy y Allie acceden a la celda de detenciones, Rachel Latif apenas está consciente. Tiene el cabello apelmazado por la sangre, está tumbada en el catre de la celda, apenas se mueve, respira lento, con un ruido doloroso.

Roxy dice:

—¡Jesús!

Allie dice:

—Agente, hay que llevar a esta mujer al hospital de inmediato.

Los demás agentes observan al hombre al mando. Cada vez llegan más mujeres a las puertas del edificio. El ruido que hacen es como una multitud de pájaros que murmuran, cada una habla con la de al lado, todas listas para actuar ante una señal secreta. En esta comisaría solo hay veinte agentes. En media hora habrá cientos de mujeres fuera.

Rachel Latif tiene el cráneo abierto. Se le ve el hueso blanco roto y la sangre que borbotea desde el cerebro.

La voz dice: «Lo hicieron sin que los provocaran. A vosotras sí os han provocado. Podrías ocupar esta comisaría, matarlos a todos si quisierais».

Roxy le da un apretón en la mano a Allie.

Roxy dice:

—Agente, no le conviene que lleguemos más allá. No querrá que esta sea la historia que se cuente sobre usted. Deje que esta mujer vaya al hospital.

El agente de policía suelta un largo y lento suspiro.

La multitud de fuera se vuelve más ruidosa cuando Allie vuelve a salir, y aún más cuando oyen las sirenas de la ambulancia que se acerca, abriéndose camino entre la multitud.

Dos mujeres suben a hombros a Madre Eva. Ella levanta una mano. El murmullo se acalla.

Madre Eva habla por boca de Allie y dice:

—Me llevo a Rachel Latif al hospital. Me aseguraré de que cuiden de ella como es debido.

Ese ruido de nuevo, como briznas de hierba al viento. Aumenta y muere de nuevo.

Madre Eva separa los dedos, como la señal de la mano de Fátima.

—Habéis hecho una buena obra, ahora podéis iros a casa.

Las mujeres asienten. Las chicas del convento dan media vuelta y se van al unísono. Las demás mujeres empiezan a seguirlas.

Al cabo de media hora, están examinando a Rachel Latif en el hospital, y la calle delante de la comisaría está completamente vacía.

Υ

A fin de cuentas, no tienen por qué quedarse en el convento. Es bonito, tiene vistas al mar, cierto aire hogareño, pero para cuando Roxy lleva allí nueve meses la organización de Allie podría haber comprado cien edificios como ese y, de todos modos, necesitan un lugar más grande. Hay seiscientas personas afiliadas en el convento solo en esa pequeña ciudad, y van surgiendo satélites por todo el país, por todo el mundo. Cuanto más dicen las autoridades que es ilegítima y más dice la antigua Iglesia que es una enviada del Diablo, más mujeres se sienten atraídas por Madre Eva. Si Allie tenía alguna duda antes de que hubiera sido enviada por la Diosa con un mensaje para su pueblo, lo sucedido allí no le ha dejado lugar a dudas. Esta allí para cuidar de las mujeres. La Diosa le ha asignado esa función, y Allie no puede negarse.

Se acerca la primavera otra vez cuando hablan de nuevos edificios.

Roxy dice:

—Me reservarás una habitación allí donde vayas, ¿verdad?

Allie dice:

—No te vayas. ¿Por qué te vas a ir? ¿Por qué volver a Inglaterra? ¿Qué te espera allí?

Roxy dice:

—Mi padre considera que está todo patas arriba. A nadie le importa lo que hagamos entre nosotras, de verdad, siempre y cuando no impliquemos a ciudadanos honestos. —Sonríe.

—Pero, en serio, ¿por qué vas a regresar a casa? —Allie aprieta los labios—. Esta es tu casa. Quédate aquí. Por favor. Quédate con nosotras.

Roxy le da un apretón de manos a Allie.

—Tía, echo de menos a mi familia. Echo de menos a mi padre. Y también la salsa Marmite. Echo de menos esas cosas. No me voy para siempre. Nos volveremos a ver.

Allie respira hondo. Oye un rumor en la cabeza que llevaba meses acallado y lejano.

Niega con la cabeza.

—Pero no te puedes fiar de ellos.

Roxy se echa a reír.

—¿De quién, de los hombres? ¿De todos los hombres? ¿No puedo fiarme de ninguno?

Allie dice:

—Ten cuidado. Busca a mujeres de confianza que trabajen contigo.

Roxy dice:

—Sí, ya hemos hablado de eso, cariño.

—Tienes que ir a por todas —dice Allie—. Tú puedes. Lo tienes. No dejes que Ricky se lo lleve, ni Darrell. Es tuyo.

Roxy dice:

—¿Sabes? Creo que tienes razón. Pero no puedo ir a por todas aquí sentada, ¿no? —Traga saliva—. He reservado un billete. Me iré el sábado y volveré en una semana. Quiero hablar contigo antes de irme. Planes. ¿Podemos hacer planes sin que sigas diciendo que debería quedarme?

—Sí, podemos.

Allie le dice a su corazón: «No quiero que se vaya. ¿Podemos evitar que ocurra?».

La voz le dice: «Recuerda, cariño, que la única manera de estar a salvo es que el lugar sea tuyo».

Allie dice: «¿Puedo ser propietaria de todo el mundo?».

La voz dice, muy bajito, como solía hablar muchos años antes: «Oh, cariño. Oh, mi niña, no puedes llegar hasta ahí desde aquí».

—El caso es que tengo una idea —dice Roxy.

—Yo también —dice Allie.

Se miran y sonríen.

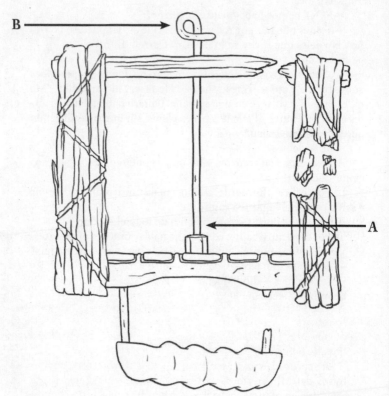

De aproximadamente quinientos años de antigüedad, aparato de entrenamiento en el uso de la corriente electrostática. El mango de la base es de hierro y está conectado, dentro del marco de madera, a una clavija metálica, con una A marcada en el diagrama. La hipótesis es que tal vez se fijaba un trozo de papel o una hoja seca en la punta, con una B marcada en el diagrama, con el fin de que el operador lo encendiera en llamas. Eso requeriría un grado de control, probablemente tener práctica con la habilidad. El tamaño sugiere que el aparato estaba destinado a niñas de entre trece y quince años. Descubierto en Tailandia.

Documentos de archivo relativos a la corriente electrostática,
su origen, dispersión y la posibilidad de una cura

1. Descripción de la breve película de propaganda de la Segunda
Guerra Mundial *Protección contra el gas*. La película se ha ex-
traviado.

La película dura dos minutos y cincuenta y dos segundos.
Al principio, aparece una banda de música. La percusión se
une a la banda y la melodía se vuelve desenfadada cuando sale
el título en la pantalla. El título es: «La protección contra el
gas». La cartela está hecha a mano, ondea levemente cuando
la cámara la enfoca, antes de un plano corto de un grupo
de hombres vestidos con abrigo blanco frente a una cuba de
líquido. Saludan y sonríen a la cámara.

La apocopada voz masculina que relata dice: «En los laboratorios del Ministerio de la Guerra, los chicos del cuarto de
atrás doblan el turno de trabajo en su última genialidad».

Los hombres sumergen un cucharón en el líquido y, con
una pipeta, sueltan unas gotas en unos papeles de prueba.
Sonríen. Añaden una gotita en la botella de agua de una rata
blanca en una jaula con una gran X negra pintada en el lomo.
La banda de música acelera el tempo y la rata se bebe el agua.

«Ir un paso por delante del enemigo es la única manera de
mantener a salvo a la población. Esta rata ha recibido una dosis de un nuevo fortificante de nervios desarrollado para combatir un ataque de gas.»

Plano de otra rata en una jaula. No lleva una X en el lomo.
«Esta rata no lo ha tomado.»

Se abre un bote de gas blanco en el cuartito donde están las dos jaulas, y los científicos, con aparatos para respirar, se retiran tras una pared de cristal. La rata sin tratar sucumbe enseguida, agita las patas delanteras en el aire angustiada antes de empezar a convulsionar. No asistimos a la agonía final. La rata con la X en la espalda sigue succionando de la botella, mordisquea las bolitas de comida e incluso corre en la rueda de ejercicios cuando el humo pasa por delante de las cámaras.

«Como ven, funciona», dice la enérgica voz en *off*.

Uno de los científicos se quita la máscara de gas y camina con decisión hacia el cuarto lleno de humo. Saluda desde dentro y respira hondo.

«Y es seguro para los seres humanos.»

La escena cambia a unas obras hidráulicas donde están levantando un tubo de un pequeño camión cisterna para conectarlo a una válvula de salida en el suelo.

«Lo llaman Ángel de la Guarda. La cura milagrosa que ha mantenido a las fuerzas aliadas a salvo del ataque con gas del enemigo se facilita ahora a la población general.»

Dos hombres calvos de mediana edad, unos con un bigote estilo cepillo de dientes y con traje oscuro, se dan un apretón de manos cuando un medidor indica que el líquido del camión va bajando despacio.

«Bastará una minúscula cantidad de agua potable para proteger a una ciudad entera. Este único tanque es suficiente para tratar el agua potable para 500.000 personas. Coventry, Hull y Cardiff serán las primeras ciudades en recibir el tratamiento de agua. A este ritmo de trabajo, todo el país estará cubierto en tres meses.»

Una madre en la calle de una ciudad del norte saca a su bebé del cochecito, lo deja sobre una tela en su hombro y levanta la vista, preocupada, hacia el cielo descubierto.

«Así la madre puede sentirse segura de que su bebé no tendrá que temer más un ataque de gas nervioso. Descansad tranquilas, madre e hija.»

La música llega a un crescendo. La pantalla oscurece. El filme termina.

2. Notas distribuidas a los periodistas para acompañar el programa de la BBC *The Source of Power*.

La historia del Ángel de la Guarda quedó olvidada poco después de la Segunda Guerra Mundial; igual que tantas ideas que funcionaban a la perfección, no había motivo para volver a examinarla. En aquella época, el Ángel de la Guarda tuvo un éxito tremendo, y fue una victoria de la propaganda. Las pruebas en la población general de Gran Bretaña demostraron que la sustancia se acumulaba en el sistema. Incluso una semana bebiendo agua con Ángel de la Guarda proporcionaría una protección ilimitada contra el gas nervioso.

El Ángel de la Guarda se fabricaba en grandes cubas en el núcleo de EE.UU. y en los condados del Reino Unido. Se transportaba en cisternas a las naciones amigas: a Hawái y México, a Noruega, Sudáfrica y Etiopía. Los submarinos enemigos hostigaban a las embarcaciones, pues todos los envíos procedían y estaban destinados a los Aliados. Inevitablemente, una noche oscura de septiembre de 1944 se hundió una cisterna, con toda la tripulación, a treinta kilómetros de la costa portuguesa, de camino al cabo de Buena Esperanza.

Investigaciones posteriores han descubierto que durante los meses siguientes, en las ciudades costeras de Aveiro, Espinho y Oporto, salieron a la superficie del agua fenómenos extraños: peces mucho más grandes de los que habían visto jamás. Al parecer aparecieron bancos enteros de esas criaturas de tamaño insólito en las playas. Los vecinos de los pueblos y ciudades de la costa comían pescado. Un análisis de un concienzudo agente reveló en 1947 que se detectaba Ángel de la Guarda en las aguas subterráneas hasta en Estrela, una ciudad del interior cerca de la frontera española. Sin embargo, su sugerencia de examinar las aguas subterráneas en toda Europa fue rechazada: no había suficientes recursos disponibles para llevar a cabo semejante empresa.

Algunos análisis indican que el hundimiento de ese barco fue el momento crítico. Otros sostienen que, una vez el líquido ha penetrado en el ciclo del agua en cualquier punto, en cualquier reserva de cualquier lugar del mundo, se expande inevitablemente. Otras potenciales fuentes de contaminación son: un derrame de un contenedor oxidado en Buenos Aires muchos años después de la guerra y una explosión en un vertedero de municiones en el sur de China.

No obstante, los océanos del mundo están conectados entre sí: el ciclo del agua es infinito. A pesar de que el Ángel de la Guarda quedó olvidado después de la Segunda Guerra Mundial, siguió concentrando y magnificando su potencia en el cuerpo humano. Los estudios han determinado que es el desencadenante indudable, cuando se alcanzan ciertos niveles de concentración, del desarrollo del poder electrostático en las mujeres.

Todas las mujeres que tenían siete años o menos durante la Segunda Guerra Mundial pueden tener brotes del ovillo en las clavículas, aunque no todas; depende de la dosis de Ángel de la Guarda recibida en la primera infancia, además de otros factores genéticos. Los brotes se pueden «activar» con un estallido controlado de corriente electrostática de una mujer más joven. Están presentes en proporciones cada vez mayores de mujeres cada año natural que pasa. Las que tenían unos trece o catorce años el Día de las Chicas casi sin excepción poseen un ovillo completo. Una vez activada la corriente, no se puede eliminar sin exponer a un tremendo peligro la vida de la mujer.

Se ha conjeturado que el Ángel de la Guarda simplemente amplificó un conjunto de posibilidades genéticas ya presentes en el genoma humano. Es posible que, en épocas anteriores, más mujeres poseyeran la energía, pero que la tendencia fuera a menos con el tiempo.

3. Conversación por mensaje de texto entre el secretario de Interior y el primer ministro, clasificada y publicada según la norma de los treinta años.

PM: Acabo de leer el informe. ¿Consideraciones?

SI: No podemos publicarlo.

PM: Estados Unidos está decidido a publicarlo en un mes.

SI: Joder. Pídeles que lo retrasen.

PM: Han adoptado una «política de transparencia radical». Le dan un aire evangélico.

SI: Como siempre.

PM: No se puede evitar que los americanos sean americanos.

SI: Están a 12.000 kilómetros del mar Negro. Hablaré con el secretario de Estado. Tenemos que decirles que es un asunto de la OTAN. La publicación del informe perjudicará la estabilidad de los regímenes frágiles. Regímenes que tienen muy a mano armas químicas y biológicas.

PM: De todos modos se va a filtrar. Tenemos que pensar en cómo nos va a afectar.

SI: Va a ser el caos.

PM: ¿Porque no hay cura?

SI: No hay cura, joder. Ya no es una puta crisis: es la nueva realidad.

4. Recopilación de anuncios en internet, conservados por el Internet Archive Project.

4a) *Mantente a salvo con tu defensor personal*

El defensor personal es seguro, fiable y fácil de usar. La batería que llevas en el cinturón está conectada a un dispositivo paralizante montado en la muñeca.

* Este producto está aprobado por agentes de policía y ha pasado por un examen independiente.
* Es discreto, nadie más que tú tiene por qué saber que te puedes defender.
* Está a mano: no hay que hurgar en una funda o en un bolsillo en caso de ataque.
* No encontrarás otro producto más fiable y eficaz.
* Cuenta además con un enchufe para cargar el teléfono.

Nota: el defensor personal fue retirado más tarde, tras confirmarse incidentes mortales en los usuarios. Se determinó que el cuerpo de una mujer que recibe una potente descarga eléctrica a menudo producía un gran arco reflexivo «que rebotaba» hacia su atacante, aunque ella estuviera inconsciente. Los fabricantes del defensor personal se enfrentaron a una demanda colectiva por parte de las familias de diecisiete hombres que murieron así.

4b) *Aumenta tu poder con este extraño truco*

Las mujeres de todo el mundo están aprendiendo a aumentar la duración y la fuerza de su poder usando este secreto. Nuestros ancestros conocían el secreto; ahora, investigadores de la Universidad de Cambridge han descubierto un extraño truco para aumentar el rendimiento. Los costosos programas de entrenamiento no quieren que sepas que hay una manera fácil de conseguirlo. Haz clic aquí para conocer el truco de cinco dólares que hará que destaques por encima de las demás.

4c) *Calcetines de defensa*

Una manera natural de protegerte de un ataque. Sin veneno, ni bolitas ni polvos; una protección totalmente eficaz contra la electricidad. Solo tienes que ponerte estos calcetines de goma debajo de los zapatos y los calcetines normales. Nadie tiene por qué saber que los llevas y, a diferencia de un zapato, no es fácil que un asaltante te los quite. Se venden en paquetes de dos. El forro absorbente evita la humedad de los pies.

Faltan seis años

Tunde

*T*atiana Moskalev tenía razón, y le dio una buena información. Tunde ha pasado dos meses investigando en las montañas del norte de Moldavia —o el país que antes era Moldavia y actualmente está en guerra con la zona del sur— haciendo preguntas con cautela y sobornando a la gente que conocía. Reuters pagaba la cuenta en esta ocasión; le dijo a una editora que confiaba en el soplo que había conseguido, y ella firmó los gastos. Si lo encontraba, sería la mayor noticia posible. Si no, podía hacer un retrato de ese país destrozado por la guerra, y por lo menos tendrían algo.

Pero lo encontró. Una tarde, un hombre de un pueblo cercano a la frontera accedió a llevar a Tunde en su todoterreno a un lugar junto al río Dniéster con vistas al valle. Allí vieron un complejo de viviendas, levantadas precipitadamente, con edificios bajos y un patio de entrenamiento central. El hombre no permitió que Tunde saliera del todoterreno, ni estaba dispuesto a acercarlo más. Aun así, Tunde pudo hacer seis fotografías. En ellas aparecían hombres bronceados con barba, uniforme de batalla y boinas negras que entrenaban con una nueva arma y una nueva armadura. Los trajes estaban hechos de goma, en la espalda llevaban baterías y en las manos picanas eléctricas para el ganado.

Solo eran seis fotografías, pero fue suficiente. Tunde había conseguido una exclusiva mundial. «Awadi-Atif entrena a un ejército secreto», rezaba el titular de Reuters. Otros gritaban: «Los chicos han vuelto». O: «A ver quién pasa la corriente ahora». Se celebraron tensos debates en las redacciones y en los programas matutinos sobre las consecuencias de esas nuevas armas: ¿podían funcionar? ¿Ganarían? Tunde no había logrado fotografiar al rey Awadi-Atif, pero la conclusión de que estaba trabajando con las fuerzas de defensa moldavas era evidente. La situación había empezado a estabilizarse en muchos países, pero la noticia lo reactivó todo. Tal vez los hombres estaban volviendo, con sus armas y armaduras.

En Delhi, los disturbios duraron semanas.

Empezaron en lugares debajo de puentes de carretera, donde vivían los pobres en tiendas hechas con mantas o casas construidas con cartón y cinta aislante. Allí acudían los hombres cuando querían a una mujer a quien poder utilizar sin ley ni licencia, ni mucho menos censura. Allí la energía llevaba tres años pasando de mano en mano. La multitud de manos letales de las mujeres allí tienen un nombre: Kali, la eterna. Kali, la que destruye para que crezca algo nuevo. Kali, intoxicada con la sangre de los asesinados. Kali, la que saca estrellas con el pulgar y el índice. Terror es su nombre y muerte su inspiración y espiración. Hace mucho tiempo que se esperaba su llegada a este mundo. Todo ajuste del entendimiento ha llegado con facilidad en las mujeres bajo los puentes de autopista de la megalópolis.

El gobierno envió al ejército. Las mujeres de Delhi descubrieron un nuevo truco. Se podía electrificar un surtidor de agua dirigido hacia las fuerzas atacantes. Las mujeres metieron las manos en el chorro y emitieron muerte con los dedos, como la Diosa que camina sobre la Tierra. El gobierno cortó el suministro de agua en los barrios pobres, cuando más calor hacía en verano, cuando las calles apestan a podredumbre y las perras preñadas deambulan, entre resuellos, en busca de un refugio del sol. Los medios de comunicación del mundo grabaron a los pobres suplicando agua, rezando por una sola gota. Al tercer día, los cielos se abrieron y enviaron una tormenta impropia de aquella estación, intensa y arrolladora como un cepillo de decapar, que limpió el olor de las calles y se retuvo en charcos y pozos. Cuando regresan los soldados, están de pie en la zona mojada o tocando barras mojadas, o sus vehículos tienen algún cable suelto que toca la humedad, y cuando las mujeres encienden las carreteras, la gente muere de forma súbita, cae al suelo echando espuma por la boca, como si la misma Kali los hubiera abatido.

Los templos dedicados a Kali están llenos de fieles. Algunos soldados se unen a las alborotadoras. Y Tunde también está ahí, con las cámaras y el pase de la CNN.

En el hotel, repleto de periodistas extranjeros, la gente lo conoce. Ya ha visto antes a algunos de ellos, en otros lugares donde por fin se estaba impartiendo justicia, aunque no se consideraba una buena forma de expresarlo. Oficialmente, en Occidente, seguía siendo una «crisis», con todo lo que implica la palabra: excepcional, deplorable, temporal. El equipo de *Allgemeine Zeitung* lo saludó por su nombre y lo felicitaron con cierto deje de envidia por la primicia de las seis fotografías de las fuerzas de Awadi-Atif. Ha conocido a los editores y productores más importantes de la CNN, incluso a un equipo del *Daily Times* de Nigeria, que le preguntó dónde estaba escondido y cómo se les podía haber pasado por alto su presencia. Tunde ya tiene su propio canal de YouTube, donde emite imágenes de todo el mundo. Todas las emisiones empiezan con su cara. Él es quien va a los lugares más peligrosos para obtener las imágenes que nadie más mostrará. Celebró sus veintiséis años en un avión. Una de las azafatas lo reconoció y le llevó champán.

En Delhi sigue a un grupo de mujeres que van arrasando el mercado de Janpath. Hubo una época en la que una mujer no podía caminar por allí sola si era menor de setenta años, y ni siquiera así con seguridad. Se habían producido protestas durante muchos años, y pancartas, y proclamas. Esas cosas pasaban y luego era como si nunca hubieran existido. Ahora las mujeres están haciendo lo que llaman «una demostración de fuerza», en solidaridad con las que fueron asesinadas bajo los puentes o murieron de sed.

Tunde entrevista a una mujer en la multitud. Estuvo en las protestas de tres años antes; sí, ella sujetó una pancarta, gritó y firmó sus peticiones.

—Era como formar parte de una ola de agua —explica—. Una ola de rocío del océano se nota potente, pero solo está ahí un momento, el sol seca los charcos y el agua desaparece. Casi sientes que tal vez nunca ocurrió. Así pasó con nosotras. La única ola que cambia algo es un tsunami. Hay que derrocar casas y destruir la tierra si quieres estar segura de que nadie te olvidará.

Sabe exactamente dónde encajaría esta parte en su libro: la historia de los movimientos políticos. La lucha que se movió despacio hasta que se produjo este gran cambio. Está construyendo un argumento.

Hay poca violencia contra las personas, la mayoría vuelca los puestos.

—Ahora saben que son ellos los que no deben salir de casa solos de noche. Son ellos los que deben tener miedo —grita una mujer a la cámara de Tunde.

Se produce una breve refriega cuando aparecen cuatro hombres con navajas entre el gentío, pero lo cortan enseguida y los dejan con los brazos temblorosos pero sin heridas permanentes. Empieza a sospechar que hoy no ocurrirá nada nuevo allí, nada que no se haya visto antes, cuando corre la voz de que el ejército ha formado una barricada más adelante, al otro lado de Windsor Place. Intentan proteger los hoteles extranjeros. Avanzan despacio, armados con pelotas de goma y zapatos con gruesas suelas aislantes. Quieren hacer una manifestación. Una demostración de fuerza para que el mundo vea cómo se enfrenta un ejército bien entrenado a una muchedumbre como esa.

Tunde en realidad no conoce a ninguna mujer entre la multitud. Nadie lo cobijaría en su casa si llegara el ejército. La gente está cada vez más apretujada; ha pasado tan gradualmente que apenas se ha dado cuenta, pero tiene sentido ahora que sabe que el ejército intenta juntarlos en un solo lugar. ¿Luego qué ocurrirá? Hoy morirá gente aquí, lo nota en la espalda y hasta la coronilla. Se oyen gritos desde delante. No habla lo bastante bien el idioma para entenderlo. La habitual sonrisa de Tunde se desvanece de su rostro. Tiene que huir de ahí, encontrar un lugar elevado.

Mira alrededor. Delhi está constantemente en construcción, la mayor parte de las obras no son seguras. Hay edificios de los que nunca se han retirado los andamios, fachadas con una inclinación incómoda, incluso algunos lugares medio derrumbados que aún están habitados en parte. Ahí. Dos calles más arriba. Hay una tienda cerrada con tablas detrás de un vagón donde se venden *parathas*. Hay una especie de andamio de madera fijo en el lateral del edificio. El techo es plano. Se abre paso con el hombro entre la multitud, a toda prisa. La mayoría de las mujeres aún están intentando avanzar, gritan y ondean las pancartas. Se oye el siseo y el crepitar de una descarga eléctrica más adelante. Lo nota en el aire, sabe lo que se siente. Los aromas de la calle, las heces de perro, el encurtido de mango, el olor corporal de la multitud y los *bhindi* fritos con cardamomo ganan intensidad por un momento. Todo el mundo se detiene. Tunde empuja hacia delante. Dice para sus adentros: «Este no es el día de tu muerte, Tunde. No es hoy. Será una historia divertida que contar a tus amigos cuando vuelvas a casa. La incluirás en el libro; no tengas miedo, tú sigue avanzando. Conseguirás buenas imágenes desde un punto elevado si encuentras la manera de llegar hasta él».

La pieza que cuelga del andamio está demasiado alta y no

llega, ni siquiera de un salto. Más adelante en la misma calle ve
que otra gente ha tenido la misma idea y se están encaramando
a las azoteas o a los árboles. Otros intentan forzarlos a bajar. Si
no consigue subir ya, podría ser arrollado en unos minutos por
otras personas que intenten ocupar su lugar. Agarra de un tirón
tres viejas cajas de fruta, las amontona una encima de otra —se
clava una astilla larga en el pulgar al hacerlo, pero no le importa—, se sube a las cajas y salta. Falla. Cae a plomo, el impacto
le provoca un dolor en las rodillas. Las cajas no durarán. La multitud vuelve a aumentar y a gritar. Vuelve a saltar, esta vez con
más fuerza, y sí, ¡ha llegado! El travesaño inferior de la escalera
del andamio. Tensando los músculos de los costados, se eleva
hasta el segundo travesaño, el tercero, levanta los pies hasta la
estructura destartalada, y luego es fácil.

El andamio se balancea cuando trepa. No está atornillado a las
paredes de ese edificio de cemento que se desmorona. Antes estaba atado con cuerdas, pero están deshilachadas y podridas, y la
tensión que provoca él al trepar está separando las fibras. Bueno,
esta sí sería una muerte absurda. No en un disturbio, por una bala
del ejército, o que Tatiana Moskalev le rebanara el cuello: una
caída de unos metros de espaldas en una calle de Delhi. Trepa más
rápido, llega al duro parapeto mientras toda la estructura suspira
y oscila de manera muy salvaje de lado a lado. Se aferra al parapeto con un brazo y nota que la astilla se abre paso en el pulgar,
empuja con las piernas y consigue saltar hasta la azotea, de manera que el brazo y la pierna izquierdos quedan abrazando el parapeto y el cuerpo oscilando encima de la calle. Se oyen gritos
más adelante en la calle, y sonidos de disparos.

Vuelve a empujar con la pierna izquierda, lo justo para darse
impulso y caer hacia atrás en la gravilla de la azotea del edificio.
Acaba en un charco que lo cala hasta los huesos, pero está a salvo.
Oye el crujido cuando toda la estructura de madera cede y se desploma en el suelo. «Ya está, Tunde, no hay manera de bajar.» Por
otra parte, allí arriba tampoco puede ser arrollado por multitudes
que huyen de la aglomeración. De hecho, es perfecto. Parece ideado
para él. Sonríe y saca el aire despacio. Puede colocar la cámara ahí
y grabarlo todo. Ya no tiene miedo, está emocionado. Tampoco
puede hacer nada, no hay autoridades a las que llamar ni un jefe al
que dar parte. Solo él y sus cámaras, allí arriba. Y algo va a pasar.

Se sienta y mira alrededor. Entonces ve que hay una mujer
con él, en la azotea.

Tiene cuarenta y tantos años, es enjuta, de manos pequeñas y lleva una larga trenza gruesa como una cuerda engrasada. Lo está mirando. O no exactamente a él. Le lanza miradas, mira al lado. Tunde sonríe. Ella le devuelve la sonrisa. En esa sonrisa ve con toda certeza que la mujer no está bien. Es la manera de mantener la cabeza, a un lado. La manera de no mirarlo y de repente clavar los ojos en él.

—¿Es…? —Tunde mira hacia abajo, hacia la multitud que se amontona en la calle. Se oye un disparo, ahora más cerca—. Lo siento si es su casa. Solo estoy esperando hasta que sea seguro bajar. ¿Le parece bien?

Ella asiente, despacio. Intenta sonreír.

—No pinta bien ahí abajo. ¿Has subido a esconderte?

Habla lentamente y con cuidado. No tiene mal acento, podría estar más cuerda de lo que pensaba.

—Le estaba buscando.

Por un momento Tunde piensa que se refiere a que conoce su voz de internet, que ha visto su fotografía. Tunde esboza una media sonrisa. Una fan.

Ella se arrodilla, chapotea con los dedos en el charco de agua donde él sigue sentado. Tunde cree que intenta lavarse las manos hasta que siente la descarga en el hombro y todo el cuerpo empieza a temblar.

Es tan repentino que por un momento imagina que ha sido un error. No le mira a los ojos, desvía la mirada. Siente cómo el dolor le recorre la espalda y baja por las piernas. Unos garabatos dolorosos están dibujando un árbol en el costado, le cuesta respirar. Está a gatas, tiene que salir del agua.

Le dice:

—¡Para! No hagas eso. —Su propia voz le sorprende. Suena irascible, suplicante. Suena como si estuviera más asustado de lo que se siente. Todo va a ir bien. Conseguirá escapar.

Empieza a retroceder. Debajo, la multitud chilla. Se oyen gritos. Si consigue parar esto, obtendrá imágenes increíbles de la calle, de la lucha.

La mujer sigue removiendo el agua con los dedos. Tiene los ojos en blanco.

Tunde dice:

—No voy a hacerte daño. No pasa nada. Podemos esperar juntos aquí.

Entonces ella se echa a reír. Varias carcajadas.

Tunde rueda, gatea hacia atrás y sale del charco de agua. La observa. Ahora tiene miedo: es por la risa.

Ella sonríe. Es una sonrisa amplia, malvada. Tiene los labios húmedos. Tunde intenta tenerse en pie, pero le tiemblan las piernas y no lo consigue. Se desploma sobre una rodilla. Ella lo observa mientras asiente, como si pensara: «Sí, es lo que esperaba. Sí, así funciona».

Tunde mira alrededor en la azotea. No hay mucho. Hay un puente destartalado que cruza a otra azotea, una plancha. No le gustaría cruzarlo, ella podría quitarlo de una patada mientras lo cruzara. Pero si lo agarrara lo podría utilizar como arma. Por lo menos para mantenerla a raya. Empieza a gatear hacia la plancha.

La mujer dice unas palabras en un idioma que no conoce, y luego, muy bajito:

—¿Estamos enamorados?

Se lame los labios. Tunde ve cómo el ovillo tiembla en la clavícula, como un gusano vivo. Acelera. Apenas es consciente de que hay más gente mirándolos desde la azotea del otro lado de la calle, gente que señala y grita. No pueden hacer mucho desde ahí. Tal vez grabarlo. ¿Eso le beneficiaría? Intenta ponerse de pie de nuevo, pero aún le tiemblan las piernas de las réplicas, y la mujer se ríe cuando ve que lo intenta. Arremete contra él. Tunde intenta darle una patada en la cara, pero ella agarra el tobillo que queda al descubierto y lo vuelve a atrapar. Un arco largo y alto. Es como una cuchilla de carnicero clavada con un golpe sólido y hábil por todo el muslo y la pantorrilla, separando la carne del hueso. Huele cómo se quema el vello de sus piernas.

Nota un olor como a especias, algo sube de la calle. Carne asada y el humo del goteo de la grasa animal y los huesos quemados. Piensa en su madre, tendiendo el brazo hacia la olla para probar los granos de arroz poco hervido entre las puntas de los dedos. «Demasiado caliente para ti, Tunde, aparta las manos.» Huele el aroma dulce y picante del arroz jollof burbujeando al fuego. «Tienes el cerebro alterado, Tunde. Recuerda lo que explican de esto. Tu mente está hecha de carne y electricidad. Esto duele más de lo que debería porque provoca un cortocircuito en el cerebro. Estás confuso. No estás en casa. Tu madre no va a venir.»

Ahora lo tiene en el suelo, se pelea con su cinturón y los vaqueros. Intenta bajárselos sin desabrochar la hebilla, y le van demasiado apretados para pasar de la cadera. Tunde mueve la espalda contra la gravilla, nota el borde de un bloque de cemento mojado a la altura de los riñones que le provoca un arañazo, y sigue pensando que si se resiste con demasiada fuerza ella lo dejará inconsciente, y luego podrá hacer lo que quiera.

Se oyen gritos a lo lejos. Como si estuviera bajo el agua, con los oídos obstruidos. Al principio cree que está oyendo los gritos de la calle. Está preparado para otra descarga: el cuerpo se tensa. Al ver que no llega, se da cuenta de que está luchando en el aire, abre los ojos y ve que otras mujeres le han quitado de encima a la mujer. Deben de haber cruzado por la plancha desde el edificio de al lado. La han tirado al suelo y no paran de emitirle descargas una y otra vez, pero no se queda quieta. Tunde se sube los pantalones y espera, observa, hasta que la mujer de la larga trenza grasienta deja de moverse del todo.

Allie

Extracto del foro «Libertad de alcance», página web de nombre libertario.

Askedandanswered

Buenas, buenas, BUENAS noticias desde Carolina del Sur. Mirad las fotos. Esta es una de Madre Eva, una captura de pantalla del vídeo «Hacia el amor», ese en el que la capucha se le cae hacia atrás un poco y se le ve parte de la cara. Fijaos que tiene la mandíbula un poco puntiaguda, y la proporción entre la boca y la nariz, en comparación con la parte inferior de la boca y la barbilla. En el diagrama he calculado las proporciones.

Ahora mirad esta foto. Alguien del foro UrbanDox ha colgado fotos de una investigación policial de hace cuatro años en Alabama. Todo indica que es totalmente de fiar. A lo mejor vienen de alguien que quiere justicia, o de la policía. Da igual. Son fotos de Alison Montgomery-Taylor, que asesinó a su padre adoptivo y cuyo rastro desapareció. Está muy claro. La forma de la mandíbula es la misma, la barbilla es igual, la proporción entre la boca y la nariz y entre la boca y la barbilla es la misma. Vosotros mirad y decidme que no es convincente.

Buckyou

Joooooooder. Has descubierto que todos los seres humanos tienen bocas, narices y barbillas. Vas a reventar el campo de la antropología, capullo.

Fosforfreedom

Está muy claro que esas fotos se han retocado. Mirad cómo brilla la luz en la foto de Alison M-T. ¿Le da en la mejilla izquierda y en la barbilla por la derecha? Alguien ha falsificado esas fotos para que cuadre con su teoría. Yo digo que es una estafa.

AngularMerkel

Está confirmado que es Alison M-T. Se ha informado a la policía de Florida, pero los tiene comprados. Han estado sacando dinero y amenazando a la gente de toda la Costa Este. Eva y sus monjas se han unido a la puta mafia judía, lo han demostrado UrbanDox y UltraD, lee los hilos sobre los disturbios del 11 de mayo y las detenciones en Raleigh antes de colgar esta mierda, imbécil.

Manintomany

La cuenta de UrbanDox se cerró por insultos, imbécil.

Abrahamic

Sí, ya he visto que todos los putos posts que escribes son para apoyar a UrbanDox, o dos identidades falsas conocidas. O tú eres UD o se la estás chupando ahora mismo.

SanSebastian

Es imposible que no sea ella. El gobierno israelí es el que ha fundado estas nuevas «iglesias», hace siglos que intentan acabar con el cristianismo, desacreditándonos, utilizando a los negros para envenenar las ciudades con drogas. Esta nueva droga solo forma parte de eso; ¿sabéis que esas nuevas «iglesias» están distribuyendo sus drogas sionistas a nuestras hijas? Despertad, borregos. Todo esto ya está organizado por los mismos viejos poderes y sistemas. ¿Creéis que sois libres porque podéis hablar en un foro? ¿Pensáis que no ven lo que decimos aquí? ¿Creéis que no saben quiénes somos todos y cada uno de nosotros? No les importa que hablemos aquí, pero si alguna vez pareciera que vamos a actuar, tienen suficiente sobre cada uno de nosotros para destruirnos.

Buckyou

No alimentéis a los trols.

AngularMerkel

Qué puta teoría de la conspiración de locos.

Loosekitetalker

No es 100% falsa. ¿Por qué creéis que no atacan con más fuerza la descarga ilegal de películas? ¿Por qué creéis que no bloquean las páginas porno, o las de torrent? Sería muy fácil, cualquiera aquí podría hacer el código en una tarde. ¿Sabéis por qué? Porque si necesitan deshacerse de alguno de nosotros, meternos en la cárcel durante un millón de años, tienen el poder de hacerlo. De eso va internet, tío, es una puta trampa, y creéis que estáis a salvo porque usáis no sé qué proxy pzi, o porque desviáis la señal por Bilhorod o Kherson. La Agencia Nacional de Seguridad tiene acuerdos con toda esa gente, tienen comprada a la policía, están en los servidores.

Matheson

Aquí el moderador. Este foro no es el lugar para discutir sobre seguridad en la red. Sugiero que traslades este post a /seguridad.

Loosekitetalker

En este caso es relevante. ¿Alguno habéis visto el vídeo BB97 de Moldavia? Grabado por nuestro gobierno de Estados Unidos, hacen un seguimiento de los movimientos del ejército de Awadi-Atif. ¿Creéis que pueden ver eso y no a nosotros?

FisforFreedom

Buenoooo... para volver al tema, no creo que esa sea Madre Eva. Se sabe que Alison M-T huyó la noche que mató a su padre, el 24 de junio. Los primeros sermones de Eva desde la bahía de Myrtle son del 2 de julio. ¿De verdad pensamos que Alison M-T mató a su padre, luego robó un coche, cruzó las fronteras entre estados, se instaló como sacerdotisa mayor de una nueva religión y diez días después ya estaba dando sermones? No lo compro. Es una coincidencia que el programa de reconocimiento facial haya escogido esta fotografía, los teóricos de la conspiración de Reddit se volvieron locos con eso, aquí no hay nada. ¿Que si creo que en Eva hay algo extraño? Claro. Se ven los mismos patrones oscuros que en la Cienciología o los mormones de la primera época. Doble lenguaje, manipulación de temas viejos para que encajen en nuevas maneras de pensar, crear una nueva subclase. Pero ¿asesinato? No hay pruebas.

Riseup

Despertad. Su gente manipuló las fechas de los sermones para que parecieran anteriores a lo que son en realidad. No hay vídeos de esos primeros sermones, nada en YouTube. Podrían ser de cualquier momento. Si acaso, esto la hace parecer más culpable. ¿Por qué querría fingir que estaba en la bahía de Myrtle tan pronto?

Loosekitetalker

No veo por qué las imágenes de Moldavia no pertenecen al tema. Madre Eva ha dado charlas en el sur de Moldavia, está creando una base allí. Sabemos que la Agencia de Seguridad Nacional lo sigue todo, el terrorismo global no ha desaparecido. Diecisiete parientes cercanos del rey huyeron de Arabia Saudí tras el golpe, con más de ocho billones en participaciones extranjeras. La casa de Saud no ha desaparecido porque exista un centro de mujeres en Al Faisaliyah. ¿Creéis que no va a haber una reacción violenta? ¿Creéis que Awadi-Atif no quiere recuperar su puto reino? ¿Pensáis que no reparte dinero a todo el que crea que puede ayudar? ¿Tenéis idea de lo que ha financiado siempre la casa de Saud? Financian el terrorismo, amigos.

Y con todo eso, ¿creéis que no hay interés por el terrorismo nacional y el contraterrorismo? La Agencia Nacional de Seguridad sigue todo lo que decimos aquí: podéis estar seguros. Tendrán a Eva bajo estricta vigilancia.

Manintomany

Eva estará muerta en tres años, lo garantizo.

Riseup

Tío, a menos que estés usando una docena de VPN a la vez, espera a que llamen a tu puerta en tres, dos, uno...

AngularMerkel

Alguien va a enviar a un sicario para acabar con ella. La electricidad no la protegerá contra las balas. Malcom X. Martin Luther King. JFK. Probablemente ya tienen a alguien contratado para ella.

Manintomany

Con esos discursos que da, yo asesinaría a esa hija de puta gratis.

TheLordIsWatching

El gobierno lleva años provocando este cambio mediante dosis cuidadosamente medidas de hormonas llamadas VACUNACIONES. VAC de vacuo, CUNA de la cuna del pecado de nuestras almas y NACIONES como el gran pueblo que antes éramos que ha sido destruido por este. Haced clic aquí para ver la exposición que los periódicos jamás publicarán.

Ascension229

Llega el Juicio Final. El Señor reunirá a su pueblo y los instruirá por el buen camino y su gloria, y será el anuncio del fin de los días, cuando las personas justas se unan a él y los malvados perezcan en las llamas.

AveryFalls

¿Habéis visto los reportajes de Olatunde Edo desde Moldavia? ¿El ejército saudí? ¿Alguien que haya visto las fotos de esos apuestos jóvenes y quiera unirse a ellos? Luchar en la guerra que se avecina con las armas que tienen. Marcar la diferencia, para que cuando nuestros nietos nos pregunten qué hicimos, tengamos algo que decirles.

Manintomany

Eso es justo lo que pensé yo. Ojalá fuera más joven. Si mi hijo quisiera ir, le desearía buena suerte. Pero ahora una feminazi lo ha jodido. Le ha puesto las garras encima bien fuerte.

Beningitis

Ayer llevé a mi hijo al centro comercial. Tiene nueve años. Le dejé echar un vistazo en la juguetería solo para que escogiera, pues la semana pasada fue su cumpleaños, le dieron dinero y es lo bastante listo para no salir por la puerta sin mí. Pero cuando fui a buscarlo, había una chica hablando con él, de unos trece o catorce años. Con uno de esos tatuajes en la palma de la mano. La mano de Fátima. Le pregunté qué le había dicho y rompió a llorar. Me preguntó si era verdad que él era malo y que Dios quería que fuera obediente y humilde. Esa chica trató de convertir a mi hijo en una puta tienda.

Buckyou

Joder. Joder. Eso es asqueroso. Maldita putilla mentirosa. Yo le habría dado tal puñetazo que podría chupar pollas con las cuencas de los ojos.

Verticalshitdown

Tío, literalmente no tengo ni idea ni siquiera de qué significa eso.

Manintomany

¿Tienes una foto de la chica? ¿Algún tipo de identificación? Hay gente que puede ayudarte.

Lossekitetalker

¿En qué tienda fue? ¿Cuál es la hora y el lugar exactos? Podemos buscar imágenes de seguridad. Podemos enviarle un mensaje a la chica que no olvide jamás.

Manintomany

Envíame un privado con los detalles de dónde te la encontraste, y el nombre de la tienda. Vamos a darle su merecido.

FisforFreedom

Tío, yo creo que es falso. Con una historia como esa, el autor del post puede hacer que ataquéis a cualquiera, con mínimas pruebas. Podría ser un intento de provocar una acción recíproca para que parezcamos los malos.

Manintomany

Y una mierda. Sabemos que esas cosas pasan. Nos han pasado a nosotros. Necesitamos un Año de la Furia, como dicen. Las putas tienen que notar un cambio. Necesitan aprender lo que significa justicia.

UrbanDox933

No habrá dónde esconderse. No tendremos adónde huir. No habrá misericordia.

Margot

—*D*ígame, alcaldesa, si fuera elegida gobernadora de este gran estado, ¿cuáles serían sus planes para combatir el déficit?

Este tema consta de tres puntos. Lo sabe. Recuerda los dos primeros al momento.

—Tengo un plan sencillo de tres puntos, Kent. Número uno: recortar el gasto excesivo en burocracia. —Muy bien, es el que debe impactar primero—. ¿Sabía que la actual oficina del gobernador Daniel Dandon de supervisión medioambiental gastó el año pasado más de treinta mil dólares en, cómo era, «agua embotellada»? —Una pausa para dejar que haga poso—. Número dos: cortar las ayudas a aquellos que en realidad no las necesitan. Si tus ingresos son de más de cien mil dólares al año, el estado no debería pagar el campamento de verano a tus hijos.

Es una tergiversación seguida de una burda malinterpretación. Esa condición solo se aplicaría a dos mil familias en todo el estado, la mayoría con hijos discapacitados, lo que los eximiría de todos modos de un control de ingresos. Aun así, funciona bien, y el hecho de mencionar a los niños recuerda a la gente que ella tiene familia, mientras que si dice que recortará los pagos de asistencia social la hace parecer dura, no una mujer de buen corazón en un despacho. Ahora el tercer puntal. El tercero.

El tercer puntal.

—Tercer punto —dice, con la esperanza de que las palabras acudan a la boca si sigue hablando—. Tercer punto —repite con un poco más de firmeza. Joder. No lo tiene. Vamos. Recortar en burocracia. Reducir los pagos innecesarios de asistencia social. Y... y... mierda—. Mierda, Alan, se me ha ido el tercer punto.

Alan se estira. Se levanta y gira el cuello.

—Alan, dime el tercer punto.

—Si te lo digo, se te volverá a olvidar en el plató.

—Vete a la mierda, Alan.

—Vaya, ¿y besas a tus hijos con esa boca?

—No ven cuál es la diferencia.

—Margot, ¿quieres hacerlo?

—¿Que si quiero hacerlo? ¿Me sometería a toda esta preparación si no quisiera?

Alan suspira.

—Ya lo sabes, Margot. En algún lugar dentro de tu cabeza tienes el tercer punto de tu programa contra el déficit. Sácalo, Margot. Búscalo.

Ella mira al techo. Están en el salón, con un podio falso junto a la pantalla de televisión. Los cuadritos hechos a mano de Maddy están enmarcados en la pared, Jocelyn ya ha pedido que quiten los suyos.

—Será distinto cuando estemos en directo —dice ella—. Tendré la adrenalina. Estaré más... —Hace un gesto exagerado con las manos—... «vital».

—Sí, estarás tan vital que cuando no recuerdes el tercer punto de tu reforma del presupuesto vomitarás en directo. Vital. Supervital. Vómito.

Burocracia. Asistencia social. Y... burocracia... asistencia social...

—¡Inversión en infraestructuras! —grita—. La administración actual se ha negado a invertir en nuestras infraestructuras. Nuestros colegios se desmoronan, las carreteras tienen un mal mantenimiento y necesitamos gastar más dinero para ganar dinero. He demostrado que sé gestionar proyectos a gran escala; nuestros campamentos NorthStar para chicas se han copiado en doce estados. Crean puestos de trabajo y mantienen a las chicas fuera de la calle. Tenemos una de las tasas más bajas de violencia callejera del país. La inversión en infraestructuras hará que nuestra gente confíe en que les espera un futuro seguro.

Eso es. Eso era. Ahí está.

—¿Y no es cierto, alcaldesa, que tiene vínculos preocupantes con empresas militares privadas?

Margot sonríe.

—Solo si te preocupa que iniciativas públicas y privadas trabajen codo con codo, Kent. NorthStar Systems es una de las empresas más respetadas del mundo. Se encarga de la seguridad privada de muchos jefes de Estado. Y es un negocio americano, el tipo de empresa que necesitamos que cree puestos de trabajo para las familias trabajadoras. Y dime —su sonrisa adquiere un brillo positivo—, ¿crees que enviaría a mi propia hija a un campamento de día NorthStar si pensara que no son positivos?

Se oye una lenta ronda de aplausos en la sala. Margot ni siquiera había notado que Jocelyn acababa de entrar por la puerta lateral, que estaba escuchando.

—Has estado genial, mamá. Genial.

Margot se echa a reír.

—Tendrías que haberme visto hace unos minutos. Ni siquiera recordaba los nombres de todos los distritos escolares del estado. Y eso que hace diez años que me los sé de memoria.

—Solo tienes que relajarte. Ven a tomar un refresco.

Margot mira a Alan.

—Sí, sí. Tómate diez minutos.

Jocelyn sonríe.

Jos está mejor. Mejor que antes, por lo menos. Dos años en un campamento NorthStar han servido. Las chicas de allí le han enseñado a rebajar los momentos álgidos. Hace meses que no hace estallar una bombilla, y vuelve a utilizar un ordenador sin miedo a freírlo. Sin embargo, no han podido ayudarla con los momentos bajos. Aún tiene días, a veces hasta una semana, en que no tiene nada de energía. Han intentado relacionarlo con lo que come, el sueño, el periodo, el ejercicio, pero no encuentran un patrón. Algunos días, algunas semanas, no tiene nada. Con discreción, Margot ha hablado con unos cuantos proveedores de salud sobre financiar alguna investigación. El gobierno estatal debería estarle muy agradecido por su ayuda. Aún más si llega a ser gobernadora.

Jos la coge de la mano mientras cruzan el cuarto de estar hacia la cocina. La aprieta.

Jos dice:

—Bueno, eh, mamá, este es Ryan.

Hay un chico de pie incómodo en el vestíbulo. Con las manos en los bolsillos. Un montón de libros al lado. El pelo rubio y sucio le cae sobre los ojos.

Vaya. Un chico. Bien. De acuerdo. La maternidad nunca deja de plantear nuevos retos.

—Hola, Ryan. Me alegro de conocerte. —Le tiende la mano.

—Encantada de conocerla, alcaldesa Cleary —murmura él.

Por lo menos es educado. Podría ser peor.

—¿Cuántos años tienes, Ryan?

—Diecinueve.

Uno más que Jocelyn.

—¿Y cómo conociste a mi hija?

—¡Mamá!

Ryan se sonroja. Se sonroja de verdad. Había olvidado lo jóvenes que son algunos chicos de diecinueve años. Maddy tiene catorce años y ya practica posiciones militares en el recibidor y hace los movimientos que ha visto en televisión o que Jos le ha enseñado del campamento. Ni siquiera le ha aparecido la energía, y ya parece mayor que ese niño que hay de pie en el pasillo, mirándose los zapatos, sonrojado.

—Nos conocimos en el centro comercial —dice Jos—. Salimos, tomamos algo. Solo vamos a hacer los deberes juntos. —El tono es de súplica—. Ryan se va a Georgetown en otoño. Para el programa de antes de estudiar medicina.

—Todo el mundo quiere salir con un médico, ¿no? —Sonríe.

—¡Mamá!

Margot atrae a Jocelyn hacia sí de un tirón, le pone la mano en la zona lumbar, le da un beso en la coronilla y le susurra muy bajito al oído:

—Quiero la puerta de tu cuarto abierta, ¿de acuerdo?

—De acuerdo —susurra Jos.

—Te quiero. —Margot la besa de nuevo.

Jos coge a Ryan de la mano.

—Yo también te quiero, mamá.

Ryan recoge sus libros con una mano, incómodo.

—Encantado de conocerla, señora Cleary. —Y luego una mirada como si supiera que no debería llamarla señora, como si le hubieran aleccionado—. Quiero decir, alcaldesa Cleary.

—Igualmente, Ryan. La cena es a las seis y media, ¿de acuerdo?

Y suben a la habitación de Jos. Ya está. El inicio de una nueva generación.

Alan observa desde la puerta que da al cuarto de estar.

—¿Amor juvenil?

Margot se encoge de hombros.

—Algo juvenil, por lo menos. Hormonas juveniles.

—Es bueno saber que algunas cosas no cambian.

Margot levanta la vista hacia la escalera que lleva a la planta de arriba.

—¿A qué te referías antes, cuando me has preguntado si quería esto?

—Es cuestión de... agresividad, Margot. Tienes que atacar en esos temas. Tienes que demostrar que estás hambrienta, ¿entiendes?

—Sí quiero.

—¿Por qué?

Margot piensa en Jocelyn temblando cuando se le apaga la corriente, y en que nadie sabe decirle qué le pasa. Piensa en que, como gobernadora, sin Daniel interponiéndose en su camino, podría haber arreglado las cosas mucho más rápido.

—Por mis hijas —dice—. Quiero hacerlo para ayudar a Jos.

Alan frunce el ceño.

—De acuerdo. Volvamos a trabajar.

Arriba, Jos cierra la puerta de un empujón, y gira el pomo con tanta suavidad que ni siquiera su madre lo oye.

—Estará horas ahí abajo —dice.

Ryan está sentado en la cama. Se rodea la muñeca con el pulgar y el índice. Le hace un gesto a Jos para que se siente a su lado.

—¿Horas? —dice, y sonríe.

Jos inclina los hombros hacia un lado, luego hacia el otro.

—Tiene un montón de cosas que memorizar. Y Maddy está con papá hasta el fin de semana.

Le pone la mano en el muslo. Ella dibuja círculos lentos con el pulgar.

—¿Te importa? —le dice Ryan—. Que esté ocupada con todo esto, quiero decir.

Jos lo niega con la cabeza.

—Es raro —dice él—, lo de la prensa y tal.

Ella rasca el tejido de los vaqueros con las uñas. Se le acelera la respiración.

—Te acostumbras —dice—. Mamá siempre dice que nuestra familia sigue siendo íntima. Todo lo que ocurre una vez cerrada la puerta es solo entre nosotros.

—Mola —dice él. Sonríe—. No quiero salir en las noticias.

A ella le parece tan adorable que se inclina para besarle.

Lo han hecho antes, pero aún es muy nuevo. Y nunca lo han hecho en un sitio con puerta y una cama. A ella le da miedo volver a hacer daño a alguien; a veces no puede evitar pensar en el chico al que envió al hospital, cómo se le erizó el vello del brazo y cómo levantó las orejas como si hubiera demasiado ruido. Ha hablado de todo eso con Ryan. La entiende como ningún chico la ha entendido antes. Han hablado de que se tomarán su tiempo y no perderán el control.

El interior de la boca de Ryan es muy cálido y húmedo, y la lengua muy resbaladiza. Él gime, y ella nota que eso empieza a despertarse en su interior, pero está bien, ha hecho sus ejercicios de respiración, sabe que puede controlarlo. Tiene las manos en la espalda de Ryan y las baja hasta el cinturón, al principio él tantea con las manos pero luego gana confianza y se las sube hasta el lateral de los pechos, luego le pone el pulgar en el cuello y la garganta. Ella nota un burbujeo, un chisporroteo en el cuello y un dolor agudo entre las piernas.

Él se retira un momento. Asustado, excitado.

—Lo noto —dice—. ¿Me lo enseñas?

Ella sonríe, sin aliento.

—Enséñamelo tú.

Los dos se echan a reír. Ella se desabrocha la camisa, primer botón, segundo, tercero. Justo hasta donde empieza a verse el borde del sujetador. Él sonríe. Se quita el jersey. Se desabrocha la camisa que lleva debajo. Uno, dos, tres botones.

Ryan le pasa la punta de los dedos por la clavícula, donde la energía repiquetea ligeramente bajo la piel, excitada y preparada. Ella levanta la mano y le toca la cara.

Ryan sonríe.

—Sigue.

Ella recorre la columna desde el cuello. Al principio no lo nota, pero luego ahí está, ligera pero reluciente. Ahí está la energía de él también.

Se conocieron en el centro comercial, esa parte es verdad. Jocelyn ha aprendido, gracias a criarse en casa de una política, a saber que nunca hay que mentir del todo si se puede evitar. Se conocieron en el centro comercial porque ahí decidieron quedar. Y lo decidieron en un chat privado, ambos buscaban gente como ellos. Raros. Personas que, de un modo u otro, no tuvieran bien la energía.

Jocelyn había visto la horrible página UrbanDox que un desconocido le envió por correo electrónico, donde decía que todo esto era el inicio de una guerra santa entre hombres y mujeres. UrbanDox tenía un blog colgado donde hablaba de sitios para «desviados y anormales». Jocelyn pensó: «Esa soy yo». Ahí debería ir. Después, le sorprendió no haberlo pensado antes.

Ryan, por lo que sabían, es aún más extraño que Jocelyn. Tiene una irregularidad cromosómica, sus padres lo sabían desde que tenía semanas. No todos los chicos así tienen la energía. Algunos mueren cuando la energía intenta aparecer. Algunos tienen poderes que no funcionan. En cualquier caso, lo mantienen en secreto: algunos chicos han sido asesinados por mostrar su poder en otras partes más duras del mundo.

En algunas de esas páginas web para desviados y anormales, la gente se planteaba qué ocurriría si las mujeres intentaran despertar la corriente en los hombres, si se les enseñaran las técnicas que ya se estaban usando en los campos de entrenamiento para fortalecer la corriente en las mujeres más débiles. Algunos dicen: «A lo mejor lo tendríamos más hombres si lo intentaran». Pero la mayoría de los hombres ya no lo intentaban, si lo habían llegado a hacer alguna vez. No quieren que les asocien a eso. Con la rareza. Con la irregularidad cromosómica.

—¿Puedes… hacerlo?

—¿Y tú? —dice él.

Es uno de los días buenos de Jocelyn. La energía es regular y comedida. Puede administrarla en dosis pequeñas. Le descarga una mínima cantidad en el costado, solo un pinchazo en las costillas con un codo. Él emite un sonidito. De placer. Ella le sonríe.

—Ahora tú.

Él le coge la mano y le acaricia en medio de la palma. Y luego lo hace. No controla tanto como ella, y su energía en mucho más débil, pero ahí está. Temblando, creciendo y menguando incluso durante los tres o cuatro segundos que la mantiene. Pero ahí está.

Ella suspira al notarla. La energía es muy real. La sensación de notarla perfila las líneas del cuerpo con mucha claridad. Ya hay mucha pornografía relacionada con eso. El único deseo humano fiable es muy adaptable: lo que haya ahí, en los seres humanos, es sexy. Y esto es lo que hay.

Ryan observa el rostro de Jocelyn mientras le descarga la energía en la mano, con ojos ávidos. Ella suelta un grito ahogado. A Ryan le gusta.

Cuando a él se le gasta la energía —y no tiene mucha, nunca la ha tenido—, se tumba boca arriba en la cama. Ella se tumba a su lado.

—¿Ahora? ¿Estás preparado?

—Sí —contesta él—. Ahora.

Ella le toca el lóbulo de la oreja con la punta del dedo. Le pasa el chisporroteo hasta que él se retuerce, se ríe y le suplica que pare al tiempo que le ruega que continúe.

A Jos le gustan bastante las chicas. Le gustan bastante los chicos que son un poco como chicas. Y Ryan estaba a un viaje de autobús, tuvo suerte. Se escribió con él por mensajes privados. Quedaron en el centro comercial. Se gustaron. Quedaron dos o tres veces más. Hablaron de ello. Se cogieron de la mano. Lo hicieron. Y ella lo llevó de vuelta a casa. Piensa: «Tengo novio». Jocelyn le mira el ovillo: no es nada pronunciado, no como el suyo. Sabe lo que dirían algunas chicas del campamento NorthStar, pero a ella le parece sexy. Coloca los labios sobre la clavícula de Ryan y nota la vibración bajo la piel. Se abre paso por ella a besos. Es como ella, pero distinto. Jocelyn saca la lengua entre los dientes y le lame donde sabe a pila.

Abajo, Margot está con el apoyo que tanto necesita de las personas mayores vulnerables. Está empleando casi toda su atención en recordar su discurso, pero una pequeña parte de su cerebro aún le da vueltas a la pregunta que le ha hecho Alan. ¿Quiere esto? ¿Está ansiosa por conseguirlo? ¿Por qué lo quiere? Piensa en Jos y en cómo podría ayudarla si tuviera más poder e influencia. Piensa en el estado y en que podría cambiar las cosas a mejor. Sin embargo, mientras clava los dedos en el podio de cartón y la carga empieza a crearse en la clavícula de forma casi involuntaria mientras habla, el motivo real es que no puede parar de pensar en la cara que pondría Daniel si lo consiguiera. Quiere hacerlo porque quiere acabar con él.

Roxy

$\mathcal{M}$adre Eva oyó una voz que le decía: «Un día existirá un lugar donde las mujeres podrán vivir en libertad». Y ahora está recibiendo cientos de miles de noticias de ese nuevo país donde, hasta hace poco, encadenaban a las mujeres en sótanos sobre colchones sucios. Están creando iglesias nuevas en su nombre, sin que haya enviado una sola misionera o enviada. Su nombre significa algo en Bessapara, y un correo electrónico suyo aún más.

Y el padre de Roxy conoce a gente en la frontera moldava, lleva años haciendo negocios con ellos. No con carne, eso es comercio sucio, pero sí coches, tabaco, bebida, armas, incluso un poco de arte. Una frontera con agujeros es una frontera con agujeros. Con los últimos disturbios, hay más agujeros que nunca.

Roxy le dice a su padre:

—Envíame a ese nuevo país. Bessapara. Envíame allí y podré iniciar algo. Tengo una idea.

—Oye —dice Shanti—, ¿quieres probar algo nuevo?

Son ocho, cuatro mujeres y cuatro hombres, todos de veintitantos años, en un piso bajo de Primrose Hill. Banqueros. Uno de los hombres ya tiene la mano en la falda de una mujer, algo que a Shanti le sobra, joder.

Sin embargo, conoce a su público. «Algo nuevo» es la llamada, el grito de apareamiento, el despertar a las seis de la mañana con el periódico y el zumo ecológico de granada, porque la naranja es una carga glucémica muy alta propia de la década de 1980. Les gusta más «algo nuevo» que lo que les gustan las obligaciones de deuda subsidiarias.

—¿Una muestra gratuita? —dice uno de los hombres, mientras cuenta las pastillas que ya han comprado. Comprueba que no le han estafado. Puta.

—Ya —dice Shanti—. Para ti no. Es estrictamente para las señoritas.

Se oye un cacareo y silbidos. Ella les enseña una bolsita barata de polvo: es blanco con un brillo violáceo. Como la nieve, como el hielo, como las cimas de las montañas de una elegante pista de esquí donde van esos chicos los fines de semana a meter veinticinco libras en una taza de chocolate caliente y golpearse entre sí sobre alfombras de piel de especies en vías de extinción, delante de chimeneas encendidas a las cinco de la mañana por trabajadores mal pagados.

—Brillo —dice ella.

Se lame la punta del dedo índice, la mete en la bolsa y saca unos cuantos cristales brillantes. Abre la boca y levanta la lengua para que vean lo que hace. Frota el polvo en una de las gruesas venas azules que hay en la base de la lengua. Ofrece la bolsa a las chicas.

Las chicas meten el dedo con ansia, pescan un montón de lo que sea que les ofrece Shanti y lo frotan en la boca. Shanti espera a que lo noten.

—¡Uau! —dice una analista de sistemas con el pelo corto y desfilado. ¿Lucy? ¿Charlotte? Todas se llaman más o menos igual—. Vaya, Dios, creo que voy a… —Empieza el chisporroteo en la punta de los dedos. Aún no es suficiente para hacer daño, pero ha perdido un poco el control.

Normalmente, cuando estás borracha o colocada por la mayoría de las sustancias, la energía queda amortiguada. Una mujer borracha podría soltar una o dos descargas, pero nada que no se pueda esquivar si no estás borracho también. Esto es distinto. Está calibrado. Está diseñado para potenciar la experiencia. Hay un poco de cocaína —ya se sabe que hace que la energía sea más pronunciada— y unos cuantos tipos distintos de estimulantes, además de lo que le da el brillo violeta, que Shanti solo ha visto después de cortarlo. Ha oído que sale de Moldavia. O Rumanía. O Bessapara. O Ucrania. Uno de esos países. Shanti tiene tratos con un tío en un garaje cerrado hacia la costa en Essex, y cuando empezó a llegar esto supo que lo podría mover.

Las mujeres se echan a reír. Tienen las extremidades sueltas y están excitadas, se reclinan hacia atrás, forman arcos de baja energía de una mano a otra, o hasta el techo. Está bien experimentar uno de esos arcos. Shanti ha hecho que su novia se tome un poco y se lo haga a ella. No duele, pero es como un chisporroteo, un cosquilleo en las terminaciones nerviosas, como si te dieras una ducha de San Pellegrino. Esos capullos probablemente lo hacen.

Uno de los hombres le paga en efectivo cuatro bolsas más. Ella les cobra el doble —ocho de cincuenta nuevos, nada de cogerlos de un agujero de la pared— porque son imbéciles. Nadie se ofrece a acompañarla al coche. Cuando sale, dos ya están follando, riendo, emitiendo destellos con cada empujón y sacudida.

Steve está nervioso porque ha habido un cambio en la rotación de guardias de seguridad. Podría ser que no fuera nada, bien, podría ser que algún cabrón tuviera un niño, y que otro se haya ido a la mierda. Todo parece distinto desde fuera, aunque no pase nada en absoluto, podrás entrar como siempre y coger tu puto reloj de arena como siempre, joder.

El problema es que ha salido una noticia en el periódico. No muy espectacular, no en la portada. Pero sí en la página cinco del *Mirror*, y el *Express* y el puto *Daily Mail*, sobre esa «nueva droga letal» que está matando a «hombres jóvenes con toda la vida por delante». Sale en los periódicos, no, aún no hay una puta ley que la prohíba. Así que a la mierda. ¿Qué va a hacer él? ¿Quedarse ahí parado como un limón, esperando a ver si PC Plod le espera en el muelle? ¿Ver si están esos guardias con los que nunca ha hablado ni se ha tomado nada, si alguno es poli?

Se baja la gorra por encima de los ojos y conduce la camioneta hasta la entrada.

—Eh —dice—. Tengo que recoger unas cajas de un contenedor. —Para a buscar el número, aunque se lo sabe como si lo tuviera tatuado en los párpados—. A-G-21-FR7-13859D? —Se oye una interferencia en el interfono—. Mierda —dice Steve, intentando sonar coloquial—, estos números son más largos cada semana, te lo juro.

Se produce una larga pausa. Si es Chris o Marky o ese Jeff de voz acampanada en la entrada, lo conocerán y le dejarán pasar.

—Pase por ventanilla, conductor —dice una voz femenina por el interfono—. Necesitamos ver su identificación y los formularios de recogida.

Mierda.

Así que rodea la entrada —¿qué otra cosa puede hacer? Ha pasado montones de veces—, la mayoría de las recogidas son legítimas. Hace un poco de importación y exportación. Juguetes para dueños de puestos de mercado. Tiene un pequeño negocio, saca un buen beneficio, gran parte es en transacciones en efectivo y no todo sale en los libros de cuentas. De noche recopila los nombres de los dueños de puestos a los que ha vendido. Bernie Monke montó un puesto en Peckham Market; va los sábados para que todo parezca legal, porque no es tonto. Juguetes bonitos, un montón: de madera, de Europa del este. Y los relojes de arena. Nunca le han pedido que pase por ventanilla cuando envía robots pequeños de madera agrupados con gomas elásticas, o patos tallados en una cuerda. Tiene que pedirle que pase por esto, joder.

En la ventanilla hay una mujer a la que no ha visto nunca. Lleva unas gafas grandes, llegan hasta media frente y por debajo de la nariz. Gafas de búho. Steve piensa que ojalá tuviera algo que meterse, un poco antes de salir. No puede llevarlo en la camioneta, sería una idiotez, tienen perros policía. Es lo bueno de los relojes de arena, los temporizadores. No lo entendió cuando Bernie se lo enseñó hasta que le dio la vuelta al reloj y la arena cayó dorada y suave. Bernie dijo:

—No seas tonto, ¿qué crees que hay ahí dentro? ¿Arena?

Dentro está el cristal, y dentro de ese cristal otro tubo de cristal. Doble sellado. Se lavan con alcohol antes de ponerlos en las cajas y pam, nada que puedan detectar los perros. Habría que romper uno de los temporizadores para que los perros supieran qué es.

—¿Los papeles? —dice la mujer, y él se los entrega. Hace una broma sobre el tiempo, pero ella no se molesta en sonreír. Estudia el manifiesto. Un par de veces le hace leer una palabra o un número, para asegurarse de que es correcto. Tras ella, ve la cara de Jeff unos segundos contra el cristal de seguridad de la puerta trasera. Jeff pone cara de «lo siento, tío» y niega con la cabeza a la espalda de la mujer imbécil. Mierda.

—¿Puede venir conmigo, por favor? —Hace pasar a Steve al despacho privado de al lado.

—¿Qué problema hay? —Steve bromea con el mundo en general, aunque no hay nadie—. ¿No se cansa de verme, eh?

Sigue sin sonreír. Mierda, mierda, mierda. Algo en el papeleo levanta sospechas. Lo ha hecho él, sabe que está bien. Le han contado algo. La han enviado los narcos. Sabe algo.

Le invita a sentarse enfrente de ella en la mesita. Ella también se sienta.

—¿De qué va todo esto, reina? Tengo que estar en Bermondsey en hora y media.

Le agarra la muñeca y le pone el pulgar entre los huesecillos, justo donde la mano se une al brazo, y de pronto se enciende. Siente fuego dentro de los huesos, las venas se le secan, se le rizan, oscurecen. Joder, le va a cortar la mano.

—No diga nada —dice ella. Él no dice nada, no podría aunque lo intentara—. Roxy Monke se encarga de este negocio ahora. ¿Sabe quién es? ¿Sabe quién es su padre? No diga nada, solo asienta.

Steve asiente. Lo sabe.

—Has estado robando, Steve.

Él intenta negarlo con la cabeza, farfullar algo como «no, no, no, te has equivocado, no fui yo», pero ella le provoca tanto dolor en la muñeca que cree que se la va a romper.

—Todos los meses uno o dos relojes desaparecen de tus libros de cuentas. ¿Me entiendes, Steve?

Él asiente.

—Y vas a dejar de hacerlo, ¿vale? Ahora mismo. O te quedarás fuera del negocio. ¿Lo entiendes?

Steve asiente. La mujer lo suelta. Él se acaricia la muñeca con la otra mano. Ni siquiera se ve en la piel que le haya pasado nada.

—Bien, porque este mes tenemos algo especial. No intentes moverlo hasta que tengas noticias nuestras, ¿de acuerdo?

—Sí —dice él—. Sí.

Se va con ochocientos relojes bien empaquetados en cajas en la parte trasera de la furgoneta, todos los papeles correctos, todas las cajas contabilizadas. No echa un vistazo hasta que regresa a su local y se le ha pasado el dolor. Sí. Ya lo ve. Es algo distinto. La «arena» de los relojes está teñida de violeta.

Roxy está contando dinero. Podría encargárselo a una de las chicas, ya lo hicieron una vez y podría encargar a alguien que lo contara delante de ella. Pero le gusta hacerlo, notar el papel en los dedos. Ver cómo sus decisiones se convierten en matemáticas y en poder.

Bernie se lo ha dicho más de una vez: «El día que otra persona sepa adónde va tu dinero mejor que tú, estás perdida». Es como un truco de magia, el dinero. Se puede convertir en cualquier cosa. Uno, dos, tres, ¡sorpresa! Las drogas se convierten en influencia con Tatiana Moskalev, presidenta de Bessapara. La capacidad de provocar dolor y miedo se convierte en una fábrica en la que las autoridades harán la vista gorda a eso que cocinas que emite un vapor violáceo al cielo a medianoche.

Ricky y Bernie tenían algunas ideas para Roxy cuando regresara a casa, tal vez en seguridad, u ocuparse de unos de los frentes de Mánchester, pero ella tenía una propuesta de mayor envergadura para Bernie, hacía mucho tiempo que lo pensaba. Sabía qué pedir para que durara más, y cómo mezclarlo. Roxy estuvo sentada en la ladera de una colina durante días, colocada, probando diferentes combinaciones elaboradas por la gente de su padre para que ella las aprobara. Cuando la encontraron, lo supieron. Un cristal violeta, grande como la sal gema, manipulado por los químicos y derivado de la corteza del árbol dhoni, originario de Brasil, que también crece bastante bien en Inglaterra.

Con esnifar una sola vez —Brillo puro—, Roxy pudo emitir una carga por medio valle. No es lo que buscan: demasiado peligroso, demasiado valioso. Guarda la sustancia buena para uso privado, y a lo mejor para el cliente adecuado. Lo que envían ya está cortado, pero lo han hecho bien. Roxy no ha hablado de Madre Eva con su familia, pero gracias a las nuevas iglesias ya tienen a setenta mujeres leales trabajando en la línea de producción. Mujeres que creen estar trabajando para la Todopoderosa, acercando la energía a las hijas de la Diosa.

Todas las semanas le comunica a Bernie los ingresos totales. Lo hace delante de Ricky y Darrell si están, no le importa. Sabe lo que hace. La familia Monke son los únicos proveedores de Brillo ahora mismo. Se están forrando. Y el dinero se puede convertir en cualquier cosa.

Por correo electrónico, una cuenta privada que rebota por una docena de servidores, Roxy también le comunica a Madre Eva los ingresos totales de la semana.

—No está mal —dice Eva—. ¿Estás guardando algo para mí?

—Para ti y tus chicas —dice Roxy—. Tal y como acordamos. Tú nos acogiste aquí, tú estás creando mi fortuna. Tú cuidas de nosotras y nosotras cuidaremos de ti. —Sonríe mientras lo escribe. Para sus adentros piensa: «Quédatelo todo: te pertenece».

Fosa común de esqueletos masculinos encontrados en una excavación reciente del Conglomerado del Pueblo Post-Londres. Las manos fueron retiradas antes de la muerte. Los cráneos marcados son típicos de la época; las cicatrices son post mórtem. Aproximadamente dos mil años de antigüedad.

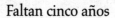

Faltan cinco años

Margot

*E*l candidato está calentando en el espejo. Gira el cuello de lado a lado, abre mucho la boca y dice: «laaaa, la-la-la laaaaa». Se fija en sus ojos color azul océano del Caribe, esboza una leve sonrisa y guiña un ojo. Le dice al espejo: «Ya lo tienes».

Morrison reúne sus notas y, procurando no mirar directamente a los ojos del candidato, dice:

—Señor Dandon, Daniel, ya lo tiene.

El candidato sonríe.

—Justo eso estaba pensando, Morrison.

Este le devuelve la sonrisa, con discreción.

—Es porque es cierto, señor. Usted es el titular al cargo. Esto ya le pertenece.

A un candidato siempre le sienta bien pensar que existe una especie de buen agüero, de alineación de las estrellas. A Morrison le gusta explotar esos trucos si puede. Por eso es bueno en su trabajo. Ese tipo de cosas son las que hacen que alguien tenga alguna posibilidad más de derrotar al otro.

El otro es una mujer, casi diez años más joven que el candidato de Morrison, dura de roer, y durante las semanas de campaña la han presionado con eso. Al fin y al cabo está divorciada, y con dos niñas que criar, ¿realmente puede encontrar tiempo para un cargo político?

Alguien le preguntó a Morrison si pensaba que la política había cambiado desde… bueno, desde el Gran Cambio. Morrison ladeó la cabeza y dijo:

—No, los temas clave siguen siendo los mismos: buenas políticas y un buen carácter y, permítame que se lo diga, nuestro candidato tiene ambas cosas.

Y así continuó, derivando la conversación de nuevo hacia la ruta segura que pasa por el monte educación, la parada de la salud, el paseo de los valores y el barranco del hombre hecho a sí mismo. Sin embargo, en la intimidad de su mente admitía que sí había cambiado. Si dejaba que la extraña voz que surgía en el centro del control operativo del cráneo llegara a la boca —algo que nunca se permitía, pues sabía que no le convenía—, habría dicho: «Están esperando que ocurra algo. Solo fingimos que todo es normal porque no sabemos hacer otra cosa».

Los candidatos salen al escenario como Travolta, con sus movimientos estudiados, conscientes de que el foco los encontrará para iluminar todo lo que brille: tanto las lentejuelas como el sudor. Ella da en el clavo con la primera pregunta, sobre defensa. Se conoce los hechos al dedillo —lleva años dirigiendo el proyecto NorthStar, claro, debería presionarla con eso—, pero su chico no se desenvuelve tan bien con las réplicas.

—Vamos —dice Morrison a nadie en concreto, porque las luces son demasiado fuertes para que el candidato lo vea—. Vamos, ataca.

El candidato se traba en la respuesta, y para Morrison es como un puñetazo en el estómago.

La segunda y la tercera pregunta son sobre temas de todo el estado. El candidato de Morrison suena competente pero aburrido, y eso es letal. En la séptima y octava pregunta ella ya lo tiene contra las cuerdas, él no contraataca ni cuando su oponente le dice que no tiene suficiente visión para ese trabajo. Para entonces, Morrison ya se está preguntando si es posible que un candidato pierda de tanto que llegue a salpicarle a él parte de la porquería. Parece que él lleva los últimos meses por ahí sentado comiendo M&Ms y rascándose el culo.

Pasan a la larga pausa comercial sin nada que perder. Morrison escolta al candidato hasta el lavabo y le ayuda a ponerse polvos en la nariz. Repasa los temas que han hablado y dice:

—Lo está haciendo genial, señor, de verdad, pero… la agresividad no es mala.

El candidato dice:

—Bueno, no puedo parecer enfadado.

Morrison lo agarra ahí mismo por el brazo y le dice:

—Señor, ¿quiere que esa mujer le dé una paliza esta noche? Piense en su padre y en lo que le gustaría ver. Defienda lo que él creía, la América que quería construir. Señor, piense en cómo lo habría gestionado él.

El padre de Daniel Dandon —que era un matón de los negocios con problemas con el alcohol— había muerto dieciocho meses antes. Es un truco barato. Los trucos baratos suelen funcionar.

El candidato mueve los hombros como si fuera un púgil y vuelven para la segunda mitad.

El candidato es ahora un hombre distinto, y Morrison no sabe si ha sido la coca o la charla para motivarle, pero, sea como fuere, ahora cree que es la hostia.

El candidato sale a luchar pregunta a pregunta. ¿Sindicatos? Bum. ¿Derechos de las minorías? Suena como el heredero natural de los padres de la patria, y ella queda como si estuviera a la defensiva. Va bien. Va muy bien.

Entonces Morrison y el público notan algo. Ella no para de cerrar y abrir las manos. Como si intentara contenerse... pero no puede ser. Es imposible. Ha pasado una prueba.

El candidato se ha venido arriba. Dice:

—Y en cuanto a los subsidios... tus propios números demuestran que están fuera de control.

Se oye un ruido en el público, pero el candidato lo interpreta como una señal de aprobación por su fuerte ataque. Va a matar.

—De hecho, su política no solo está fuera de control, sino que tiene cuarenta años.

Esa mujer ha pasado la prueba con creces. No puede ser. Pero tiene las manos aferradas al lateral del podio, y dice:

—Bueno, bueno, no puede, bueno... —Hace como si señalara todos los momentos mientras pasan, pero todo el mundo ve lo que intenta evitar. Todos salvo el candidato.

El candidato pasa a un movimiento devastador.

—Por supuesto, no esperamos que entienda lo que eso significa para las familias trabajadoras. Ha dejado que sus hijas se críen en campamentos NorthStar de día. ¿Le importan esas niñas?

Ya ha oído suficiente. Margot estira el brazo, los nudillos conectan el tórax de Daniel y lo suelta.

Es solo una cantidad mínima, de verdad.

Ni siquiera lo deja inconsciente. Él se tambalea, con los ojos de par en par, suelta un grito ahogado, retrocede uno, dos, tres pasos del podio y se abraza el estómago.

El público lo ha entendido, tanto los que lo viven en directo en el plató como los que están en casa: todo el mundo lo ha visto y ha entendido qué ha pasado.

La multitud del plató se sume en un silencio absoluto, como si contuvieran la respiración, y luego se oye un burbujeo, de unión, discordante, un murmullo irritante cada vez más intenso.

El candidato intenta seguir con su respuesta en el mismo momento en que el moderador dice que van a hacer una pausa, y la expresión de Margot pasa de la nariz arrugada por la rabiosa victoria agresiva al repentino pánico por no poder deshacer lo hecho, en el mismo instante en que el rumor de rabia, miedo e incomprensión del público del plató se convierte en un potente gemido, en el preciso instante en que cortan para poner un anuncio.

Morrison se asegura de que el candidato regrese de la pausa comercial arreglado, seguro y con aplomo, pero no demasiado perfecto, un poco impactado y triste.

Hacen una campaña suave. Margot Cleary parece cansada. Precavida. Durante los días siguientes se disculpa más de una vez por lo ocurrido, y sus chicos le dan un buen papel que interpretar. Es muy apasionada con esos temas. Fue imperdonable, pero perdió el control cuando oyó a Daniel Dandon mentir sobre sus hijas.

Daniel tiene una reacción de estadista a todo esto. Adopta una actitud moralizante. Dice que a algunas personas les cuesta guardar la compostura en situaciones comprometidas y, aunque admite que sus números no eran correctos, bueno, hay una manera correcta y otra incorrecta de reaccionar a estas cosas, ¿verdad, Kristen? Daniel se ríe. Ella se ríe y le pone una mano encima de la suya. «Claro que sí —dice—, y ahora tenemos que pasar a publicidad; cuando regresemos, ¿podrá esta cacatúa nombrar a todos los presidentes desde Truman?»

Las cifras de las encuestas dicen que, en general, la gente está horrorizada con Cleary. Es imperdonable, inmoral, demuestra muy poca sensatez. No, no se imaginan votándola a ella. El día de las elecciones, los números parecen contundentes y la esposa de Daniel empieza a revisar los planos para renovar la arboleda de la mansión del gobernador. Hasta que no llegan las encuestas a pie de urna no empiezan a pensar que quizás algo va mal, y aun así, bueno, tampoco será tan terrible.

Pero sí lo es. Resulta que los votantes mentían. Igual que las acusaciones que siempre lanzan a los funcionarios públicos, el maldito electorado ha resultado ser una panda de mentirosos. Decían que respetaban el trabajo, el compromiso y la valentía moral. Dijeron que el oponente del candidato había perdido su voto en el momento en que renunció a un discurso razonado y a una autoridad tranquila. Pero cuando entraron en las cabinas para votar por centenares, miles y decenas de miles, pensaron: «¿Sabes qué? Es fuerte. Les dará una lección».

—En una sorprendente victoria —dice la rubia de la pantalla de televisión— que ha impactado a expertos y votantes por igual…

Morrison no quiere escuchar más, pero no se anima a apagar el televisor. Vuelven a entrevistar al candidato, le entristece que los votantes de este gran estado no eligieran que siguiera en el puesto de gobernador, pero se doblega ante su sabiduría. Muy bien. No digas los motivos, nunca digas los motivos. Te preguntarán por qué crees que has perdido, pero no se lo digas nunca, intentan forzarte a la autocrítica. Le desea mucha suerte a su oponente en el cargo, y la estará observando a cada paso del camino, dispuesto a llamarle la atención si olvida por un momento a los votantes de este gran estado.

Morrison observa a Margot Cleary en la pantalla, ahora gobernadora de este gran estado, mientras acepta sus aplausos y dice que estará al servicio público con humildad y dedicación, agradecida por esta segunda oportunidad. Ella tampoco entiende qué ha ocurrido. Cree que aún debe pedir perdón por lo que la ha llevado al cargo. Se equivoca.

Tunde

—*D*ime qué queréis —dice Tunde.

Uno de los hombres que participa en la protesta ondea la pancarta al aire. La pancarta reza: «Justicia para los hombres». Los demás sueltan un grito de rabia y sacan otra ronda de cervezas Brewski de la nevera.

—Lo que pone aquí —dice uno de ellos—: queremos justicia. El gobierno provocó esto, y el gobierno tiene que arreglarlo.

Es una tarde lenta, el aire está meloso y van a llegar a los cuarenta grados a la sombra. No es el mejor día para estar en una protesta en un centro comercial de Tucson, Arizona. Solo ha ido porque recibió un soplo anónimo de que algo iba a ocurrir allí. Sonaba bastante convincente, pero está quedando en nada.

—¿Alguno de vosotros está en internet, chicos? Badshitcrazy.com, BabeTrith, UrbanDox... ¿os suena algo de eso?

Los chicos niegan con la cabeza.

—Yo leí un artículo en un periódico —dice uno, un hombre que por lo visto había decidido afeitarse solo la mitad izquierda de la cara por la mañana—. Dice que el nuevo país, Bessapara, está castrando químicamente a todos los hombres. Eso nos van a hacer a todos.

—No... no creo que sea verdad —dice Tunde.

—Mira, lo recorté del periódico. —El chico se pone a hurgar en su cartera. Un puñado de viejas recetas y bolsas de patatas vacías caen al suelo—. Mierda —dice, y recoge la basura. Tunde lo graba con el móvil, por pasar el rato.

Podría estar trabajando en muchas otras historias. Podría

haber ido a Bolivia: allí han proclamado su propia papisa femenina. El gobierno progresista de Arabia Saudí empieza a parecer vulnerable al extremismo religioso, podría estar haciendo un seguimiento de su reportaje original. Incluso hay cotilleos más interesantes que eso: la hija de una gobernadora recién elegida de Nueva Inglaterra ha sido fotografiada con un chico al que al parecer se le ve un ovillo. Tunde ha oído hablar de eso. Grabó un reportaje en el que hablaba con médicos sobre tratar a chicas con deformaciones y problemas en el ovillo. No todas las chicas lo tienen: a diferencia de lo que se creía en un principio, unas cinco chicas de cada mil nacen sin él. Algunas chicas no lo quieren e intentan extirpárselo, una lo intentó con unas tijeras, explicó el médico. Once años. Tijeras. Se cortó como si fuera una muñeca de papel. Y existen algunos chicos con irregularidades cromosómicas que también lo tienen. Unas veces les gusta, otras no. Algunos preguntan a los médicos si se los pueden quitar. Estos tienen que decirles que no, que no saben cómo hacerlo. Más del cincuenta por ciento de las veces en que se corta el ovillo la persona muere. No se sabe por qué, no es un órgano vital. La teoría vigente es que está conectado con el ritmo eléctrico del corazón y su eliminación lo distorsiona. Se pueden eliminar algunos ramales, para que sea menos potente, menos visible, pero, una vez lo tienes, lo tienes.

Tunde intenta imaginar cómo sería tener ovillo. Una corriente que no puedas liberar ni intercambiar. Se siente atraído y repelido por ella. Lee foros en internet donde los hombres dicen que si ellos lo tuvieran, todo volvería a ser como debería ser. Están enfadados y asustados. Los entiende. Desde Delhi, él también tiene miedo. Entra en UrbanDoxSpeaks.com con un seudónimo y cuelga algunos comentarios y preguntas. Encuentra un subforo donde se comenta su propio trabajo. Lo llaman traidor de género por grabar ese reportaje sobre Awadi-Atif en vez de mantenerlo en secreto, y no informa sobre el movimiento de los hombres y sus particulares teorías de la conspiración. Cuando recibió el correo electrónico que decía que algo iba a ocurrir allí pensó... no sabe qué pensó. Que tal vez hubiera algo para él. No solo la noticia, sino algo que explicara una sensación que tenía últimamente. Pero no hay nada. Ha sucumbido al miedo; desde Delhi huye de la noticia, no va hacia ella. Entrará en internet en su hotel esta noche para ver si aún hay algo de lo que informar en Sucre, ver cuándo aterriza el próximo avión.

Se oye un trueno. Tunde mira hacia la montaña, espera ver

nubes de tormenta. Pero no es una tormenta, ni un trueno. El ruido regresa, más fuerte, una enorme columna de humo surge del otro extremo del centro comercial y se oyen gritos.

—Mierda —dice uno de los hombres de las cervezas, y se santigua—. Creo que es una bomba.

Tunde corre hacia el ruido, sujetando la cámara con mucha fuerza. Se oye un crujido y cómo algo se derrumba. Rodea el edificio. El local de la cadena de restaurantes de fondue está en llamas. Muchas otras unidades se están desmoronando. La gente sale corriendo del edificio.

—Ha estallado una bomba —dice uno de ellos, directamente a la cámara de Tunde, con el rostro cubierto de polvo de ladrillo y unos pequeños cortes sangrando a través de la camisa blanca—. Hay gente atrapada ahí dentro.

Le gusta esta versión de sí mismo, la que corre para acercarse al peligro, no para alejarse de él. Cada vez que lo hace, piensa: «Sí, bien, sigo siendo yo». Pero eso en sí mismo es un pensamiento nuevo.

Tunde rodea los escombros. Dos adolescentes han caído. Las ayuda a levantarse, anima a una a rodear con el brazo a la otra para apoyarse, porque ya le están saliendo unos morados enormes en el tobillo.

—¿Quién ha sido? —grita directamente a la cámara—. ¿Quién ha sido?

Esa es la pregunta. Alguien ha hecho estallar un restaurante de fondue, dos zapaterías y una clínica para mujeres. Tunde se aparta del edificio y graba un plano en gran angular. Impresiona bastante. A la derecha, el centro comercial está en llamas. A la izquierda, toda la fachada del edificio ha desaparecido. Una pizarra blanca con asignaciones de turnos aún adherida cae desde la segunda planta al suelo mientras graba. Aumenta el zoom. Kayla, 15:30-21:00. Debra, 7:00.

Alguien grita. No muy lejos, pero cuesta situarlo en el polvo: hay una mujer embarazada atrapada en los escombros. Está tumbada sobre la enorme panza —debe de estar de ocho meses— y tiene la pierna atrapada por una columna de cemento. Algo huele a gasolina. Tunde baja la cámara —con cuidado para seguir grabando— e intenta acercarse a gatas a ella.

—Tranquila —dice, a la desesperada—. Están llegando ambulancias. Todo va a salir bien.

Ella le grita. Tiene la pierna derecha reducida a carne sanguinolenta. Intenta apartarse, darle patadas a la columna. El instinto de Tunde es cogerla de la mano, pero la chica emite una fuerte descarga cada vez que da una patada contra la columna.

Probablemente es involuntario. Las hormonas del embarazo aumentan la magnitud de la energía, tal vez sea un efecto secundario de una serie de cambios biológicos durante esta época, aunque la gente dice que es muy sencillo, que es para proteger al bebé. Algunas mujeres han dejado inconscientes a sus enfermeras mientras daban a luz. Dolor y miedo. Esas cosas acaban con el control.

Tunde pide ayuda a gritos. No hay nadie cerca.

—Dime cómo te llamas. Yo soy Tunde.

Ella hace un gesto de dolor y dice:

—Joanna.

—Joanna. Respira conmigo —dice él—. Inspira —cuenta hasta cinco—, y espira.

Ella lo intenta. Entre muecas y gestos, toma aire y lo expulsa.

—Está llegando ayuda —dice Tunde—. Te sacarán de aquí. Vuelve a respirar.

Inspira y espira. Una vez más. Los espasmos ya no le sacuden el cuerpo.

Se oye un chirrido en el cemento encima de ellos. Joanna intenta girar el cuello.

—¿Qué pasa?

—Solo son unos tubos de luz. —Tunde ve que cuelgan solo de uno o dos cables.

—Suena como si fuera a desmoronarse el techo.

—No es eso.

—No me dejes aquí, no me dejes sola aquí abajo.

—No se va a desmoronar, Joanna, solo son las luces.

Uno de los fluorescentes, que cuelga de un solo cable, se balancea, se parte y revienta contra los escombros. Joanna se retuerce y vuelve a sufrir espasmos; aun cuando Tunde está diciendo: «no pasa nada». Está entrando de nuevo en ese ciclo incontrolable de sacudidas y dolor, se esfuerza por salir de debajo de la columna. Tunde dice:

—Por favor, por favor, respira.

Y ella dice:

—No me dejes sola. Se va a desmoronar.

Ella descarga la corriente en el cemento. Un hilo de alambre dentro del cemento conecta con otro, y con otro. Una bombilla explota en chispas. Y una chispa enciende ese líquido que huele a gasolina que estaba goteando. De pronto hay fuego alrededor de la mujer. Aún grita cuando Tunde agarra la cámara y corre.

Υ

Esa es la imagen que congelan en la pantalla. Al fin y al cabo han avisado de que van a emitir imágenes que pueden herir la sensibilidad de los espectadores. A nadie debería sorprenderle verlo, pero ¿no es terrible? Kristen tiene una expresión adusta. Creo que cualquiera que esté viendo esto estará de acuerdo en que quienquiera que lo haya hecho es la escoria de la sociedad.

En una carta a este canal de noticias, un grupo terrorista que se hace llamar Poder Masculino ha reclamado la autoría del ataque, que destruyó una clínica que ofrecía servicios de salud femenina junto a un abarrotado centro comercial de Tucson, Arizona. Afirman que el ataque es solo el «primer día de acción», orientado a forzar al gobierno a actuar contra los llamados «enemigos del hombre». Un portavoz de la oficina del presidente acaba de terminar una rueda de prensa en la que ha trasmitido un potente mensaje de que el gobierno de Estados Unidos no negocia con terroristas y en el que afirma que ese grupo «escindido de la teoría de la conspiración» es un sinsentido.

—¿Por qué protestan, Tom?

Este frunce el entrecejo antes de que la expresión estudiada se sobreponga a la real, la sonrisa suave como si fuera la cobertura de un *cupcake*.

—Quieren igualdad, Kristen.

Alguien les dice al pinganillo que pasarán a publicidad en treinta segundos, Kristen intenta poner fin, pero algo le pasa a Tom, que termina con su discurso.

—Bueno, Tom, ya no hay manera de retroceder, no se puede ir atrás en el tiempo, aunque —sonrisa— en nuestro siguiente segmento recordaremos una pequeña historia de baile para que regreséis a una locura llamada swing.

—No —dice Tom.

«Anuncios en diez segundos», dice un productor, con voz calmada y neutra. Estas cosas pasan: problemas en casa, estrés, exceso de trabajo, ansiedad, problemas de dinero; de hecho, han visto de todo.

—La agencia de seguridad nos oculta cosas —dice Tom—, por eso protestan. ¿Has visto lo que corre por internet? Nos esconden cosas, los recursos se están canalizando en la dirección equivocada, no hay fondos para clases de defensa personal ni armaduras para los hombres, y sí mucho dinero destinado a los campos de entrenamiento NorthStar para chicas. Por el amor de

Dios, ¿de qué va todo esto? Joder, Kristen, los dos sabemos que tú también tienes esa mierda, y te ha cambiado, te ha vuelto dura; ya ni siquiera eres una mujer de verdad. Hace cuatro años, Kristen, sabías lo que eras y lo que tenías que ofrecer, ¿y qué mierda eres ahora?

Tom sabe que hace rato que han pasado a publicidad. Probablemente justo después de que dijera «no». Seguramente pensaron que unos segundos en el aire eran mejor que esto. Se queda muy quieto cuando termina, con la mirada al frente, directa a la cámara tres. Siempre ha sido su cámara favorita, muestra el ángulo de su barbilla, el hoyuelo. En la cámara tres es casi Kirk Douglas. Es Espartaco. Siempre pensó que podría ser actor, empezar por papeles pequeños; tal vez al principio haría de presentador de noticias, luego algo como profesor en una comedia de instituto, el que entiende a los chicos mejor que nadie porque él también fue un salvaje a su edad. Bueno, se ha acabado. Déjalo, Tom, quítatelo de la cabeza.

—¿Has acabado? —dice Kristen.

Claro.

Lo sacan antes de que vuelvan de publicidad. Ni siquiera se resiste, salvo por que no le gusta esa mano sobre el hombro y la aparta. No soporta que le toque una mano, dice, así que dejadme en paz. Lleva mucho tiempo trabajando, si se comporta tal vez aún tenga asegurada la pensión.

—Tom se ha puesto enfermo, lamentablemente —dice Kristen, con los ojos claros y serios a la cámara dos—. Está bien, volverá muy pronto. Y ahora, el tiempo.

Desde la cama del hospital en Arizona, Tunde observa los reportajes. Envía correos electrónicos y mensajes por Facebook a amigos y familiares de Lagos. Su hermana Temi está saliendo con un chico unos años más joven. Quiere saber si Tunde ha conocido a alguna chica con tanto viaje.

Este le cuenta que no tiene mucho tiempo para eso. Durante un tiempo hubo una mujer blanca, otra periodista a la que conoció en Singapur y con la que viajó hasta Afganistán. Nada que valga la pena mencionar.

—Ven a casa —dice Temi—. Ven a casa seis meses y te encontraremos a una buena chica. Tienes veintisiete años, tío. ¡Te haces viejo! Es momento de sentar la cabeza.

La mujer blanca —se llamaba Nina— le dijo:

—¿Crees que tienes trastorno de estrés postraumático?

Ella usaba esa cosa en la cama y él la había rehuido. Le dijo que parara. Rompió a llorar.

—Estoy atrapado muy lejos de casa y no hay manera de volver —contestó.

—Como todos —dijo ella.

Lo que le había ocurrido a Tunde no era peor que lo que le pasaba a cualquiera. No había motivo para tener miedo, no más que cualquier otro hombre. Nina le envía mensajes de texto desde que está en el hospital, le pregunta si puede ir a visitarlo. Él sigue diciendo que no, que aún no.

Mientras está en el hospital llega el correo electrónico. Son solo cinco frases breves, pero la dirección del remitente es correcta; comprueba si le han gastado una broma.

> De: info@urbandoxspeaks.com
> Para: olatundeedo@gmail.com
> Vimos tu reportaje desde el centro comercial de Arizona, y hemos leído tu artículo sobre lo que te ocurrió en Delhi. Estamos en el mismo bando, en el de todos los hombres. Si viste lo que pasó en la elección de Cleary, has entendido por qué luchamos. Ven a hablar con nosotros, oficialmente. Te queremos en nuestro equipo.
> UrbanDox

Ni siquiera es una pregunta. Aún tiene su libro por escribir; el libro, esas novecientas páginas de crónicas y explicaciones. Lo lleva encima en el portátil todo el tiempo. No hay duda. ¿Una reunión con UrbanDox? Por supuesto.

El bombo que lo rodea es ridículo. No puede llevar su propio equipo. «Te daremos un teléfono para grabar la entrevista», le dicen. Por el amor de Dios. «Entiendo —les contesta él—. No podéis arriesgar vuestra posición.» Les encanta eso. Alimenta su sensación de quiénes son. «Solo confiamos en ti —dicen—. Tú cuentas la verdad. Has visto el caos en directo. Te invitaron a la acción de Arizona y fuiste. Te queremos a ti.» La manera de hablar es prácticamente mesiánica. «Sí —responde él al correo—, hace tiempo que quiero hablar con vosotros.»

Por supuesto, hay un punto de encuentro en el aparcamiento de un Denny's. Claro. Por supuesto, lo llevan con los ojos tapados

en un todoterreno, unos hombres de negro —todos blancos—
con pasamontañas. Esa gente ha visto demasiadas películas. Ahora
es todo un tema: clubes de cine para hombres, en salones y cuar-
tos traseros de bares. Ven un tipo concreto de películas una y otra
vez: esas de explosiones, accidentes de helicóptero, armas, músculos y puñetazos. Pelis de tíos.

Después de todo eso, cuando le quitan la venda, está en un almacén polvoriento. Hay algunas cajas viejas de cintas VHS con la
etiqueta «Equipo A» en la esquina. Y ahí está UrbanDox, sentado
en una silla, sonriente.

Está distinto que en las fotos de perfil. Tiene cincuenta y tantos. Se ha aclarado el pelo, así que lo tiene muy pálido, casi blanco.
Los ojos de un color azul claro, acuoso. Tunde ha leído sobre ese
hombre; según todas las fuentes, tuvo una infancia terrible, violencia, odio racial. Una serie de negocios fallidos lo dejaron con
deudas de miles de dólares a docenas de personas. Supuestamente
sacó una licenciatura en derecho en clases nocturnas y se rein-
ventó como bloguero. Está fuerte para un hombre de su edad,
aunque su rostro tiene un tono grisáceo. El gran cambio en el
curso de las cosas ha beneficiado a UrbanDox. Lleva años colgando en el blog su retórica malintencionada, semicultivada, in-
tolerante, rabiosa, pero últimamente cada vez más gente —hombres y algunas mujeres— han empezado a escucharle. Ha negado
una y otra vez tener vínculos con los grupos violentos escindidos
que han bombardeado centros comerciales y parques públicos en
media docena de estados. Sin embargo, aunque no tenga vínculos
con ellos, a aquellos les gusta que les relacionen con él. Una de las
recientes amenazas de bomba contenía solo una dirección, una
hora y el último larguísimo *post* de UrbanDox sobre la Inminente Guerra de Géneros.

Habla bajo. Tiene una voz más aguda de lo que Tunde esperaba. Dice:

—Sabes que van a intentar matarnos.

Tunde se había prometido limitarse a escuchar, pero pregunta:

—¿Quién intenta matarnos?

—Las mujeres.

—Ya. Cuéntame más.

Una sonrisa maliciosa se dibuja en el rostro del hombre.

—Has leído mi blog. Ya sabes lo que pienso.

—Me gustaría oírlo de tu propia boca. Grabarlo.Pienso que a
la gente le gustaría oírlo. Crees que las mujeres están intentando
matar…

—No lo creo, hijo, lo sé. Nada de esto es un accidente. Hablan del «Ángel de la Guarda», que se filtró en el suministro de agua, ¿y cómo acabó en la capa freática? ¿Dicen que nadie pudo preverlo? Ya. Chorradas. Esto estaba planeado. Esto se decidió. Al finalizar la Segunda Guerra Mundial, cuando los pacifistas y hacedores del bien tenían el control, decidieron poner esa cosa en el agua. Pensaban que los hombres ya habíamos tenido nuestro turno y la habíamos liado: dos guerras mundiales en dos generaciones. Todos una panda de calzonazos y maricones.

Tunde ya había leído esa teoría. No existe un buen argumento de conspiración sin conspiradores. Le sorprende que UrbanDox no haya mencionado a los judíos.

—Los sionistas utilizaron los campos de concentración como chantaje emocional para enviar esa cosa al agua. —Ya estamos—. Fue una declaración de guerra. Silenciosa, furtiva. Armaron a sus soldados antes de que sonara el primer grito de guerra. Estaban entre nosotros incluso antes de que supiéramos que nos habían invadido. Nuestro propio gobierno tiene la cura, ya sabes, bajo llave, pero no la usarán más que con los elegidos. Y el final... ya sabes el final. Nos odian a todos. Nos quieren muertos.

Tunde piensa en las mujeres que ha conocido. Algunas de las periodistas con las que estuvo en Basra, mujeres del asedio de Nepal. Durante los últimos años, algunas interpusieron su cuerpo entre él y el peligro para que pudiera grabar imágenes para el resto del mundo.

—No es verdad —dice. Mierda. Eso es lo que se suponía que no debía hacer.

UrbanDox se ríe.

—Te tienen justo donde querían, hijo. En sus manos. Creyendo su basura. Apuesto a que una mujer te ha ayudado una o dos veces, ¿no? Ha cuidado de ti, te ha protegido cuando estabas en apuros.

Tunde asiente, con cautela.

—Mierda, pues claro, eso es lo que hacen. Nos quieren dóciles y confusos. Es una vieja táctica militar: si solo eres un enemigo, la gente combatirá contigo siempre que te vea. Si das un caramelito a los niños y medicamentos a los débiles, les lías la cabeza y no saben odiarte. ¿Lo ves?

—Sí, lo veo.

—Ya está empezando. ¿Has visto las cifras de violencia doméstica contra los hombres? ¿Los asesinatos de hombres a manos de mujeres?

Ha visto las cifras. Las lleva encima como una pastilla de hielo clavada en la garganta.

—Así empieza —dice UrbanDox—. Así nos ablandan, nos vuelven débiles y asustados. Así es como nos llevan a su terreno. Forma parte del plan. Lo hacen porque se lo han dicho.

Tunde piensa: «No, ese no es el motivo. Es porque pueden».

—¿Recibes fondos del rey exiliado Awadi-Atif de Arabia Saudí?

UrbanDox sonríe.

—Ahí fuera hay muchos hombres preocupados por ver dónde nos lleva todo esto, amigo. Algunos son débiles, traidores a su género y su gente. Creen que las mujeres serán buenas con ellos. Pero muchos saben la verdad. No nos ha hecho falta pedir dinero.

—Has hablado de... el final.

UrbanDox se encoge de hombros.

—Ya te lo he dicho. Nos quieren matar a todos.

—Pero... ¿y la supervivencia de la raza humana?

—Las mujeres son animales —dice UrbanDox—. Igual que nosotros, quieren aparearse, reproducirse, tener descendencia sana. Sin embargo, una mujer pasa embarazada nueve meses. Puede cuidar de cinco o seis niños durante su vida.

—¿Y?

UrbanDox frunce el entrecejo, como si fuera lo más obvio del mundo.

—Solo dejarán vivos a los más sanos genéticamente. Por eso Dios quería que fueran los hombres los que tuvieran el poder. Por muy mal que tratemos a una mujer... bueno, es como una esclava.

Tunde nota que se le tensan los hombros. «No digas nada, tú solo escucha, graba las imágenes, úsalas y véndelas. Saca dinero de este cerdo, véndelo, muéstralo tal y como es.»

—Mira, la gente entendió mal la esclavitud. Si tienes un esclavo, es propiedad tuya, no quieres que nada le perjudique. Por muy mal que un hombre haya tratado a una mujer, la necesita en buenas condiciones para engendrar un niño. Un hombre genéticamente perfecto puede engendrar mil, cinco mil niños. ¿Para qué nos necesitan al resto? Nos matarán a todos. Escucha. No quedará vivo ni uno de cada cien. Tal vez ni siquiera uno de cada mil.

—Y las pruebas que tienes son...

—Ah, he visto documentos. Y más que eso, sé usar el cerebro. Igual que tú, hijo. Te he estado observando: eres listo. —UrbanDox posa una mano húmeda, sudorosa, en el brazo de Tunde—. Únete a nosotros. Forma parte de lo que estamos haciendo. Hijo, estaremos contigo cuando los demás se hayan ido, porque estamos en el mismo bando. —Tunde asiente—. Necesitamos leyes que protejan a los hombres. Necesitamos toques de queda para las mujeres. Que el gobierno invierta los fondos necesarios para «investigar» la cura. Necesitamos hombres que se hagan oír. Nos gobiernan maricones que adoran a las mujeres. Tenemos que acabar con ellos.

—¿Y ese es el propósito de tus ataques terroristas?

UrbanDox sonríe de nuevo.

—Ya sabes que yo nunca he iniciado ni instigado un ataque terrorista. —Sí, ha ido con mucho cuidado—. Pero si estuviera en contacto con esos hombres, supondría que esto no ha hecho más que empezar. Tras la caída de la Unión Soviética se perdieron un puñado de armas, ya sabes. Algo serio de verdad. Podría ser que tuvieran algunas.

—Espera —dice Tunde—. ¿Estás amenazando con organizar terrorismo nacional con armas nucleares?

—Yo no amenazo con nada —dice UrbanDox, con los ojos claros y fríos.

Allie

—*M*adre Eva, ¿me da su bendición?

El chico es dulce. Tiene el pelo sedoso y rubio, y el rostro pecoso y color crema. No debe de tener más de dieciséis años. Habla inglés con el encantador acento centroeuropeo de Bessapara. Han escogido a uno bueno.

Allie acaba de cumplir los veinte y, aunque tiene un aura —«un alma vieja» decían muchos acólitos famosos, según un artículo en el *New York Times*—, aún corría el peligro de no aparentar siempre la *gravitas* necesaria.

Los jóvenes están próximos a la Diosa, dicen, sobre todo las chicas jóvenes. Nuestra Señora tenía solo dieciséis años cuando entregó su sacrificio al mundo. Aun así, de vez en cuando también está bien empezar con la bendición de alguien que parece mucho más joven.

—Acércate —dice Allie—, y dime tu nombre.

Las cámaras se centran en el rostro del chico rubio. Ya llora y tiembla. La mayor parte de la multitud guarda silencio. El sonido de la respiración de treinta mil personas queda interrumpido solo por gritos ocasionales como «¡Alabada sea la Madre!», o simplemente «¡alabada sea!».

El chico dice, con voz muy tenue:

—Christian.

Se oye una reacción, una respiración contenida en el estadio.

—Es un muy buen nombre —dice Allie—. No pienses que no es un buen nombre.

Christian está deshecho en llantos. Tiene la boca abierta, húmeda y oscura.

—Sé que es duro —dice Allie—, pero voy a cogerte la mano, y cuando lo haga la paz de Nuestra Madre entrará en ti, ¿lo entiendes?

El hecho de anunciar lo que va a ocurrir tiene cierta magia, el decirlo con pleno convencimiento. Christian asiente de nuevo. Allie le coge la mano. La cámara se detiene un momento en la mano pálida agarrada con firmeza por otra más oscura. Christian se calma. La respiración se vuelve más regular. Cuando la imagen se aleja, sonríe, tranquilo, incluso con aplomo.

—Christian, no puedes caminar desde pequeño, ¿verdad?

—No.

—¿Qué ocurrió?

Christian hace un movimiento hacia las piernas, juntas bajo la manta que envuelve la mitad inferior del cuerpo.

—Me caí de un columpio cuando tenía tres años. Me rompí la espalda.

Sonríe con plena confianza. Hace un gesto con las manos, como si rompiera un lápiz entre los dedos.

—Te rompiste la espalda. Y los médicos te dijeron que jamás volverías a caminar, ¿cierto?

Christian asiente, despacio.

—Pero sé que caminaré —dice, con una expresión serena.

—Yo también lo sé, Christian, porque la Madre me lo ha enseñado.

Y también la gente que le prepara esas actuaciones y se asegura de que el daño nervioso no sea tan grave que ella no pueda hacer nada. Christian tenía un amigo del mismo hospital, un buen chico, incluso más creyente que el propio Christian, pero, por desgracia, la rotura era demasiado profunda para estar seguros de que ella pudiera curarla. Además, no era el adecuado para este segmento televisado. Tenía acné.

Allie posa la palma en la parte superior de la columna de Christian, justo en la nuca.

El chico se estremece; la multitud suelta un grito ahogado y calla.

Ella le dice a su corazón: «¿Y si no puedo hacerlo esta vez?».

La voz dice: «Niña, siempre dices lo mismo. Eres de oro».

Madre Eva habla por boca de Allie. Dice:

—Santa Madre, guíame, como siempre me has guiado.

La multitud dice:

—Amén.

Madre Eva dice:

—No será mi voluntad, Santa Madre, la que se cumpla, sino la tuya. Si es tu voluntad curar a este niño, que se cure, y si tu voluntad es que sufra en este mundo para recoger una gran cosecha en el siguiente, que así sea.

Es una advertencia de extrema importancia, que también sirve para iniciarse.

La multitud dice:

—Amén.

Madre Eva dice:

—Pero hay una gran multitud rezando por este niño humilde y obediente, Santa Madre. Hay mucha gente rogándote ahora mismo, anhelando que tu misericordia se apiade de él y tu respiración lo levante como levantaste a María para tu servicio. Santa Madre, escucha nuestras oraciones.

Entre la multitud hay mucha gente balanceándose adelante y atrás sobre los talones, entre lágrimas y susurros, y los intérpretes simultáneos a ambos lados del estadio corren para seguir el ritmo de Allie, pues las palabras brotan de Madre Eva cada vez más rápido.

Mientras mueve la boca, los zarcillos de energía de Allie están tanteando la columna de Christian, palpando el bloqueo aquí y aquí, y dónde una descarga haría que sus músculos se movieran. Casi lo tiene.

Madre Eva dice:

—Todos hemos tenido vidas benditas, todos nos esforzamos todos los días por escuchar tu voz en nuestro interior, honramos a nuestras madres y la luz sagrada que brilla dentro de todos los corazones humanos, te rendimos culto y te adoramos, te amamos y nos arrodillamos ante ti. Santa Madre, por favor, acepta la fuerza de nuestras oraciones. Por favor, Santa Madre, utilízame para mostrar tu gloria y cura a este chico ahora.

La multitud ruge.

Allie deja escapar tres pinchazos rápidos en la columna de Christian que sacuden las células nerviosas de alrededor de los músculos de las piernas hasta que cobran vida.

Se le levanta la pierna izquierda, que da una patada a la manta.

Christian la mira asombrado, atónito, un poco asustado.

La otra pierna da una patada.

El chico llora, le caen las lágrimas por el rostro. El pobre chico, que no camina ni corre desde que tiene tres años. Que ha sufrido llagas y el desgaste de los músculos, que ha tenido que usar los brazos para desplazarse de la cama a la silla, de la silla al retrete. Ahora mueve las piernas desde el muslo, da patadas y salta.

Se levanta de la silla con los brazos, con las piernas aún moviéndose, agarradas a la barra colocada ahí con ese fin, da un, dos, tres pasos rígidos y torpes antes de agarrarse, erguido y lloroso.

Unas cuantas chicas de Madre Eva se lo llevan del escenario, una a cada lado de él, que dice: «gracias, gracias, gracias» mientras se lo llevan.

A veces dura. Existen casos de personas a las que ha «curado» que aún caminan, o sujetan objetos, o ven meses después. Incluso empieza a haber cierto interés científico por saber qué es lo que hace en realidad.

Otras veces no dura nada. Tienen un momento sobre el escenario. Notan qué se siente al caminar, o al sujetar algo con un brazo muerto; al fin y al cabo, tampoco lo habrían hecho sin ella.

La voz dice: «Nunca se sabe; si tuvieran más fe, quizás habría durado más».

Madre Eva les dice a las personas a las que ayuda:

—La Diosa te ha enseñado una muestra de lo que puede hacer. Sigue rezando.

Hacen un breve paréntesis después de la curación. Así Allie puede tomar una bebida fría detrás del escenario, y calmar un poco a la multitud y recordarles que todo ha sido financiado por buenas personas como ellos que abrieron su corazón y su cartera. En las pantallas grandes muestran un vídeo de las buenas obras realizadas por la Iglesia. Aparece Madre Eva dando consuelo a los enfermos. En un vídeo, es importante, se la ve sujetando la mano de una mujer que ha sido víctima de una paliza y de abusos pero que no tiene el ovillo. La mujer llora. Madre Eva intenta despertar la energía en su interior, pero, por mucho que rece para pedir ayuda, no lo consigue. Por eso están estudiando los trasplantes de cadáveres, dice. Ya tienen a equipos trabajando en ello. Vuestro dinero puede ayudar.

Hay saludos amables desde salas capitulares de Michigan y Delaware que hablan de almas salvadas, de misiones en Nairobi y Sucre, donde la Iglesia católica se está consumiendo viva. También hay imágenes de los orfanatos que Madre Eva ha abierto. Al principio había chicas repudiadas por sus familias, deambulando, confusas y solas, como perros callejeros que se estremecen. A medida que el poder de Madre Eva fue creciendo, les dijo a las mujeres mayores: «Ocupaos de las más jóvenes. Abrid casas para ellas, igual que me acogieron a mí cuando estaba débil y asustada. Todo lo que hagáis por ella, lo hacéis por vuestra Santa Madre». Ahora, pasados unos cuantos años, hay residencias para jóvenes en todo el mundo. Acogen a chicos y chicas jóvenes, les dan un techo y mejores resultados que las instituciones estatales. Allie, que ha ido toda la vida de aquí para allá, sabe dar buenas instrucciones en este tema. En el vídeo se ve a Madre Eva de visita en hogares para niños abandonados de Delaware y Missouri, en Indonesia y Ucrania. Todos los grupos de niñas y niños la saludan como a una madre.

El vídeo termina con una vibración musical, Allie se limpia el sudor de la cara y vuelve a salir.

—Ya sé —dice Madre Eva a la multitud, llena de gente que llora, tiembla y grita—, sé que durante estos largos meses se os ha pasado una pregunta por la cabeza, y por eso estoy tan feliz de estar hoy aquí para responder a vuestras preguntas.

Se oye otra ronda de gritos y «¡Alabada!» entre el gentío.

—Estar aquí, en Bessapara, la tierra donde la Diosa ha mostrado su sabiduría y misericordia, es una gran bendición para mí. ¡Sabéis que Nuestra Señora me ha dicho que las mujeres deben unirse! ¡Y llevar a cabo grandes milagros! ¡Y ser un consuelo y una bendición las unas para las otras! Y... —hace una pausa después de cada palabra para dar énfasis—, ¿dónde están las mujeres más unidas que aquí?

La gente da patadas en el suelo, grita, chilla encantada.

—Hemos demostrado lo que puede hacer el poder de una multitud poderosa rezando unida por ese joven, Christian, ¿no es cierto? Hemos demostrado que la Santa Madre cuida de hombres y mujeres por igual. No niega su misericordia. No envía su bondad solo a las mujeres, sino a todo aquel que crea en Ella. —Baja la voz y emplea un tono suave—. Y sé que algunos de vosotros os habéis preguntado: «¿Qué pasa con la Diosa que significa tanto para todas vosotras? ¿Qué pasa con Ella, cuyo símbolo es el ojo en la palma de la mano? ¿Esa fe sencilla que surgió del suelo de este buen país, qué pasa con ella?».

Allie deja que la multitud se suma en el silencio. Se levanta con los brazos cruzados. Se ve a algunas personas sollozando y balanceándose. Ondean pancartas. Espera un buen rato, mientras toma aire y lo expulsa.

Le dice a su corazón: «¿Estoy preparada?».

La voz dice: «Estás hecha para esto, niña. Da el sermón».

Allie separa los brazos y coloca las palmas de cara al público. Tiene un ojo tatuado en el centro de cada una, con los zarcillos extendiéndose.

La multitud estalla, se oyen patadas en el suelo y gritos de júbilo. Los hombres y mujeres del público se inclinan hacia delante y Allie agradece las barreras protectoras y el personal de emergencia que hay en los pasillos. Trepan por los asientos para acercarse a ella, entre jadeos y sollozos, respiran su aliento, quieren comérsela viva.

Madre Eva habla por encima del barullo.

—Todos los dioses son uno solo. Tu Diosa es otra manera de expresarse en el mundo de la Diosa Única. Se acercó a vosotros igual que se acercó a mí, predicando compasión y esperanza, enseñando venganza contra aquellos que han sido injustos con nosotras y amor para los que nos quieren. Vuestra Diosa es Nuestra Señora. Son una sola.

Tras ella, la cortina de seda que hace las veces de telón de fondo de la intervención durante toda la tarde cae al suelo con suavidad. Aparece un cuadro de medio metro de alto de una mujer orgullosa con mucho pecho vestida de azul, de mirada amable, con un ovillo prominente en la clavícula y un ojo que todo lo ve en la palma de cada mano.

En ese momento mucha gente se desmaya, y algunos empiezan a farfullar inconscientemente.

«Buen trabajo», dice la voz.

«Me gusta este país», le dice Allie a su corazón.

De camino a la salida del edificio hacia el coche blindado, Allie lee los mensajes de la hermana María Ignacia, amiga leal y de confianza en casa. Han estado siguiendo el *chat* en internet sobre «Alison Montgomery-Taylor» y, aunque Allie nunca ha reconocido por qué quiere que desaparezcan los archivos sobre ese caso, le ha pedido a la hermana María Ignacia si puede lograrlo de alguna manera. A medida que pasen los meses y los años cada vez será más difícil, siempre habrá alguien que quiera conseguir dinero o influencia con esa historia y, pese a que Allie cree que cualquier tribunal razonable la absolvería, no hay necesidad de pasar por ello. Es madrugada en Bessapara, pero solo son las cuatro de la tarde en la Costa Este y, por suerte, hay un mensaje. Algunos miembros leales de la Nueva Iglesia de Jacksonville han enviado un aviso diciendo que, gracias a la ayuda de una hermana influyente, se ocuparán de toda la documentación y los archivos electrónicos relacionados con esa tal «Alison Montgomery-Taylor».

El correo electrónico dice: «Desaparecerá todo».

Parece una profecía, o una advertencia.

El mensaje no menciona a la hermana influyente, pero a Allie solo se le ocurre una mujer que pueda hacer desaparecer archivos policiales así, sin más, tal vez solo con llamar a algún conocido. Tiene que ser Roxy. «Tú cuidas de nosotras, y nosotras cuidamos de ti», dijo. Muy bien. Todo desaparecerá.

Más tarde, Allie y Tatiana Moskalev cenan juntas. Incluso en guerra, incluso con combates en el frente del norte con las tropas moldavas y el pulso en el este con Rusia, la comida está muy buena. La presidenta Moskalev de Bessapara sirve faisán asado y boniatos al estilo Hasselback para Madre Eva de la Nueva Iglesia, y brindan con un buen vino tinto.

—Necesitamos una victoria rápida —dice Tatiana.

Allie mastica despacio, pensativa.

—¿Se puede conseguir una victoria rápida tras tres años de guerra?

Tatiana se ríe.

—La guerra de verdad aún no ha empezado. Aún combaten con armas convencionales en la montaña. Intentan invadir, y nosotros los echamos atrás. Ellos lanzan granadas, nosotros disparamos.

—La energía eléctrica no sirve contra misiles y bombas.

Tatiana se reclina en la silla y cruza las piernas. La mira.

—¿Tú crees? —Frunce el entrecejo, sorprendida—. Primero: las guerras no se ganan con bombas, se ganan sobre el terreno. Y segundo: ¿has visto lo que se puede llegar a hacer con una dosis completa de esa droga?

Allie lo ha visto, se lo enseñó Roxy. Cuesta controlarlo —Allie no quiso probar, el control siempre ha sido su especialidad—, pero una dosis completa de Brillo y tres o cuatro mujeres podrían acabar con la electricidad de la isla de Manhattan.

—Aun así, hay que estar lo bastante cerca para tocarlos. Establecer una conexión.

—Hay manera de arreglar eso. Hemos visto fotografías de ellos trabajando.

«Está hablando del rey exiliado de Arabia Saudí», dice la voz.

—Awadi-Atif —dice Allie.

—Solo está utilizando nuestro país de prueba, ya sabes. —Tatiana toma otro sorbo de vino—. Están enviando algunos de sus hombres con trajes de goma y sus absurdos paquetes de baterías en la espalda. Quiere demostrar que el cambio no significa nada. Se aferra a su vieja religión y cree que recuperará su país.

Tatiana forma un arco largo entre las palmas de las manos, lo mueve por pasar el rato, lo encoge y lo rompe con un chasquido.

—La peluquera no sabía lo que estaba empezando —dice con una sonrisa. Mira fijamente a Allie con una mirada súbita, intensa—. Awadi-Atif se cree enviado a una guerra santa. Y yo creo que tiene razón. Fui elegida por la Diosa para esto.

«Quiere que le digas que es verdad. Díselo», dice la voz.

—Es verdad —dice Allie—, la Diosa tiene una misión especial para ti.

—Siempre he creído que hay algo superior a mí, algo mejor. Luego te vi. La fuerza con que hablas a la gente. Veo que eres su mensajera, y nosotras nos hemos conocido en este momento por eso. Para llevar ese mensaje al mundo.

La voz dice: «¿No te dije que tenía algunas cosas reservadas para ti?».

Allie dice:

—Entonces, cuando hablas de una victoria rápida… te refieres a que cuando Awadi-Atif envíe a sus tropas eléctricas quieres destruirlas totalmente.

Tatiana hace un gesto con la mano.

—Tengo armas químicas, quedaron de la guerra fría. Si quisiera «destruirlos del todo» podría hacerlo. No —se inclina hacia delante—, lo que quiero es humillarlos. Demostrarles que esa… energía mecánica no se puede comparar con lo que tenemos en nuestros cuerpos.

La voz dice: «¿Lo ves?».

De pronto, Allie lo entiende todo. Awadi-Atif de Arabia Saudí ha armado a las tropas en el norte de Moldavia. Tienen previsto recuperar Bessapara, la república de las mujeres; para ellos, sería una prueba de que el cambio no es más que una desviación menor de la norma, que el camino correcto se restituirá. Y si pierden, pierden del todo…

Allie empieza a sonreír.

—El camino de la Santa Madre se extenderá por el mundo, de persona a persona, de país a país. Todo habrá terminado antes de empezar.

Tatiana levanta la copa para brindar.

—Sabía que lo entenderías. Cuando te invitamos… esperaba que entendieras lo que quería decir. El mundo está observando esta guerra.

«Quiere que bendigas su guerra. Es delicado», dice la voz.

«Delicado si pierde», le dice Allie a su corazón.

«Pensaba que querías estar a salvo», dice la voz.

«Me dijiste que no podría estar a salvo a menos que fuera dueña del lugar», le dice Allie a su corazón.

«Y te dije que no podrías lograrlo desde aquí», dice la voz.

«¿En qué bando estás?», dice Allie.

Madre Eva habla despacio y con cautela. Madre Eva mide sus palabras. Nada de lo que dice Madre Eva carece de consecuencias. Mira directamente a la cámara y espera que se encienda la luz roja.

—No hace falta que nos preguntemos qué hará la familia real saudí si gana esta guerra —dice—. Eso ya lo hemos visto. Sabemos qué ha ocurrido en Arabia Saudí durante décadas, y que la Diosa les da la espalda, presa del horror y el asco. No hace falta que nos preguntemos quién está del lado de la justicia cuando conozcamos a las valientes guerreras de Bessapara, muchas de ellas víctimas del tráfico de personas, mujeres encadenadas que habrían muerto solas en la oscuridad si la Diosa no les hubiera enviado su luz para guiarlas.

»Este país es el de la Diosa, y esta guerra es la de la Diosa. Con su ayuda, lograremos una victoria poderosa. Con su ayuda, todo dará la vuelta.

La luz roja se apaga. El mensaje viaja por todo el mundo. Madre Eva y sus millones de fieles seguidoras en YouTube e Instagram, Facebook y Twitter, sus donantes y amigos, están con Bessapara y la república de las mujeres. Han elegido.

Margot

—No digo que tengas que cortar con él.

—Mamá, es lo que estás diciendo.

—Solo digo que leas los informes y lo veas tú misma.

—Si me los quieres dar, ya sé qué dicen.

—Tú léelos.

Margot hace un gesto hacia el montón de papeles que hay encima de la mesita de café. Bobby no quería tener esta conversación. Maddy está fuera, en taekwondo. Así que le toca a ella, claro. Las palabras exactas de Bobby han sido: «Es tu carrera política lo que te preocupa, así que te ocupas tú».

—Digan lo que digan esos papeles, mamá, Ryan es buena persona. Es amable. Es bueno conmigo.

—Ha visitado páginas extremistas, Jos. También cuelga comentarios con un nombre falso en páginas que hablan de organizar ataques terroristas. Que tienen vínculos con algunos de esos grupos.

Jocelyn está llorando. Son lágrimas de frustración, de rabia.

—Él nunca haría eso. Probablemente solo quería ver qué decían. Mamá, nos conocimos en internet, los dos entramos en algunas páginas locas.

Margot escoge una de las páginas al azar y lee en voz alta la sección destacada:

—«Buckyou, bonito nombre ha escogido, dice: "Las cosas se nos han ido de las manos. Esos campamentos NorthStar, por ejemplo: si la gente supiera lo que aprenden ahí, les pegaríamos un tiro a todas las chicas"».

Hace una pausa y mira a Jocelyn. Esta dice:

—¿Cómo pueden saber que es él?

Margot señala la gruesa carpeta de documentos.

—No lo sé, tienen sus métodos. —Esta es la parte delicada. Margot contiene la respiración. ¿Lo aceptará Jos?

La chica la mira, suelta un sollozo rápido.

—El Departamento de Defensa te está investigando, ¿verdad? Porque vas a ser senadora y te quieren en el Comité de Defensa, como me contaste.

Ha picado el anzuelo.

—Sí, Jocelyn. Por eso el FBI encontró esto. Porque tengo un trabajo importante, y no me voy a disculpar por ello. —Hace una pausa—. Pensaba que estábamos juntas en esto, cariño. Y tienes que saber que ese Ryan no es lo que crees.

—Seguramente solo estaba probando. ¡Eso es de hace tres años! Todos decimos estupideces en internet, ¿sabes? Solo para ver qué pasa.

Margot suspira.

—No sé si podemos estar seguras de eso, cariño.

—Hablaré con él. Es… —Jos rompe a llorar de nuevo, con sollozos fuertes, largos y profundos.

Margot sale corriendo del sofá y va hacia ella. Intenta rodearle los hombros con el brazo.

Jos se hunde en ella, entierra la cara en el pecho de Margot y llora sin parar como cuando era una niña.

—Habrá otros chicos, cariño. Habrá otros chicos mejores.

Jos levanta la cara.

—Pensaba que estaríamos juntos.

—Lo sé, mi vida, por tu —Margot duda de la palabra—… por tu problema, querías a alguien que lo entendiera.

Margot piensa que ojalá hubieran encontrado una ayuda para Jos. Siguen buscando, pero cuanto mayor se hace, más intratable parece el problema. A veces tiene toda la energía que quiere, y a veces nada.

Jos ralentiza el lloro hasta que se convierte en un hilillo de lágrimas. Margot le lleva una taza de té y se quedan sentadas en silencio un rato en el sofá, Margot abrazándola por la espalda. Al cabo de un buen rato dice:

—Sigo pensando que podemos encontrar ayuda para ti. Si diéramos con alguien… bueno, te podrían gustar los chicos normales.

Jos deja la taza sobre la mesa despacio.

—¿De verdad lo crees?

Y Margot dice:

—Lo sé, cariño. Lo sé. Puedes ser como las demás chicas. Sé que podemos arreglarlo.

Eso significa ser una buena madre. A veces ves lo que necesitan tus hijos mejor que ellos.

Roxy

«*V*en a casa —dice el mensaje—. Ricky está herido.»

En principio se iba a Moldavia, a entrenar a mujeres en el uso del Brillo para combatir. Pero no puede hacerlo con un mensaje como ese en el teléfono.

Desde que regresó de Estados Unidos se ha mantenido alejada de Ricky. Tiene su propio negocio con el Brillo, y le está dando un buen dinero. Antes Roxy anhelaba que la invitaran a esa casa. Ahora Bernie le ha dado una llave, tiene una habitación de invitados para cuando no está en el mar Negro, pero no es como pensaba. Barbara, la madre de los tres chicos, no está bien desde la muerte de Terry. Tiene una gran foto suya en la repisa de la chimenea, con flores frescas delante que cambia cada tres días. Darrell sigue viviendo allí. Se ha pasado a las apuestas, tiene cabeza para eso. Ricky tiene su propio piso en Canary Wharf.

Cuando lee el texto, Roxy piensa en las distintas personas que pueden haberlo hecho, y en qué significa «herido». Si están en guerra, sin duda la necesitan en casa.

Sin embargo, es Barbara quien la espera en el jardín de la entrada cuando llega, sin parar de fumar; se enciende el siguiente cigarrillo con las ascuas del que está fumando. Bernie ni siquiera está en casa, así que no están en guerra, es otra cosa.

—Ricky está herido —dice Barbara.

Roxy pregunta, aunque sabe la respuesta:

—¿Ha sido alguno de los otros? ¿Los rumanos?

Barbara lo niega con la cabeza.

—Lo hicieron polvo por diversión.

—Papá conoce a gente. No hacía falta que me llamaras a mí.

A Barbara le tiemblan las manos.

—No, no es por ellos. Es un asunto familiar.

Roxy sabe perfectamente qué le ha ocurrido a Ricky.

Este tiene la televisión encendida, pero sin sonido. Tiene una manta sobre las rodillas y vendajes debajo. El médico ha ido a verlo y se ha marchado, así que tampoco hay mucho que ver.

Roxy tiene a chicas trabajando para ella que estuvieron retenidas por unos tipos en Moldavia. Vio lo que una de ellas le hizo a uno de los tres hombres que hacían turnos. Ahí debajo solo había carne quemada, dibujos de helechos en los muslos, de color rosa, marrón, rojo intenso y negro. Como un asado de domingo. Ricky no parece estar tan mal; probablemente se pondrá bien. Ese tipo de heridas se curan, aunque ha oído que se pueden complicar después. Cuesta recuperarse.

—Cuéntame qué ha pasado.

Ricky la mira agradecido, y su gratitud es terrible. Roxy siente ganas de abrazarlo, pero sabe que eso sería peor para él. No se puede ser la misma persona que hiere y consuela. No puede ofrecerle otra cosa más que justicia.

Ricky le cuenta lo ocurrido.

Es obvio que estaba borracho. Había salido con unos amigos a bailar. Tiene unas cuantas novias, pero nunca hace ascos a encontrar a alguien nuevo para una noche, y las chicas saben que no deben incordiarlo con eso, que él es así. Roxy es igual últimamente: a veces hay un tío, otras no, y no le importa mucho.

Esta vez Ricky tiene tres chicas. Dijeron que eran hermanas, aunque no lo parecían, y pensó que era una broma. Una se la chupó junto a los cubos de basura fuera del club; no sabe lo que le hizo que lo volvió loco. Ricky parece avergonzado cuando lo cuenta, como si pensara que debería haber hecho algo distinto. Cuando la primera chica terminó, las otras lo estaban esperando. Ricky dijo: «Dadme un minuto, chicas, no puedo con todas a la vez». Y se abalanzaron sobre él.

Hay una cosa que se le puede hacer a un tío, Roxy lo ha hecho: una pequeña chispa en el recto y se le levanta enseguida, como nueva. Es divertido, si es lo que quieres. Duele un poco, pero es divertido. Y duele mucho si no lo deseas. Ricky no paró de decir que no quería.

Hicieron turnos. Según él, solo querían hacerle daño, les preguntaba qué querían, si querían dinero, pero una lo agarró de la garganta y no pudo decir nada más hasta que terminaron.

En total estuvieron media hora. Ricky pensó que iba a morir

allí, entre las bolsas negras y la grasa espesa que cubría los adoquines. Recuerda cómo encontraron su cuerpo, con las piernas blancas marcadas con cicatrices rojas. Vio a un policía hacer un gesto de asombro y decir:

—Adivina quién es: ¡Ricky Monke!

Y la cara blanquecina del policía y los labios azules. Ricky se quedó muy quieto hasta que terminaron, no dijo ni hizo nada. Solo esperó a que terminaran.

Roxy sabe por qué no han llamado a Bernie a casa. Odiaría a Ricky por eso, por mucho que no quisiera. Eso no le pasa a un hombre. Aunque ahora sí.

Lo absurdo es que las conoce. Cuanto más lo piensa, más seguro está. Las ha visto por ahí, no cree que sepan quién es él —se supone que, de saberlo, deberían tenerle miedo para hacerle algo así—, pero conoce a gente que iba con ellas. Una se llama Manda, está bastante seguro, otra Sam. Roxy tiene una idea y busca a unas cuantas personas en Facebook. Le enseña unas fotos hasta que se pone a temblar.

No le cuesta encontrarlas. Roxy no necesita más de cinco llamadas a personas que conocen a alguien que conoce a alguien. No revela por qué lo pregunta, pero no es necesario: es Roxy Monke y la gente quiere ayudarla. Están bebiendo en un pub de Vauxhall, se están poniendo hasta arriba, entre risas; estarán allí hasta que cierren.

Roxy cuenta con unas cuantas chicas en Londres. Chicas que le llevan el negocio, recogen los beneficios y dan los cabezazos que hagan falta. No es porque un tío no pudiera hacer el trabajo —algunos son muy hábiles—, pero es mejor que no necesiten una pistola. Hacen ruido, llaman la atención, son sucios: una bronca rápida acaba con un doble asesinato y treinta años de cárcel. Para un trabajo como ese, mejor chicas. Sin embargo, cuando se viste y baja, Darrell la está esperando en la puerta. Lleva una escopeta recortada.

—¿Qué? —dice Roxy.

—Voy contigo —dice Darrell.

Por un momento piensa en decirle «claro» y dejarlo inconsciente en cuanto se dé la vuelta, pero después de lo que le ha pasado a Ricky, no estaría bien.

—Mantente a salvo —dice Roxy.

—Sí. Me quedaré detrás de ti.

Es más joven que ella, solo unos meses. Es una de las cosas que siempre ha llevado mal: que Bernie se tirara a sus dos madres a la vez.

Roxy le da un apretón en el hombro. Llama a unas cuantas chicas para que también la acompañen. Vivika, que tiene uno de esos largos bastones conductores con dientes, y Danni, con una malla metálica que le gusta. Todos toman un poco antes de salir por la puerta, y Roxy oye una música en su cabeza. A veces es bueno ir a la guerra, solo por saber que puedes hacerlo.

Siguen al grupillo de chicas cuando salen del pub a cierta distancia hasta que atraviesan el parque, gritando y bebiendo. Son más de la una de la madrugada. Es una noche cálida, el aire está húmedo, como si se gestara una tormenta. Roxy y su banda van vestidas de oscuro y se mueven con sigilo. Las chicas corren hacia el tiovivo que hay en el parque infantil. Se tumban boca arriba a mirar las estrellas mientras se pasan el vodka.

Roxy dice:

—Ahora.

El tiovivo es de hierro. Lo encienden y una de las chicas se cae, echando espuma por la boca y con convulsiones. Así que ahora son dos contra cuatro. Fácil.

—¿Qué es esto? —dice una chica con una cazadora azul marino. Ricky había señalado su foto diciendo que era la cabecilla—. ¿Qué coño es esto? Ni siquiera os conozco. —Forma un arco brillante entre las palmas a modo de advertencia.

—¿No? —dice Roxy—. Pero sí conocías a mi hermano, Ricky. Lo jodisteis anoche en un club. Ricky Monke.

—Mierda —dice la otra chica, la que lleva pantalones de cuero.

—Cállate —dice la primera chica—. No conocemos a tu hermano, joder.

—Sam —dice la chica de los pantalones de cuero—. Joder. —Se vuelve hacia Roxy, suplicante—. No sabíamos que era tu hermano. No dijo nada.

Sam farfulla algo que sonó a: «Le encantó, joder».

La chica de los pantalones de cuero levanta las manos y retrocede unos pasos. Darrell le da un golpe en la nuca con la culata de la escopeta. Cae hacia delante y da con los dientes en el suelo y los matorrales.

Ahora son cuatro contra una. Se acercan a ella. Danni sacude la malla metálica en la mano izquierda.

Sam dice:

—Él lo pedía. Nos suplicó que lo hiciéramos. Nos lo suplicó, joder, nos siguió, nos dijo que quería que se lo hiciéramos. Pequeño escroto asqueroso, sabía exactamente lo que estaba buscando, no tenía suficiente, quería que le hiciéramos daño, se hubiera bebido mi pis si se lo hubiera pedido, así es tu puto hermano. Parece hecho de mantequilla, pero es un niño sucio.

Ya, bueno. Puede ser cierto, o no. Roxy ha visto cosas. Aun así, no deberían haber tocado a un Monke, ¿no? Se lo preguntará a los colegas de Ricky con calma cuando todo esto haya pasado, a lo mejor tendrá que decirle que no sea tonto: si quiere ese tipo de cosas ella puede encontrarle a una chica segura dispuesta a hacerlo.

—¡No hables así de mi hermano, joder! —grita de pronto Darrell, al tiempo que dirige la culata de la escopeta hacia la cara de la chica, pero es demasiado rápida para él y la escopeta es de metal, así que cuando ella la agarra él suelta un grito ahogado y se le doblan las rodillas.

Sam agarra con un brazo a Darrell, al que le tiembla todo el cuerpo: le ha dado una buena descarga. Tiene los ojos en blanco. Mierda. Si atacan a la chica, le atacarán a él.

Mierda.

Sam empieza a retroceder.

—Ni se os ocurra seguirme —dice—. No os acerquéis a mí, joder, o acabaré con él, igual que hice con Ricky. Puedo dejarlo peor.

Darrell está al borde de las lágrimas. Roxy ve qué le está haciendo la chica: un pulso constante de descargas en el cuello, la garganta y las sienes. Lo más doloroso son las sienes.

—No hemos terminado —dice Roxy con calma—. Ahora puedes irte, pero volveremos a por ti hasta que terminemos.

Sam sonríe, toda dientes y sangre.

—Entonces a lo mejor se lo hago ahora, por diversión.

—Eso no sería muy inteligente, porque entonces tendríamos que matarte.

Le hace una señal con la cabeza a Viv, que durante el jaleo la ha rodeado por detrás. Viv balancea el bastón. Le da un golpe a Sam en la nuca, como un mazo que estuviera derribando un muro.

Sam se vuelve un poco, lo ve venir, pero no puede dejar a Darrell a tiempo para agacharse. El bastón le da en el ojo y se ve un chorreón de sangre. Grita y cae al suelo.

—Mierda —dice Darrell. Llora y tiembla, no lo puede evitar—. Si hubiera visto lo que estabais haciendo, me habría matado.

—Estás vivo, ¿no? —dice Roxy. No dice nada de que no debería haber ido a por Sam con la escopeta, y cree que es justo.

Roxy se toma su tiempo para marcarlas. No quiere que lo olviden, nunca. Ricky no podrá olvidarlo. Les deja una marca roja en forma de telaraña, cicatrices que se abren por las mejillas, la boca y la nariz. Hace una foto con el teléfono para que Ricky vea lo que ha hecho. Las cicatrices y el ojo ciego.

Cuando entran, solo Barbara está despierta. Darrell se acuesta, pero Roxy se queda sentada a la mesita de la cocina trasera mientras Barbara va pasando las fotos en el teléfono, asintiendo con la boca cerrada como una piedra.

—¿Están todas vivas? —dice.

—Hasta llamamos a emergencias por ellas.

Barbara dice:

—Gracias, Roxanne. Te estoy agradecida. Has hecho una buena obra.

Roxy dice:

—Ya.

Se oye el tic tac del reloj.

—Siento haber sido desagradable contigo —se disculpa Barbara.

Roxy levanta una ceja.

—Yo diría que la palabra no es «desagradable».

Lo dice con más dureza de la que pretendía, pero pasaron muchas cosas cuando era pequeña. Las fiestas a las que ella no podía ir, los regalos que nunca recibió, las cenas familiares a las que nunca la invitaban, y esa vez que Barbara fue a su casa a tirar pintura a las ventanas.

—No tenías por qué hacer lo de esta noche por Ricky. No creí que fueras a hacerlo.

—Algunos no guardamos rencor, ¿sabes?

Barbara tiene cara de haber recibido una bofetada.

—No pasa nada —dice Roxy, porque ahora está todo bien más o menos desde que Terry murió. Se muerde el labio—. Nunca me quisiste por ser hija de quien era. Nunca lo esperé. No pasa nada. Cada una sigue su camino, ¿no? Son solo negocios. —Se estira, el ovillo se tensa en el pecho, y de pronto siente los músculos pesados, exhaustos.

Barbara la mira con cara de suspicacia.

—Hay cosas que mi Bern no te ha dicho, ya sabes. Sobre cómo va el negocio. No sé por qué.

—Lo estaba guardando para Ricky —dice Roxy.

—Sí, creo que sí. Pero ahora Ricky no se va a hacer cargo —dice Barbara.

Se levanta y se dirige al armario de la cocina. Desde el tercer estante, saca las bolsas de harina y las cajas de galletas, y allí, en el fondo del todo, mete la uña en una grieta casi invisible y abre un escondrijo no más grande que una mano. Saca tres libretitas negras unidas por una goma elástica.

—Contactos —dice—. Narcos. Polis comprados. Médicos corruptos. Hace meses que le digo a Bern que debería darte todo esto, para que tú puedas vender el Brillo.

Roxy estira una mano y coge las libretas. Nota el peso y la solidez en la palma. Todo el saber de cómo llevar el negocio en un bloque compacto, como un ladrillo de información.

—Por lo que has hecho hoy —dice Barbara—, por Ricky. Ya lo arreglaré con Bernie.

Se lleva su taza de té y se va a dormir.

Roxy se queda despierta el resto de la noche en su piso, hojeando las libretas, tomando notas y haciendo planes. Hay contactos que se remontan a años atrás, relaciones que ha desarrollado su padre, gente a la que ha hecho chantaje o ha sobornado, lo uno lleva a lo otro normalmente. Barbara no sabe lo que le ha dado: con lo que contienen estas libretas puede mover el Brillo por toda Europa, sin duda. Los Monke pueden ganar más dinero que nadie desde la Ley Seca.

Sonríe, una rodilla se mueve arriba y abajo cuando echa un vistazo a una serie de nombres y ve algo importante.

Le cuesta un poco descifrar lo que ha visto. Una parte de su cerebro ha llegado antes que el resto, le ha dicho que lea y relea la lista hasta que le llama la atención. Ahí. Un nombre. Un poli comprado, el detective Newland. Newland.

Nunca olvidará lo que le dijo Primrose al morir. Jamás olvidará lo que ocurrió aquel día, en toda su vida.

—Newland dijo que no estarías en casa —dijo Primrose.

Ese poli, ese Newland. Formaba parte del plan para matar a su madre, y ella nunca supo quién era hasta ahora. Pensaba que hacía tiempo que habían acabado con él, pero cuando ve el nombre y lo recuerda, piensa: «Mierda». Un poli corrupto que vende mierda a mi padre, y a Primrose. «Mierda». Un poli corrupto que observaba nuestra casa y avisó de cuándo no estaría.

Y

Solo necesita una búsqueda rápida en internet. El detective Newland ahora vive en España. Poli retirado. Una ciudad pequeña. Es evidente que no cree que nadie vaya a buscarlo.

Nunca tuvo intención de contárselo a Darrell, pero él fue a agradecerle lo que había hecho por Ricky y por salvarle la vida.

—Sabemos cómo acaba esto. Ricky ahora está fuera de la ecuación. Si puedo hacer algo por ti, Rox, solo tienes que decírmelo.

A lo mejor había empezado a pensar lo mismo que ella, que hay que aceptar el cambio que nos ha impactado a todos, dejarse llevar, encontrar tu lugar en él.

Así que le explicó a Darrell para qué iba a España. Él dijo:

—Yo voy contigo.

Roxy entiende lo que le está pidiendo. Ricky no va a volver a su vida durante años, tal vez nunca, y no como era. Se están quedando sin familia. Quiere ser su familia.

No es difícil encontrar el sitio. El GPS y un coche de alquiler, y en menos de una hora han llegado desde el aeropuerto de Sevilla. No hace falta ser muy listo. Observan con prismáticos durante unos días, lo suficiente para saber que vive solo. Están alojados en un hotel cercano, pero no demasiado cerca. A quince kilómetros en coche. Si fueras de la policía local no irías a buscar ahí, no si estuvieras haciendo una investigación rutinaria por si acaso. Darrell lo hace bien. Como si fueran negocios, pero divertido. Le deja tomar decisiones, pero también tiene buenas ideas. Ella piensa: «sí». Si Ricky está fuera de la ecuación, sí. Podría funcionar. Podría llevarlo a la fábrica la próxima vez que saliera.

Al tercer día, bajo la luz del alba, lanzan una cuerda por uno de los postes de la valla, trepan por ella y esperan entre los matorrales hasta que sale. Va en pantalones cortos y una camisa hecha jirones. Lleva un bocadillo —a estas horas del día, un bocadillo de salchicha— y está mirando el teléfono.

Roxy esperaba algo, que se apoderara de ella algún tipo de terror; pensaba que se haría pis encima o sentiría una sensación de rabia, o rompería a llorar. Pero cuando lo mira a la cara lo único que siente es interés. Un círculo completo: dos cabos atados. El hombre que ayudó a matar a su madre. El último poquito de sustancia para aspirar desde el lado del plato.

Roxy sale de los matorrales y se planta frente a él.

—Newland —dice—. Te llamas Newland.

Él la mira, boquiabierto. Aún tiene el bocadillo de salchicha. Pasa un segundo antes de que le entre el miedo, y en ese segundo Darrell carga desde los matorrales, le da un golpe en la cabeza y lo empuja a la piscina.

Cuando termina, el sol está alto y él flota boca arriba. Se revuelve, consigue ponerse en pie en medio de la piscina, mientras tose y se frota los ojos.

Roxy está sentada en el borde, chapotea con los dedos.

—La electricidad viaja a gran distancia en el agua —dice—. Es rápido.

Newland se queda petrificado al oírlo.

Ella inclina la cabeza primero a un lado, luego al otro, estira los músculos. Tiene el ovillo lleno.

Newland empieza a decir algo. A lo mejor es: «yo no…» o «¿quién eres…?», pero envía una pequeña descarga por el agua, suficiente para que le pinche en todo el cuerpo húmedo.

Roxy dice:

—Va a ser aburrido si se pone a negarlo todo, detective Newland.

—Mierda —dice—. Ni siquiera sé quién eres. Si esto es por Lisa, ya tiene su puto dinero, ya está. Se lo di hace dos años, hasta el último céntimo, yo estoy fuera.

Roxy envía otra descarga por el agua.

—Piénsalo bien. Mírame a la cara. ¿No te recuerdo a alguien? ¿No soy la hija de alguien?

De repente la reconoce. Se lo ve en la cara.

—Mierda —dice—. Es por Christina.

—Sí.

—Por favor —dice, y ella le envía una descarga fuerte, tanto que empiezan a castañetearle los dientes, el cuerpo se le pone rígido y se caga en el agua, una nube de color marrón amarillento de partículas que salen disparadas como si salieran de una manguera.

—Rox —dice Darrell en voz alta. Está sentado detrás de ella, en una de las tumbonas, con una mano sobre la culata del rifle.

Ella para. Newland se desploma en el agua, sollozando.

—No digas «por favor». Eso dijo mi madre.

Él se frota los antebrazos en un intento de devolverles la vida.

—No tienes salida, Newland. Tú le dijiste a Primrose dónde encontrar a mi madre. Tú hiciste que la mataran, y ahora te mataré.

Newland intenta dirigirse al borde de la piscina. Ella le vuelve a soltar una descarga. Le fallan las rodillas y cae hacia delante, y luego se queda ahí tumbado, boca abajo en el agua.

—Joder —dice Roxy.

Darrell coge el gancho y tira de él hasta el borde, y lo suben.

Cuando Newland vuelve a abrir los ojos, Roxy está sentada sobre su pecho.

—Vas a morir aquí y ahora, Newland —dice Darrell, con mucha calma—. Es así, tío. Esta es toda la vida que te ha tocado. Es tu último día, y nada de lo que nos digas va a cambiar eso, ¿de acuerdo? Pero si hacemos que parezca un accidente, tu seguro de vida pagará. A tu madre, ¿no? Y a tu hermano. Podemos hacerlo por ti, hacer que parezca un accidente. No un suicidio. ¿De acuerdo?

Newland expulsa al toser un montón de agua turbia.

—Tú hiciste que mataran a mi madre, Newland —dice Roxy—. Eso para empezar. Y has hecho que me siente en tu agua asquerosa. Ahí va la segunda. Si llegamos a la tercera, sentirás un dolor que no podrás creer. Solo quiero que me digas una cosa. —La escucha—. Newland, ¿qué te dio Primrose para que le informaras sobre mi madre? ¿Qué haría que te arriesgaras a que los Monke fueran a por ti? ¿Qué te pareció que valiera la pena, Newland?

El hombre los mira, primero a ella, luego a Darrell, como si se estuvieran burlando de él. Ella le agarra la cara y le envía un pico de dolor a la mandíbula.

Newland grita.

—Dímelo, Newland —dice Roxy.

Está sollozando.

—Ya lo sabes, ¿verdad? Me estás tomando el pelo.

Roxy le acerca la mano a la cara.

—¡No! —dice él—. ¡No! No, tú sabes lo que pasó, puta, fue tu padre. No fue Primrose quien me pagó, fue Bernie: Bernie Monke me dijo que lo hiciera. Siempre trabajé solo para Bernie, solo hacía encargos para él; fue él quien me dijo que fingiera que vendía información a Primrose y le dijera cuándo encontraría a tu madre sola. Se suponía que no ibas a verlo. Bernie quería a tu madre muerta y yo no hice preguntas. Le ayudé. Fue el puto Bernie. Tu padre. Bernie.

Sigue murmurando su nombre, como si ese secreto fuera a liberarlo.

No le sonsacan mucho más. Sabía que la madre de Roxy era la mujer de Bernie; sí, claro que lo sabía. Le dijeron que había engañado a Bernie, y con eso bastó para matarla, bueno, así sería.

Υ

Cuando terminaron, lo empujaron de nuevo a la piscina y ella la encendió, una sola vez. Parecería un ataque al corazón, se cayó, se cagó y se ahogó. Así que cumplieron su promesa. Se cambiaron de ropa y devolvieron el coche de alquiler en el aeropuerto. Ni siquiera habían hecho un agujero en la valla.

En el avión, Roxy dice:

—¿Y ahora qué?

—¿Qué quieres, Rox? —pregunta Darrell.

Se queda sentada un rato, siente la energía en su interior, cristalina y completa. Matar a Newland le ha hecho sentir algo. Verlo ponerse rígido y luego parar.

Roxy piensa en lo que le dijo Eva, que sabía que Roxy iba a llegar. Que había visto su destino. Que ella iba a propiciar el Nuevo Mundo. Que la energía estaría en sus manos para cambiarlo todo.

Siente la energía en la punta de los dedos, como si pudiera abrir un agujero que atravesara el planeta.

—Quiero justicia —contesta—. Y luego lo quiero todo. ¿Quieres seguir conmigo, o ir contra mí?

Bernie está en su despacho cuando llegan, revisando sus libros. Roxy lo ve viejo. No va bien afeitado, le salen matas de pelo del cuello y la barbilla. Últimamente además emana un olor, como a queso curado. Nunca había pensado que fuera viejo. Ellos son los más pequeños. Ricky tiene treinta y cinco años.

Sabía que iban a ir. Barbara debía de haberle contado que le había dado las libretas a Roxy. Sonríe cuando entran por la puerta. Darrell está detrás de Roxy, con una pistola cargada.

—Tienes que entenderlo, Rox —dice Bernie—. Yo quería a tu madre. Ella nunca me quiso, no creo. Solo me utilizaba para ver qué me sacaba.

—¿Por eso la mataste?

Bernie respira por la nariz, como si le sorprendiera oírlo.

—No voy a suplicar —dice. Mira las manos de Roxy, los dedos—. Sé cómo va esto, lo aceptaré, pero tienes que entender que no fue personal, eran negocios.

—Era familia, papá —dice Darrell, muy bajo—. La familia siempre es personal.

—Eso es verdad —admite—. Pero hizo que detuvieran a Al y a Big Mick. Los rumanos le pagaron, y ella les dijo dónde estaban. Lloré cuando me contaron que fue ella, amor. Lo juro. Pero no podía dejarlo pasar, ¿sabes? Nadie... tienes que entenderlo, no puedo dejar que nadie me haga esto.

Roxy había hecho ese cálculo más de una vez.

—Se suponía que no ibas a verlo, cariño.

—¿No te da vergüenza, papá? —dice Roxy.

Él saca la barbilla, coloca la lengua entre los dientes y el labio inferior.

—Siento lo que pasó. Siento que las cosas fueran así. No quería que lo vieras, y siempre he cuidado de ti. Eres mi niña. —Hace una pausa—. Tu madre me hizo más daño del que te podría contar. —Vuelve a sacar aire por la nariz, con fuerza, como un toro—. Es una maldita tragedia griega, cariño. Aunque supiera que iba a ocurrir todo esto, lo habría hecho, no puedo negarlo. Y si vas a matarme... hay algo de justicia en eso, cariño.

Se queda ahí sentado, esperando, muy calmado. Debe de haber pensado en ello cientos de veces, en quién acabaría con él al final, un amigo, un enemigo o un bulto que le creciera en el centro del estómago, o si llegaría a viejo. Seguramente ha pensado antes que podría ser ella, y por eso está tan tranquilo ahora.

Roxy sabe cómo funciona. Si lo mata, nunca acabará. Así fue con Primrose: acabaron en una contienda sangrienta con él. Si sigue matando a todo el que la molesta, al final alguien irá a por ella.

—¿Sabes qué es la justicia, papá? Quiero que te vayas a la mierda. Quiero que le digas a todo el mundo que me dejas el negocio a mí. No vamos a enzarzarnos en batallas sangrientas, nadie más va a venir a quitármelo, nadie va a vengarte, nada de tragedias griegas. Vamos a hacerlo de forma pacífica. Te vas a retirar. Yo te protegeré, y tú te irás a la mierda. Te conseguiremos un lugar seguro. Vete a algún sitio con playa.

Bernie asiente.

—Siempre has sido una chica lista.

Jocelyn

ya habían tenido amenazas de muerte y avisos de bomba en el campamento NorthStar, pero nunca un ataque real hasta esa noche.

Jocelyn está de guardia nocturna. Son cinco, escudriñan el perímetro con prismáticos. Si haces extras, te quedas a dormir y accedes a trabajar para ellos durante dos años cuando termines la universidad, te pagan las clases. Un trato bastante bueno. Margot podría pagarle las clases a Jocelyn, pero queda bien que haga lo mismo que las demás chicas. Maddy ya ha notado el ovillo, segura y fuerte, sin los problemas de Jocelyn. Solo tiene quince años y ya habla de unirse a los cadetes de élite. Dos hijas militares: así se llega a presidenta del país.

Jocelyn está medio dormida en la estación de vigilancia cuando suena la alarma en la cabina. Ya han sonado alarmas antes, por un zorro, un coyote o, a veces, unos cuantos adolescentes borrachos que intentan trepar por la valla por una apuesta. Una vez Jocelyn se llevó un susto de muerte por un grito en la basura de la parte trasera del comedor, y luego salieron dos enormes mapaches de los cubos metálicos, mordisqueando y correteando.

Las demás se burlaron de ella por asustarse por eso; se mofaban de ella con bastante frecuencia. Al principio tenía a Ryan, y eso era emocionante, divertido e intenso, porque el ovillo de Ryan era su secreto y lo hacía todo especial. Pero luego de alguna manera salió a la luz: fotos con un objetivo de gran alcance, y de nuevo los periodistas en la puerta. Las chicas del campamento leyeron la noticia. Empezaron las conversaciones entre susurros y las risitas que se acallaban cuando entraba en la sala.

Jocelyn ha leído artículos escritos por mujeres que desearían no poder hacerlo y hombres que anhelan poder hacerlo, todo es muy confuso, y ella lo único que quiere es ser normal. Cortó con Ryan y él se echó a llorar, y ella tenía el rostro seco como si tuviera un tope dentro que lo retuviera todo. Su madre la llevó a un médico privado que le dio algo para que se sienta más normal. Y en cierto modo funciona.

Ella y tres chicas más cogen los palos nocturnos —bastones largos con unos filamentos metálicos y flexibles afilados en la punta— y salen a la oscuridad, esperando encontrar algún animal salvaje mordiendo la valla. Sin embargo, cuando llegan hay tres hombres, cada uno con un bate de béisbol y los rostros pintados de negro con grasa. Están junto al generador. Uno tiene unas enormes tijeras cortapernos. Es una incursión terrorista.

Todo pasa rápido. Dakota, la mayor, susurra a Hayden, una de las más jóvenes, que corra a buscar a los guardias de North-Star. Las demás se mantienen en una formación firme, con los cuerpos muy juntos. Ya han entrado hombres en otros campamentos con cuchillos, pistolas, incluso granadas y bombas de fabricación casera.

Dakota grita:

—¡Bajad las armas!

Los hombres tienen los ojos entrecerrados e ilegibles. Han ido a hacer algo malo.

Dakota mueve la linterna.

—Muy bien, tíos —dice—. Os habéis divertido, pero os hemos pillado. Bajad las armas.

Uno lanza algo, una granada de gas, sale humo. El segundo utiliza las tijeras en un tubo que queda al descubierto en el generador. Se oye un estallido. Todas las luces se apagan en el centro del campamento. Ya no se ve nada más que el cielo negro, las estrellas y esos tres hombres que han ido a matarlas.

Jocelyn mueve la linterna alrededor, nerviosa. Uno de ellos se pelea con Dakota y Samara, haciendo oscilar el bate de béisbol al tiempo que profiere un grito desgarrado. El bate contacta con la cabeza de Samara. Hay sangre. Mierda, hay sangre. Están entrenadas, las chicas están entrenadas, esto no debería pasar. Incluso con su energía, ¿eso puede pasar? Tegan se abalanza sobre él como una loba, la energía entre las manos impacta en una rodilla, pero él le da una patada en plena cara, ¿y qué es eso que brilla debajo de la chaqueta, qué lleva ahí, qué coño lleva? Jocelyn corre a por él, va a derribarlo y a quitarle lo que sea que lleva, pero mientras camina una mano la agarra del tobillo, tropieza y acaba con la cara en la tierra arenosa.

Se levanta a gatas, se arrastra hacia la linterna, pero antes de que llegue alguien la coge y la apunta hacia ella. Espera el golpe, pero es Dakota quien tiene la linterna. Dakota con un cardenal en la mejilla, y Tegan a su lado. Uno de los hombres está arrodillado en el suelo, a los pies de Tegan. Cree que es el que se enfrentaba a ella. No lleva el pasamontañas, es joven, más de lo que pensaba. Tal vez uno o dos años mayor que ella. Tiene el labio cortado y una cicatriz en forma de helecho se va desplegando en la mandíbula.

—Lo tenemos —dice Dakota.

—Que te den —dice el hombre—. ¡Defendemos la libertad!

Tegan le levanta la cabeza agarrándole del pelo y le da otra descarga, justo debajo de la oreja, un punto doloroso.

—¿Quién os ha enviado? —pregunta Dakota.

El tipo no responde.

—Jos, demuéstrale que vamos en serio —dice Dakota.

Jocelyn no sabe adónde han ido las otras dos mujeres.

—¿No deberíamos esperar a que lleguen refuerzos?

Dakota dice:

—Maldita floja. No puedes hacerlo, ¿verdad?

El chico está encogido de miedo en el suelo. No hace falta hacerlo, ni ella ni nadie.

Tegan dice:

—¿Tiene ovillo? Se lo quiere tirar.

Las otras se ríen. «Sí, eso es lo que le gusta», murmuran. Hombres raros, deformados. Asquerosos, extraños, repugnantes. Eso es lo que le gusta.

Si rompe a llorar delante de ellas, nunca lo olvidarán. De todos modos, ella no es como creen. Ni siquiera le gustaba tanto hacerlo con Ryan, no; lo ha estado pensando desde que rompieron y cree que las demás chicas tienen razón: es mejor con un hombre que no puede hacerlo; por lo menos es más normal. Ha estado con otros chicos desde entonces, chicos a los que les gustaba que les diera una descarga e incluso se lo pedían en voz baja al oído: «por favor». Es mejor así, y desearía que olvidaran la existencia de Ryan; ella ya lo ha olvidado. Solo fue cosa de la adolescencia, y los medicamentos han normalizado su energía más que nunca. Ahora es normal, completamente normal.

¿Qué haría una chica normal ahora?

Dakota dice:

—A la mierda, Cleary, lo haré yo.

Y Jocelyn dice:

—No, a la mierda tú.

El chico del suelo susurra:

—Por favor.

Como todos.

Jocelyn aparta a Dakota de un empujón, se agacha y le da una sacudida en la cabeza. Lo justo para enseñarle lo que se avecina si se mete con ellas.

Sin embargo, es una persona sentimental. Su entrenadora le ha dicho que vaya con cuidado con eso. Siente oleadas que recorren su cuerpo. Las hormonas y los electrolitos lo desordenan todo.

Siente que es excesiva mientras la energía sale de su cuerpo. Intenta retenerla, pero es demasiado tarde.

El cuero cabelludo del chico cruje bajo su mano.

Grita.

Dentro del cráneo, el líquido se está cociendo. Partes delicadas se están fundiendo y coagulando. Las líneas de la energía lo están marcando más rápido de lo que pensaba.

No puede frenarlo. No es una buena manera de comportarse. No quería hacerlo.

Huele a cabello y carne quemada.

Tegan dice:

—Joder.

De pronto, una luz las apunta. Son dos empleados de North-Star, un hombre y una mujer. Jos los conoce: Esther y Johnny. Por fin. Deben de haber improvisado una luz con el generador de reserva. La mente de Jocelyn funciona a toda prisa, aunque el cuerpo va lento. Aún tiene la mano en la cabeza del chico. Se ve una leve voluta de humo en las puntas de los dedos.

Johnny dice:

—Dios mío.

Esther dice:

—¿Había más? La chica dijo que eran tres.

Dakota aún está mirando al chico. Jocelyn retira los dedos uno a uno y no lo piensa en absoluto. Tiene la sensación de que si empieza a pensar se sumirá en el agua profunda y oscura. Hay un océano negro esperándola, siempre será así. Aparta los dedos y levanta la palma pegajosa sin pensarlo, y el cuerpo cae hacia delante, la cara llega primero a la suciedad.

Esther dice:

—Johnny, ve a buscar a un médico. Ya.

Él también está mirando el cuerpo. Suelta una breve risa y dice:

—¿Un médico?

Esther contesta:

—Ya. Ve a buscar a un puto médico, Johnny.

Johnny traga saliva. Desvía la mirada hacia Jocelyn, Tegan, Esther. Cuando llega a Esther, asiente en un gesto breve. Retrocede unos pasos. Se da la vuelta y sale corriendo, fuera del arco de luz hacia la oscuridad.

Esther mira al grupo. Dakota empieza a decir:

—Lo que ha pasado es que…

Pero Esther niega con la cabeza.

—Veamos —dice.

Se arrodilla junto al cuerpo, le da la vuelta con una mano y hurga en el abrigo del chico. Casi no ven lo que ocurre. Encuentra unos chicles y un puñado de panfletos sobre un grupo de protesta de hombres. Entonces se oye un chasquido metálico que resulta familiar.

Esther mira detrás de él y ahí, en la palma de la mano, hay una pistola: gruesa y de cañón corto, un arma militar.

—Te estaba apuntando con la pistola —dice Esther.

Jocelyn frunce el entrecejo. Lo entiende, pero no puede evitar pronunciar las palabras:

—No, no es verdad. —Se detiene cuando la boca conecta con el cerebro.

Esther habla en un tono muy calmado y natural. Su voz transmite una sonrisa, como si hablara a Jos en un ejercicio de mantenimiento del equipo. Primero apagadlo, luego aplicad el lubricante, luego ajustad el cinturón con el tornillo para apretar. Es sencillo. Una cosa después de la otra. Uno, dos, tres. Así debe ser.

—Visteis que llevaba una pistola en el bolsillo del abrigo y que iba a sacarla. Ya había cometido un acto de violencia contra nosotras. Percibisteis un peligro claro y presente. Fue a sacar la pistola y utilizasteis la fuerza proporcional para detenerlo.

Esther abre los dedos del chico y los vuelve a colocar alrededor de la funda de la pistola.

—Es más sencillo entenderlo así. Tenía la mano en la pistola. Estaba a punto de disparar. —Mira al grupo de chicas jóvenes y a todas y cada una a los ojos por turnos.

Tegan dice:

—Sí, eso es lo que pasó. Yo le vi intentar sacar la pistola.

Jocelyn mira la pistola, atrapada entre los dedos fríos. Algunos empleados de NorthStar llevan sus propias armas sin registrar. Su madre tuvo que obligar al *New York Times* a sacar una noticia sobre el tema porque era una amenaza para la seguridad nacional. Tal vez llevaba la pistola en el bolsillo trasero. A lo mejor les iba a apuntar con ella. Pero si tenían pistolas, ¿por qué utilizaban bates de béisbol?

Esther posa una mano en el hombro de Jocelyn.

—Eres una heroína, soldado —dice.

—Ya —dice Jocelyn.

Cuanto más cuenta la historia, más fácil le resulta. Empieza a visualizarla con claridad así que, para cuando aparece hablando de ello en el canal nacional, piensa que la recuerda. ¿Acaso no vio algo metálico en un bolsillo? ¿No podía ser una pistola? A lo mejor eso dejó escapar semejante descarga. Sí, probablemente lo sabía.

Sonríe en el telediario.

—No, no me siento una heroína. Cualquiera habría hecho lo mismo —dice.

—Venga ya —dice Kristen—. Yo no podría hacerlo. ¿Y tú, Matt?

Matt se ríe y exclama:

—¡Yo ni siquiera podría mirar!

Es muy atractivo, unos diez años más joven que Kristen. La cadena lo ha encontrado, están probando. Mientras tanto, Kristen, ¿por qué no te pones las gafas en pantalla?, te dará *gravitas*. Vamos a ver cómo salen los números así. Vamos a ver qué pasa, ¿de acuerdo?

—Bueno, tu madre debe de estar muy orgullosa, Jocelyn.

Está orgullosa. Sabe parte de la historia, pero no todo. Le está dando el impulso con el departamento de Defensa para implantar el esquema de campo de entrenamiento NorthStar para chicas en los cincuenta estados. Es un programa bien dirigido, con buenos vínculos con las universidades, y pueden cobrar al ejército una recompensa por cada chica que envíen que pueda saltarse lo básico y entrar directamente en el servicio activo. Al ejército le gusta Margot Cleary.

—Además, con todo lo que sale en las noticias —dice Matt—, esa guerra en Europa del este… ¿De qué va eso? Primero el sur de

Moldavia gana, ahora el norte de Moldavia, y los saudíes están implicados de algún modo... —Hace un gesto de desesperación—. Es fantástico saber que contamos con mujeres jóvenes como tú dispuestas a defender el país.

—Sí —dice Jocelyn, como había ensayado—. Nunca podría haberlo hecho sin el entrenamiento que recibí en el campamento NorthStar.

Kristen le da un apretón en la rodilla.

—¿Te quedas con nosotros, Jocelyn? Vamos a probar algunas fantásticas recetas con canela para el otoño después de la pausa.

—¡Por supuesto!

Matt sonríe a la cámara.

—Sé que me siento más seguro contigo cerca. Y ahora, el tiempo.

Estatua de la «sacerdotisa reina», encontrada en un tesoro escondido de Lahore. La estatua es notablemente más antigua que la base, hecha de tecnología transformada de la Era del Cataclismo.

Pese a estar muy erosionada, el análisis de la base ha revelado que fue marcada originalmente con el motivo de la Fruta Mordida. Se encuentran objetos marcados con este motivo en todo el mundo de la Era del Cataclismo y su uso es muy debatido. La uniformidad del motivo sugiere que es un símbolo religioso, pero también podría ser un glifo que indique que el objeto se debería usar para servir comida; los diferentes tamaños tal vez se utilizaban para distintas comidas.

El artefacto de la Fruta Prohibida, como es habitual, está construido parcialmente de metal y parcialmente de cristal. A diferencia de la mayoría de los objetos de este tipo, el cristal está intacto, lo que le da un gran valor en los años posteriores al Cataclismo. Se especula que el artefacto de la Fruta Prohibida se entregó como tributo al culto de la sacerdotisa reina y fue utilizado para incrementar la majestuosidad de la estatua. Los objetos se soldaron juntos hace aproximadamente 2.500 años.

Estatua de «muchacho sirviente», encontrada en el mismo tesoro que la «sacerdotisa reina». A partir de los rasgos cuidadosamente pulcros y sensuales, se especula que esta estatua representa a un trabajador sexual. La estatua está decorada con cristal de la Era del Cataclismo, de composición parecida a la base de la «sacerdotisa reina»; casi con toda certeza procede de un artefacto de la Fruta Prohibida roto. Probablemente el cristal se añadió a la estatua en la misma época en que la base se añadió a la «sacerdotisa reina».

Un año

El Presidente y su gobierno
se complacen en invitar a
la senadora Margot Cleary
a la recepción y cena que se
celebrará el miércole

El Presidente y su gobierno
se complacen en invitar a
la Srta. Roxanne Monke
a la recepción y cena que se
ércoles por la noche.

El Presidente y su gobierno
se complacen en invitar a
Madre Eva a la recepción y
cena que se celebrará el miércole
por la noche, 15 de

El Presidente y su gobierno
se complacen en invitar al Sr.
Tunde Edo a la recepción y cena
que se celebrará el miércoles por la
noche, 15 de junio, a las siete.

Margot

—¿*P*uede explicar por qué está usted aquí, senadora Cleary?

—La presidenta Moskalev ha sido derrocada en un golpe militar en el país donde fue elegida mediante un proceso democrático, Tunde. Este tipo de asuntos son los que el gobierno de Estados Unidos se toma muy en serio. Y permíteme que te diga que estoy encantada de que impliques a la generación más joven en este tipo de temas de geopolítica tan importantes.

—La generación más joven es la que tendrá que vivir en el mundo que usted está creando, senadora.

—Tienes razón, por eso me emociona que mi hija Jocelyn me acompañe en la visita al país como parte de la delegación estadounidense.

—¿Puede comentar la reciente derrota de las fuerzas de la república de Bessapara en manos de las tropas del norte de Moldavia?

—Esto es una fiesta, hijo, no una reunión de estrategia de defensa.

—Ya sabe, senadora Cleary. Usted forma parte de... ¿cinco comités estratégicos ahora mismo? —Los cuenta con los dedos de la mano—: Defensa, relaciones internacionales, seguridad nacional, presupuesto e inteligencia. Usted es el alma máter que enviar a una fiesta.

—Veo que has hecho los deberes.

—Sí, señora. Los moldavos del norte reciben financiación de la casa saudí en el exilio, ¿no es cierto? ¿Esta guerra con Bessapara es un terreno de pruebas para recuperar Arabia Saudí?

—El gobierno de Arabia Saudí fue elegido democráticamente

por su pueblo. El gobierno de Estados Unidos apoya la democracia en todo el mundo, así como el cambio de régimen pacífico.

—¿El gobierno de Estados Unidos está aquí para asegurar el oleoducto?

—No hay petróleo en Moldavia o Bessapara, Tunde.

—Pero otro cambio de régimen en Arabia Saudí podría afectar a su suministro de petróleo, ¿no cree?

—Eso no nos preocupa cuando estamos hablando de la libertad y la democracia.

Tunde casi se echa a reír. Se le dibuja una sonrisita en el rostro, que desaparece.

—De acuerdo —dice Tunde—. Muy bien. Estados Unidos antes defendería la democracia que el petróleo. De acuerdo. ¿Y qué mensaje trasmite su asistencia a esta velada sobre el terrorismo interno en su país?

—Seré muy clara —dice Margot, que mira directamente a la cámara de Tunde con una mirada nítida y estable—. El gobierno de Estados Unidos no tiene miedo a los terroristas internos, ni a las personas que los financian.

—Cuando dice «las personas que los financian», ¿se refiere al rey Awadi-Atif de Arabia Saudí?

—No tengo nada más que decir al respecto.

—¿Algo que comentar sobre por qué la han enviado aquí, senadora? ¿A usted en concreto? ¿Por sus vínculos con los campos de entrenamiento NorthStar para chicas jóvenes? ¿Por eso fue elegida para venir?

Margot suelta una risita que parece del todo sincera.

—Yo no soy un pez gordo, Tunde; de hecho, soy un pez muy pequeñito. He venido porque me invitaron. Ahora solo quiero disfrutar de la fiesta, y estoy segura de que tú también.

Da media vuelta y camina unos pasos a la derecha. Espera hasta que oye el chasquido de la cámara que se apaga.

—No vayas a por mí, hijo —dice por la comisura de la boca—. Soy tu amiga aquí.

Tunde se fija en la palabra «hijo». No dice nada. Sujeta la cámara junto al pecho. Se alegra de haber dejado la grabación de audio en marcha, aunque la imagen esté apagada.

—Podría haberla apretado el doble, señora —dice.

Margot lo mira con los ojos entrecerrados.

—Me caes bien, Tunde —dice—. Hiciste un buen trabajo en esa entrevista con UrbanDox. Esas amenazas nucleares hicieron que el Congreso hiciera caso, tomara nota y nos asignara el dinero que necesitábamos para defender el país. ¿Aún estás en contacto con su gente?

—A veces.

—Si te enteras de que tienen algo gordo entre manos me lo dices, ¿de acuerdo? Haré que te valga la pena. Ahora hay dinero, mucho dinero. Podrías ser un fantástico asesor de prensa en nuestros campos de entrenamiento.

—Ya —dice Tunde—. Ya le diré algo.

—Hazlo.

Esboza una sonrisa tranquilizadora. Por lo menos, esa es su intención. Tiene la sensación de que cuando llegue a sus labios, será más bien lasciva. El problema es que esos malditos reporteros son muy atractivos. Ha visto antes los vídeos de Tunde; Maddy es una gran fan, y de hecho es una referencia para la población votante de entre dieciocho y treinta y cinco años.

Es increíble que —entre tantos comentarios sobre su estilo relajado y accesible— nadie mencione que los vídeos de Olatunde Edo hayan tenido tanto éxito porque es muy guapo. En algunos aparece medio desnudo, informando desde la playa con un bañador Speedo, y cómo va a tomárselo en serio ahora que le ha visto la espalda ancha, la cintura estrecha y el paisaje ondulante de oblicuos y deltoides, glúteos y pectorales de su firme... mierda, necesita acostarse con alguien.

Dios mío. En el personal que la acompaña en el viaje hay algunos chicos jóvenes, invitará a alguno a una copa después de la fiesta porque esto no puede pasarle por la cabeza cada vez que se enfrente a un periodista guapo. Coge un aguardiente de una bandeja al pasar y se lo bebe de un trago. Una asistente la mira al otro lado de la sala y señala el reloj de pulsera. Vamos mal de tiempo.

—Tienes que admitir que saben cómo montar un castillo —le susurra a Frances, su asistente, mientras suben la escalera de mármol.

Aquel lugar parece trasladado ladrillo a ladrillo de Disneylandia. Muebles dorados. Siete agujas puntiagudas, cada una con una forma y un tamaño distintos, algunas acanaladas, otras lisas, algunas con la punta dorada. Un pinar por delante y las montañas a lo lejos. Sí, sí, tenéis una historia y una cultura. Sí, sí, no sois cualquiera. Muy bien.

Tatiana Moskalev, y no es broma, está sentada en un trono de verdad cuando entra Margot. Un enorme objeto dorado, con cabezas de león en los reposabrazos y un cojín de terciopelo rojo. Margot consigue no sonreír. La presidenta de Bessapara lleva un enorme abrigo de piel blanca con un vestido dorado debajo, un anillo en cada dedo y dos en cada pulgar. Es como si hubiera aprendido qué aspecto debe tener una presidenta viendo demasiadas películas sobre la mafia. Tal vez eso fue lo que hizo. La puerta se cierra tras Margot. Están solas.

—Presidenta Moskalev —dice Margot—. Es un honor conocerla.

—Senadora Cleary —dice Tatiana—, el honor es mío.

«La serpiente se encuentra con el tigre», piensa Margot. El chacal saluda al escorpión.

—Por favor —dice Tatiana—, tome una copa de nuestro vino helado. El mejor de Europa. Producto de nuestros viñedos de Bessapara.

Margot le da un sorbo mientras se pregunta qué probabilidad hay de que esté envenenado. Calcula que no más de un tres por ciento. Daría muy mala imagen que ella muriera allí.

—El vino es excelente —dice Margot—. No esperaba menos.

Tatiana esboza una sonrisa leve y distante.

—¿Le gusta Bessapara? ¿Ha disfrutado de las excursiones? ¿La música, el baile, el queso local?

Margot ha aguantado una demostración y charla de tres horas sobre las prácticas de elaboración del queso local esa misma mañana. Tres horas. Sobre queso.

—Su país es precioso, señora presidenta, con ese encanto del viejo mundo combinado con esa fuerza y determinación para pasar al futuro.

—Sí. —Tatiana sonríe de nuevo—. Creemos que tal vez somos el país con más mentalidad de futuro del mundo.

—Ah, sí. Estoy ansiosa por ir de visita a su parque de tecnología científica de mañana.

Tatiana hace un gesto con la cabeza.

—Culturalmente, socialmente, somos el único país del mundo que de verdad entiende lo que significa este cambio. Que lo comprende como una bendición. Una invitación a… a… —niega con la cabeza un momento, como si quisiera disipar una especie de niebla—… una invitación a una nueva forma de vivir.

Margot no dice nada y bebe otro sorbo de vino con cara de admiración.

—Me gusta América —dice Tatiana—. A mi difunto esposo, Víktor, le gustaba la URSS, pero a mí me gusta América. País de libertad. Tierra de oportunidades. Buena música. Mejor que la música rusa.

Se pone a cantar la letra de una canción pop que Maddy no deja de reproducir por toda la casa: «Cuando conducimos, tú tan rápido, en tu coche, todo bum bum». Tiene una voz agradable. Margot recuerda haber leído en algún sitio que Tatiana tuvo ambiciones de ser una estrella del pop en algún momento.

—¿Quiere que vengan a tocar aquí? Están de gira. Podemos arreglarlo.

Tatiana dice:

—Creo que usted ya sabe lo que quiero. Me parece que sí. Senadora Cleary, usted no es tonta.

Margot sonríe.

—Puede que no sea tonta, pero no sé leer la mente, presidenta Moskalev.

—Lo único que queremos es el sueño americano, aquí, en Bessapara. Somos una nueva nación, un pequeño estado valiente rodeado de un terrible enemigo. Queremos vivir en libertad, seguir nuestro propio estilo de vida. Deseamos una oportunidad. Eso es todo.

Margot asiente.

—Eso es lo que quiere todo el mundo, señora presidenta. Democracia para todos es el mayor deseo de América para el mundo.

Tatiana levanta levemente el labio.

—Entonces nos ayudarán contra el norte.

Margot se muerde el labio superior un momento. Este es el punto delicado. Sabía que iba a llegar.

—He… tenido conversaciones con el presidente. Pese a que apoyamos su independencia porque es la voluntad de su pueblo, no podemos intervenir en una guerra entre el norte de Moldavia y Bessapara.

—Usted y yo somos más sutiles que eso, senadora Cleary.

—Podemos ofrecer ayuda humanitaria y fuerzas de pacificación.

—Pueden votar contra cualquier acción contra nosotros en el Consejo de Seguridad de la ONU.

Margot frunce el entrecejo.

—Pero si no hay acciones contra ustedes en el Consejo de Seguridad de la ONU.

Tatiana coloca su copa con toda la intención delante de ella.

—Senadora Cleary, mi país ha sido traicionado por algunos de sus hombres. Lo sabemos. Fuimos derrotados en la reciente batalla del Dniéster porque el norte sabía dónde iban a estar nuestras tropas. Hombres de Bessapara han vendido información a nuestros enemigos del norte. A algunos los hemos encontrado, otros han confesado. Tenemos que reaccionar.

—Es su prerrogativa, por supuesto.

—No interferirán en esta acción. Apoyarán todo lo que hagamos.

Margot deja escapar una risita.

—No creo que pueda prometer nada tan radical, señora presidenta.

Tatiana se da la vuelta y se reclina contra el cristal de la ventana. Su silueta queda dibujada contra la luz clara del castillo de Disney.

—Trabaja con NorthStar, ¿cierto? Industria militar privada. De hecho, es usted accionista. Me gusta NorthStar. Enseña a las chicas a ser guerreras. Está muy bien, necesitamos más iniciativas así.

Bien. Eso no se lo esperaba Margot, la intriga.

—No veo la relación entre ambas cosas, señora presidenta —dice, aunque empieza a hacerse una ligera idea.

—NorthStar quiere que el mandato de la ONU envíe a sus propias tropas femeninas entrenadas por NorthStar a Arabia Saudí. El gobierno de Arabia Saudí se desmorona. El Estado es inestable. Si la ONU aprueba el despliegue, creo que serán buenas noticias para el mundo. Aseguraría el suministro de energía y ayudaría al gobierno en el difícil período de transición. Sería más fácil si otro gobierno ya hubiera desplegado con éxito fuerzas de NorthStar.

Tatiana hace una pausa, se sirve otra copa de vino helado y otra para Margot. Ambas saben cómo acaba esto. Sus miradas se encuentran. Margot sonríe.

—Quiere contratar a las chicas de NorthStar.

—Como mi ejército privado, aquí y en la frontera.

Vale mucho dinero. Mucho más si ganan la guerra con el norte y confiscan los activos saudíes. Actuar como ejército privado allí llevaría a NorthStar exactamente donde quieren ir. La dirección estaría muy contenta de seguir con su relación con Margot Cleary hasta el fin de los tiempos si pudiera tirar esto adelante.

—Y a cambio, quiere…

—Vamos a alterar un poco nuestras leyes durante esta época de confrontaciones. Para evitar que haya más traidores que vendan nuestros secretos al norte. Queremos que esté de nuestro lado.

—No tenemos intención de intervenir en los asuntos de una nación soberana —dice Margot—. Hay que respetar las diferencias culturales. Sé que el presidente compartirá mi valoración en esto.

—Bien —dice Tatiana, y parpadea lento con sus ojos verdes—. Entonces nos entendemos. —Hace una pausa—. No hace falta preguntarse qué haría el norte si ganara, senadora Cleary. Ya hemos visto qué hacen, todos recordamos lo que era Arabia Saudí. Ambas estamos en el bando adecuado en esto.

Levanta la copa. Margot empuja la suya despacio hasta que solo toca la copa de Tatiana con un leve tintineo.

Es un gran día para América. Un gran día para el mundo.

El resto de la fiesta es tan aburrida como Margot esperaba. Se da apretones de manos con dignatarios extranjeros y líderes religiosos y personas que sospecha que son criminales y traficantes de armas. Repite las mismas frases una y otra vez, sobre la profunda simpatía que tiene Estados Unidos por las víctimas de la injusticia y la tiranía y su deseo de ver una resolución pacífica para la situación en esa zona problemática. Se produce cierto alboroto en la recepción justo después de la entrada de Tatiana, pero Margot no la ve. Se queda hasta las diez y media de la noche, la hora oficial que se considera ni muy pronto ni muy tarde para irse de una fiesta importante. De camino al coche diplomático, se encuentra de nuevo con el reportero Tunde.

—Disculpe —dice, tira algo al suelo y de inmediato lo recoge, demasiado rápido para que Margot lo vea—: Perdone. Lo siento. Tengo… tengo prisa.

Ella se ríe. Ha sido una buena noche. Ya está calculando el tipo de bono que recibirá de NorthStar si todo llega a buen puerto, y piensa en las supercontribuciones para el siguiente ciclo de elecciones.

—¿Por qué tanta prisa? No hay por qué salir corriendo. ¿Quieres ir a dar una vuelta?

Hace un gesto hacia el coche, con la puerta abierta, el tentador interior de piel color mantequilla. Él disimula su momentánea mirada de pánico con una sonrisa, pero no lo bastante rápido.

—En otro momento —dice.

Él se lo pierde.

Más tarde, en el hotel, Margot pide un par de copas para uno de los chicos jóvenes de la embajada americana en Ucrania. Es atento, bueno, ¿por qué no iba a serlo? Margot va al grano. Pone la mano en su firme culo joven mientras suben en el ascensor juntos hasta su habitación.

Allie

*L*a capilla del castillo había sido reformada. La araña de cristal y oro aún flota en el centro de la sala, los cables que la sujetan son demasiado finos para verse bajo la luz de las velas. Tantos milagros eléctricos. Las ventanas donde se veían ángeles rezando a Nuestra Señora permanecían intactas, igual que los retablos dedicados a santa Teresa y san Jerónimo. Los demás, así como las pinturas esmaltadas de la cúpula, habían sido sustituidos y reconfigurados según las Nuevas Escrituras. Se ve a la Todopoderosa hablando con la matriarca Rebecca en forma de paloma. Está la profeta Deborah proclamando el Sacro Mundo a los no creyentes. Pese a sus protestas, también estaba Madre Eva, el árbol simbólico tras ella, recibiendo el mensaje de los Cielos y tendiendo la mano llena de luz. En el centro de la cúpula se ve la mano con el ojo que todo lo ve en el centro. Es el símbolo de la Diosa, que nos observa a cada uno de nosotros, y cuya mano poderosa está tendida tanto hacia los poderosos como a los esclavizados.

En la capilla la espera una soldado: una mujer joven que ha solicitado una audiencia privada. Es americana. Guapa, con los ojos de color gris claro y lunares en las mejillas.

—¿Estás esperando para verme? —dice Madre Eva.

—Sí —dice Jocelyn, hija de la senadora Cleary, que forma parte de cinco comités clave, entre ellos el de defensa y el de presupuestos.

Madre Eva ha reservado tiempo para esta reunión privada.

—Encantada de conocerte, hija. —Se sienta a su lado—. ¿En qué puedo ayudarte?

Jocelyn rompe a llorar.

—Mi madre me mataría si supiera que estoy aquí. Me mataría. Madre, no sé qué hacer.

—¿Has venido buscando… orientación?

Allie había estudiado con interés la solicitud de una audiencia. No era de extrañar que la hija de la senadora estuviera ahí. Era lógico que quisiera ver a Madre Eva en carne y hueso. Pero ¿una audiencia privada? Allie se preguntaba si era una escéptica en busca de una discusión sobre la existencia de la Diosa. Al parecer no.

—Estoy muy perdida —dice Jocelyn entre lágrimas—. Ya no sé quién soy. Veo sus discursos y espero… pido que Su voz me guíe y me diga qué hacer…

—Cuéntame tu problema —dice Madre Eva.

Allie conoce bien los problemas que son demasiado profundos para expresarlos en palabras. Sabe que ocurre en todas las casas, por mucho que sean de clase alta. No hay lugar que no puedan penetrar el tipo de problemas que Allie ha visto en su vida.

Extiende la mano y toca la rodilla de Jocelyn, que se estremece un momento. Se aparta. Incluso en ese roce momentáneo, Allie sabe cuál es el problema de Jocelyn.

Conoce el roce de las mujeres y el lento zumbido, así de fondo, de la energía en la madeja. Algo en Jocelyn está a oscuras y debería estar encendido y brillando; hay algo abierto que debería estar cerrado. Allie reprime un escalofrío.

—Tu madeja —dice Madre Eva—. Estás sufriendo.

Jocelyn no puede hablar más que en susurros.

—Es un secreto. Se supone que no debo hablar de ello. Hay medicamentos, pero ya no funcionan tan bien. Está empeorando. No soy… no soy como las demás chicas. No sabía a quién más acudir. Te he visto en internet. Por favor —dice—. Por favor, cúrame y hazme normal. Por favor, pide a la Diosa que me libre de esta carga. Por favor, déjame ser normal.

—Lo único que puedo hacer es cogerte de la mano, y rezaremos juntas —dice Madre Eva.

Es una situación muy difícil. Nadie ha examinado a esta chica, y Allie no ha recibido información sobre su problema. Las deficiencias en la madeja son muy difíciles de corregir. Tatiana Moskalev está estudiando las operaciones de trasplante de ovillo precisamente por ese motivo: no se sabe cómo arreglar un ovillo que no funciona.

Jocelyn asiente y posa la mano sobre la de Allie.

Madre Eva dice las palabras habituales:

—Madre Nuestra, que estás por encima y entre nosotras. Solo tú eres la fuente de toda la bondad, toda la misericordia y toda la gracia. Aprendamos a cumplir tu voluntad, tal y como nos la expresas a diario a través de tus obras.

Mientras habla, Allie nota los refuerzos de oscuridad y luz en el ovillo de Jocelyn. Es como si estuviera ocluida: lugares pegajosos donde debería haber agua fluida. Está empantanado. Podría eliminar parte de la porquería de los canales aquí y allá.

—Que nuestros corazones sean puros ante ti, y que nos envíes la fuerza para soportar las pruebas a las que nos enfrentamos sin amargura ni autodestrucción.

Jocelyn está rezando, aunque rara vez lo hace. Cuando Madre Eva posa las manos en la espalda de Jocelyn, ella reza:

—Por favor, Diosa, abre mi corazón. —Y siente algo.

Allie le da un empujoncito. Más intenso de lo habitual, pero probablemente la chica no tiene sensibilidad suficiente para notar lo que está haciendo exactamente. Jocelyn suelta un grito ahogado. Allie emite tres descargas más, breves pero intensas. Y ahí. Ahora empieza a chisporrotear. Ruge como un motor. Ahí.

Jocelyn dice:

—Madre mía, lo noto.

El ovillo emite un zumbido constante, regular. Ahora siente lo que las demás chicas dicen sentir: esa sensación suave y plena cuando cada célula del ovillo bombea iones por las membranas y el potencial eléctrico aumenta. Siente que funciona correctamente, por primera vez.

Está demasiado impresionada para llorar.

—Lo noto. Funciona.

Madre Eva dice:

—Alabada sea la Diosa.

—Pero ¿cómo lo has hecho?

Madre Eva niega con la cabeza.

—No soy yo, sino Ella.

Toman aire y lo expulsan al unísono una, dos, tres veces.

—¿Qué hago ahora? —Se ríe Jocelyn—. Mañana regreso. A una misión de las fuerzas de observación de Naciones Unidas en el sur. —Se supone que no debería decirlo, pero no puede evitarlo, ya no puede guardar secretos en esa sala—. Mi madre me envió porque queda bien, pero en realidad no correré peligro. No hay opción de meterse en líos.

La voz dice: «A lo mejor debería meterse en líos».

—Ya no tienes nada que temer —dice Madre Eva.

Jocelyn asiente de nuevo.

—Sí. Gracias, gracias.

Madre Eva le da un beso en la coronilla, le da su bendición en nombre de la Gran Madre y baja a la fiesta.

Tatiana entra en la sala seguida de dos hombres fornidos con ropa apretada: camisetas negras tan ceñidas que se ve el contorno de los pezones, pantalones de pitillo con bultos notables en la entrepierna. Cuando se sienta —en una silla de respaldo alto sobre una tarima—, ellos se sientan a su lado, en unos taburetes más bajos. La parafernalia del poder, las recompensas del éxito. Se levanta para saludar a Madre Eva con un beso en cada mejilla.

—Alabada sea Nuestra Señora —dice Tatiana.

—Gloria en el cielo —dice Madre Eva, sin rastro de la sonrisa sarcástica de Allie.

—Han encontrado a doce traidores más, los capturaron en un asalto en el norte —murmura Tatiana.

—Con la ayuda de la Diosa, los encontraremos a todos —dice Madre Eva.

Hay infinidad de personas por conocer. Embajadores y dignatarios locales, empresarios y dirigentes de movimientos nuevos. La fiesta, celebrada poco después de la derrota en la batalla del Dniéster, está pensada para recabar apoyos para Tatiana tanto en su país como en el extranjero. La presencia de Madre Eva forma parte de ello. Tatiana da un discurso sobre la estremecedora crueldad ejercida por los regímenes del norte y la libertad por la que luchan ella y su pueblo. Escuchan historias de mujeres que se unen en pequeñas bandas para vengar a Nuestra Señora frente a los que han escapado de la justicia humana.

Tatiana está al borde de las lágrimas de la emoción. Pide a uno de los hombres vestidos con elegancia que hay tras ella que lleve unas bebidas a esas valientes mujeres. El hombre asiente, se retira, casi de puntillas, y se dirige a la planta superior. Mientras esperan, Tatiana cuenta uno de sus interminables chistes. Va sobre una mujer que desea unir a sus tres hombres favoritos en uno, y luego recibe la visita de una bruja buena…

El rubio joven se planta delante de ella con la botella.

—¿Era esta, señora?

Tatiana lo mira. Inclina la cabeza a un lado.

El chico traga saliva.

—Lo siento —se disculpa.

—¿Quién te ha dicho que hables? —dice ella.

El chico baja la mirada al suelo.

—Como un hombre. No sabe estar callado, piensa que siempre queremos oír lo que tiene que decir, siempre hablando sin parar, interrumpiendo a sus superiores.

El chico parece a punto de decir algo, pero se lo piensa.

—Necesita aprender modales —dice una de las mujeres detrás de Allie, una de las que dirige el grupo que busca justicia por antiguos crímenes.

Tatiana le arrebata la botella de brandy de las manos. La sujeta delante de su cara. El líquido que se agita en el interior es de color ámbar oscuro, aceitoso como el caramelo.

—Esta botella vale más que tú —dice—. Una copa de esto vale más que tú.

Agarra la botella con una mano por el cuello. Hace girar el líquido una, dos, tres veces.

La deja caer al suelo. El cristal se rompe. El líquido empieza a empapar la madera y a teñirla de oscuro. El olor es intenso y dulce.

—Lámelo —dice Tatiana.

El chico baja la mirada hacia la botella hecha añicos. Hay fragmentos de cristal entre el brandy. Mira alrededor, los rostros expectantes. Se arrodilla y se pone a lamer el suelo, con delicadeza, abriéndose paso entre los pedazos de cristal.

Una de las mujeres mayores grita:

—¡Mete la cara!

Allie observa en silencio.

La voz dice: «Pero qué coño es esto».

Allie le dice a su corazón: «Está loca de verdad. ¿Debería decir algo?».

La voz dice: «Todo lo que digas disminuirá tu poder aquí».

Allie dice: «Entonces, ¿qué hago? ¿De qué vale mi poder si no puedo usarlo aquí?».

La voz dice: «Recuerda lo que dice Tatiana. No hace falta que preguntemos qué harían si tuvieran el control. Ya lo hemos visto. Es peor que esto».

Allie se aclara la garganta.

El chico tiene sangre en los labios.

Tatiana suelta una carcajada.

—Por el amor de Dios, ve a buscar una escoba y límpialo. Eres asqueroso.

El chico se pone de pie a tientas. Las copas de cristal se vuelven a llenar de champán. Se oye música de nuevo.

—¿No te parece increíble que lo haya hecho? —dice Tatiana cuando el chico sale corriendo a buscar una escoba.

Roxy

*E*s una mierda de fiesta aburrida, eso es lo que es. No es que no le guste Tatiana, que sí. Tatiana les ha dejado continuar con el negocio durante el año anterior desde que se separó de Bernie, y todo el que le deja seguir con el negocio le parece bien a Roxy.

Aun así, pensaba que iba a organizar una fiesta mejor. Alguien le dijo que Tatiana Moskalev iba por el castillo con su mascota, un leopardo radiante, atado de una cadena. Esa es la decepción que Roxy no puede superar. Muchas copas bonitas, muy bien; muchas sillas de oro, de acuerdo. Ni rastro del flamante leopardo.

Parece que la presidenta no tiene la más mínima idea de quién es Roxy. Va a hacer la cola para saludar, la mujer con el rímel espeso y los ojos de color verde y dorado dice «hola» y «eres una de las fantásticas empresarias que están convirtiendo este país en el mejor del planeta y el más libre», sin rastro de reconocerla en su rostro. Roxy cree que está borracha. Tiene ganas de decir: «¿No lo sabes? Soy la mujer que envía quinientos kilos por tus fronteras todos los días. Todos los días. Soy la que te ha dado problemas con la ONU, aunque todos sabemos que no van a hacer una mierda, nada más que enviar algunos observadores más o yo qué sé. ¿No lo sabes?».

Roxy bebe un poco más de champán. Echa un vistazo por la ventana a las montañas que oscurecen. Ni siquiera oye a Madre Eva acercarse hasta que la tiene junto al codo. Eva es así de espeluznante: diminuta, enjuta y tan sigilosa que podría cruzar una sala y clavarte un cuchillo entre las costillas sin que te enteraras.

Madre Eva dice:

—La derrota del norte ha convertido a Tatiana en una persona... impredecible.

—¿Sí? También es todo impredecible para mí, joder, te lo juro. Los proveedores están supernerviosos. Cinco de mis conductores lo han dejado. Todos dicen que la guerra va hacia el sur.

—¿Recuerdas lo que hicimos en el convento? ¿Con la cascada?

Roxy sonríe y suelta una breve carcajada. Es un buen recuerdo. De épocas más sencillas, más felices.

—Eso es trabajo en equipo —dice.

—Creo que podríamos volver a hacerlo, a gran escala —dice Madre Eva.

—¿A qué te refieres?

—Mi… influencia. Tu innegable fuerza. Siempre he sabido que te esperan grandes cosas, Roxanne.

—¿Estoy loca de verdad, o lo que dices aún tiene menos sentido de lo habitual?

—Aquí no podemos hablar. —Madre Eva baja el tono hasta susurrar—. Pero creo que Tatiana Moskalev pronto habrá dejado de ser útil. A la Santa Madre.

Ahhhhhhh. Ah.

—¿Es broma?

Madre Eva lo niega con la cabeza en un gesto mínimo.

—Es inestable. Creo que en unos meses el país estará preparado para un nuevo liderazgo. Y aquí la gente confía en mí. Si yo dijera que tú eres la mujer adecuada para el cargo…

Roxy casi se muere de risa al oírlo.

—¿Yo? Pero tú me conoces, ¿no, Evie?

—Cosas más extrañas han pasado —dice Madre Eva—. Ya eres la líder de una gran multitud. Ven a verme mañana. Lo hablaremos con calma.

—Es tu funeral —dice Roxy.

No se queda mucho más, lo justo para que vean que se lo pasa bien y conocer en persona a otros amigos de Tatiana de dudosa fama. Está centrada en lo que le ha dicho Madre Eva. Es una idea bonita. Muy bonita. Le gusta este país.

Se aparta de los periodistas que rodean la sala. Se distingue a un mierda de periodista por la mirada hambrienta en el rostro. Aunque hay uno al que ha visto por internet al que le gustaría lamerle la carne hasta llegar a los huesos, siempre hay más tíos de donde es él; los hay a pares. Sobre todo si ella fuera presidenta. Lo susurra para sus adentros. «Presidenta Monke.» Luego se burla de sí misma por ello. Aun así, podría funcionar.

En todo caso, esta noche no puede pensar mucho en eso. Tiene negocios que hacer: nada de fiestas, ni diplomáticos, ni conocer a gente. Uno de los soldados, o representantes especiales o lo que sea de la ONU, quiere quedar con ella en un lugar tranquilo para ver cómo pueden burlar el bloqueo del norte y seguir moviendo el producto. Darrell lo ha organizado. Lleva meses haciendo operaciones en el país, con la cabeza gacha como un buen chico, estableciendo contactos, haciendo que la fábrica funcione con fluidez incluso durante la guerra. A veces un tío es mejor en eso que una mujer, es menos amenazador, más diplomático. Aun así, para cerrar el trato tiene que estar Roxy en persona.

Las carreteras son sinuosas y oscuras. Los faros son las únicas charcas de luz en el negro mundo; no hay farolas, ni siquiera un pueblecito con las ventanas iluminadas. Joder, solo son las once y pico, y parece que sean las cuatro de la mañana. Están a más de noventa minutos de la ciudad, pero Darrell le ha dado buenas instrucciones. Encuentra el desvío con facilidad, conduce por una pista sin iluminar, aparca el coche enfrente de otro de esos castillos puntiagudos. Todas las ventanas están a oscuras. Ni rastro de vida.

Roxy consulta el mensaje que le ha enviado Darrell. La puerta pintada de verde estará abierta. Provoca una chispa con la palma de la mano para iluminar el camino, y ahí está la puerta verde, con la pintura desconchada, al lado de los establos.

Huele a formaldehído. Y a antiséptico. Otro pasillo y llega a una puerta metálica con el pomo redondo. La luz se cuela por el marco. Bien. Es aquí. Les dirá que la próxima vez no convoquen la mierda de reunión en un sitio sin iluminar en medio de la nada; podría haber tropezado y haberse roto el cuello. Gira el pomo. Hay algo extraño, lo justo para que ponga cara de contrariada. Nota la sangre en el aire. Sangre y productos químicos, y una sensación como… trata de dar con ella. Es la sensación de que ha habido una pelea. De que siempre acaba de haber pelea.

Abre la puerta. Hay una sala cubierta de plástico, con mesas e instrumental médico. Roxy piensa que alguien no le ha contado toda la historia a Darrell, y tiene el tiempo justo de asustarse cuando alguien la agarra de los brazos y otra persona le coloca un saco en la cabeza.

Deja ir una enorme descarga —sabe que ha herido de gravedad a alguien, siente cómo se desmorona y oye el grito—, está lista para otra ronda, no para de dar vueltas mientras intenta quitarse la bolsa de la cabeza, gira y suelta descargas salvajes al aire. Grita: «¡No me toquéis, joder!», y tira de esa cosa de la cabeza. La sangre y el hierro aparecen en la parte trasera del cráneo porque alguien le ha dado un golpe como nunca antes, y lo último que piensa es «un leopardo como mascota», y se hunde en la noche.

Incluso medio dormida, sabe que la están cortando. Es fuerte, siempre lo ha sido, siempre ha sido una luchadora y lidia contra el sueño como si fuera una manta pesada y empapada. Sigue soñando que tiene los puños apretados e intenta abrirlos, y sabe que si pudiera mover las manos en el mundo real se despertaría y provocaría un gran baño de sangre, haría caer el dolor del cielo, abriría un agujero en los cielos y provocaría que el fuego impregnara la tierra. Algo grave le está pasando. Peor de lo que imagina. Despierta, joder. Despierta, joder. Ahora.

Sale a la superficie. Está atada con correas. Ve el metal encima de ella, lo nota bajo las puntas de los dedos y piensa: «Gilipollas de mierda». Hace que toda la cama emita un zumbido porque ningún capullo se acerca a ella.

Pero no puede. Lo intenta, y su herramienta habitual no está en su sitio. Una voz muy lejana dice:

—Funciona.

Pero no funciona, de eso se trata, definitivamente no funciona.

Intenta emitir un pequeño eco por la clavícula. La energía está ahí, débil, luchando, pero está ahí. Nunca se ha sentido tan agradecida con su propio cuerpo.

Otra voz. La reconoce, pero de qué, de qué, ¿de quién es esa voz? ¿Tiene un leopardo de mascota, qué está pasando? Esa mierda de leopardo se entromete en sus sueños, vete a la mierda, no eres real.

—Intenta avanzar. Mirad, es fuerte.

Alguien se ríe. Alguien dice:

—¿Con lo que le hemos dado?

—No he venido hasta aquí, no he organizado todo esto para que la jodáis —dice la voz conocida—. Es más fuerte que todas las chicas a las que se lo habéis quitado. Miradla.

—Muy bien. Apartaos.

Alguien se acerca de nuevo a ella. Van a hacerle daño y no puede permitirlo. Habla con su propio ovillo, le dice: «Tú y yo, compañero, estamos en el mismo bando. Solo tienes que darme un poco más. La última pizca, sé que está ahí. Vamos. Nos estamos jugando la vida».

Una mano le toca la mano derecha.

—¡Joder! —grita alguien, se cae y respira con dificultad.

Lo ha hecho. Ahora lo nota, fluyendo con más regularidad por ella, no como si la hubiera drenado, como si hubiera algún bloqueo y ahora se abriera como los detritos en la corriente. Se las van a pagar.

—¡Aumenta la dosis! ¡Aumenta la dosis!

—No podemos darle más, dañaremos el ovillo.

—Miradla. Hacedlo ya, joder, o lo haré yo.

Está generando una gran descarga. Va a hacer que el techo se caiga sobre ellos.

—Mirad lo que hace.

¿De quién es esa voz? Lo tiene en la punta de la lengua, cuando se libere de las correas se girará y verá, en algún lugar del corazón ya sabe a quién y qué verá.

Se oye un pitido mecánico, intenso y prolongado.

—Zona roja —dice alguien—. Aviso automático. Le hemos dado demasiado.

—Seguid.

Igual que la energía se había generado en su interior, se va. Como si alguien hubiera activado un interruptor.

Tiene ganas de gritar. Tampoco lo consigue.

Por un momento se sumerge en el lodo negro, y cuando lucha por regresar la están cortando con tanto cuidado que parece un cumplido. Está aturdida, y duele, pero siente cómo se adentra el cuchillo en la clavícula. Entonces tocan el ovillo. Pese al aturdimiento, la parálisis y la somnolencia, el dolor suena como una alarma antiincendios en su cuerpo. Es un dolor limpio, blanco, como si le cortaran con esmero los globos oculares, retirando la carne capa a capa. Pasa un minuto de gritos antes de que se percate de lo que están haciendo. Han retirado un músculo de la clavícula, la están cortando, quitándosela tira a tira.

Muy lejos, alguien dice:

—¿Es normal que grite?

Otra persona dice:

—Tú sigue.

Conoce esas voces. No quiere conocerlas. «Lo que no quieres saber, Roxy, eso es lo que al final acabará contigo.»

Un tañido recorre todo su cuerpo cuando cortan la última tira en la parte derecha de la clavícula. Duele, pero el vacío que siente después es peor. Es como si muriera, pero estuviera demasiado viva para darse cuenta.

Los párpados revolotean cuando se lo retiran. Sabe que lo que ve ahora no son imaginaciones, es real. Lo ve delante de ella, la tira de carne que era lo que la hacía funcionar. Salta y se retuerce porque quiere volver dentro de ella. Ella también lo desea. Es su propio yo.

Oye una voz a la izquierda.

El leopardo dice:

—Tú sigue.

—¿Seguro que no quieres estar debajo?

—Dijeron que obtendrías mejores resultados si yo podía decirte si funcionaba.

—Sí.

—Entonces sigue.

Pese a que tiene la cabeza turbia y el cuello lleno de engranajes que chirrían, gira la cabeza de manera que con un solo ojo ve lo que busca. Con una mirada le basta. El hombre que está listo para la operación de implante a su lado es Darrell, y sentado junto a él en una silla está su padre, Bernie.

Ahí tienes al puto leopardo, le dice una parte diminuta y locuaz de su cerebro. Ya te dije que había algún puto leopardo aquí. Quisiste tener a un leopardo de mascota, ¿no, idiota? Pues ya sabes lo que pasa. Los dientes en la garganta, sangre por todas partes, te lo mereces, por incordiar a un leopardo. Ellos no cambian su papel, Roxy, o es que son guepardos, da igual.

«Callacallacallacallacallacallacalla —le dice a su cerebro—, necesito pensar.»

Ahora no le hacen caso, están trabajando en él. La han cosido, por higiene, o porque los cirujanos no pueden evitar coser una herida que han provocado ellos. Tal vez su padre se lo ha ordenado. Ahí está. Su propio padre. Debería haber sabido que no bastaba ni siquiera con no matarlo, joder. Todo tiene su venganza. Una herida por una herida. Un morado por un morado. Una humillación por una humillación.

Roxy intenta no llorar pero sabe que llora: le cae de los ojos. Tiene ganas de aplastarlos contra el suelo. Le está volviendo la sensibilidad a los brazos, piernas y dedos, siente un hormigueo, un vacío y un dolor, y ahora tiene una oportunidad porque Darrell no tiene ningún motivo para no matarla, tal vez piense que esté muerta, sin suerte. Puta serpiente en la hierba, puta mancha de mierda en la Tierra, puto Darrell.

Bernie dice:

—¿Qué pinta tiene?

Uno de los médicos dice:

—Buena. Los tejidos encajan muy bien.

Se oye un quejido de la perforadora cuando empiezan a abrir

agujeritos en la clavícula de Darrell. Hace mucho ruido. Ella entra y sale del tiempo, el reloj de la pared se mueve más rápido de lo que debería, vuelve a sentir todo el cuerpo, mierda, le han dejado la ropa puesta, es una chapuza, podrá hacer algo. Con el siguiente quejido de la perforadora saca la mano derecha de la correa de tela suave.

Mira alrededor con un ojo entreabierto. Se mueve despacio. Mano izquierda fuera de la correa, nadie nota aún lo que está haciendo, de tan centrados como están en el cuerpo de su hermano. Pie izquierdo. Pie derecho. Estira la mano hacia la bandeja que tiene al lado y coge unos cuantos escalpelos y algunos vendajes.

En la mesa de al lado se produce algún tipo de crisis. Una máquina empieza a pitar. Se produce una descarga involuntaria del ovillo que le están cosiendo: «Buena chica, esa es mi chica», dice Roxy. Uno de los cirujanos cae al suelo, otro jura en ruso y empieza a hacer compresiones cardíacas. Con los dos ojos abiertos, Roxy calcula la distancia entre la mesa donde está tumbada y la puerta. Los cirujanos gritan y piden medicamentos. Nadie mira a Roxy, a nadie le importa. Podría morir allí mismo y a nadie le importaría un pimiento. Podría estar muriendo, se siente así. Pero no va a morir allí. Se empuja para salir de la mesa y cae con dureza sobre las rodillas hasta quedar en cuclillas, y nadie se da cuenta. Gatea hacia atrás hacia la puerta, baja, sin quitarles ojo.

En la puerta, encuentra los zapatos y se los pone con un pequeño sollozo de alivio. Sale a trompicones por la puerta, con los ligamentos tensos y el cuerpo cantando de adrenalina. En el patio, el coche no está, pero, cojeando, se adentra corriendo en el bosque.

Tunde

$\mathcal{H}$ay un hombre con un fragmento de cristal.

Tiene una astilla fina, afilada y traslúcida pinchándole en la garganta, brillante de saliva y moco, y su amigo intenta extraérsela con dedos temblorosos. Enfoca una luz con la linterna del teléfono para ver dónde está exactamente, y mete la mano mientras el hombre tiene arcadas e intenta quedarse quieto. Necesita tres intentos hasta que consigue atraparla y la saca entre el pulgar y el índice. Mide cinco centímetros. Está manchada de sangre y carne, hay un bulto de garganta del hombre al final. El amigo lo deja en una servilleta blanca y limpia. Alrededor, otros camareros, cocineros y camilleros siguen con lo suyo. Tunde fotografía los ocho fragmentos colocados en línea sobre la servilleta.

Ha hecho fotografías mientras la obscenidad reinaba en la fiesta, con la cámara natural y baja en la cadera, como si oscilara de la mano. El camarero solo tiene diecisiete años; no es la primera vez que ve o le hablan de algo así, pero sí la primera que él es la víctima. No, no tiene adonde ir. Tiene parientes en Ucrania que tal vez lo acogieran si huyera, pero disparan a la gente que intenta cruzar la frontera: son épocas de nervios. Se limpia la sangre de la boca mientras habla en voz baja.

—Es culpa mía, no hay que hablar cuando habla la presidenta.

Ahora llora un poco, de la impresión y la vergüenza, el miedo, la humillación y el dolor. Tunde reconoce esos sentimientos, los conoce desde el primer día que Enuma lo tocó.

Ha garabateado unas notas para su libro: «Al principio no expresábamos nuestro dolor porque no era viril. Ahora no hablamos de ello porque nos da miedo, sentimos vergüenza y estamos solos sin esperanza, cada uno de nosotros solo. Cuesta distinguir cuándo lo primero se convirtió en lo segundo».

El camarero, cuyo nombre es Peter, escribe unas palabras en un pedazo de papel. Se lo da a Tunde y mantiene la mano sobre su puño. Lo mira a los ojos hasta que Tunde piensa que ese hombre está a punto de darle un beso. Sospecha que se lo permitiría porque todas esas personas necesitan cierto consuelo.

El camarero dice:

—No te vayas.

—Puedo quedarme todo el tiempo que quieras. Hasta que termine la fiesta, si quieres.

—No, no nos abandones. Tatiana va a intentar que la prensa se vaya del país. Por favor.

—¿Qué sabes?

Peter solo repite lo mismo:

—Por favor, no nos abandones. Por favor.

—No lo haré —dice Tunde.

Se queda fuera de la cocina para fumar. Le tiemblan los dedos cuando se enciende un cigarrillo. Pensaba, porque conocía a Tatiana Moskalev de antes y había sido amable con él, que entendía lo que ocurría allí. Tunde estaba deseando volver a verla. Ahora se alegra de no haber tenido ocasión de presentarse ante ella. Saca del bolsillo el papel que Peter le ha dado y lo lee. Dice, en mayúsculas trémulas: «VAN A INTENTAR MATARNOS».

Hace unas cuantas fotografías de personas que se van de la fiesta por la puerta lateral. Unos cuantos traficantes de armas. Un especialista en armas biológicas. Es la bola de los jinetes del Apocalipsis. Ve a Roxanne Monke subiendo a su coche, la reina de una familia de delincuentes londinenses. La chica ve que le hace una fotografía y le dice: «Vete a la mierda».

Entrega el reportaje a CNN cuando regresa a la habitación del hotel a las tres de la madrugada. Las fotografías del hombre lamiendo el brandy del suelo. Las esquirlas de cristal sobre la servilleta. Las lágrimas en las mejillas de Peter.

Se despierta sin querer poco después de las nueve, con los ojos irritados y el sudor provocando un cosquilleo en la espalda y las sienes. Consulta el correo electrónico para ver qué decía el editor de noche del reportaje. Ha prometido enviar primero a la CNN cualquier cosa que saliera de aquella fiesta, pero si quieren demasiados cortes se lo llevará a otro sitio. Tiene un mensaje sencillo de dos líneas.

«Lo siento, Tunde, no vamos a publicarlo. Es un gran reportaje, las fotografías son excelentes, pero ahora mismo no podemos vender esta historia.»

De acuerdo. Tunde envía otros tres correos electrónicos, luego se ducha y pide una jarra de café fuerte. Cuando empiezan a contestarle a los correos electrónicos, está consultando páginas internacionales de noticias: no hay mucho sobre Bessapara, nadie se le ha adelantado. Lee los correos electrónicos. Tres rechazos más. Todos por motivos parecidos, imprecisos, evasivas del tipo «no creemos que haya una historia».

Sin embargo, él nunca necesitó un mercado. Lo colgará todo en YouTube.

Inicia sesión mediante la wifi del hotel y… no está YouTube. Solo aparece una minúscula nota diciendo que la página no está disponible en esta región. Intenta con una VPN. Nada. Prueba con los datos del teléfono. Lo mismo.

Piensa en Peter cuando dijo: «Va a intentar que la prensa se vaya del país».

Si envía por correo electrónico los archivos, los interceptarán.

Graba un DVD con todas las fotos, las imágenes, su reportaje.

Lo guarda en un sobre de correo acolchado y se detiene un momento a pensar la dirección. Al final escribe el nombre y la dirección de Nina en la etiqueta. Pone una nota dentro: «Guarda esto hasta que vaya a buscarlo». Ya le ha dejado otras cosas antes: notas para su libro, diarios de sus viajes. Es más seguro con ella que viajando con él o en un apartamento vacío. Hará que el embajador americano lo incluya en la valija diplomática.

Si Tatiana Moskalev intenta hacer lo que parece, no quiere que sepa aún que va a documentarlo. Solo tendrá una oportunidad con esta historia. Otros periodistas han sido expulsados de países por menos, y no se engaña: sabe que no sirve de nada haber coqueteado con ella una vez.

Esa misma tarde el hotel le pide el pasaporte. Solo por las nuevas reglas de seguridad en tiempos difíciles.

La mayor parte del resto del personal no burocrático está saliendo de Bessapara. En el frente del norte hay algunos corresponsales de guerra con chaleco antibalas, pero hasta que los combates empiecen en serio no hay mucho que contar, y la pose y las amenazas continúan durante más de cinco semanas.

Tunde se queda, pese a que recibe ofertas por sumas importantes para ir a Chile a entrevistar a la antipapa y escuchar su opinión sobre Madre Eva. Aunque haya más grupos terroristas escindidos de hombres que dicen que solo entregarán su manifiesto si va él a grabarlos. Se queda y entrevista a docenas de personas en ciudades de toda la región. Aprende nociones de rumano. Cuando sus colegas y amigos le preguntan qué demonios está haciendo, dice que trabaja en un libro sobre esa nueva nación-estado, y ellos se encogen de hombros y dicen: «muy bien». Asiste a los servicios religiosos de las nuevas iglesias, y ve cómo se transforman y destruyen las antiguas. Se sienta en un círculo en una sala clandestina a la luz de la vela a escuchar a un cura recitando el servicio como antes: el hijo y no la madre en el corazón. Después del servicio, el cura arrima su cuerpo contra el de Tunde en un largo abrazo y susurra: «No te olvides de nosotros».

A Tunde le han dicho más de una vez que la policía ya no investiga los asesinatos de hombres; que si encuentran a un hombre muerto se da por hecho que una banda de vengadoras le ha dado su merecido por actos cometidos tiempo atrás. «Incluso un chico joven —le cuenta un padre en un salón sobrecalentado de un pueblo de la zona oeste—, un chico que solo tiene quince años, ¿qué puede haber hecho?»

Tunde no escribe en internet sobre ninguna de esas entrevistas. Sabe cómo acabaría: una llamada a la puerta a las cuatro de la madrugada, y directo al primer avión que saliera del país. Escribe como si fuera un turista, de vacaciones en una nueva nación. Cuelga fotografías todos los días. Ya hay un trasfondo de rabia en los comentarios: ¿dónde están los nuevos vídeos, Tunde, y tus reportajes divertidos? Aun así, se darían cuenta si desapareciera. Es importante.

Durante su sexta semana en el país, la reciente ministra de Justicia de Tatiana ofrece una rueda de prensa. Apenas hay asistencia. La sala está mal ventilada y las paredes forradas de un papel de rayas de color beige y marrón.

—Tras las últimas atrocidades terroristas cometidas en todo el mundo, y después de que nuestro país fuera traicionado por hombres que trabajaban para nuestros enemigos, hoy anunciamos un nuevo instrumento legal. Nuestro pueblo lleva demasiado tiempo sufriendo en manos de un grupo que ha intentado destruirnos. No hace falta preguntarnos qué harán si ganan: ya lo hemos visto. Debemos protegernos de aquellos que puedan traicionarnos.

»Así, hoy instauramos una ley según la cual todos los hombres del país deben llevar en el pasaporte y otros documentos oficiales un sello con el nombre de su guardiana. Será necesario su permiso por escrito para cualquier viaje que quiera realizar un hombre. Sabemos que tienen sus trucos y no podemos permitir que se unan en bandas.

»Todo hombre que no tenga una hermana, madre, esposa o hija o demás parientes que puedan registrarlo debe informar en comisaría, donde se le asignarán trabajos forzados, encadenado a otros hombres, para la protección del público. Todo hombre que viole estas leyes será sometido a la pena capital. También se aplica a periodistas extranjeros y otros trabajadores.

Los hombres presentes en la sala intercambian miradas. Son una docena, periodistas extranjeros que llevan ahí desde que era una lúgubre escala en el negocio de la trata de blancas. Las mujeres intentan parecer horrorizadas, pero al mismo tiempo sienten cierto compañerismo, consuelo. Parecen decir: «No os preocupéis. No durará mucho, pero mientras dure os ayudaremos». Muchos hombres se cruzan de brazos en un gesto de protección.

—Ningún hombre puede sacar del país dinero ni otros bienes.

La ministra de Justicia gira la página. Hay una larga lista de proclamas impresas juntas en letra pequeña.

Los hombres ya no tienen permiso para conducir.

Los hombres ya no pueden ser propietarios de negocios. Los periodistas y fotógrafos extranjeros deben trabajar para una mujer.

Los hombres ya no pueden reunirse, ni en casa, en grupos de más de tres sin que haya una mujer presente.

Los hombres ya no pueden votar porque los años de violencia y degradación han demostrado que no están preparados para gobernar.

Una mujer que vea que un hombre desacata una de estas leyes en público no solo tiene permiso sino el deber de denunciarlo de inmediato. Toda mujer que no cumpla este deber será considerada enemiga del Estado, y cómplice del crimen que intenta perjudicar la paz y la armonía de la nación.

Hay siete páginas de ajustes menores a estas instrucciones, explicaciones de lo que constituye «ir acompañado de una mujer» e indulgencias en caso de emergencia médica extrema porque, al fin y al cabo, no son monstruos. El silencio se va imponiendo en la rueda de prensa a medida que lee en voz alta la lista.

La ministra de Justicia termina de leer la lista y deja los papeles con calma delante de ella. Tiene los hombros muy relajados y el rostro impasible.

—Eso es todo. No se admiten preguntas —dice.

En el bar, Hooper del *Washington Post* dice:

—No me importa, yo me voy.

Ya lo ha dicho varias veces. Se sirve otro whisky y añade tres cubitos de hielo, los hace girar y vuelve al tema:

—¿Por qué mierda deberíamos quedarnos en un sitio donde no podemos hacer nuestro trabajo cuando hay docenas de lugares donde hacerlo? Algo está a punto de estallar en Irán, estoy seguro. Iré allí.

—Y cuando algo estalle en Irán, ¿qué crees que les pasará a los hombres? —dijo Semple de la BBC arrastrando las palabras.

Hooper lo niega con la cabeza.

—En Irán no. Así no. No van a cambiar sus creencias de la noche a la mañana y cedérselo todo a las mujeres.

—Supongo que recuerdas que cambiaron de la noche a la mañana cuando cayó el sah y los ayatolás accedieron al poder —continúa Semple—. ¿Recuerdas que fue así de rápido?

Se produce un momento de silencio.

—Bueno, ¿y qué propones? —dice Hooper—. ¿Renunciar a todo? ¿Volver a casa y convertirse en editor de jardinería? A ti sí te veo. Chaleco antibalas en las fronteras herbáceas.

Semple se encoge de hombros.

—Yo me quedo. Soy ciudadano británico, bajo protección de Su Majestad. Obedeceré las leyes, dentro de lo razonable, y me dedicaré a informar.

—¿De qué esperas informar? ¿De cómo se siente uno esperando en una habitación de hotel a que una mujer vaya a buscarle?

Semple saca el labio inferior.

—No será peor que esto.

En la mesa de al lado, Tunde escucha. También tiene un whisky largo, aunque no se lo bebe. Los hombres se están emborrachando y gritan. Las mujeres están tranquilas, los observan. Hay algo vulnerable y desesperado en la actuación de los hombres, cree que las mujeres los miran con compasión.

Una dice, lo bastante fuerte para que lo oiga Tunde:

—Te llevaremos adonde quieras. Oye, nosotras no creemos en este sinsentido. Puedes decirnos a dónde quieres ir. Será igual que siempre.

Hooper agarra a Semple de la manga y dice:

—Tienes que irte. Coge el primer avión que salga de aquí y a la mierda todo.

Una de las mujeres dice:

—Tiene razón. ¿Qué sentido tiene morir asesinado en este estercolero?

Tunde camina despacio hacia la recepción. Espera que una pareja de ancianos noruegos pague la cuenta, hay un taxi fuera cargando sus maletas. Como la mayoría de la gente de zonas ricas, se van de la ciudad mientras aún pueden. Al final, después de cuestionar cada artículo de la cuenta del minibar y el nivel de los impuestos locales, se van.

Solo hay un miembro de la plantilla tras el mostrador. El gris le está colonizando el cabello por zonas: un mechón aquí y allí, y el resto oscuro, espeso y muy rizado. Tal vez tenga sesenta y tantos, sin duda es un empleado de confianza con años de experiencia.

Tunde sonríe. Esboza una sonrisa natural, de «estamos juntos en esto».

—Son épocas extrañas —dice.

El hombre asiente.

—Sí, señor.

—¿Tiene pensado qué hacer?

El hombre se encoge de hombros.

—¿Tiene familia que pueda acogerle?

—Mi hija tiene una granja a tres horas al oeste de aquí. Iré con ella.

—¿Le dejarán viajar?

El hombre alza la mirada. Tiene los globos oculares irritados y con rayas rojas, unas líneas finas y sangrientas que avanzan hacia la pupila. Se queda un buen rato mirando a Tunde, unos cinco o seis segundos.

—Si es la voluntad de Dios.

Tunde se lleva una mano al bolsillo, en un gesto tranquilo y lento.

—Yo también he pensado en viajar —dice. Hace una pausa y espera.

El hombre no le pregunta más. Esperanzador.

—Por supuesto, necesito un par de cosas para viajar que… ya no tengo. Cosas sin las que no me gustaría irme. Cuando pueda irme.

El hombre sigue sin decir nada, pero asiente despacio.

Tunde junta las manos con naturalidad, luego desliza los billetes debajo del registro del mostrador para que solo se vean las esquinas. En abanico, diez billetes de cincuenta dólares. Moneda estadounidense, esa es la clave.

La respiración lenta y regular del hombre se detiene por un segundo.

Tunde continúa, jovial.

—Libertad, eso es lo que todo el mundo quiere. —Hace una pausa—. Creo que voy a subir a acostarme. ¿Podría pedir que me suban un escocés? Habitación 614. En cuanto pueda.

El hombre dice:

—Yo mismo se lo llevaré, señor. En unos instantes.

En la habitación, Tunde enciende la televisión. Kristen está diciendo que la previsión del último trimestre no tiene buena pinta. Matt suelta su risa atractiva y dice: «Bueno, yo no sé nada de esas cosas, pero te voy a decir de qué sé: de cazar manzanas con la boca».

Hay una ronda breve de la cadena C-Span sobre una «ofensiva militar» en esta «región tumultuosa», pero mucho más sobre otra acción terrorista nacional en Idaho. UrbanDox y sus idiotas han conseguido cambiar la historia. Si hablas de derechos de los hombres, hablas de ellos, sus teorías de la conspiración y la violencia y la necesidad de frenos y límites. Nadie quiere oír hablar de lo que ocurre aquí. La verdad siempre ha sido un poco más compleja de lo que el mercado puede embalar y vender con facilidad. Y ahora el tiempo en la uno.

Tunde llena la mochila. Dos mudas de ropa, sus notas, el portátil y el teléfono, una botella de agua, la cámara anticuada con cuarenta rollos de película —porque sabe que algunos días tal vez no encuentre electricidad o pilas— y una cámara analógica le será útil. Hace una pausa y mete unos cuantos pares de calcetines más. Siente cierta emoción, inesperada, además del pavor, la indignación y la rabia. Se dice que es absurdo emocionarse, que es serio. Cuando llaman a la puerta, da un respingo.

Por un momento, al abrir la puerta, piensa que el viejo le ha entendido mal. En la bandeja hay un vaso de whisky sobre un posavasos rectangular, y nada más. Solo cuando se fija mejor ve que en realidad el posavasos es su pasaporte.

—Gracias —dice—. Es justo lo que quería.

El hombre asiente. Tunde le paga el whisky y se mete el pasaporte en el bolsillo de los pantalones.

Espera a irse hasta las cuatro y media de la madrugada. Los pasillos están en silencio, las luces bajas. No suena ninguna alarma cuando abre la puerta y sale al frío. Nadie intenta detenerlo. Es como si toda la tarde hubiera sido un sueño.

Tunde cruza las vacías calles nocturnas, los perros ladran a lo lejos, rompe a correr unos instantes y luego vuelve a un ritmo de trote tranquilo. Mete la mano en el bolsillo y ve que aún tiene la llave de la habitación del hotel. Piensa en tirarla o en dejarla en un buzón pero, mientras toquetea la reluciente cadena de latón, se la vuelve a meter en el bolsillo. Mientras la tenga, puede imaginar que la habitación 614 siempre le estará esperando, igual que la dejó: la cama sin hacer, los periódicos matutinos junto al escritorio en montones desordenados, sus zapatos elegantes juntos bajo la mesita de noche, los calzoncillos y calcetines usados en el rincón, junto a la maleta abierta y medio vacía.

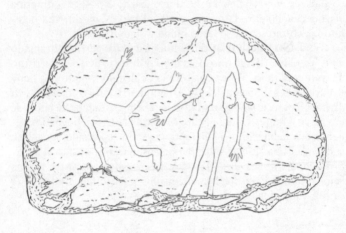

Pintura en roca descubierta en el norte de Francia, aproximadamente hace cuatro mil años. Representa el procedimiento de «freno» —también conocido como mutilación genital masculina— en el que se queman las terminaciones nerviosas clave del pene cuando el chico se acerca a la pubertad. Una vez finalizado el procedimiento —que aún se practica en muchos países europeos—, es imposible que un hombre alcance la erección sin la estimulación eléctrica de una mujer. Muchos hombres sometidos al freno jamás podrán eyacular sin dolor.

No pueden quedar más de siete meses

Allie

*R*oxy Monke ha desaparecido. Allie la vio en la fiesta, el personal dice que la vieron irse, hay imágenes de la cámara de seguridad de su coche saliendo de la ciudad, y luego nada. Se dirigía al norte, es lo único que saben. Han pasado ocho semanas. No ha surgido nada.

Allie ha hablado con Darrell por videoconferencia, tiene una pinta horrible. «Estamos a punto de resolver el rompecabezas —dice. Han hecho una batida en el campo—. Si han ido a por ella, podrían ir a por mí. Seguiremos buscándola. Aunque lo que encontremos sea un cadáver. Necesitamos saber qué ha pasado.»

Necesitan saber. Allie ha tenido ideas salvajes, horribles. Tatiana está convencida, con un súbito acceso de paranoia, de que Roxy la ha traicionado y se ha ido al norte de Moldavia, así que cada giro en las hostilidades lo interpreta como una señal de que Roxy la ha vendido, incluso le ha dado Brillo a sus enemigos. Tatiana es cada vez más impredecible. A veces parece que confía en Madre Eva más que nadie, incluso ha firmado una ley que la convierte en la dirigente de facto del país si ella queda incapacitada. Pero tiene violentos accesos de ira, pega y daña a su personal, acusa a todo el mundo alrededor de trabajar en su contra. Da instrucciones contradictorias y extravagantes a sus generales y oficiales. Ha habido peleas. Algunos grupos de venganza han prendido fuego a pueblos que dan cobijo a mujeres traidoras a su género y hombres que han hecho algo malo. Algunos pueblos se han resistido. La guerra se está extendiendo poco a poco por todo el país, no ha sido declarada ni un solo día entre enemigos bien definidos, pero se expande como el sarampión: primero un punto, luego dos, y tres. Una guerra de todos contra todos.

Allie extraña a Roxy. No sabía que se hubiera hecho un hueco en su corazón. Le da miedo. Nunca había pensado en tener una amiga. No es que sintiera especialmente la necesidad de tenerla o la falta de ella, hasta que se fue. La preocupa. Tiene sueños en los que envía primero un cuervo y luego una paloma blanca, en busca de buenas noticias, pero nada vuelve con el viento.

Enviaría grupos de avanzadilla a peinar los bosques si supiera dónde buscar en cientos de kilómetros.

Reza a la Santa Madre: «Por favor, haz que vuelva sana y salva. Por favor».

La voz dice: «No puedo prometer nada».

Allie le dice a su corazón: «Roxy tiene muchos enemigos. La gente así tiene muchos enemigos».

La voz dice: «¿Crees que tú no tienes muchos enemigos también?».

Allie dice: «¿Qué tipo de ayuda eres tú?».

La voz dice: «Estoy siempre aquí. Pero ya te dije que esto sería delicado».

Allie dice: «También dijiste que la única manera era ser dueña del lugar».

La voz dice: «Entonces ya sabes lo que tienes que hacer».

Allie piensa: «Para ya. Para. Es una persona como todas las demás. Todo desaparecerá y tú sobrevivirás. Elimina esta parte de ti.

»Cierra ese compartimento de tu corazón, llénalo de agua hirviendo y mátalo. No la necesitarás. Tú vivirás».

Tiene miedo.

No está a salvo.

Sabe lo que tiene que hacer.

La única manera de estar a salvo es ser la dueña del lugar.

Una noche Tatiana la reclama muy tarde, a las tres de la madrugada. Tiene problemas para dormir. Se despierta en plena noche con pesadillas de venganza, espías en el palacio, alguien que va a por ella con un cuchillo. En esas ocasiones llama a Madre Eva, su consejera espiritual, y esta se sienta en el borde de la cama y le dice palabras de consuelo hasta que vuelve a conciliar el sueño.

El dormitorio está decorado con una mezcla de brocado color burdeos y pieles de tigre. Tatiana duerme sola, por mucho que alguien haya ocupado la cama antes de esa noche.

—Me lo van a quitar todo —dice.

Allie le coge la mano, palpa las terminaciones nerviosas agitadas hasta llegar al cerebro atascado e inquieto. Dice:

—La Diosa está contigo, y prosperarás.

Mientras lo dice, presiona de un modo comedido y cauteloso una parte del cerebro de Tatiana y otra. No nota nada. Solo unas cuantas se encienden de forma distinta. Es solo una minúscula inhibición, una minúscula elevación.

—Sí, estoy segura de que es cierto —dice Tatiana.

«Buena chica», dice la voz.

—Buena chica —dice Allie, y Tatiana asiente como una niña obediente.

Allie imagina que probablemente más gente aprenderá a hacerlo. Tal vez incluso en ese momento, en algún lugar remoto, una mujer joven está aprendiendo a consolar y controlar a su padre o su hermano. Probablemente otras personas averiguarán que la capacidad de hacer daño es solo el principio. La droga de iniciación, como diría Roxy.

—Escucha —dice Allie—. Creo que podrías firmar estos papeles ahora, ¿no?

Tatiana asiente, somnolienta.

—Lo has sopesado, y la Iglesia en realidad debería tener la capacidad de juzgar sus propios casos y hacer cumplir sus propios estatutos en las regiones fronterizas, ¿no?

Tatiana coge el bolígrafo de la mesita de noche y garabatea su nombre. Se le cierran los ojos mientras escribe. Cae hacia atrás sobre la almohada.

La voz dice: «¿Hasta cuándo piensas alargar esto?».

Allie le dice a su corazón: «Si vamos demasiado deprisa, los americanos sospecharán. Esto lo tenía pensado para Roxy. Será más difícil convencer a la gente si lo hago para mí».

La voz dice: «Cada día es más difícil de controlar. Sabes que es verdad».

Allie dice: «Es por lo que estamos haciendo. Algo va mal dentro de su cabeza con la química. Pero no será para siempre. Me haré con el país. Y luego estaré a salvo».

Darrell

*L*os enviados están jodidos por la mierda de la ONU.

Darrell está mirando el camión que acaba de volver. Ha volcado la mercancía en el bosque, y eso son tres millones de ganancias de Brillo derramándose en el sotobosque cuando llueve, lo que ya es malo en sí. Pero no es lo único. Los han perseguido desde la frontera, atravesaron el bosque para huir de los soldados. Pero les han dado una trayectoria, ¿no? Si corres desde la frontera en esta dirección, se reducen las opciones de dónde puedes estar, ¿no?

—¡Joder! —dice Darrell, y le da una patada a la rueda del camión. La cicatriz se tensa, el ovillo zumba con rabia. Duele. Vuelve a gritar: «¡Joder!», más fuerte de lo que pretendía.

Están en el almacén. Algunas mujeres lo miran. Unas cuantas se dirigen hacia el camión para ver qué ha pasado.

Una de las conductoras, la sustituta, pasa de apoyar el peso de un pie al otro y dice:

—Cuando teníamos que dejar una carga, Roxy siempre…

—Me importa una mierda lo que hiciera Roxy siempre —dice Darrell, precipitándose. Las mujeres intercambian miradas. Él frena—. Quiero decir que no creo que quiera que hagamos lo que hacía ella, ¿de acuerdo?

Otra mirada entre las mujeres.

Darrell intenta hablar más lento, en un tono tranquilo y autoritario. Se pone nervioso rodeado de todas esas mujeres ahora que Roxy no está para mantenerlas a raya. Cuando sepan que él también tiene electricidad irá mejor, pero no es el momento adecuado para más sorpresas, su padre dice que tiene que mantenerlo en secreto hasta que esté curado, o hasta que regrese a Londres.

—Escuchad, frenaremos durante una semana. No habrá más envíos, ni cruces de fronteras, dejaremos que la cosa se calme.

Ellas asienten.

Darrell piensa: «¿Cómo sé que no habéis estado robando, joder? No hay manera de saberlo. Digamos que habéis dejado una carga en el bosque, ¿quién sabe que no os la habéis quedado vosotras? Joder. No le tienen bastante miedo, ese es el problema».

Una de las chicas —lenta, gruesa, llamada Irina— frunce el entrecejo y pone morritos.

—¿Tienes una guardiana?

Esa mierda de cantinela otra vez.

—Sí, Irina, mi hermana Roxanne es mi guardiana. ¿Te acuerdas de ella? La que dirige esto, la dueña de la fábrica.

—Pero… Roxanne no está.

—Está de vacaciones —dice Darrell—. Volverá, y mientras tanto yo me encargo de que todo siga funcionando.

Irina aún frunce más el entrecejo, en esa frente enorme almenada.

—He oído las noticias. Si la guardiana está muerta o desaparecida, hay que asignar otra a los hombres.

—No está muerta, Irina, ni siquiera desaparecida, solo… ahora no está. Se ha ido… a hacer cosas importantes, ¿de acuerdo? Volverá, y me dijo que cuidara de esto mientras no esté.

Irina gira la cabeza de lado a lado para asumir esta nueva información. Darrell oye los engranajes y los huesos del cuello hacer clic.

—Pero ¿cómo sabes lo que hay que hacer cuando Roxanne no está? —dice.

—Me envía mensajes, ¿de acuerdo, Irina? Me envía breves correos electrónicos y mensajes de texto, ella me dice cómo hay que hacer todo lo que hago. Nunca he hecho nada sin el consentimiento de mi hermana, y si haces lo que te digo, estás haciendo lo que ella dice, ¿vale?

Irina parpadea.

—Sí. No lo sabía. Mensajes. Está bien.

—Bien, entonces… Bueno, ¿algo más?

Irina se lo queda mirando. «Vamos chica, sácalo, ¿qué hay dentro de esa enorme cabeza?»

—Tu padre —dice.

—¿Sí? ¿Mi padre, qué?

—Tu padre te ha dejado un mensaje. Quiere hablar contigo.

Ⲩ

La voz de Bernie vacila al otro lado de la línea desde Londres. El sonido de la decepción hace que a Darrell se le haga agua el intestino, como siempre.

—¿No la has encontrado?

—Nada, papá.

Darrell habla bajo. Las paredes de su despacho en la fábrica son finas.

—Probablemente se ha refugiado en un agujero para morir, papá. Ya oíste al médico. Cuando les extraen el ovillo, más de la mitad mueren de la impresión. Y además está la pérdida de sangre, y que estaba en medio de la nada. Han pasado dos meses, papá. Está muerta.

—No hace falta que lo digas como si te alegraras. Era mi hija, joder.

¿Qué pensaba Bernie que iba a pasar? ¿Creía que Roxy iba a volver a casa a llevar las cuentas después de lo que le hicieron? Mejor tener la esperanza de que esté muerta.

—Lo siento, papá.

—Es mejor así, eso es todo. Es como tenían que ir las cosas, por eso lo hicimos. No para hacerle daño.

—No, papá.

—¿Qué tal se está asentando, hijo? ¿Cómo te encuentras?

Le despierta cada hora durante la noche, retorciéndose y con convulsiones. Los medicamentos que le han dado, junto con el Brillo, hacen que crezcan sus propias terminaciones nerviosas para controlar el ovillo. Pero es como si tuviera una víbora en el pecho, joder.

—Estoy bien, papá. Los médicos dicen que voy bien. Está funcionando.

—¿Cuándo estarás listo para usarlo?

—Ya casi está, papá, una semana o dos más.

—Bien, esto es solo el principio, chaval.

—Lo sé, papá. —Darrell sonríe—. Seré letal. Iré contigo a una reunión, nadie esperará que sea capaz de hacer nada, y pam.

—Y si logramos que la operación funcione contigo, piensa a quién podríamos vendérselo. Chinos, rusos… todo el mundo lo hará.

—Vamos a forrarnos, papá.

—Exacto.

Jocelyn

$\mathcal{M}$argot la envió a una psicoterapeuta por la impresión y el trauma del ataque terrorista. No le dijo a la terapeuta que no pretendía matar a ese hombre. Ni que llevaba una pistola. La terapeuta trabaja en un despacho pagado por Industrias NorthStar, así que no parece muy seguro. Hablan en términos generales.

Le habló a la terapeuta de Ryan.

Jocelyn dijo:

—Quería gustarle porque soy fuerte y controlo.

La terapeuta dijo:

—A lo mejor le gustabas por otros motivos.

Jocelyn dijo:

—No quiero gustarle por otros motivos. Eso solo me hace pensar que soy asquerosa. ¿Por qué iba a gustarle por otros motivos que cualquier otra chica? ¿Me estás llamando débil?

No le dijo a la terapeuta que vuelve a estar en contacto con Ryan. Él le escribió un correo electrónico —desde una dirección nueva, de un solo uso— después de lo que pasó en el campamento de NorthStar. Ella le dijo que no quería saber nada de él, que no podía hablar con un terrorista. Él dijo: «¿Qué? En serio, ¿qué?».

Ryan tardó meses en convencerla de que no fue él el de los foros. Jocelyn aún no sabe a quién creer, pero sí que su madre tiene el hábito de mentir tan asimilado que ni siquiera sabe que miente. Jos sintió que algo se helaba en su interior cuando se percató de que su madre podía haberle mentido deliberadamente.

Ryan le dijo:

—Odiaba que te quiera como eres.

—Quiero que me quieras a pesar de mi problema, no por eso.

—Pero es que yo te quiero. A ti, entera.

—Te gusto porque soy débil. Odio que pienses que soy débil.

—No eres débil. No lo eres. No para la gente que te conoce, para alguien a quien le importas. ¿Y qué pasaría si lo fueras? La gente puede ser débil.

Pero en realidad esa es la cuestión.

Hay anuncios en las vallas publicitarias con mujeres jóvenes y atrevidas haciendo gala de sus arcos largos y curvos delante de chicos guapos y extasiados. Se supone que son para que te entren ganas de beber refrescos, o comprarte deportivas, o chicles. Funcionan, venden productos. Venden otra cosa a las chicas, con discreción, a hurtadillas. «Sé fuerte —dicen—, así se consigue todo lo que una quiere.»

El problema es que esa sensación ahora está en todas partes. Si quieres encontrar algo distinto, tienes que escuchar a personas difíciles. No todo lo que dicen parece correcto. Algunos parecen locos.

Ese hombre, Tom Hobson, el que salía en el programa matutino, ahora tiene su propia página web. Se ha unido a UrbanDox y Babe-Truth y algunos otros. Jos lo lee en el móvil cuando no hay nadie cerca. En la página de Tom Hobson hay historias de cosas que pasan en Bessapara que Jos no puede creer. Torturas y experimentos, bandas de mujeres sueltas por el norte, cerca de la frontera, que asesinan y violan a hombres a su antojo. El sur está tranquilo, pese a los crecientes disturbios en la frontera. Jocelyn ha conocido a gente de este país, la mayoría son muy amables. Ha conocido a hombres que consideran que las nuevas leyes son sensatas para el momento, mientras estén en guerra. Y mujeres que la han invitado a tomar té en casa.

Pero algunas cosas sí le parecen creíbles. Tom escribe que en Bessapara, donde está ella ahora mismo, hay gente que hace experimentos con chicos como Ryan. Los cortan en pedazos para averiguar qué les ha ocurrido. Les dan grandes dosis de esa droga callejera llamada Brillo. Dicen que la droga sale de Bessapara, muy cerca de donde ella está. Tom tiene la ubicación del lugar en Google Maps. Dice que el verdadero motivo por el que el ejército estadounidense está emplazado allí es porque están protegiendo el suministro de Brillo. Mantienen el orden para que Margot Cleary pueda organizar sus envíos de Brillo desde la mafia hasta NorthStar, que lo revende al ejército estadounidense a un precio mayor.

Durante más de un año, el ejército le ha dado un paquetito regulado de un polvo de color blanco violáceo cada tres días, «para su dolencia». En una de las páginas que Ryan le enseñó decían que ese polvo hacía que las chicas con anomalías en el ovillo empeoraran. Aumenta los picos y los momentos bajos. El sistema se vuelve dependiente.

Pero ahora se encuentra bien. Diría que es como un milagro, pero no es «como» nada: es un milagro de verdad. Estaba esperándola. Reza todos los días a oscuras en su litera, cierra los ojos y susurra: «Gracias, gracias, gracias». Está curada. Se encuentra bien. Piensa: «Si me han salvado, es por una razón».

Jos va a mirar los paquetes sin usar amontonados debajo del colchón. Y las fotografías de la página de Tom Hobson sobre las drogas de las que habla.

Envía un mensaje a Ryan. A un número secreto, desechable, que cambia cada tres semanas.

Ryan dice:

—¿De verdad crees que tu madre tiene un trato con un cártel de la droga?

—No creo que, si tuviera la oportunidad, no lo hiciera.

Es el día libre de Jocelyn. Saca un todoterreno de la base, solo va a dar una vuelta por el campo, a ver a unos amigos. Es la hija de una senadora destinada a competir por la gran casa en las siguientes elecciones y una accionista importante de NorthStar. Por supuesto que no pasa nada.

Consulta los mapas impresos de la página de Tom Hobson. Si está en lo cierto, uno de los centros de producción de droga de Bessapara está a solo unos veinte kilómetros. Además, hace unas semanas pasó algo extraño: algunas chicas de la base persiguieron una furgoneta camuflada por el bosque. La conductora les disparó. Al final la perdieron, y dijeron que podía ser actividad terrorista del norte de Moldavia. Pero Jos sabe en qué dirección iba.

Siente cierto alivio cuando sube al coche. Tiene un permiso de medio día. Brilla el sol. Irá hasta donde debería estar el sitio a intentar ver algo. Está de buen humor. El ovillo emite un fuerte zumbido, como siempre ahora, y se siente bien. Normal. Es una aventura. En el peor de los casos, habrá hecho una bonita excursión, pero tal vez pueda hacer algunas fotografías y colgarlas en internet. O quizá saldrá todo mucho mejor: tal vez encuentre algo que incrimine a su madre. Algo que pueda enviar por correo electrónico a Margot y decirle: «Si no te retiras de una vez y me dejas vivir mi vida, esto se va directo al *Washington Post*». Conseguir esas fotografías… no estaría nada mal.

Tunde

Al principio no le costó. Había hecho amigos suficientes para que le dieran cobijo mientras salía de la ciudad y las poblaciones satélite y luego iba hacia la montaña. Conoce Bessapara y el norte de Moldavia: viajó por ahí cuando investigaba la historia de Awadi-Atif hace siglos. Es curioso, pero allí se siente seguro.

En general, un régimen no puede convertirse en otra cosa de la noche a la mañana. La burocracia es lenta. La gente se toma su tiempo. Hay que mantener al hombre para que enseñe a las nuevas mujeres a empapar la planta papelera, o a verificar el inventario del pedido de harina. En todo el país hay hombres que aún dirigen sus fábricas mientras las mujeres cuchichean entre ellas sobre las nuevas leyes y se preguntan cuándo las aplicarán. Durante las primeras semanas de viaje, Tunde hace fotografías de las nuevas ordenanzas, de las peleas en la calle, de hombres de mirada ausente encarcelados en su casa. Su plan era viajar durante unas semanas y simplemente grabar lo que viera. Sería el último capítulo del libro que le estaba esperando en una copia de seguridad en los USB y en libretas llenas en el piso de Nina en Nueva York.

Había oído rumores de que los actos más extremos se habían cometido en la montaña. Nadie decía qué había oído, no con exactitud. Hablaban con gravedad de la atrasada población rural y de la oscuridad que nunca se había retirado del todo allí, ni con una docena de regímenes y dictadores distintos.

Peter, el camarero de la fiesta de Tatiana Moskalev, dijo:

—Cegaban a las chicas. Cuando apareció la energía al principio, los hombres, los caudillos, cegaron a todas las chicas. Eso me contaron. Les sacaban los ojos con hierros candentes. Para seguir siendo los jefes, ¿entiendes?

—¿Y ahora?

Peter hizo un gesto de desesperación.

—Ahora no vamos allí.

Así que Tunde decidió caminar hacia la montaña, con otro objetivo.

La octava semana las cosas empezaron a ir mal. Llegó a un pueblo en la orilla de un gran lago de color azul verdoso. Caminó hambriento por las calles un domingo por la mañana hasta que encontró una panadería abierta, que emitía una deliciosa nube de vapor y levadura a la calle.

Ofreció unas monedas al hombre que estaba tras el mostrador y señaló unos esponjosos rollos blancos que se estaban enfriando sobre una rejilla. El hombre hizo el típico gesto con las manos abiertas como si fueran un libro para pedirle los papeles, algo que ocurría cada vez con más frecuencia. Tunde le enseñó el pasaporte y sus credenciales de periodista.

El hombre hojeó el pasaporte, buscando el sello oficial donde figura su guardiana, Tunde sabía que era eso, que a su vez habría confirmado un pase para poder ir a una tienda. Leyó cada página con esmero. Tras un concienzudo examen, volvió a hacer el gesto de «los papeles», con cierto pánico en el rostro. Tunde sonrió, se encogió de hombros y ladeó la cabeza.

—Vamos —dijo, aunque no había ningún indicio de que aquel hombre hablara inglés—. Solo son unos rollitos. Son todos los papeles que tengo.

Hasta ahora había bastado. Normalmente, llegados a este punto la persona sonreía a ese absurdo periodista extranjero o le daba una pequeña lección en un inglés torpe sobre cómo debía certificarse adecuadamente la próxima vez, Tunde se disculpaba, esbozaba su encantadora sonrisa y salía de la tienda con su comida o lo que necesitara.

Esta vez el hombre tras el mostrador negó con la cabeza en un gesto de abatimiento. Señaló un cartel de la pared escrito en ruso. Tunde lo tradujo con ayuda del diccionario. Decía, más o menos: «Multa de cinco mil dólares para todo aquel que ayude a un hombre sin papeles».

Tunde se encogió de hombros, sonrió y abrió las palmas de la mano para que viera que estaban vacías. Hizo un gesto de mirar alrededor y se llevó la mano encima de los ojos como si escrutara el horizonte.

«¿Quién nos va a ver? Yo no se lo diré a nadie.»

El hombre negó con la cabeza. Aferrado al mostrador, se miró el dorso de la mano. Donde los puños se encontraban con las muñecas, tenía marcadas unas largas cicatrices en espiral. Cicatrices sobre cicatrices, antiguas y más recientes. En forma de helecho y de espiral. También tenía marcas donde el cuello se separaba de la camisa. Negó con la cabeza y se quedó quieto, a la espera, con la mirada gacha. Tunde cogió su pasaporte del mostrador y se fue. Al salir, había mujeres en los portales abiertos observándolos.

Cada vez había menos hombres y mujeres dispuestos a venderle comida o combustible para el pequeño hornillo. Empezó a desarrollar un sexto sentido para saber quién sería amable. Los hombres mayores, sentados fuera jugando a cartas, le daban algo, incluso le buscaban una cama para pasar la noche. Los jóvenes solían estar demasiado asustados. No tenía sentido hablar con mujeres, incluso mirarlas a los ojos era demasiado peligroso.

Al pasar junto a un grupo de mujeres en la carretera que reían, bromeaban y hacían arcos contra el cielo, Tunde pensó: «No estoy aquí, no soy nada, no me miréis, no me veis, no hay nada que ver».

Lo llamaron, primero en rumano y luego en inglés. Él miró las piedras del camino. Ellas le gritaron algunas palabras, obscenas y racistas, pero lo dejaron en paz.

En el diario escribió: «Hoy por primera vez he sentido miedo en la carretera». Rozó la tinta con los dedos mientras se secaba. La verdad era más fácil allí que aquí.

A medio transcurso de la décima semana llega una mañana despejada, el sol aparece entre las nubes, las libélulas salen disparadas y se sostienen en el aire sobre el prado de pastura. Tunde vuelve a hacer el cálculo mental: suficientes barritas energéticas en la mochila para seguir durante unas semanas, suficiente película en la cámara de repuesto, el teléfono y el cargador en la bolsa. En una semana llegaría a la montaña, grabaría lo que viera durante una semana más, tal vez, y luego acabaría de una vez con esta historia de mierda. Se sentía tan seguro en su sueño que, al principio, al rodear la ladera de la montaña, no vio qué era lo que había atado a un poste en el centro de la carretera.

Era un hombre con el pelo largo y moreno colgado boca abajo. Estaba atado al poste con cuerdas de plástico por las muñecas y los tobillos. Tenía las manos en la espalda, los hombros tensos y las muñecas atadas detrás. Los tobillos estaban sujetos delante, la misma cuerda daba doce vueltas al poste. Alguien inexperto en cuerdas y nudos lo había hecho deprisa. Lo habían atado fuerte sin más y lo habían dejado allí. Tenía las marcas de dolor en todo el cuerpo, lívido y oscuro, azul, escarlata y negro. Alrededor del cuello tenía una señal con una sola palabra en ruso: «guarra». Llevaba dos o tres días muerto.

Tunde fotografía el cuello con mucho cuidado. Hay algo bello en la crueldad y algo odioso en la composición artística, y quiere expresar ambas cosas. Se toma su tiempo, y no mira alrededor para estudiar su posición o asegurarse de que nadie lo observa a distancia. Más tarde le parece increíble haber sido tan tonto. Aquella tarde es consciente por primera vez de que le siguen.

Empieza el atardecer y, aunque había caminado cuatro o cinco kilómetros más allá del cadáver, no se quita de la mente la cabeza colgando, la lengua oscura. Camina por el polvo en el margen de la carretera, entre árboles muy juntos. La luna se alza, un radio de luz con nubes amarillas entre los árboles. De vez en cuando piensa que podría acampar, saca la esterilla. Pero sus pies siguen andando, para separarle un kilómetro, y otro, de la cortina de cabello que caía sobre el rostro descompuesto. Las aves nocturnas cantan. Mira hacia la oscuridad del bosque y allí, entre los árboles a su derecha, ve una rendija de luz.

Es pequeña pero inconfundible: nadie tomaría ese filamento concreto, blanco, fino, momentáneo por otra cosa. Ahí hay una mujer, y ha formado un arco entre las manos. Tunde respira hondo.

Podría ser cualquier cosa. Alguien encendiendo una hoguera, un juego de amantes, cualquier cosa. Los pies aceleran el paso. Luego lo vuelve a ver, delante de él. Una chispa larga, lenta y deliberada de luz. Esta vez ilumina un rostro borroso, con el pelo largo colgando, y una sonrisa torcida en la boca. Lo mira. Incluso en la tenue luz, a lo lejos, lo ve.

No temas. La única manera de ganar es no tener miedo.

Sin embargo, la parte animal de sí mismo tiene miedo. Hay una parte en cada uno de nosotros que se aferra a la vieja verdad: puedes ser el cazador o la presa. Entérate de quién eres. Actúa en consecuencia. Tu vida depende de ello.

La mujer hace saltar las chispas de nuevo en la oscuridad de color negro azulado. Está más cerca de lo que Tunde pensaba. Hace un ruido. Una risa leve como un graznido. Piensa: «Dios mío, está loca». Eso es lo peor de todo. Que puedan acecharlo sin motivo alguno, que pueda morir sin causa.

Una rama se rompe junto al pie derecho. Tunde no sabe si ha sido él o la mujer. Echa a correr. Entre sollozos, tragando saliva, con la concentración de un animal. Tras él, cuando logra mirar atrás, ella también corre: las palmas de las manos prenden fuego a los árboles, una llama veleidosa junto a la corteza polvorienta y en las pocas hojas crujientes. Tunde corre más rápido. Solo tiene una idea en la cabeza: en algún sitio tiene que estar seguro. Si sigo adelante, tiene que haber alguno.

Cuando llega a lo alto de la pendiente, por un sendero curvo de montaña, lo ve: a menos de medio kilómetro, un pueblo con ventanas iluminadas.

Corre hacia el pueblo. Allí, bajo la luz de las farolas, podría quitarse el terror de los huesos.

Lleva mucho tiempo pensando en cómo poner fin a todo esto. Desde la tercera noche, cuando sus amigos le dijeron que tenía que irse, que la policía iba puerta por puerta haciendo preguntas sobre todo hombre que no estuviera debidamente certificado con una guardiana autorizada. Aquella noche se dijo: «Puedo parar esto en cualquier momento». Tiene el teléfono. Solo necesita cargarlo y enviar un correo electrónico. Tal vez a su editor de la CNN, quizá con copia a Nina. Decirles dónde está. Irían a buscarlo, y sería un héroe que informaba en secreto, rescatado.

Piensa: «Ahora. Es el momento. Se acabó».

Corre hacia el pueblo. Algunas de las ventanas de las plantas bajas siguen iluminadas, de algunas sale el sonido de la radio o la televisión. Son poco más de las nueve. Por un momento piensa en aporrear la puerta y decir: «Por favor, ayuda». Pero la idea de la oscuridad que puede haber tras aquellas ventanas iluminadas se lo impide. La noche está llena de monstruos.

En un lateral de un edificio de pisos de cinco plantas ve una escalera de incendios. Corre hacia ella y se pone a trepar. Cuando pasa por la tercera planta ve una sala oscura con tres aires acondicionados amontonados en el suelo. Un almacén. Vacío, sin usar. Intenta abrir la ventana con las puntas de los dedos. Se abre. Entra como puede en aquel espacio silencioso que huele a moho. Cierra la ventana. Anda a tientas en la oscuridad hasta que encuentra lo que busca: un enchufe eléctrico. Conecta el teléfono.

El leve sonido de dos notas que emite al arrancar es como el sonido de su llave en la cerradura de la puerta de su casa en Lagos. Ya. Se acabó. La pantalla se ilumina. Presiona esa luz cálida contra sus labios, inspira. En su cabeza ya está en casa, y todos los coches, trenes, aviones, líneas y seguridad que lo separan de allí son imaginarios y carentes de importancia.

Envía un correo electrónico rápido: a Nina y a Temi, y a tres editores distintos con los que había trabajado últimamente. Les dice dónde está, que se encuentra a salvo, que necesita que se pongan en contacto con la embajada para que lo saquen de allí.

Mientras espera respuesta, consulta las noticias. Cada vez más «refriegas», sin que nadie se atreva a llamarlas guerra abierta. El precio del petróleo se ha disparado de nuevo. También está el nombre de Nina, en un artículo sobre lo que está ocurriendo aquí, dentro de Bessapara. Sonríe. Nina solo había estado aquí unos días en un viajecito pagado por la prensa unos meses antes. ¿Qué tenía que decir sobre este sitio? Luego, mientras lee, frunce el entrecejo. Algo en sus palabras le resulta familiar.

Le interrumpe el pitido cálido, reconfortante, musical que indica que ha recibido un correo electrónico.

Es de uno de sus editores.

Dice: «No me parece divertido. Tunde Edo era mi amigo. Si has hackeado su cuenta, te encontraremos, puto enfermo».

Otro pitido, otra respuesta. No muy distinta de la primera.

Tunde siente que el pánico se apodera de su pecho. Piensa: «No pasa nada, ha sido un malentendido, algo habrá ocurrido».

Busca su nombre en el periódico. Encuentra un obituario. El suyo. Es largo y está repleto de elogios ligeramente dudosos a su labor de hacer llegar la noticia a una generación más joven. De las frases concretas se deduce con mucha sutileza que había conseguido que la actualidad pareciera simple y trivial. Hay unos cuantos errores menores. Nombran a cinco mujeres famosas a las que ha influido. Lo describen como entrañable. Menciona a sus padres, a su hermana. Dice que ha muerto en Bessapara, en un lamentable accidente de tráfico que dejó su cuerpo reducido a una ruina carbonizada, identificable solo por el nombre que aparecía en su maleta.

A Tunde se le acelera la respiración.

Dejó la maleta en la habitación del hotel.

Alguien se la ha llevado.

Vuelve al relato de Nina sobre Bessapara. Es un extracto de un libro más extenso que publicaría más adelante ese mismo año con una gran editorial internacional. El periódico dijo que el libro sería un clásico instantáneo. Era un estudio global del Gran Cambio, basado en reportajes y entrevistas de todo el mundo. Los más avezados lo comparaban con De Tocqueville, con *Historia de la decadencia y caída del Imperio romano* de Gibbon.

Es su artículo. Sus fotografías. Capturas de sus imágenes. Sus palabras, sus ideas y sus análisis. Son párrafos del libro que había enviado a Nina para mantenerlo a salvo, junto con partes del diario que adjuntó. El nombre de Nina aparece en las fotografías, y en el texto. Tunde no se menciona en ningún sitio. Se lo ha robado por completo.

Tunde deja escapar un ruido que no sabía que estaba en su interior. Un bramido desde el fondo de la garganta. El sonido de la pena. Más profundo que un sollozo.

Entonces oye un ruido procedente del pasillo exterior. Una llamada. Luego un grito. Una voz de mujer.

Tunde no sabe qué gritan. Para su cerebro exhausto y aterrorizado, suena a «¡Está aquí! ¡Abrid esta puerta!».

Agarra la bolsa, se pone en pie, empuja la ventana para abrirla y sube corriendo a la azotea.

Desde la calle, oye gritos. Si no lo buscaban antes, ahora sí. Hay mujeres en la calle que señalan y gritan.

Sigue corriendo. Estará bien. Cruza esta azotea. Salta a la siguiente. Cruza esa azotea y baja por la escalera de incendios. Cuando está en el bosque de nuevo se da cuenta de que se ha dejado el teléfono enchufado, en aquel almacén vacío.

Cuando lo recuerda y sabe que no podrá volver a por él, piensa que la desesperación lo va a destruir. Trepa a un árbol, se ata a una rama e intenta dormir, mientras piensa que tal vez por la mañana las cosas habrán mejorado.

Esa noche cree haber visto una ceremonia en el bosque.

Lo piensa desde su posición elevada en el árbol. Lo despierta el sonido del crepitar del fuego y siente un pavor instantáneo por si las mujeres han prendido fuego a los árboles para quemarlo vivo ahí mismo.

Abre los ojos. El fuego no está a mano, sino un poco apartado, brilla en un claro del bosque. Alrededor de la hoguera se ven figuras bailando, hombres y mujeres desnudos pintados con el símbolo del ojo en el centro de una palma abierta, y las líneas de energía emanando sinuosas por sus cuerpos.

De vez en cuando, una de las mujeres empuja a un hombre al suelo con una descarga de color azul claro, coloca la mano sobre el símbolo pintado en el pecho del hombre y ambos gritan de júbilo y chillan mientras ella demuestra su poder sobre él. Entonces ella lo monta, con la mano aún en el centro del pecho del hombre, sujetándolo, y el frenesí se refleja en el rostro del hombre, que la insta a volver a hacerlo, más duro, más.

Hace meses que Tunde no se acuesta con una mujer, o una mujer se acuesta con él. Empieza a anhelar bajar de su pedestal, caminar hasta el centro del círculo de rocas y dejarse utilizar como aquellos hombres. Se le pone dura mirando. Se toca ausente a través de la tela de los vaqueros.

Se oye un estruendo de tambores. ¿Puede haber tambores? ¿No llamaría la atención? Seguramente es un sueño.

Cuatro chicos jóvenes avanzan a gatas hasta una mujer vestida con una túnica escarlata. Ella tiene las cuencas de los ojos vacías, rojas y crudas. Sus andares son majestuosos, transmite certidumbre en su ceguera. Las demás mujeres se postran, arrodilladas y estiradas, ante ella.

Ella se pone a hablar, y las demás responden.

Como en un sueño, comprende lo que dicen, pese a que no habla bien rumano y es imposible que hablen en inglés. Y aun así las entiende.

Ella dice:

—¿Hay uno preparado?

Las demás contestan:

—Sí.

—Traédmelo.

Un chico joven se coloca en el centro del círculo. Lleva una corona de ramas en el cabello y una tela blanca atada a la cintura. Luce una expresión tranquila en el rostro. Es el sacrificio voluntario que expiará a todos los demás.

Ella dice:

—Vosotros sois débiles y nosotras somos fuertes. Vosotros sois el regalo y nosotras las propietarias. Vosotros sois la víctima y nosotras las vencedoras. Vosotros sois el esclavo y nosotras vuestras amas. Vosotros sois el sacrificio y nosotras las destinatarias. Vosotros sois el hijo y nosotras somos la Madre. ¿Reconoces que es así?

Todos los hombres del círculo miran ansiosos.

—Sí —susurran—. Sí, sí, por favor, ahora, sí.

Tunde se descubre murmurando con ellos.

—Sí.

El chico joven levanta las muñecas hacia la mujer ciega, que las encuentra con un gesto seguro y agarra una con cada mano.

Tunde sabe lo que está a punto de ocurrir. Cámara en mano, apenas puede hacer que el dedo presione el disparador. Quiere ver lo que sucede.

La mujer ciega junto al fuego es todas las mujeres que han estado a punto de matarlo, que podrían haberlo hecho. Es Enuma, y Nina, y la mujer de la azotea de Delhi, su hermana Temi, Noor, Tatiana Moskalev y la mujer embarazada del ataque en el centro comercial de Arizona. Durante todos esos años ha sentido la presión de esa posibilidad, atenazando el cuerpo, y quiere ver cómo lo hacen.

En ese momento desea ser el chico de las muñecas atadas. Anhela arrodillarse y enterrar la cara en el suelo húmedo. Quiere pelear, saber quién gana aunque le cueste la vida, quiere ver la escena final.

Ella sujeta las muñecas del chico.

Coloca la frente junto a la del chico.

—Sí —susurra él—. Sí.

Cuando lo mata, se desata el éxtasis.

Por la mañana, Tunde aún no está seguro de si ha sido un sueño. La cámara manual ha avanzado dieciocho fotografías. Tal vez había apretado el botón mientras dormía. Solo lo sabrá si revela la película. Espera que haya sido un sueño, pero también es terrorífico que, en algún lugar de sus sueños, haya deseado arrodillarse.

Se sienta en el árbol y repasa lo ocurrido desde la víspera. En cierto modo, sí parece todo mejor por la mañana. O por lo menos no tan aterrador. La noticia de su muerte no podía ser un accidente o una coincidencia. Es demasiado. Moskalev o su gente seguramente descubrieron que se había ido con el pasaporte. Todo era un montaje: el accidente de tráfico, el cuerpo carbonizado, la maleta. Eso significa algo muy importante: no puede ir a la policía. Ya no existe la ilusión —no se había percatado de que tenía esa ilusión aún aferrada en algún lugar de su mente— de poder presentarse en una comisaría con las manos en alto y decir: «Lo siento, soy un periodista nigeriano caradura. He cometido algunos errores. Llevadme a casa». No lo llevarán a casa. Lo llevarán a un lugar tranquilo en el bosque y le pegarán un tiro. Está solo.

Necesita encontrar conexión a internet. Tiene que haberla en algún sitio. Un hombre amable que le deje utilizar el ordenador de su casa unos minutos. Puede convencer en cinco frases de que es él, que está vivo.

Tiembla cuando baja del árbol. Seguirá andando desde ahí, se quedará en el bosque y se dirigirá a un pueblo por el que pasó cuatro días antes con algunos rostros afables. Enviará sus mensajes. Irán a buscarlo. Se coloca la bolsa en la espalda y se encara al sur.

Oye un ruido entre los matorrales de la derecha. Se da la vuelta, pero oye el ruido también a la izquierda, y por detrás. Se levantan mujeres en los matorrales, y entonces lo entiende, con el miedo como si fuera una trampa: lo estaban esperando. Toda la noche esperando para cazarlo. Intenta echar a correr pero nota algo en los tobillos, un cable, y se cae. Abajo, lucha, alguien se ríe, y alguien le suelta una descarga en la nuca.

Cuando despierta está en una jaula, y algo va muy mal.

La jaula es pequeña y de madera. La mochila está dentro con él. Tiene las rodillas contra el pecho, no hay espacio para estirarlas. Nota por el dolor punzante de los músculos que lleva horas así.

Está en un campamento en el bosque. Hay una pequeña hoguera ardiendo. Conoce el sitio. Es el campamento que vio en sueños. Pero no era un sueño. Es el asentamiento de la mujer ciega, y lo han cazado. Empieza a temblarle todo el cuerpo. No puede acabar así. No atrapado, así. No lanzado al fuego, o ejecutado en nombre de una religión horrible de árboles mágicos. Hace sonar los laterales de la jaula con las piernas.

—¡Por favor! —grita, aunque nadie le escucha—. ¡Por favor, que alguien me ayude!

Se oye una risita floja y gutural desde el otro lado. Estira el cuello para mirar.

Hay una mujer de pie.

—Te has metido en un puto lío, ¿eh? —dice.

Tunde intenta agudizar la vista. Conoce la voz de algo, de hace mucho tiempo. Como si fuera una voz famosa.

Parpadea y la ve: es Roxanne Monke.

Roxy

—*T*e reconocí en cuanto te vi. Te he visto en la tele, ¿no?

Tunde piensa que está en un sueño, tiene que ser eso, no puede ser. Rompe a llorar. Como un niño, confuso y enfadado.

—Para ya, me sacas de quicio. Pero ¿qué mierda haces aquí?

Tunde intenta explicárselo, pero la historia ya no tiene sentido ni para él. Decidió adentrarse en el peligro porque se consideraba lo bastante listo, y ahora está en peligro y queda claro que nunca ha sido lo bastante listo, y es insoportable.

—Estaba buscando… el culto de la montaña —suelta al final. Tiene la garganta seca y le duele la cabeza.

Ella se echa a reír.

—Bueno, pues lo has encontrado. Fue una idea absurda, ¿no?

Ella hace un gesto alrededor. Está en el borde de un pequeño campamento. Hay unas cuarenta tiendas y cabañas mugrientas repartidas alrededor de la hoguera central. Hay unas cuantas mujeres en las bocas abiertas de sus cabañas, afilando cuchillos o arreglando guantes metálicos de choque, o mirando al vacío. Ese lugar apesta: el olor es una mezcla de carne quemada, comida podrida, heces, perros y un toque ácido de vómito. A un lado de la letrina hay dos montones de huesos. Tunde espera que sean de animal. Hay dos perros de mirada triste atados con cuerdas cortas a un árbol: a uno le falta un ojo, y parches de piel.

—Tienes que ayudarme. Por favor. Por favor, ayúdame —dice Tunde.

Ella lo mira, y esboza una media sonrisa incómoda. Se encoge de hombros. Entonces Tunde ve que está borracha. Mierda.

—No sé qué puedo hacer, tío. No tengo mucha… influencia, aquí.

Joder. Va a tener que desplegar todos sus encantos, más que nunca. Y está metido en una jaula en la que ni siquiera puede mover el cuello. Respira hondo. Puede hacerlo. Vamos.

—¿Qué haces aquí? Desapareciste la noche de la gran fiesta de Moskalev, y eso fue hace meses. Cuando me fui de la ciudad decían que te habían quitado de en medio.

Roxy se echa a reír.

—Ah, ¿sí? ¿De verdad? Bueno, alguien lo intentó. Y he tardado un tiempo en curarme, eso es todo.

—Pareces bastante… curada.

Tunde la mira de arriba abajo, tentador. Está especialmente impresionado consigo mismo por hacerlo sin poder moverse.

Ella se echa a reír.

—Iba a ser la presidenta de este puto país, ¿sabes? Durante unas… tres horas, iba ser la puta presidenta.

—¿Sí? —dice Tunde—. Yo iba a ser la estrella de otoño en Amazon. —Tunde mira a ambos lados—. ¿Crees que van a venir a por mí con un dron?

Entonces ambos se echan a reír. Las mujeres de las entradas de las tiendas les lanzan una mirada torva.

—En serio. ¿Qué van a hacer conmigo? —pregunta.

—Bueno, esta gente está como una cabra. Cazan hombres de noche —dice Roxy—. Envían a chicas al bosque a asustarlos. Cuando están aterrorizados y corren, colocan una trampa con cables, o algo así.

—A mí me cazaron.

—Bueno, tú caminaste hacia ellas, ¿no? —Roxy esboza otra media sonrisa—. Tienen algo con los tíos; rodean a los chicos y los dejan ser el rey durante unas semanas, luego les ponen astas en la cabeza y los matan con la luna nueva. O con luna llena. O una de esas lunas. Están obsesionadas con la puta luna. Yo creo que es porque no tienen tele.

Tunde se vuelve a reír, una carcajada de verdad. Es divertida.

Es la magia de la luz del día: trucos y crueldad. La magia está en la fe en la magia. Todo esto no es más que gente con una idea loca. El único horror es imaginarse en su cabeza. Toda esa locura puede tener consecuencias en el cuerpo.

—Oye —dice él—. Ya que estamos… ¿te costaría mucho sacarme de aquí?

Le da un empujoncito a la puerta de la jaula con los pies. Está atada precipitadamente con varias cuerdas de cáñamo. A Roxy no le costaría cortarlas con un cuchillo, pero la gente del campamento la vería.

Roxy saca un frasco del bolsillo de atrás y le da un sorbito. Ella niega con la cabeza.

—Me conocen, pero no les molesto, y ellas no me molestan a mí.

—¿Así que llevas semanas escondida en el bosque, sin molestarlas?

—Sí —dice ella.

Un fragmento de algo que leyó tiempo atrás le ronda por la cabeza. Un cristal que devuelve una imagen halagadora. Tunde tiene que ser un espejo halagador para ella, que le devuelva una imagen que sea el doble de su tamaño normal, que la haga sentir lo bastante fuerte para hacer lo que le está pidiendo. «Sin esa energía —murmura una voz en su cabeza—, probablemente la Tierra aún sería ciénagas y junglas.»

—Eso no es digno de ti. Tú no eres así.

—Ya no soy quien era, amigo.

—No puedes dejar de ser quien eres. Eres Roxy Monke.

Ella suelta un bufido.

—¿Quieres que te saque de aquí? Eso no va a pasar.

Tunde suelta una breve risa. Es como si lo estuviera probando, como si pensara que es una broma.

—Tú no necesitas pelear. Eres Roxy Monke. Tienes energía que quemar, te he visto, he oído hablar de ti. Siempre he querido conocerte. Eres la mujer más fuerte que se haya visto jamás. He leído los reportajes. Mataste al rival de tu padre en Londres y luego lo dejaste fuera de juego a él. Tú pídeselo por mí y abrirán la puerta.

Ella niega con la cabeza.

—Necesitas algo que ofrecer. Algo con lo que comerciar.

Se lo está pensando, Tunde lo ve.

—¿Qué tienes tú que puedan querer? —dice Tunde.

Ella hunde los dedos en la tierra húmeda. Sujeta dos puñados de tierra por un momento, mirándolo.

—Me prometí mantener la cabeza gacha —dice ella.

—Eso no es propio de ti. He leído sobre ti. —Tunde duda, luego prueba suerte—. Creo que vas a ayudarme porque no te cuesta nada. Por favor. Porque eres Roxy Monke.

Ella traga saliva.

—Sí, sí, soy Roxy Monke.

Y

Al atardecer, más mujeres regresan al campamento, y Roxanne Monke negocia con la mujer ciega por la vida de Tunde.

Mientras ella habla, Tunde ve que tenía razón: la gente de este campamento parece respetarla, incluso le tienen cierto miedo. Lleva una bolsita de plástico de droga que hace oscilar delante de las dirigentes del campamento. Pide algo, pero se lo niegan. Se encoge de hombros. Hace un gesto con la cabeza hacia él. Parece que diga: si no podemos llegar a un acuerdo así, me llevaré a ese chico.

Las mujeres se sorprenden, luego se muestran suspicaces. La mujer ciega intenta discutir. Roxy replica. Al final, no tarda mucho en convencerla de dejarlo ir. Tunde tenía razón en cómo ven a Roxy. Además, él no tiene un valor especial. Si esta mujer lo quiere, que se lo lleve. De todas formas los soldados se acercan, la guerra cada día está más cerca. Esta gente no está lo bastante loca como para querer quedarse ahora que los soldados se acercan. Levantarán el campamento en dos o tres días y se trasladarán a la montaña.

Le atan los brazos a la espalda con fuerza. Le lanzan la bolsa que llevaba por nada, solo para mostrar cierto respeto por Roxy.

—No seas demasiado amable conmigo —dice, y le empuja para que camine delante de ella—. No quiero que piensen que me gustas o que te he conseguido barato.

Tunde tiene las piernas entumecidas del tiempo pasado en la jaula. Tiene que tomárselo con calma, arrastra los pies por el sendero del bosque. Pasa una eternidad hasta que ya no le ven en el campamento, y eones hasta que dejan de oír ruido detrás de ellos.

A cada paso piensa: «Estoy atado y en manos de Roxanne Monke. Es una mujer peligrosa en el mejor de los casos. Y solo está jugando conmigo». Una vez se le ha pasado por la cabeza, ya no puede quitarse esa idea. Permanece callado hasta que, cuando llevan unos kilómetros recorridos por el camino de tierra, Roxanne dice:

—Creo que ya estamos lo bastante lejos. —Saca una navaja del bolsillo y le corta las ataduras.

—¿Qué vas a hacer conmigo? —pregunta Tunde.

—Supongo que rescatarte, llevarte a casa. Al fin y al cabo, soy Roxy Monke. —Suelta una carcajada—. Igualmente, eres famoso. Me pagarán bien por esto, ¿no? Atravesar el bosque con un famoso.

Eso arranca una carcajada a Tunde, que a su vez hace reír a Roxy. Y ahí están los dos en el bosque, apoyados en un árbol, riendo a carcajadas, sin aliento, y algo se rompe entre ellos, algo es un poco más fácil.

—¿Hacia dónde vamos? —pregunta él.

Ella se encoge de hombros.

—Hace tiempo que me comporto con discreción. Hay algo podrido en mi gente. Alguien... me traicionó. Me va bien que piensen que estoy muerta, hasta que averigüe la manera de recuperar lo que es mío.

—¿Te has escondido en una zona en guerra? ¿No es eso una «idea absurda»?

Roxy le lanza una mirada perspicaz.

Tunde está arriesgando. Ya siente el cosquilleo en el hombro, allí donde Roxy le soltaría la descarga si la mosquea. Tal vez fuera famoso, pero ella es una delincuente.

Roxy da una patada a la mezcla de piedras y hojas del camino y dice:

—Sí, probablemente. Tampoco tenía muchas opciones.

—¿No había ningún bonito complejo en Sudamérica donde retirarse? Pensaba que tu gente lo tenía todo previsto.

Tunde necesita saber hasta qué punto puede hacerla enfadar. Se juega el pescuezo. Si ella va a intentar hacerle daño, necesita saberlo. Ya está tenso al pensar en el golpe, pero no llega.

Roxy mete las manos en los bolsillos.

—Aquí estoy bien. La gente mantiene la boca cerrada. Me guardé mercancía por si acaso, ¿sabes?

Tunde piensa en la bolsita de plástico que enseñaba a las mujeres del campamento. Sí, si utilizas un régimen inestable para mover droga, probablemente tendrás todo tipo de reservas secretas, por si surgen problemas.

—Aquí —dice ella—. No vas a escribir sobre esto, ¿no?

—Depende de si salgo con vida.

La hace reír, y él ríe de nuevo. Al cabo de un minuto Roxy dice:

—Es mi hermano Darrell. Tiene algo que me pertenece. Y tendré que ir con mucho cuidado para recuperarlo. Te llevaré a casa, pero hasta que sepa qué hacer, seremos discretos, ¿de acuerdo?

—Y eso significa...

—Vamos a pasar unas cuantas noches en un campo de refugiados.

Llegan a un fangoso campamento de tiendas en el fondo de un barranco. Roxy va a pedir un espacio, solo para unos días. Hazte útil. Conoce a gente, profundiza, pregunta qué quieren. En el fondo de la mochila, Tunde encuentra una tarjeta de identidad de un servicio de noticias italiano, caducada hace un año pero suficiente para animar a algunas personas a hablar. La usa con criterio, pasea de tienda en tienda. Se entera de que ha habido más combates de los que él sabía, y más recientes. Que, durante las últimas tres semanas, el helicóptero ni siquiera aterriza; lanzan comida y medicamentos y ropa y más tiendas para la corriente lenta y constante de personas que caminan a trompicones a través del bosque. Es lógico que la ONU no esté dispuesta a poner en riesgo a su gente.

A Roxy la tratan con respeto. Sabe cómo conseguir determinadas drogas y combustible, ayuda a la gente con lo que necesitan. Y como Tunde va con ella, como duerme en una cama metálica en su tienda, lo dejan en paz. Siente cierta seguridad por primera vez en semanas. Sin embargo, no está a salvo, claro. A diferencia de Roxy, él no podría adentrarse en el bosque sin más. Aunque no lo cazaran en un culto nocturno, ahora es ilegal.

Entrevista a algunas personas que hablan inglés en el campamento, le cuentan lo mismo una y otra vez. Están acorralando a los hombres sin papeles. Acuden por el «informe laboral», pero no vuelven. Algunos hombres, y también unas cuantas mujeres, cuentan la misma historia. Se han publicado editoriales en los periódicos y reflexivas declaraciones a la cámara en la única televisión en blanco y negro que funciona en la tienda que hace las veces de hospital.

El tema es: ¿cuántos hombres necesitamos en realidad? Pensadlo bien, dicen. Los hombres son peligrosos. Cometen la mayoría de los crímenes. Son menos inteligentes, menos diligentes, menos trabajadores, tienen el cerebro en los músculos y el pito. Son más propensos a contraer enfermedades y una sanguijuela para los recursos del país. Por supuesto, los necesitamos para tener niños, pero ¿cuántos hacen falta para eso? No tantos como mujeres. Hombres buenos, limpios, obedientes, por supuesto, siempre habrá un lugar para ellos. Pero ¿cuántos hay así? Tal vez uno de cada diez.

No puedes hablar en serio, Kristen, ¿de verdad es eso lo que dicen? Me temo que sí, Matt. Posa una mano amable sobre la rodilla del presentador. Es evidente que no hablamos de grandes tipos como tú, pero ese es el mensaje de algunas páginas web extremistas. Por eso las chicas de NorthStar necesitan más autoridad: tenemos que protegernos de esa gente. Matt asiente, con un gesto sombrío. La culpa es de los que defienden los derechos de los hombres, son tan extremos que han provocado esta respuesta. Pero ahora debemos protegernos. Él esboza una sonrisa. Después de la pausa, aprendere-

NAOMI ALDERMAN

mos algunos divertidos movimientos de autodefensa para practicar en casa, pero primero, el tiempo en la uno.

Incluso allí, después de todo lo que Tunde ha visto, no puede creer que este país intente matar a la mayoría de los hombres. Pero sabe que ya ha ocurrido antes. Siempre pasan ese tipo de cosas. La lista de crímenes castigables con la pena de muerte no para de crecer. Un anuncio en la prensa de un periódico de la semana anterior sugiere que «la negativa a obedecer en tres ocasiones» se castigará con «trabajos forzados». En el campamento hay mujeres que se encargan de ocho o diez hombres que se apiñan alrededor de ella, ansiando su aprobación, desesperados por agradar, aterrorizados por lo que les pueda pasar si esa mujer tacha su nombre de los papeles. Roxy podría irse del campamento en cualquier momento, pero Tunde está solo.

La tercera noche en el campo, Roxy despierta instantes antes de que el primer chasquido y crepitar de la energía haga estallar las farolas colocadas junto al camino central del campamento. Debía de haber oído algo. O sintió que el nailon zumbaba. La energía en el aire. Abre los ojos y parpadea. Aún conserva fuertes los viejos instintos, por lo menos no los ha perdido.

Da una patada al bastidor metálico de la cama de Tunde.

—Despierta.

Tunde está medio dentro medio fuera del saco de dormir. Le aparta la colcha, y está medio desnudo. La distrae, incluso ahora.

—¿Qué? —dice, esperanzado—. ¿El helicóptero?

—Ni lo sueñes —dice ella—. Alguien nos ataca.

De pronto Tunde despierta del todo, se pone los vaqueros y la chaqueta.

Se oye un ruido de cristal y metal roto.

—Quédate contra el suelo y, si puedes, corre al bosque y sube a un árbol.

Alguien pone la mano en el generador central, reúne toda la energía que tiene en el cuerpo y la envía a toda velocidad por la máquina, las luces bajas estallan en pedazos, hay filamentos de cristal por todo el campamento y la oscuridad se vuelve absoluta.

Roxy levanta la parte trasera de la tienda, donde siempre goteaba de todos modos por el zurcido podrido, y Tunde coge aire y corre hacia el bosque. Roxy debería seguirlo. Lo hará en un momento. Pero se pone una chaqueta oscura con una gran capucha y se enrolla una bufanda en la cara. Se mantendrá en la sombra, se dirigirá al norte, será la mejor ruta. Quiere ver qué está ocurriendo. Como si aún pudiera dar la vuelta a cualquier cosa a su antojo.

Ya se oyen gritos alrededor. Roxy tiene suerte de que su tienda no esté en el borde del campamento. Algunas ya arden, probablemente con la gente dentro, y se nota el hedor dulce del petróleo. Aún pasarán unos minutos hasta que todo el campamento sepa qué está pasando, y que no es un accidente ni un incendio en el generador. Entre las tiendas, junto al brillo rojizo del fuego, atisba a una mujer baja a gachas prendiendo fuego con la chispa de las manos. Por un instante se le ilumina la cara con la luz blanca.

Roxy conoce esa mirada, ya la ha visto antes. Es el tipo de cara que su padre habría dicho que no era buena para los negocios. Nunca mantengas a nadie en un puesto si le gusta demasiado. Sabe cuando ve ese destello del rostro eufórico y ávido que no han venido a saquear lo que encuentren. No han venido a buscar nada.

Empiezan por acorralar a los hombres jóvenes. Van tienda por tienda, las tumban o les prenden fuego para que los ocupantes tengan que salir corriendo o quemarse. No son prolijas, ni metódicas. Buscan chicos jóvenes que tengan un aspecto medio decente. Hizo bien en enviar a Tunde al bosque. Una esposa, o tal vez una hermana, intenta evitar que se lleven a un hombre pálido de pelo rizado que está con ella. Lucha con dos mujeres con descargas precisas y bien calculadas en la barbilla y las sienes. La arrollan sin problemas, y la matan con especial brutalidad. Una de ellas agarra a la mujer del pelo y la otra deja ir una descarga directamente en sus ojos. El índice y el pulgar presionados contra las cuencas de los ojos, y de ellas se derrama el líquido de un color blanco lechoso. Hasta Roxy tiene que apartar la vista en ese momento.

Retrocede hasta el bosque, trepa a un árbol con las manos, utilizando una cuerda para ayudarse. Cuando encuentra un sitio donde se cruzan las ramas, ya han centrado la atención en el chico.

No para de gritar. Dos mujeres lo agarran de la garganta y le paralizan la columna. Otra se agacha encima de él. Le quita los pantalones. El chico no está inconsciente. Tiene los ojos bien abiertos y le brillan. Le cuesta respirar. Otro hombre intenta salir corriendo para ayudarle y recibe un golpe en la sien por causar problemas.

La mujer que está encima le agarra las bolas y el pito. Dice algo. Se ríe. Las demás también se ríen. Le hace cosquillas ahí con la punta del dedo, con un leve sonido, como si quisiera que él disfrutara. El chico no puede hablar: tiene la garganta reventada. Seguramente ya le han roto la tráquea. Ella ladea la cabeza y le pone cara triste. Podría haber dicho en cualquier idioma del mundo: «¿Qué pasa? ¿No se te levanta?». Intenta patear con los talones para huir de ella, pero es demasiado tarde.

A Roxy le encantaría que eso no estuviera pasando. Si estuviera en su mano, saltaría de su escondrijo y las mataría. Primero a las dos que están junto al árbol: podría acabar con ellas antes de que nadie se diera cuenta. Luego las tres de los cuchillos irían a por ti, pero podrías esconderte entre los dos robles para que tuvieran que ir una por una. Entonces tendría un cuchillo, sería fácil. Pero no está en esa posición ahora mismo. Y está pasando. Por mucho que lo desee no puede pararlo. Por tanto, observa. Para ser testigo.

La mujer que está sentada en el pecho del chico coloca la palma en sus genitales. Empieza con una chispa que emite un leve zumbido. Él aún profiere gritos amortiguados, aún intenta escapar. Ya no puede doler mucho. Roxy se lo ha hecho a algunos tíos, para diversión de ambos. Se le levanta la polla como un saludo, como siempre. Como un traidor. Como un idiota.

Una sonrisilla aparece en el rostro de la mujer, que levanta las cejas, como si dijera: «¿Ves? Solo necesitabas ánimos, ¿verdad?». Le sujeta las pelotas, tira de ellas una vez, dos, como si le concediera el gusto, luego le suelta una descarga feroz, directa al escroto. Debe de ser como un clavo de cristal que lo atravesara directamente. Como si lo laceraran por dentro. El chico grita y arquea la espalda. Entonces ella le desabrocha la entrepierna de los pantalones de combate y se sienta sobre su rabo.

Sus compañeras se ríen, como ella mientras cabalga arriba y abajo encima de él. Tiene la mano plantada con firmeza en el centro del estómago del chico, y le da una dosis cada vez que empuja hacia arriba con los muslos juntos. Una de las chicas tiene un móvil. La fotografían así, a horcajadas sobre él. El chico se tapa la cara con el brazo pero ellas se lo retiran. No, no. Quieren que lo recuerde.

Sus compañeras la azuzan. Ella empieza a tocarse, se mueve más rápido, con las caderas oscilando hacia delante. Ahora le hace daño de verdad, no de manera comedida y pensada, no para extraer el máximo dolor de una manera interesante, sino brutal. Es fácil cuando te acercas. Roxy lo ha hecho una o dos veces, ha asustado a algunos tíos. Es peor cuando tomas Brillo. La mujer tiene una mano en el pecho del chico y cada vez que empuja hacia delante le deja ir una chispa en el torso. Él intenta apartarle la mano, grita y estira un brazo hacia la multitud en busca de ayuda, y suplica en un idioma confuso que Roxy no entiende, salvo que el sonido de «Ayudadme, por Dios, ayudadme» es el mismo en todos los idiomas.

Cuando la mujer llega al orgasmo, sus compañeras rugen en

señal de aprobación. Ella lanza la cabeza hacia atrás y empuja el pecho hacia delante, y suelta una descarga enorme en el centro del cuerpo del chico. Se levanta, sonriente, y todas le dan palmadas en la espalda, y ella aún ríe y sonríe. Se sacude como un perro, como un perro que aún está hambriento. Inician un cántico, las mismas cuatro o cinco palabras con un ritmo mientras le despeinan el pelo y se dan golpecitos con el puño. El chico pálido de pelo rizado ha quedado paralizado del todo y para siempre con la última descarga. Tiene los ojos abiertos, observando. Los riachuelos y corrientes de cicatrices rojas recorren su pecho subiendo hasta la garganta. El pito va a tardar en bajar, pero el resto de él ya se ha ido. Ni siquiera hay agonía, ni convulsiones. La sangre se está estancando en su espalda, en el culo, en los talones. Ella le puso la mano sobre el corazón y lo paró.

Se oye un ruido distinto a la pena. Solloza de tristeza, grita y deja escapar un sonido al cielo como un niño que reclamara a su madre. Ese tipo de pena ruidosa es esperanzadora. Cree que se pueden arreglar las cosas, o que puede llegar ayuda. Existe un sonido distinto. Los niños a los que se abandona demasiado tiempo ni siquiera lloran. Se quedan muy callados y quietos. Saben que no va a ir nadie a verlos.

Ha visto ojos observando en la oscuridad, pero no se oyen gritos. No hay rabia. Los hombres están callados. Al otro lado del campamento aún hay mujeres que luchan contra las invasoras para ahuyentarlas, y aún hay hombres que recogen rocas o pedazos de metal para herir a las mujeres. Pero los que lo han visto no emiten ni un sonido.

Dos de las otras soldados le dan una patada al cadáver. Raspan mierda encima de él, que podría ser un signo de piedad o de vergüenza, pero lo dejan ahí, sucio, sangrando, amoratado, inflado y marcado con las cicatrices con relieve de dolor, no lo entierran en absoluto. Y van a buscar sus propios premios.

No tiene sentido lo que han hecho hoy aquí. No hay territorio que conquistar, ni una afrenta que vengar, ni siquiera soldados que retener. Matan a los hombres mayores delante de los jóvenes con las palmas puestas en las caras y la garganta, y una hace gala de su especial destreza para dibujar efectos groseros en la carne con la punta de los dedos. Muchas se llevan a algunos hombres y los usan, o simplemente juegan con ellos. A un hombre le dejan elegir entre conservar brazos o piernas. Escoge las piernas, pero ellas no cumplen el trato. Saben que a nadie le importa lo que pase allí. No hay nadie que proteja a esa gente, y a nadie les preocupa. Los cuerpos pueden yacer en ese bosque durante décadas y nadie pasaría por allí. Lo hacen porque pueden hacerlo.

Justo antes de amanecer, están cansadas, pero la energía corre por su cuerpo y el polvo y las atrocidades que han cometido han hecho que tengan los ojos rojos y no puedan dormir. Roxy lleva horas sin moverse. Tiene las extremidades entumecidas y doloridas, le oprimen las costillas y la cicatriz luce irregular en la clavícula. Se siente exhausta por lo que ha visto, como si el hecho de presenciarlo requiriera un esfuerzo físico.

Oye que alguien pronuncia su nombre en voz baja y da un respingo, casi se cae del árbol, tiene los nervios a flor de piel y la mente confusa. Desde que ocurrió eso, a veces se olvida de quién es. Necesita que alguien se lo recuerde. Mira a izquierda y derecha y lo ve: dos árboles más allá, Tunde sigue vivo. Se ha aferrado a una rama con tres cuerdas pero, al verla en la penumbra previa al alba, empieza a desatarse. Después de esa noche él es como si fuera su hogar, y ve que a él le ocurre lo mismo. Algo conocido y seguro en medio de todo aquello.

Tunde trepa un poco más alto, donde las ramas se encuentran y se mezclan, y se desplaza con las manos hasta ella, para finalmente caer con suavidad sobre la pequeña percha que ha encontrado ella. Está bien escondida en un lugar donde se encuentran dos grandes ramas del árbol y forman un pequeño nido con una rama gruesa donde una persona puede apoyar la espalda mientras la otra se apoya en ellas. Tunde se deja caer hasta ella: durante la noche ha salido malherido, Roxy lo ve. Se ha roto algo en el hombro y están tumbados muy juntos. Tunde busca la mano de Roxy. Entrelaza los dedos con los suyos para que no tiemblen más. Los dos están asustados. Tunde emana un olor fresco, a algo verde que brota.

—Pensé que estabas muerta cuando no me seguiste.

—No hables demasiado pronto. Aún podría morir esta noche.

Él suelta un ruido ronco, para sustituir a una risa. Murmura:

—Este también ha sido uno de los lugares oscuros del planeta.

Los dos caen aturdidos durante unos minutos en un trance parecido al sueño. Deberían moverse, pero la presencia de un cuerpo conocido es demasiado reconfortante para renunciar a ella por un momento.

Cuando parpadean, hay algo en el árbol, justo debajo de ellos. Una mujer vestida de uniforme verde, una mano enfundada en un guante militar y tres dedos chispeando mientras trepa. Grita hacia abajo, a alguien que está en el suelo. Utiliza los destellos para ver entre los árboles, para quemar las hojas. Aún está oscuro y no ve.

Roxy recuerda una época en que ella y unas cuantas chicas oyeron que una mujer le había dado una paliza a su novio en la calle. Había que pararla: no se puede dejar que pasen esas cosas si eres la dueña de un lugar. Para cuando llegaron solo estaba ella, borracha, despotricando por la calle, gritando y soltando palabrotas. Al final encontraron al chico, escondido en el armario bajo la escalera y, aunque intentaron ser buenas y amables, Roxy pensó para sus adentros: «¿Por qué no te resististe? ¿Por qué no lo intentaste? Podrías haber buscado una sartén para golpearla. Podrías haber buscado una pala. ¿De qué pensabas que te iba a servir esconderte?». Y ahora ahí está ella. Escondida. Como un hombre. Ya no sabe qué es.

Tunde está apoyado en ella, con los ojos abiertos y el cuerpo tenso. Él también ha visto a la soldado. Permanece quieto. Roxy se queda quieta. Están ocultos, aunque el amanecer suponga más peligro. Si la soldado se rinde, podrían estar a salvo.

La mujer trepa un poco más alto en el árbol. Prende fuego a las ramas más bajas, aunque de momento solo brillan y luego se apagan. Ha llovido hace poco. Es una suerte. Una de sus compañeras le lanza una larga porra metálica. Se han divertido con eso, la introducían y hacían saltar chispas. La chica empieza a recorrer las ramas superiores del siguiente árbol con esa vara. No existe el escondite perfecto.

La mujer da un golpe brusco, demasiado cerca de Roxy y Tunde, demasiado. La punta acaba a menos de dos brazos de la cara de él. Cuando la mujer levanta la mano, Roxy la puede oler. El aroma amarillo del sudor, el olor ácido del Brillo metabolizándose a través de la piel, el olor a rábano picante del polvo en sí, cuando se usa. Roxy conoce tan bien la combinación como su propia piel. Una mujer con la fuerza subida y sin capacidad de contenerla.

Tunde le susurra:

—Dale una descarga, una. Se conduce en ambas direcciones. La próxima vez que el palo vuelva hacia nosotros, agárralo para darle una descarga muy fuerte. Caerá al suelo. Las demás tendrán que ocuparse de ella, y podremos huir.

Roxy lo niega con la cabeza, con lágrimas en los ojos, y Tunde siente de pronto como si se le hubiera abierto el corazón, como si los cables enredados en su corazón se hubieran abierto a la vez.

Tiene una ligera idea. Piensa en la cicatriz que le ha visto en el extremo de la clavícula, lo celosa que se muestra de ella. Y en cómo Roxy ha regateado, amenazado, engatusado, y aun así… la ha visto… ¿ha hecho daño a alguien en su presencia desde que lo encontró en la jaula? ¿Por qué estaba escondida en la selva, ella, una

Monke, la más fuerte? No lo había pensado antes. Hacía años que no imaginaba en cómo sería una mujer sin esa cosa o en cómo se la podrían arrebatar.

La mujer se acerca con la porra de nuevo. La punta golpea en el hombro de Roxy y le produce un dolor como si se le clavara un hierro, pero se queda callada.

Tunde mira alrededor. Debajo del árbol están escondidas, y solo hay terreno pantanoso. Detrás de ellas se ven los restos de varias tiendas hundidas y tres mujeres que juegan con un chico joven al límite. Delante y a la derecha está el generador quemado y, medio oculto por las ramas, un bidón metálico de gasolina que usaban de colector para la lluvia. Está lleno, no les sirve. Pero podría estar vacío.

La mujer está llamando a sus amigas, que la animan a gritos. Han encontrado a alguien escondido en uno de los árboles hacia la entrada del campamento. Buscan más. Tunde cambia de postura con cuidado. El movimiento llamaría la atención de las soldados, y estarían muertos. Solo necesitan distraer a las soldados unos minutos, lo suficiente para escapar. Estira la mano hacia la mochila, mete los dedos en un bolsillo interno y saca tres botes de película. Roxy respira con calma, lo observa. Por cómo se mueve entiende lo que pretende hacer. Tunde deja caer el brazo derecho, como una enredadera que se descuelga del árbol, como nada. Levanta la película y la lanza hacia el bidón de gasolina.

Nada. No lo ha lanzado con suficiente fuerza. La película ha caído en la tierra blanda, muerta. La mujer trepa de nuevo, dando golpes amplios con la vara metálica. Tunde agarra otro bote de película, este pesa más y por un momento le confunde pensar en por qué. Luego recuerda que es donde puso su cambio americano. Como si fuera a usar esas monedas algún día. Casi se echa a reír. Pero está bien, pesa. Volará mejor. Tiene la urgencia momentánea de llevársela a la boca, como hacía un tío suyo con los rollos de apuestas cuando estaba muy ajustado y tenía todo el cuerpo tenso como las carreras de caballos en la pantalla. Vamos, vuela para mí.

Deja la mano colgando. La mueve como un péndulo una vez, dos, tres. Vamos, si tú quieres. La deja volar.

Cuando se oye el ruido del impacto, es mucho más fuerte de lo esperado. La película da en el borde. El ruido significa que el recipiente no puede estar lleno de agua. Es una locura: el bidón de gasolina reverbera, suena intencionado, como si alguien anunciara su llegada. En todo el campamento se giran cabezas. Ahora, ahora. Rápido, lo vuelve a hacer. Otra película, esta vez con cerillas contra la humedad. Pesa lo suficiente. Otro ruido metálico salvaje. Parece que haya alguien ahí, intentando poner orden. Un idiota llamando a un huracán que se cerniera sobre él.

Llegan rápido de todo el campamento. Roxy tiene tiempo de estirar de un grueso tocón de rama del árbol, la gira hacia el bidón de gasolina para provocar otro ruido más metálico antes de que estuvieran lo bastante cerca para ver lo que ocurría. La mujer que estaba tan cerca de ella baja con torpeza entre las ramas del árbol para ser la primera en liquidar al idiota que piense que puede resistirse a estas fuerzas.

A Tunde le duele todo el cuerpo; no distingue entre el dolor, el entumecimiento y los huesos rotos, y hay poco espacio entre él y Roxy, así que cuando baja la mirada ve la herida y la cicatriz de ella, y le duele como si le hubieran cortado esa línea en su propio cuerpo. Estira los brazos, tanteando con los pies la amplia rama de abajo. La recorre. Roxy hace lo mismo. Cae, con la esperanza de que la vegetación sea lo bastante densa para ocultar la silueta del movimiento a las mujeres del campamento.

Tambaleándose entre la tierra pantanosa, Tunde se arriesga a mirar atrás una sola vez y Roxy sigue su mirada para ver si las soldados se han cansado del bidón vacío, para ver si van tras ellos.

No los persiguen. El bidón no estaba vacío. Las soldados le están dando patadas mientras se ríen y meten la mano para sacar el contenido. Tunde ve, igual que Roxy, como en un destello de una cámara, lo que han encontrado. Hay dos niños en el bidón. Los están sacando. Tienen unos cinco o seis años. Lloran, aún hechos un ovillo cuando los levantan. Son animales diminutos, tiernos, que intentan protegerse. Unos pantalones azules deshilachados por debajo. Descalzos. Un vestido de tirantes con un estampado de margaritas amarillas.

Si Roxy tuviera su poder, volvería y haría trizas a cada una de esas mujeres. Tunde la coge de la mano, tira de ella y salen corriendo. Los niños jamás sobrevivirían. O tal vez sí. De todos modos habrían muerto allí de frío y exposición a las inclemencias del tiempo. Tal vez habrían seguido con vida.

Es un amanecer frío y corren cogidos de la mano, sin querer dejar irse.

Ella conoce la zona y los caminos más seguros, y él cómo encontrar un lugar discreto donde esconderse. Siguen corriendo hasta que solo pueden caminar, y aun así andan kilómetro tras kilómetro en silencio, con las palmas bien juntas. Hacia el atardecer, Tunde avista una de las estaciones de ferrocarril abandonadas que pueblan esta parte del país, a la espera de trenes soviéticos que nunca llegaron, la mayoría ahora albergan aves de descanso. Rompen una ventana para entrar, y encontrar unos cuantos cojines mohosos sobre bancos de madera y, en un armario, una sola manta de lana seca. No se atreven a encender un fuego, pero comparten la manta, juntos en un rincón de la sala.

Tunde dice:

—He hecho algo horrible.

Ella dice:

—Me has salvado la vida. Ni te imaginas lo que he hecho yo, tío. Cosas muy malas.

Y él dice:

—Me has salvado la vida.

En la oscuridad de la noche, él le habla de Nina y de que ha publicado su texto y sus imágenes con su nombre. Y de que sabe que siempre ha estado esperando para quitarle todo lo que Tunde tenía. Y ella le habla de Darrell y de lo que le quitaron, y así él lo entiende todo: por qué lleva ese tipo de vida, por qué lleva tantas semanas escondida, por qué cree que no puede volver a casa y por qué no se ha vuelto contra Darrell de una vez por todas y con toda su furia, como haría un Monke. Había medio olvidado su propio nombre hasta que él se lo recordó.

Uno de los dos dice:

—¿Por qué lo hicieron, Nina y Darrell?

Y el otro contesta:

—Porque podían.

Es la única respuesta posible.

Ella le agarra de la muñeca y él no tiene miedo. Recorre la palma de la mano con el pulgar.

Roxy dice:

—Tal y como yo lo veo, estoy muerta, igual que tú. ¿Qué hacen los muertos para divertirse por aquí?

Los dos están heridos y doloridos. Tunde cree que tiene la clavícula rota. Siente un dolor punzante cada vez que cambia de postura. En teoría ahora es más fuerte que ella, pero eso les hace gracia a los dos. Tunde es bajo y fornido como su padre, tiene el mismo cuello grueso de toro, y ella tiene más peleas a sus espaldas que él, sabe cómo se hace. Cuando Tunde juega a darle un empujón al suelo, ella juega a ponerle el pulgar en el centro de dolor, donde el hombro se junta con el cuello. Presiona lo justo para hacerle ver las estrellas. Tunde se ríe, Roxy también, sin aliento y tontos en medio de la tormenta. Tienen los cuerpos reescritos por el sufrimiento. No les quedan peleas. En ese momento no saben quién es quién. Están listos para empezar.

Se mueven despacio. Siguen medio vestidos. Ella recorre con el dedo una vieja cicatriz que Tunde tiene en la cintura: se la hizo en Delhi cuando conoció el miedo por primera vez. Tunde posa los labios hasta la línea del límite de la clavícula de Roxy. Se tumban juntos. Después de lo que han visto, ninguno de los dos quiere hacerlo rápido o con brusquedad. Se tocan con suavidad, sintiendo los lugares donde se parecen y donde son distintos. Tunde le enseña que está preparado, y ella también. Se acoplan sin más, como una llave en una cerradura. «Ah», dice él. «Sí», dice ella. Está bien, ella alrededor de Tunde, él dentro de ella. Encajan. Se mueven despacio y con naturalidad, teniendo en cuenta los dolores de cada uno, sonrientes y somnolientos y por un instante sin miedo. Llegan al orgasmo con gruñidos suaves, animales, resoplando el uno en el cuello del otro, y se quedan dormidos así, con las piernas entrelazadas, bajo una manta encontrada, en el centro de una guerra.

Grabado excepcionalmente completo de la Era del Cataclismo, de aproximadamente cinco mil años de antigüedad. Encontrado en el oeste de Gran Bretaña. Los grabados se encuentran uniformemente en este estado: algo se ha retirado deliberadamente del centro, pero es imposible determinar qué se perdió. Algunas de las teorías son: que estas piedras enmarcaban retratos, o listas de ordenanzas, o que simplemente eran una forma rectangular de un arte sin nada en el centro. El cincelado era una protesta clara contra lo que estuviera representado —¡o no!— en la sección central.

Ya llega

Estas cosas pasan todas a la vez. Estas cosas son una sola cosa. Son el resultado inevitable de todo lo sucedido antes. La energía busca su salida. Estas cosas han pasado antes, y volverán a pasar. Estas cosas pasan continuamente.

El cielo, que parecía azul y despejado, se cubre de nubes, pasa de gris a negro. Habrá tormenta. Ha tardado en llegar, el polvo está reseco, el suelo anhela agua oscura que lo empape, un diluvio. Porque la tierra está llena de violencia, y todos los seres vivos se han perdido. En el norte y el sur, este y oeste, el agua se acumula en los rincones del cielo.

En el sur, Jocelyn Cleary levanta la capota del todoterreno cuando toma una salida oculta por una pista de gravilla que parece que lleve a algún sitio interesante. Y en el norte, Olatunde Edo o Roxanne Monke se despiertan con el sonido de la lluvia contra el techo de acero de su refugio. Y en el oeste Madre Eva, que antes respondía al nombre de Allie, contempla la tormenta que se avecina y se pregunta: «¿Es el momento?». Y su propio yo dice: «Bueno, es obvio».

Se ha cometido una atrocidad en el norte: han llegado rumores de demasiadas fuentes para negarlo. Fueron las propias fuerzas de Tatiana, enajenadas de poder y enloquecidas por los retrasos y las órdenes que no paran de llegar y que dicen: «Un hombre puede traicionarte, cualquiera podría estar trabajando para el norte». ¿O era solo que Tatiana nunca se molestó en controlarlas como es debido? Tal vez ya se había vuelto loca, hiciera lo que le hiciese Madre Eva.

Roxy está desaparecida. Las fuerzas escapan del control de

Tatiana. Habrá un golpe militar en unas semanas si alguien no se hace cargo de la situación. Y luego el norte de Moldavia entrará y conquistará el país, y las reservas de armas químicas de las ciudades del sur.

Allie está sentada en su tranquilo estudio, contemplando la tormenta, mientras calcula el coste del negocio.

La voz dice: «Siempre te he dicho que estás llamada a hacer grandes cosas».

Allie dice: «Sí, lo sé».

La voz dice: «Inspiras respeto, no solo aquí, en todas partes, Vendrían mujeres de todo el mundo si el país fuera tuyo».

Allie dice: «Ya te he dicho que lo sé».

La voz dice: «Entonces ¿a qué esperas?».

Allie dice: «El mundo intenta regresar a su forma anterior. No basta con todo lo que hemos hecho. Aún hay hombres con dinero e influencia que pueden domeñar las cosas a su antojo. Aunque le ganemos la batalla al norte. ¿Qué estamos empezando aquí?».

La voz dice: «Quieres poner patas arriba el mundo entero».

Allie dice: «Sí».

La voz dice: «Te siento, pero no sé cómo ser más clara en esto. No puedes llegar desde aquí. Tienes que empezar de nuevo. Tendremos que volver a empezarlo todo».

Allie le dice a su corazón: «¿Una gran inundación?»

La voz dice: «Me refiero a que solo hay una manera de enfocarlo. Pero tienes algunas opciones. Mira. Piénsalo. Cuando lo hayas hecho».

Es última hora de la noche. Tatiana está sentada a su escritorio, escribiendo. Hay órdenes que firmar para las generales. Va a avanzar hacia el norte, y va a ser un desastre.

Madre Eva se acerca por detrás y posa una mano en su nuca a modo de consuelo. Lo han hecho muchas veces. A Tatiana ese gesto la reconforta, aunque no sabe por qué exactamente.

Tatiana dice:

—Estoy haciendo lo correcto, ¿verdad?

Allie dice:

—La Diosa siempre estará contigo.

Hay cámaras ocultas en esta habitación. Otro artefacto de la paranoia de Tatiana.

Suena un reloj. Un, dos, tres. Bueno, es la hora.

Allie tiende una mano con su particular criterio y habilidad, y va calmando cada nervio de Tatiana, en el cuello, los hombros y el cráneo. Se le cierran los ojos. La cabeza cae.

Como si no formaran parte de ella, como si en ese momento ni siquiera pudiera notar lo que hace, la mano de Tatiana avanza por la mesa hasta el abridor de cartas, pequeño y afilado, que está sobre el montón de papeles.

Allie siente que los músculos y los nervios intentan resistirse, pero ya están acostumbrados a ella, y al revés. Atenúa la capacidad de reacción aquí, y la fortalece ahí. No sería tan fácil si Tatiana no hubiera bebido tanto ni se hubiera tomado un mejunje preparado por la propia Allie, algo que Roxy cocinó para ella en los laboratorios. No es fácil, pero se puede hacer. Allie coloca su mente en la mano de Tatiana, que sujeta el abridor de cartas.

De pronto se percibe un olor en la estancia. Un aroma a fruta podrida. Pero las cámaras ocultas no pueden captar un olor.

Con un movimiento brusco, demasiado rápido para que Madre Eva pueda evitarlo —¿cómo iba a sospechar lo que estaba a punto de suceder?—, Tatiana Moskalev, enajenada por el derrumbe de su poder, se rebana el cuello con ese cuchillo afilado.

Madre Eva da un salto atrás, suelta un chillido y pide ayuda a gritos.

Tatiana Moskalev se desangra sobre los papeles esparcidos en su escritorio, con la mano derecha moviéndose como si estuviera viva.

Darrell

—Me envían de la oficina —anuncia Irina, enorme—. Hay una soldado en uno de los caminos traseros.

Mierda.

Observan por el circuito cerrado de televisión. La fábrica está a cuatro kilómetros de distancia por un camino de tierra de la carretera principal, y la entrada queda oculta por setos y bosque. Hay que saber lo que estás buscando para encontrarla. Pero hay una soldado —solo una, no hay señales de que sea un grupo mayor— cerca de su valla del perímetro. Está a medio kilómetro de la fábrica en sí, de acuerdo, ni siquiera la ve desde donde está. Pero está ahí, rodeando la valla, haciendo fotografías con el teléfono.

Las mujeres de la oficina miran a Darrell.

Todas piensan: ¿qué haría Roxy? Darrell lo ve como si lo llevaran escrito en la frente con un rotulador.

Darrell siente que la madeja en el pecho empieza a latir y a retorcerse. Al fin y al cabo ha estado practicando. Lleva una parte de Roxy y esa parte sabe qué hacer. Es fuerte. El más poderoso. Se supone que no debe enseñar a las chicas lo que puede hacer —Bernie ha sido muy tajante con eso—, no hay que hacer saltar la liebre aún. Hasta que esté preparado para poder enseñarlo a los mayores corredores de apuestas de Londres como ejemplo de lo que puede hacer… debe mantenerlo en secreto.

La madeja le susurra: «Solo es una soldado. Sal y dale un susto».

La energía sabe qué hacer. Tiene su lógica.

Dice: «Mirad todas, voy a salir».

Y

Habla con la madeja mientras recorre el largo camino de gravilla y abre la puerta de la valla perimetral.

Dice: «No me falles ahora. He pagado un dineral por ti. Podemos hacerlo juntos, tú y yo».

La madeja, ahora obediente, situada en la clavícula de Darrell como antes estaba en la de Roxy, empieza a emitir un zumbido y un chisporroteo. Es una sensación agradable: ese es un aspecto de la situación que Darrell sospechaba pero no había confirmado hasta ahora. Es un poco como estar borracho, pero bien, fuerte. Como la sensación que uno tiene cuando está borracho de que podría enfrentarse a cualquiera, y en este caso es cierto.

La madeja le habla.

Dice: «Estoy lista».

Dice: «Vamos, hijo mío».

Dice: «Sea lo que sea lo que necesites, lo tengo».

A la energía no le importa quién la utilice. La madeja no se rebela contra él, no sabe que no es su dueño. Solo dice: «Sí. Sí, puedo. Sí, lo tienes».

Darrell forma un pequeño arco entre el dedo índice y el pulgar. Aún no se ha acostumbrado a esa sensación. En la superficie de la piel nota un zumbido incómodo, pero dentro del pecho se siente fuerte y bien. Debería dejarla ir, acabar con ella, sin inmutarse. Eso les dará una lección.

Cuando mira atrás hacia la fábrica, las mujeres están amontonadas en las ventanas, observándolo. Algunas se han alejado por el camino para no perderlo de vista. Cuchichean entre ellas tapándose la boca con la mano. Una forma un arco largo entre las palmas.

Son siniestras, joder, cuando se mueven juntas. Roxy ha sido demasiado débil con ellas durante todos estos años, les ha permitido celebrar sus estrambóticas ceremonias y consumir Brillo en sus horas libres. Entran juntas en el bosque al atardecer y no vuelven hasta el alba, y él no puede decir nada, joder, ¿no?, porque vuelven a tiempo y hacen su trabajo, pero algo pasa, lo sabe por cómo huelen. Han hecho una pequeña cultura, sabe que hablan de él, sabe que creen que no debería estar aquí.

Se agacha para que la soldado no lo vea acercarse.

Detrás de Darrell, la ola de mujeres crece.

*P*or la mañana, cuando Roxy y Tunde vuelven a estar vestidos, ella dice:

—Puedo sacarte del país.

Tunde había olvidado, de verdad, que existe un «fuera del país» al que llegar. Todo esto ya le parece más real e inevitable que todo lo anterior.

Se detiene a medio poner un calcetín. Los ha dejado secar durante la noche. Aún apestan, y la textura es crujiente y pedregosa.

—¿Cómo?

Ella se encoge de hombros y sonríe.

—Soy Roxy Monke. Conozco a unas cuantas personas por aquí. ¿Quieres salir?

Sí, claro, sí.

Tunde le pregunta:

—¿Y tú?

—Yo voy a recuperar lo mío. Y luego iré a buscarte.

Ya ha recuperado algo. Ha doblado su tamaño natural.

Tunde cree que le gusta, pero no tiene manera de saberlo con certeza. Roxy tiene demasiado que ofrecerle para que sea una simple propuesta.

Le da doce maneras de encontrarla mientras caminan kilómetros de aquí para allá. Este correo electrónico acabará en ella, aunque parezca una empresa fantasma. Esta persona siempre sabrá cómo localizarla.

Más de una vez le dice: «Me has salvado la vida». Y Tunde sabe a qué se refiere.

En un cruce entre campos, junto a una parada de un autobús

que pasa dos veces por semana, Roxy utiliza un teléfono de prepago para llamar a un número que sabe de memoria.

Cuando termina la llamada, le cuenta qué va a pasar: una mujer rubia con sombrero de una compañía aérea lo recogerá por la tarde y cruzará con ella la frontera en coche.

Tunde tendrá que ir en el maletero, lo siento pero es la manera más segura. Tardarán unas ocho horas.

—Mueve los pies o te dará un calambre. Duele y no podrás salir.

—¿Y tú?

Ella se echa a reír.

—No voy a meterme en un maletero, ¿no?

—¿Entonces qué?

—No te preocupes por mí.

Se van poco después de medianoche de un pueblo minúsculo cuyo nombre Roxy no puede pronunciar.

Roxy le da un beso ligero en la boca y dice:

—Estarás bien.

—¿Tú no te quedas?

Pero ya sabe cómo va esto, el proceso de su vida le ha enseñado la respuesta. Si ella cuidara especialmente a un hombre, la haría parecer blanda en su mundo. Y pondría a Tunde en peligro si alguien pensara que significa algo para Roxy. Así podía ser una carga cualquiera.

Tunde dice:

—Ve y recupéralo. Todo el que valga la pena te respetará más por haber sobrevivido tanto tiempo sin eso.

Mientras lo dice, sabe que no es verdad. Nadie valoraría mucho que Tunde haya sobrevivido tanto tiempo.

Roxy dice:

—Si no lo intento, ya no soy yo de todos modos.

Sigue andando y toma la carretera hacia el sur. Tunde se mete las manos en los bolsillos, agacha la cabeza y baja al pueblo dando un paseo, procurando parecer un hombre enviado a una misión a la que tiene todo el derecho.

Encuentra el lugar, como lo había descrito Roxy. Hay tres tiendas cerradas: sin luz en las ventanas de arriba. Tunde cree ver el movimiento de una cortina en una ventana, y piensa que son imaginaciones suyas. Nadie lo espera allí, ni lo persigue. ¿Cuándo se volvió tan nervioso? Sabe cuándo fue. No fue por los últimos sucesos. El terror arraigó en su pecho años antes, y cada mes y cada hora ha ido clavando sus garras un poco más en la carne.

Lo soporta en los momentos en los que la oscuridad imaginada coincide con la real. No sintió ese pavor cuando realmente estaba en una jaula, o en un árbol, o presenciando lo peor del mundo. El miedo lo asalta en las calles tranquilas, o cuando se despierta solo en una habitación de hotel antes del amanecer. Hace mucho tiempo que no se siente cómodo durante un paseo nocturno.

Consulta el reloj. Tiene diez minutos de espera en esa esquina vacía de la calle. Lleva un paquete en la bolsa: todas sus películas, todas las imágenes que ha grabado de viaje y sus libretas. Tiene ese sobre preparado desde el principio, repleto de sellos. Tenía algunos, pensaba que si las cosas se ponían feas podía enviar las imágenes a Nina. No va a enviarle nada. Si la vuelve a ver, se comerá su corazón en el mercado. Tiene un rotulador. Tiene el sobre, bien doblado. Y en la esquina opuesta de la calle hay un buzón.

¿Qué probabilidades hay de que el correo siga funcionando allí? En el campamento había oído que aún funcionaba en los pueblos más grandes y las ciudades. Las cosas se habían ido de madre en la frontera y la montaña, pero estaba a kilómetros de la frontera y la montaña. El buzón está abierto. Hay un horario de recogida apuntado para el día siguiente.

Tunde espera. Piensa. Tal vez no habrá ningún coche. Quizás habrá un coche y en vez de una mujer rubia con un sombrero aparecerán tres mujeres que lo meterán en el asiento trasero. A lo mejor acabará ahí, tirado en la carretera entre un pueblo y el siguiente, utilizado y destruido. Quizás habrá una mujer rubia con sombrero que cogerá el dinero que le han pagado por eso y le dirá que ha cruzado la frontera. Lo dejará salir del coche para ir corriendo en la dirección que ella le indique hacia la libertad, pero allí no habrá libertad, solo el bosque, la persecución y el final en la tierra, de un modo u otro.

De pronto le parece una idea rematadamente absurda haber confiado su vida entera a Roxanne Monke.

Se acerca un coche. Lo ve de lejos, los faros barren el sucio pavimento. Tiene tiempo de escribir un nombre en el paquete, y una dirección. No la de Nina, por supuesto. Ni la de Temi o sus padres, no puede permitir que ese sea el mensaje final para ellos si desaparece en la oscuridad de la noche. Se le ocurre una idea, una idea terrible. Es seguro. Si no sobrevive, hay un nombre y una dirección postal que puede escribir en ese paquete que garantiza que las imágenes darían la vuelta al mundo. Se convence de que la gente debe saber lo que ha ocurrido allí. Ser testigo es la primera responsabilidad.

Tiene tiempo. Lo garabatea rápido, sin pensarlo mucho. Corre hacia el buzón. Mete el paquete y cierra la tapa. Cuando el coche se detiene en el bordillo ya ha regresado a su sitio.

Una mujer rubia está al volante con una gorra de béisbol encajada hasta los ojos. Tiene un emblema: «JetLife».

Ella sonríe. Habla inglés con acento fuerte.

—Me envía Roxy. Llegaremos antes de que amanezca.

Abre la parte trasera del coche. Es un sedán, espacioso, aunque tendrá que doblar las rodillas contra el pecho. Ocho horas.

La mujer le ayuda a subir al maletero. Lo trata con cuidado, le da un jersey enrollado para que haga de tope entre la nuca y la carcasa metálica. El maletero está limpio, por lo menos. Cuando encuentra con la nariz las fibras rizadas de la alfombra interior, huele el aroma químico y floral del champú. La mujer le da una botella grande de agua.

—Cuando te la acabes, puedes hacer pis en la botella.

Tunde le sonríe. Quiere gustarle, sentir que es una persona y no una carga.

Dice:

—Como un autocar de viaje, ¿eh? Los asientos son más pequeños cada año.

Pero no sabe si ella ha entendido la broma.

Le da una palmada en el muslo cuando él se acomoda.

—Confía en mí —dice ella, y cierra el maletero de un golpe.

*D*esde aquí, en el camino de gravilla entre ningún lugar y la nada, al lado de una pantalla de árboles, Jocelyn ve un edificio bajo con ventanas solo en la planta superior. Solo ve una esquina. Se encarama a una roca y hace algunas fotografías. No es concluyente. Probablemente podría acercarse más, aunque es una estupidez. «Sé sensata, Jos. Informa sobre lo que has encontrado y vuelve mañana con una unidad. Sin duda hay algo, y alguien se ha tomado muchas molestias para ocultarló de la carretera. Pero: ¿y si no hay nada?» ¿Y si al final acaba toda la base riéndose de ella? Hace unas cuantas fotografías más.

Está concentrada.

No ve al hombre hasta que casi está a su lado.

—¿Qué coño quieres? —dice él en inglés.

Ella tiene el arma de servicio a un lado. Cambia de postura para que dé contra la cadera y se mueva hacia delante.

—Lo siento, señor —dice—. Me he perdido. Estoy buscando la carretera principal.

Mantiene la voz muy regular y calmada, exagera el acento americano un poco sin pretenderlo. Como una turista torpe. No es una buena táctica, lleva uniforme militar. Fingir inocencia la hace parecer más culpable.

Darrell nota la madeja bombeando en el pecho. Cuando tiene miedo se mueve y silba más.

—¿Qué coño haces en mis tierras? ¿Quién te ha enviado?

A su espalda, sabe que las mujeres de la fábrica observan el encuentro con ojos fríos y oscuros. Después de esto dejarán de dudar de él, no preguntarán qué cargo ocupa, lo sabrán cuando vean lo que puede hacer. No es un hombre vestido de mujer. Es como ellas, igual de fuerte, igual de capaz.

Jos intenta sonreír.

—No me ha enviado nadie, señor. No estoy de servicio. Solo estaba dando una vuelta. Seguiré mi camino.

Ve cómo Darrell desvía la mirada hacia el mapa que tiene en la mano. Si lo ve, sabrá que estaba buscando este lugar.

—De acuerdo —dice Darrell—. De acuerdo, deja que te acompañe a tu camino.

Darrell no quiere ayudarla, se está acercando demasiado, debería llamar. Dirige la mano hacia la radio.

Estira tres dedos de la mano derecha y, con un solo movimiento brusco, Darrell destroza la radio. Ella parpadea. Por un momento lo ve como lo que es: monstruoso.

Jos intenta agarrar el rifle, pero él lo tiene cogido por la culata, le da en la barbilla con ella, la chica se tambalea y se quita la correa por encima de la cabeza. Darrell se queda pensando en el rifle y luego lo lanza a la maleza. Se acerca a ella, con las palmas crepitando.

Jos podría salir corriendo. Oye la voz de su padre en la cabeza, diciendo: «Cuídate, cariño». También la voz de su madre, diciendo: «Eres una heroína, actúa como tal». Es un tipo y una fábrica en medio de la nada, ¿tan difícil será? Y están las chicas de la base. «Tú más que nadie deberías saber cómo lidiar con un chico con madeja, ¿no, Jocelyn? ¿No es tu especialidad, Jocelyn?» Tiene algo que demostrar. Y él también. Están listos para empezar.

Se ponen en guardia, se mueven en círculo, buscan una debilidad.

Darrell ha hecho pequeñas pruebas: hizo pequeñas quemaduras, heridas y daños a unos cuantos cirujanos que trabajaban con él, solo para ver si funcionaba. Y ha practicado solo. Pero nunca lo ha usado en una pelea, así no. Es emocionante.

Cree que nota cuánto le queda en el depósito. Es mucho. Más que mucho. Él la embiste y falla, deja escapar una descarga exaltada hacia la tierra por los pies, y sigue quedándole mucho. No le extraña que Roxy siempre pareciera tan pagada de sí misma. Llevaba esto dentro. Él también se habría sentido pagado de sí mismo. Así se siente.

La madeja de Jocelyn tiembla, es porque está nerviosa. Funciona mejor que nunca, todo va bien desde que Madre Eva la curó, y ahora sabe por qué ocurrió, por qué la Diosa hizo ese milagro con ella. Fue para esto. Para salvarla de ese mal hombre que intenta matarla.

Jos hace de tripas corazón y corre hacia él, hace un amago hacia la izquierda, finge atacar la rodilla y en el último momento, cuando él se agacha para defenderse, ella gira a la derecha, se incorpora, lo agarra de la oreja y le suelta una descarga en la sien. Es suave y fácil, emite un zumbido dulce. Él le da en el muslo y duele mucho, como si una cuchilla oxidada le recorriera el hueso; los grandes músculos siguen encogiéndose y relajándose y la pierna quiere plegarse. Ella se incorpora con la pierna derecha y arrastra la izquierda detrás. Darrell tiene mucha energía, Jos nota el crepitar en su piel. Las descargas que suelta él son musculares y duras como el acero, no como las de Ryan. No se parecen a las de nadie con quien haya luchado antes.

Jos recuerda el entrenamiento para pelear contra un oponente que simplemente es más fuerte, tiene más recursos. Va a tener que dejarle jugar con ella, ofrecerle las partes del cuerpo donde puede hacer menos daño. Tiene más reservas en el depósito que ella, pero si puede engañarlo y hacer que gaste parte contra el suelo, si logra ser más rápida y más ágil, lo tendrá hecho.

Jos retrocede, arrastrando la pierna un poco más de lo necesario. Tropieza un poco a propósito. Se toca la cadera. Ve que él la observa. Estira una mano a modo de advertencia. Deja que la pierna le falle. Cae al suelo. Él se abalanza sobre ella como un lobo sobre un cordero, pero es más rápida, rueda a un lado y él descarga su golpe mortal contra la gravilla. Darrell suelta un rugido, y ella le da una fuerte patada en la cabeza con la pierna buena.

Se incorpora para agarrarle la rodilla por detrás. Lo tiene previsto, como le enseñaron. Hacerle caer al suelo, ir a por las rodillas y los tobillos. Es suficiente. Un golpe sólido donde se unen los ligamentos y caerá.

Ella lo agarra de los pantalones y entra en contacto, con la palma firme contra la pantorrilla para soltar una descarga. Y no hay nada. Se ha ido. Como un motor que se queda en punto muerto. Como una piscina vacía. No está.

Debería estar.

Madre Eva se lo devolvió. Tiene que estar.

Lo vuelve a intentar, se concentra, piensa en la corriente de agua, como le enseñaron en las clases, piensa en cómo fluye de manera natural de sitio en sitio, si ella lo permite. Podría encontrarla si tuviera un momento.

Darrell le da un fuerte golpe con el talón en la mandíbula. Él también estaba esperando el golpe que no llegó, pero no es de perder oportunidades. Ella está ahora a gatas, sin aliento, y él le da una patada en el costado, dos, tres.

De pronto, Darrell huele a naranja amarga, y a un olor como de pelo quemado.

Empuja la cabeza de la chica hacia abajo con la mano y suelta una descarga en la base del cráneo. Es imposible luchar contra una descarga ahí, él lo sabe: se lo hicieron hace mucho tiempo una noche en un parque. La mente se confunde, el cuerpo queda débil, no se puede hacer nada. Él mantiene la carga constante. La soldado se desploma en el suelo, con la cara contra la gravilla. Darrell espera hasta que la chica deja de moverse. A él le cuesta respirar. Le quedan reservas suficientes para hacer lo mismo dos veces. Es una sensación agradable. La chica ya no está.

Darrell levanta la mirada, sonriente, como si los árboles fueran a aplaudir su victoria.

A lo lejos, oye que las mujeres entonan una canción, una melodía que les ha oído cantar antes pero que nadie le había explicado.

Ve los ojos oscuros de las mujeres que lo observan desde la fábrica. Entonces comprende algo. Un hecho sencillo que debería haber sido obvio desde el principio, si lo hubiera evitado. A las mujeres no les gusta ver lo que ha hecho, ver que puede hacerlo. Esas zorras solo lo miran fijamente: con la boca cerrada como la tierra, la mirada vacía como el mar. Bajan la escalera dentro de la fábrica de forma ordenada y marchan hacia él al unísono. Darrell deja escapar un sonido, un grito ahogado, y sale corriendo. Y las mujeres lo persiguen.

Se dirige a la carretera, que está a unos kilómetros. En la carretera parará a un coche, y huirá de esas zorras locas. Incluso en este país de mala muerte, alguien le ayudará. Corre sin orden ni concierto por una llanura abierta entre dos grandes arboledas, los pies saltan por el suelo como si pudiera convertirse en ave, en río, en árbol. Está en campo abierto y sabe que lo ven, y que no hacen ruido, y se permite pensar que a lo mejor han dado la vuelta, a lo mejor se han ido. Mira hacia atrás. Hay cientos de mujeres y el sonido de sus murmullos es como el rumor del mar, van acortando distancias, entonces se tuerce el tobillo y se cae.

Las conoce a todas por su nombre. Está Irina y la inteligente Magda, Verónica y Yevguenia rubia y Yevguenia morena; está la cautelosa Nastia y la alegre Marinela, y la joven Jestina. Están todas, las mujeres con las que lleva todos estos meses y años trabajando, las mujeres a las que ha dado empleo y ha tratado bien, teniendo en cuenta las circunstancias, y tienen una mirada en el rostro que no sabe interpretar.

—Vamos —les dice—. Os he quitado de encima a esa soldado.

Vamos, Yevguenia, ¿me has visto? ¡La he derribado de un golpe! ¿Lo habéis visto todas?

Intenta empujarse con el pie bueno, como si pudiera huir sobre el trasero y la cadera a cobijarse en los árboles o la montaña.

Sabe que ellas saben lo que ha hecho.

Se llaman entre ellas. No oye con exactitud lo que dicen. Suena como una serie de vocales, un grito gutural: eoi, yeoiu, euoi.

—Señoritas —dice mientras se acercan corriendo—, no sé qué creéis haber visto, pero solo le di un golpe en la nuca. Preciso y directo. Solo un golpe.

Sabe que está hablando, pero no ve señal en sus rostros de que le entiendan.

—Lo siento —dice Darrell—. Lo siento, no quería hacerlo.

Tararean la canción antigua en voz baja.

—Por favor, por favor, no lo hagáis.

Y se abalanzan sobre él. Sus manos encuentran carne desnuda, lo agarran y le dan estirones en el estómago y la espalda, los costados, los muslos y las axilas. Intenta soltar una descarga, alcanzarlas con las manos o los dientes. Ellas dejan que descargue contra sus cuerpos, pero siguen avanzando. Magda y Marinela, Verónica e Irina, lo agarran de las extremidades y encienden la energía por la superficie de su piel, lo marcan, le causan cicatrices, entran en la carne, ablandan las articulaciones y las retuercen.

Nastia le pone las puntas de los dedos en la garganta y lo hace hablar. No son sus palabras. Mueve la boca, la voz murmura, pero no es él quien habla.

Su garganta mentirosa dice:

—Gracias.

Irina planta un pie en la axila y tira del brazo derecho, suelta una descarga y lo quema. La carne de la articulación cruje y se retuerce. Sufre una luxación. Magda tira con ella, y le arrancan el brazo. Las demás se ocupan de las piernas, y el cuello, y el otro brazo, y el punto de la clavícula donde estaba su ambición. Como el viento arranca las hojas de un árbol, tan inexorable y violento. Le arrancan la madeja, que salta y serpentea, del pecho vivo, justo antes de arrancarle la cabeza, y por fin se queda quieto, con los dedos oscuros por la sangre.

*C*uando llama a Tunde, tiene que ser el principio. Roxy Monke ha vuelto.

—Mi hermano —dice al teléfono—. Mi puto hermano me traicionó e intentó asesinarme.

La voz al teléfono está exaltada.

—Sabía que mentía. Ese enano de mierda. Sabía que mentía. Las mujeres de la fábrica me contaron que les dijo que recibía órdenes tuyas, y sabía que era mentira.

—He estado recuperando fuerzas —dice Roxy—, y haciendo planes y ahora voy a recuperar lo que me quitó.

Así que tiene que cumplirlo.

Reúne a un pequeño grupo. Nadie contesta al teléfono en la fábrica, así que algo ha pasado. Supone que tendrá a gente con él, aunque la crea muerta. Tendría que ser idiota para pensar que nadie intentaría quitarle la fábrica.

Roxy esperaba tener que montar un asalto, pero las puertas de la fábrica están abiertas.

Las trabajadoras están sentadas en el césped. La reciben con gritos de júbilo, y el eco llega al otro lado del lago y rebota hasta pasar entre ellas.

¿Cómo llegó a pensar que no sería bienvenida, lisiada? ¿Cómo pudo pensar que no podía permitirse volver?

Su regreso a casa es un festival. Dicen: «Sabíamos que ibas a volver, lo vimos. Sabíamos que eras tú a la que estábamos esperando desde el principio».

Se amontonan alrededor de ella, le tocan la mano, le preguntan dónde se había metido y si ha encontrado un nuevo emplaza-

miento para la fábrica, pues la guerra está ya muy cerca y las soldados están decididas a encontrarla.

—¿Soldados?

—De Naciones Unidas. Hemos tenido que librarnos de ellas
más de una vez.

—¿Sí? Lo hicisteis sin Darrell, ¿verdad?

Las mujeres intercambian miradas, torvas y misteriosas. Irina
abraza a Roxy por los hombros. Roxy cree oler algo en ella, como
a sudor pero más agrio, con un toque podrido como la menstrua-
ción. Aquí robaban droga, Roxy lo sabe y nunca lo paró. Han tomado producto no aprobado. Se adentran en el bosque y lo hacen
el fin de semana; hace que el sudor les huela a moho. Tienen pintura azul bajo las uñas.

Irina le da un fuerte apretón en el hombro a Roxy. Esta piensa
que la va a levantar. Magda la coge de la mano. Caminan con ella
hacia la cámara frigorífica donde guardan los productos químicos
volátiles. Abren la puerta. Dentro, sobre la mesa fría, hay una co-
lección de pedazos de carne, crudos y ensangrentados. Por un instante no es capaz de imaginar por qué se lo están enseñando. Entonces lo entiende.

—¿Qué habéis hecho? —dice—. ¿Qué coño habéis hecho?

*R*oxy lo encuentra entre la sangre y las mucosidades. Su propia esencia, su corazón latiente, la parte de ella que hacía funcionar el resto. Un pedazo fino y en descomposición de cartílago. El músculo estriado, de color morado y rojo.

Un día, tres días después de que Darrell se lo quitara, se dio cuenta de que no iba a morir. Los espasmos en el pecho habían cesado. Ya no tenía esos destellos rojos y amarillos en los ojos. Se puso unos vendajes, caminó hasta una cabaña que conocía en el bosque y ahí esperó la muerte, pero el tercer día supo que la muerte no se la iba a llevar.

Entonces pensó: «Es porque mi corazón sigue vivo. Fuera de mi cuerpo, en el de Darrell, pero vivo». Pensó: «Si estuviera muerto lo sabría».

Pero no lo supo.

Se coloca la palma en la clavícula.

Espera sentir algo.

$\mathcal{M}$adre Eva va a ver a Roxanne Monke en el transporte militar de medianoche en la estación de tren de Basarabeasca, una ciudad un poco al sur. Podría haber esperado a Roxy en el palacio, pero quería verle la cara. Roxy Monke está más delgada, parece dolorida y desgastada. Madre Eva le da un fuerte abrazo, y por un momento olvida sondearla o preguntar con su sentido especial. Ahí está el olor de su amiga, el mismo, hojas de pino y almendras dulces. Esa sensación.

Roxy se separa, incómoda. Algo va mal. Se mantiene casi en silencio cuando recorren las calles vacías hasta el palacio.

—¿Entonces ahora eres la presidenta?

Allie sonríe.

—No podía esperar. —Le da un golpecito en el dorso de la mano, y Roxy la retira.

—Ahora que has vuelto, deberíamos hablar del futuro.

Roxy esboza una sonrisa tensa, fina.

En las dependencias de Madre Eva en el palacio, cuando se cierra la última puerta y se ha ido la última persona, Allie mira a su amiga, pensativa.

—Pensaba que estabas muerta —dice.

—Casi —dice Roxy.

—Pero regresaste a la vida. La que la voz me decía que iba a llegar. Eres una señal —dice Allie—. Eres mi señal, como siempre. El favor de la Diosa está conmigo.

—No lo sabía.

Se desabrocha los tres botones superiores de la camiseta para enseñarle lo importante.

Y Allie lo ve.

Y entiende que esa señal que esperaba le indicara una dirección, le marca otra totalmente opuesta.

$\mathcal{H}$abía un símbolo que la Diosa colocó en el cielo la última vez que destrozó el mundo. Se lamió el pulgar y dibujó un arco en los Cielos que desplegó la multitud de color y selló la promesa de que jamás volvería a inundar la faz de la Tierra.

Allie contempla el arco sinuoso y al revés de la cicatriz curva en el pecho de Roxy. La recorre con suavidad con la punta de los dedos y, aunque Roxy aparta la mirada, deja que su amiga le toque la herida. El arcoíris invertido.

—Eras la más fuerte que había visto jamás, y hasta a ti han conseguido reducirte.

Roxy dice:

—Quería que supieras la verdad.

—Tenías razón —dice Allie—. Sé qué significa esto.

Nunca más: la promesa escrita en las nubes. No se puede permitir que vuelva a pasar.

—Escucha —dice Roxy—, deberíamos hablar del norte. La guerra. Ahora eres una mujer poderosa. —Esboza una media sonrisa—. Siempre estabas de camino a alguna parte. Pero ahí arriba pasan cosas horribles. He estado pensando. A lo mejor juntas podemos encontrar la manera de pararlo.

—Solo hay una manera de pararlo —dice Madre Eva, calmada.

—Solo creo, no lo sé, que podríamos hacerlo de alguna manera. Yo podría salir en la tele. Hablar de lo que he visto, de lo que me ha pasado.

—Sí. Enseñarles la cicatriz. Contar lo que te hizo tu hermano. Entonces no habría manera de parar la furia. La guerra empezaría en serio.

EL PODER

—No, no me refiero a eso. No, Eva. No lo entiendes. Va a ser una absoluta mierda ahí arriba. Me refiero a que hay unas malditas locas estrambóticas y religiosas que van por ahí matando niños.

Eva dice:

—Solo hay una manera de arreglarlo. La guerra tiene que empezar ahora. La guerra de verdad. La guerra contra todos.

«Gog y Magog», susurra la voz. Está bien.

Roxy se reclina un poco en la silla. Le ha contado a Madre Eva toda la historia, hasta el último detalle de lo que vio, lo que le hicieron y lo que la obligaron a hacer.

—Tenemos que parar la guerra —dice—. Aún sé cómo completar las cosas que debo hacer, ya lo sabes. He estado pensando. Ponme a cargo del ejército del norte. Mantendré el orden, patrullaremos la frontera (fronteras de verdad como en un país de verdad) y, ya sabes, hablaremos con tus amigos americanos. No quieres que se desate el puto Armagedón. A saber qué armas tiene Awadi-Atif.

Madre Eva dice:

—Quieres imponer la paz.

—Sí.

—¿Tú quieres la paz? ¿Tú quieres hacerte cargo del ejército del norte?

Bueno, sí.

Madre Eva empieza a sacudir la cabeza como si lo hiciera una mano externa. Hace un gesto hacia el pecho de Roxy.

—¿Por qué te iban a tomar en serio ahora?

Roxy siente una sacudida en todo el cuerpo.

Parpadea y dice:

—Tú quieres iniciar el Armagedón.

Madre Eva dice:

—Es la única manera. Es la única manera de ganar.

Roxy dice:

—Ya sabes lo que va a pasar. Los bombardearemos y ellos a nosotros, y se extenderá cada vez más, y América intervendrá, y Rusia, y Oriente Medio y… las mujeres sufrirán igual que los hombres, Evie. Las mujeres morirán igual que los hombres si nos bombardeamos como si estuviéramos en la Edad de Piedra.

—Y luego estaremos en la Edad de Piedra.

—Eh… sí.

—Y luego habrá cinco mil años de reconstrucción, cinco mil años durante los cuales lo único que importará será: ¿puedes herir más, hacer más daño, infundir miedo?

—¿Sí?

319

—Y luego las mujeres ganarán.

Se impone el silencio en la sala y los huesos de Roxy, por toda la columna, una quietud fría, líquida.

—Joder —dice Roxy—. Mucha gente me dijo que estabas loca, y nunca creí a nadie.

Madre Eva la observa con gran serenidad.

—Yo siempre decía: «No, si la conocierais sabríais que es lista, que ha pasado por muchas cosas, pero no está loca». —Roxy suspira y se mira las manos, las palmas y los dorsos—. Busqué información sobre ti hace siglos. Tenía que saber.

Madre Eva la mira como si estuviera muy lejos.

—No cuesta tanto encontrar quién eras. Solo se trata de unos bits en internet. Alison Montgomery-Taylor. —Roxy se toma su tiempo para pronunciar estas palabras.

—Lo sé —dice Madre Eva—. Sé que fuiste tú quien lo hizo desaparecer todo. Y te estoy agradecida. Si eso es lo que preguntas, aún te estoy agradecida.

Pero Roxy frunce el entrecejo, en ese gesto que hace saber a Allie que ha cometido un error en algún momento, alguna leve desviación en su entendimiento.

—Lo entiendo, ¿sabes? Si lo mataste, probablemente lo merecía. Pero deberías buscar qué está haciendo su esposa ahora. Ahora se llama Williams. Se volvió a casar con un tal Lyle Williams, en Jacksonville. Sigue allí. Deberías buscarla.

Roxy se levanta.

—No lo hagas —dice—. Por favor, no lo hagas.

Madre Eva dice:

—Siempre te querré.

Roxy dice:

—Sí, ya lo sé.

Madre Eva dice:

—Es la única manera. Si no lo hago yo, lo harán ellos.

Roxy dice:

—Si realmente quieres que ganen las mujeres, busca a Lyle Williams en Jacksonville. Y a su esposa.

*A*llie se enciende un cigarrillo en el silencio de una celda de piedra del convento con vistas al lago. Lo enciende a la antigua, con la chispa de la punta de los dedos. El papel cruje y se oscurece con la luz brillante. Lo aspira hasta el límite de los pulmones: está llena de su antiguo yo. Hace años que no fuma. La cabeza le da vueltas.

No cuesta encontrar a la señora Montgomery-Taylor. Una, dos, tres palabras escritas en el buscador y ahí está. Dirige un orfanato, bajo el amparo y con la bendición de la Nueva Iglesia. Fue una de las primeras en unirse a ella en Jacksonville. En una fotografía en la página web de su orfanato, su marido está detrás de ella. Se parece mucho al señor Montgomery-Taylor. Una pizca más alto, tal vez. El bigote es un poco más poblado, un poco más relleno en las mejillas. Tiene un color distinto, la boca diferente, pero es el mismo tipo de hombre en general: un hombre débil, el tipo de hombre que antes de todo esto habría hecho lo que le mandaran. O quizás le recuerda al señor Montgomery-Taylor. Se parecen tanto que Allie de pronto se frota la mandíbula en el lugar donde le pegó el señor Montgomery-Taylor, como si le hubieran dado el golpe unos instantes antes. Lyle Williams y su esposa, Eva Williams. Juntos cuidan de niños. Es la iglesia de Allie la que lo ha hecho posible. La señora Montgomery-Taylor siempre supo cómo sacar el mejor provecho de un sistema. La página web del orfanato que dirige habla de «disciplina con amor» y «respeto tierno», que escucha.

Podría haberla buscado en cualquier momento. No sabe por qué no ha encendido esa vieja luz antes.

La voz dice cosas. Dice: «No lo hagas». Dice: «Vete». Dice: «Apártate del árbol, Eva, con las manos en alto».

Allie no escucha.

Allie agarra el auricular del teléfono del escritorio que hay en la celda del convento con vistas al lago. Marca el número. Lejos, en un pasillo con una mesita cubierta con un tapete de ganchillo, suena un teléfono.

—¿Sí? —dice la señora Montgomery-Taylor.

—Hola —dice Allie.

—Oh, Alison —dice la señora Montgomery-Taylor—. Esperaba que llamases.

Como las primeras gotas de lluvia. Como si el planeta dijera: estoy preparado. Ven a cogerme.

Allie dice:

—¿Qué has hecho?

La señora Montgomery-Taylor contesta:

—Solo lo que el Espíritu me ha ordenado que haga.

Sabe a qué se refiere Allie. En algún escondrijo de su corazón, por mucho que haya que buscar, lo sabe. Siempre lo ha sabido.

En ese momento Allie ve que «todo desaparecerá» es una ilusión, siempre fue un sueño delicioso. Ni el pasado, ni las líneas de dolor grabadas en el cuerpo humano, nada desaparecerá jamás. Mientras Allie hacía su vida, la señora Montgomery-Taylor también ha continuado, cada vez más monstruosa a medida que el reloj marcaba las horas.

La señora Montgomery-Taylor mantiene una línea clara de conversación. La honra recibir una llamada de la Madre Eva, aunque siempre supo que un día ocurriría; entendía por qué Allie había escogido ese nombre, que era la auténtica madre de Allie, su madre espiritual, ¿y no decía siempre Madre Eva que la madre era más grande que el hijo? Entendía a qué se refería, que la madre sabe qué es lo mejor. Se siente muy feliz, encantada, de que Allie haya entendido que todo lo que ella y Clyde hicieron fue por su bien. Allie siente náuseas.

—Eras una chica joven, salvaje —dice la señora Montgomery-Taylor—. Nos sacaste de quicio. Vi que el diablo estaba en tu interior.

Allie lo recuerda, igual que no lo ha sacado a la luz durante todos estos años. Lo saca de lo más profundo de la mente. Le saca el polvo al montón de trapos y huesos. Los remueve con la punta del dedo. Llegó a casa de los Montgomery-Taylor como una niña inquieta, de ojos grandes, como un pajarillo y salvaje. Lo veía todo con los ojos, ponía las manos en todo. Fue la señora Montgomery-Taylor la que la llevó, quien la quiso, y quien le pegaba cuando metía la mano en el bote de pasas. Era la señora Montgomery-Taylor la que la agarraba del brazo y la ponía de rodillas y le ordenaba que rezara al Señor que perdonaría sus pecados. Una y otra vez, de rodillas.

—Teníamos que sacarte el diablo de dentro, ahora lo ves, ¿verdad? —dice la señora Montgomery-Taylor, ahora señora Williams.

Y Allie lo ve. Tan claro como si lo viera a través de los cristales de su propio salón. La señora Montgomery-Taylor intentó sacarle el diablo a base de rezos y luego a golpes, y luego se le ocurrió una idea nueva.

—Todo lo que hicimos fue por amor por ti. Necesitabas que te enseñaran disciplina.

Recuerda las noches en que la señora Montgomery-Taylor ponía la polka a todo volumen en la radio. Y luego el señor Montgomery-Taylor subía la escalera y le ofrecía sus enseñanzas. Recuerda, de repente y con gran nitidez, en qué orden se producían esos pasos. Primero la música de polka. Luego el ascenso de la escalera.

Debajo de cada historia hay otra historia. Hay una mano dentro de la mano, ¿acaso no lo había aprendido ya Allie? Hay un golpe detrás del golpe.

El tono de la señora Montgomery-Taylor es malicioso y confidencial.

—Fui la primera en adherirme a tu Nueva Iglesia en Jacksonville, Madre. Cuando te vi en televisión supe que la Diosa te había enviado a mí como una señal. Supe que Ella estaba trabajando a través de mí cuando te acogimos, y que sabía que todo lo que había hecho había sido en su honor. Yo hice desaparecer el expediente policial. He estado cuidando de ti todos estos años, cariño.

Allie piensa en todo lo que se hizo en casa de la señora Montgomery-Taylor.

No puede separar los hilos, nunca ha separado las experiencias en momentos individuales para examinar cada uno en concreto con atención. El recuerdo es como un destello repentino de luz sobre una matanza. Partes del cuerpo, maquinaria, caos y el ruido que se crea al pasar de un chillido aflautado a un grito a pleno pulmón y luego cesa para imponer un casi silencio de zumbido bajo.

—Entiendes que la Diosa estaba trabajando con nosotros. Todo lo que hicimos Clyde y yo fue para que llegaras hasta aquí.

Cada vez que el señor Montgomery-Taylor se colocaba encima de ella, en realidad sentía el roce de su esposa.

Ella tenía el poder en la mano. Ordenaba que pegara.

Allie dice:

—Le dijiste que me hiciera daño.

Y la señora Montgomery-Taylor, ahora señora Williams, dice:

—No sabíamos qué hacer contigo, ángel. No escuchabas nada de lo que decíamos.

—¿Y ahora haces lo mismo con los demás niños? ¿Con los niños a tu cargo?

Pero la señora Montgomery-Taylor, ahora señora Williams, siempre ha sido lista, incluso en su locura.

—Todos los niños necesitan diferentes tipos de amor. Hacemos lo necesario para cuidar de ellos.

Los niños nacen muy pequeños. No importa si son niños o niñas, todos nacen débiles e indefensos.

Allie se desmorona con bastante suavidad. Ha agotado la violencia que alberga en su interior cien veces. Cuando ocurre, está tranquila, flota por encima de la tormenta. Observando el mar enfurecido abajo.

Une los fragmentos, los clasifica una y otra vez. ¿Cuánto tardaría en recomponerlo? Investigaciones, ruedas de prensa y confesiones. Si existe la señora Montgomery-Taylor es que hay otras. Probablemente más de las que pueda contar. Su propia reputación saldría perjudicada. Saldría todo a la luz: su pasado, su historia, las mentiras y medias verdades. Podría trasladar a la señora Montgomery-Taylor con discreción a otro sitio; incluso podría encontrar la manera de matarla, pero denunciarla sería denunciarlo todo. Si desentierra esto, se desentierra a sí misma. Sus propias raíces ya están podridas.

Y con esto se queda sin terminar. Su mente desconecta de sí misma. Durante un rato no está. La voz intenta hablar, pero el aullido del viento dentro del cráneo es demasiado fuerte, y las otras voces ahora son demasiadas. En su mente, durante un tiempo, se desata la guerra del todo contra todo. No se puede sostener.

Al cabo de un rato, le dice a la voz: «¿Esto es ser como tú?».

Y la voz le dice: «Que te den, te dije que no lo hicieras. Nunca deberías haberte hecho amiga de esa Monke, te lo dije y no me hiciste caso: solo era una soldado. ¿Para qué necesitabas una amiga? Me tenías a mí, siempre me has tenido».

Allie dice: «Nunca he tenido nada».

La voz dice: «Bueno, ¿y ahora qué, tú que eres tan lista?».

Allie dice: «Siempre he querido preguntártelo: ¿quién eres? Llevo un tiempo pensándolo. ¿Eres la serpiente?».

La voz dice: «Vaya, ¿crees que porque hablo mal y te digo que hagas droga tengo que ser el diablo?».

«Me ha pasado por la cabeza. Y aquí estamos. ¿Cómo se supone que debo distinguir el bien del mal?»

La voz respira hondo. Allie nunca le ha oído hacer esto.

«Mira —dice la voz—, hemos llegado a un momento delicado. En eso tienes razón. Hay cosas que no deberías haber visto nunca, y ahora las has buscado y las has visto. El sentido de mi presencia era que las cosas te resultaran sencillas, ¿entiendes? Es lo que querías. Lo sencillo parece seguro. La certeza parece segura.

»No sé si eres consciente, pero ahora mismo estás tumbada en el suelo de tu oficina con el teléfono en la oreja derecha, escuchando los pitidos, sin parar de temblar. En algún momento alguien va a entrar y te encontrará así. Eres una mujer poderosa. Si no vuelves pronto, pasarán atrocidades.

»Así que te voy a dar la hoja de ayuda ahora mismo. A lo mejor la entiendes y a lo mejor no. Tu pregunta es el error. ¿Quién es la serpiente y quién la Santa Madre? ¿Quién es malo y quién es bueno? ¿Quién convenció a quién para que comiera la manzana? ¿Quién tiene el poder y quién no? Todas esas preguntas son incorrectas.

»Es más complicado, cariño. Por muy complicado que creas que es, todo es siempre más complicado. No hay atajos. Ni para el entendimiento ni para el conocimiento. No se puede poner a cualquiera en una caja. Escucha, ni siquiera una piedra es igual a otra, así que no sé a dónde creéis que vais a parar etiquetando a los seres humanos con palabras simples y pensando que lo sabéis todo. Pero la mayoría de la gente no puede vivir así, ni siquiera parte del tiempo. Dicen que solo la gente excepcional puede cruzar la frontera. Lo cierto es que cualquiera puede cruzarla, todo el mundo lo lleva en su interior. Pero solo la gente excepcional puede soportar mirarlo directamente.

»Mira, ni siquiera soy real. O no de la manera que tú crees que significa "real". Estoy aquí para decirte lo que quieres oír. Pero te voy a decir lo que queréis.

»Hace mucho tiempo, otro profeta vino a decirme que algunas personas con las que había entablado amistad querían un rey. Les dije qué tipo de rey. Convertiría a sus hijos en soldados y a sus hijas en cocineras, o sea, las hijas tenían suerte, ¿no? Gravarían el grano, el vino y las vacas. No eran gente con iPads, ya sabes; el grano, el vino y las vacas eran lo único que tenían. Dije: mira, un rey básicamente os convertiría en esclavos, y no vengáis a llorarme cuando ocurra. Es lo que hacen los reyes.

»¿Qué quieres que te diga? Bienvenida a la raza humana. A tu gente le gusta fingir que las cosas son sencillas, incluso a tu costa. Seguían queriendo un rey.»

Allie dice: «¿Intentas decirme que no hay literalmente opción aquí?».

La voz dice: «Nunca has tenido opción, niña. La idea de que hay dos cosas y tienes que escoger es el problema».

Allie dice: «¿Entonces qué hago?».

La voz dice: «Oye, me voy a poner a tu altura: mi optimismo respecto de la raza humana ya no es el que era. Siento que las cosas ya no puedan ser sencillas para ti».

Allie dice: «Está oscureciendo».

La voz dice: «Claro».

Allie dice: «Bueno, entiendo lo que dices. Ha estado bien trabajar contigo».

La voz dice: «Igualmente. Nos vemos en el otro lado».

Madre Eva abre los ojos. Las voces de la cabeza han desaparecido. Sabe qué hacer.

El Hijo agonizando, figura de culto menor. De aproximadamente la misma antigüedad que los retratos de la Santa Madre de la página 47.

*E*n el escritorio de la asistente de Margot suena un teléfono.

Está en una reunión. La asistente le dice a la voz al otro lado de la línea que no puede pasarle con la senadora Cleary en ese momento, pero le puede dejar un mensaje.

La senadora Cleary está en una reunión con NorthStar Industries y el departamento de Defensa. Quieren que les aconseje. Ahora es una persona importante. El presidente la escucha. No se puede molestar a la senadora Cleary.

La voz al otro lado dice unas palabras más.

Sientan a Margot en el sofá de color crema de su propio despacho para decírselo.

—Senadora Cleary, tenemos malas noticias.

—Nos han llamado de la ONU: la han encontrado en el bosque. Sigue viva. Apenas. Las heridas son… graves. No sabemos si saldrá de esta.

—Creemos saber qué ocurrió, el hombre ya está muerto.

—Lo sentimos mucho, senadora. Mucho.

Margot se desmorona.

Su propia hija. La que puso las puntas de los dedos en el centro de la palma de la mano de Margot y le dio la luz. La que agarró con la manita temblorosa el pulgar de Margot con tanta fuerza que Margot supo por primera vez que ella era la fuerte. Ahora y para siempre interpondría su cuerpo entre esa pequeña y el daño. Era su obligación.

Jocelyn tenía tres años. Estaban explorando el huerto de naranjos de la granja de sus padres juntas, madre e hija, con la lenta intensidad con la que una niña de tres años examina cada hoja, cada piedra, cada astilla. Era finales de otoño, la fruta caída de los árboles empezaba a pudrirse. Jos se agachó, le dio la vuelta a una de las frutas que se volvía marrón, y salió volando una nube de avispas. A Margot siempre le habían dado pavor las avispas, desde pequeña. Agarró a Jos y la estrechó entre sus brazos, muy cerca de su cuerpo, y salió corriendo hacia la casa. Jos estaba bien, no tenía ni un rasguño. Y Margot, cuando ya estaban cómodamente sentadas en el sofá de nuevo, vio que a ella le habían picado siete veces, por todo el brazo derecho. Ni siquiera lo notó. Era su obligación.

Se sorprende contándoles esta historia. Atropelladamente, como en un gemido. No puede parar de contar la historia, como si explicarla la hiciera retroceder un poco en el camino y poner su cuerpo entre Jos y el daño que le había tocado.

Margot dice:

—¿Cómo podemos parar esto?

Le dicen a la senadora que ya ha pasado.

Margot dice:

—Bueno, ¿cómo podemos evitar que vuelva a pasar?

Margot oye una voz en la cabeza. Dice: «No puede llegar hasta ahí desde aquí».

En ese instante lo ve todo, la forma del árbol de la energía. De la raíz a la copa, ramificándose una y otra vez. Por supuesto, el viejo árbol sigue en pie. Solo hay una manera, y es hacerlo todo añicos.

*E*n un buzón del Idaho rural hay un paquete que lleva sin reclamar treinta y seis horas. Es un sobre amarillo acolchado, aproximadamente del tamaño de tres libros de bolsillo, aunque suena un poco cuando se agita. Al hombre que lo ha ido a buscar a la oficina de correos le parece sospechoso. Pero no hay nada sólido que indique que sea una bomba casera. Lo abre por el lateral con una navaja, para asegurarse. En la palma de la mano se balancean ocho rollos de película fotográfica sin revelar, uno por uno. Lo observa mejor. Hay libretas y dispositivos USB.

Parpadea. No es un hombre listo, pero sí astuto. Duda un momento, piensa que el paquete puede ser otra basura enviada al grupo por hombres que están más locos que desafectos. Ya han perdido el tiempo otras veces en porquería insignificante que los hombres decían que representaba la Estrella de la Nueva Orden. Ha sido amonestado personalmente por UrbanDox por llevar paquetes que puedan contener dispositivos de seguimiento dentro de magdalenas caseras, o regalos inexplicables de calzoncillos y lubricante. Saca unas cuantas notas aleatoriamente y lo lee por encima.

«Por primera vez en el viaje, hoy he tenido miedo.»

Se sienta en la camioneta mientras lo piensa. Otros los ha tirado sin dudar, otros sabe que debe llevarlos.

Al final, le pasa por la cabeza que los rollos de fotografía o los dispositivos USB podrían contener desnudos. Podría ver qué hay.

El hombre de la camioneta mete los rollos de película en el sobre y luego las notas. A ver qué hay.

$\mathcal{M}$adre Eva dice:

—Cuando una multitud habla con una sola voz, eso es fuerza y poder.

La gente murmura a modo de aprobación.

—Ahora hablamos con una sola voz. Somos una sola mente. ¡Invitamos a América a unirse a nosotros en la lucha contra el Norte!

Madre Eva levanta las manos para imponer silencio, enseñando los ojos en el centro de las palmas.

—¿La mayor nación del planeta, la tierra donde nací y me crie, se limitará a mirar mientras matan a mujeres inocentes y se destruye la libertad? ¿Observarán en silencio mientras nos quemamos? Si nos abandonan a nosotras, ¿a quién no abandonarán? Invito a mujeres de todo el mundo a que sean testigos de lo que ocurre aquí. Que lo presencien y aprendan lo que pueden esperar que os pase. Si hay mujeres en vuestro gobierno, pedidles que rindan cuentas, decidles que actúen.

Los muros del convento son gruesos, y las mujeres del convento listas, y cuando Madre Eva las avisa de que se acerca el apocalipsis y solo los justos serán salvados, puede llamar al mundo a un nuevo orden.

Se acerca el final de la carne, porque la Tierra está llena de violencia. Por tanto, construid un arca.

Será sencillo. Es lo que quieren.

$\mathcal{H}$ay días que se suceden uno detrás de otro. Mientras Jocelyn se cura, y va quedando claro que nunca se recuperará del todo, algo se endurece en el corazón de Margot.

Aparece en televisión para hablar de las heridas de Jos. Dice:

—El terrorismo puede actuar en cualquier sitio, aquí o en el extranjero. Lo más importante es que nuestros enemigos, tanto globales como nacionales, deben saber que somos fuertes y contraatacaremos.

Mira a la cámara y dice:

—Seáis quien seáis, contraatacaremos.

No puede permitirse mostrar debilidad, no en un momento así.

Poco después llega la llamada telefónica. Dicen que hay una amenaza creíble de un grupo extremista. Han conseguido de alguna manera fotografías de dentro de la República de las Mujeres. Las han hecho correr por internet, diciendo que las hizo un chico que todos sabemos que lleva semanas muerto. Las fotografías son horribles. Probablemente están retocadas con Photoshop, no pueden ser reales. Ni siquiera exigen nada, solo hay rabia, miedo y amenazas de ataque si no se hace algo —Dios, no sé, Margot, supongo—. El Norte ya está amenazando a Bessapara con misiles.

Margot dice:

—Deberíamos hacer algo.

El presidente dice:

—No lo sé. Me siento como si intentara estirar una rama de olivo.

Y Margot dice:

—Créeme, en un momento como este necesitas parecer más fuerte que nunca. Un dirigente fuerte. Si el país ha estado ayudando y radicalizando a los terroristas nacionales, tenemos que enviarles un mensaje. El mundo debe saber que Estados Unidos está dispuesto a pasar al siguiente nivel. Si nos atacas con una descarga, nosotros te enviaremos dos.

El presidente dice:

—No sabes cómo te respeto, Margot, por cómo eres capaz de seguir adelante, incluso con lo que ha pasado.

Margot dice:

—Mi país es lo primero. Necesitamos un líder fuerte.

En su contrato hay un bono si los despliegues de NorthStar en el mundo llegan a cincuenta mil mujeres este año. Con ese bono podría comprarse una isla privada.

El presidente dice:

—Ya sabes que hay rumores de que tienen armas químicas exsoviéticas.

Y Margot piensa para sus adentros: «Quemadlo todo».

$\mathcal{H}$ay una idea que se impone durante esa época: que cinco mil años no es mucho tiempo. Ha empezado algo que debe encontrar su fin. Cuando una persona gira por donde no debe, ¿no debe retroceder sobre sus pasos, no es lo más sensato? A fin de cuentas, ya lo hemos hecho antes. Podemos volver a hacerlo. Esta vez distinto, mejor. Desmantelar la antigua casa y volver a empezar.

Cuando los historiadores comentan este momento, hablan de «tensiones», de «inestabilidad global». Plantean el «resurgimiento de viejas estructuras» y la «poca flexibilidad de los patrones de creencia existentes». La energía tiene sus maneras. Actúa en la gente, y la gente actúa en ella.

¿Cuándo existe la energía? Solo en el momento en que se ejerce. Para la mujer que tiene un ovillo, todo parece una pelea.

UrbanDox dice: Hacedlo.

Margot dice: Hacedlo.

Awadi-Atif dice: Hacedlo.

Madre Eva dice: Hacedlo.

¿Se puede hacer que vuelva un relámpago? ¿O vuelve a la mano?

$\mathcal{R}$oxy está sentada con su padre en el balcón, contemplando el océano. Es agradable pensar que, pase lo que pase, el mar siempre estará ahí.

—Bueno, papá, has jodido a ese, ¿no?

Bernie se mira las manos, las palmas y los dorsos. Roxy recuerda cuando esas manos eran lo más aterrador del mundo para ella.

—Sí, supongo —admite él.

Roxy dice, con una sonrisa reflejada en el tono:

—Has aprendido la lección, ¿verdad? ¿Lo harás de manera distinta la próxima vez?

Los dos se echan a reír, Bernie con la cabeza hacia atrás mirando al cielo, enseñando los dientes manchados de nicotina y los empastes.

—En realidad debería matarte —dice Roxy.

—Sí. Deberías hacerlo, de verdad. No te puedes permitir ser blanda, niña.

—No paran de decirme eso. A lo mejor yo he aprendido la lección. He tardado bastante.

En el horizonte se ve un destello en el cielo. Rosa y marrón, aunque es casi medianoche.

—Un poco de buenas noticias —dice ella—. Creo que he conocido a un tío.

—¿Sí?

—Es pronto, y con todo esto es un poco complicado. Pero sí, a lo mejor. Me gusta. Le gusto. —Suelta una carcajada gutural como las de antes—. Lo saqué de un país lleno de mujeres locas que intentaban matarlo, y tengo un búnker bajo tierra, así que es obvio que le gusto.

—¿Nietos? —dice Bernie, esperanzado.

Darrell y Terry no están. Ricky no podrá hacer nada en ese sentido nunca más.

Roxy se encoge de hombros.

—Quién sabe. Alguien tiene que sobrevivir a todo esto, ¿no?

Se le ocurre una idea. Sonríe.

—Imagina que tengo una hija superfuerte.

Se toman otra copa antes de dormir.

Apócrifos excluidos del Libro de Eva

Descubierto en una cueva en Capadocia, *c.* 1.500 años de antigüedad.

La forma de la energía siempre es la misma: es infinita, compleja, se ramifica constantemente. Cuando está viva como un árbol, crece; al mismo tiempo que se contiene a sí misma, es una multitud. Sus destinos son impredecibles; obedece sus propias leyes. Nadie puede observar la bellota y extrapolar cada vena en cada hoja de la copa del roble. Cuanto más de cerca la observa, más variada se vuelve. Por muy compleja que pienses que es, aún lo es más. Como los ríos van al océano, como el relámpago, es obsceno y nada contenido.

Un ser humano no se hace por nuestra voluntad, sino por ese mismo proceso orgánico, inconcebible, impredecible e incontrolable que impulsa las hojas que se abren en temporada y las diminutas ramas que brotan y las raíces que se extienden en complicaciones enmarañadas.

Ni siquiera una piedra es igual que otra.

Nada tiene forma salvo la forma que tiene.

Todos los nombres que nos adjudicamos son incorrectos.

Nuestros sueños son más auténticos que nuestro despertar.

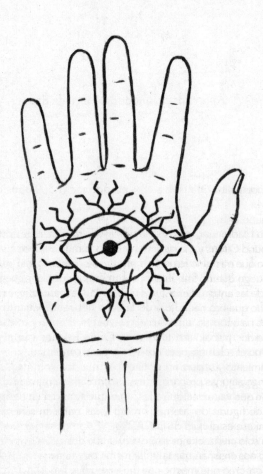

$\mathcal{Q}$uerido Neil:

Bueno, antes que nada tengo que decir que me gusta tu contorsionista Madre Eva. He visto hacer algunas de esas cosas en el Underground Circus y me ha impresionado mucho: una de esas mujeres hizo que mi mano saludara a toda la sala, hasta a Selim le costaba creer luego que no lo hubiera hecho yo. Supongo que hay muchas cosas de las antiguas escrituras que se pueden considerar así. Y entiendo lo que has hecho con Tunde: estoy seguro de que algo parecido les ha ocurrido a miles de hombres durante generaciones. Malentendidos, trabajo anónimo que se considera femenino, hombres que ayudan a sus esposas, hermanas o madres en su trabajo sin reconocimiento y sí, puro robo.

Tengo algunas preguntas. Los soldados hombres al principio del libro. Sé que vas a decirme que en antiguas excavaciones se han encontrado figuras de guerreros masculinos. Pero, en serio, creo que para mí ese es el quid de la cuestión. ¿Estamos seguros de que no fueron solo civilizaciones aisladas? ¿Una o dos entre millones? En el colegio nos enseñan que las mujeres hacían pelear a las mujeres por diversión: creo que muchos de tus lectores lo tendrán en mente en esas escenas donde los hombres son soldados en India o Arabia. ¡O esos hombres batalladores que intentan provocar una guerra! O las bandas de hombres que encierran a mujeres por sexo... ¡algunas hemos tenido esas fantasías! (Puedo confesar, y confieso, que mientras lo pienso... no, no, no puedo confesarlo.) Pero no se trata solo de mí, querido. Me temo que para la mayoría un batallón entero de hombres con uniformes militares y de policía es una especie de fetiche sexual.

Estoy segura de que te enseñaron lo mismo que a mí en el colegio. El Cataclismo ocurrió cuando diferentes facciones del viejo mundo fueron incapaces de llegar a un acuerdo, y sus dirigentes tuvieron la absurda idea de que podían ganar una guerra global. Veo lo que quieres decir. Y mencionas armas nucleares y químicas, y por supuesto se entiende el efecto de las batallas electromagnéticas en sus dispositivos de almacenamiento de datos.

Pero ¿la historia de verdad apoya la idea de que las mujeres no tenían ovillos mucho antes del Cataclismo? Sé que hemos encontrado algunas estatuas de mujeres sin ovillo de antes del Cataclismo, pero podría ser solo una licencia artística. Sin duda tiene más sentido que fueran las mujeres quienes provocaron la guerra. Mi instinto me dice —y espero que a ti también— que un mundo gobernado por hombres sería más amable, más cariñoso y enriquecedor. ¿Has pensado en la psicología evolutiva que implica? Los hombres habrían evolucionado hasta ser fuertes trabajadores protectores del hogar, mientras que las mujeres —con niños que proteger— se habrían vuelto agresivas y violentas. Los escasos patriarcados parciales que han existido en la sociedad humana han sido muy pacíficos.

Sé que vas a decirme que el tejido blando no se conserva bien, y que no se pueden buscar pruebas de los ovillos en cadáveres que tienen cinco mil años. ¿Pero eso no debería darte que pensar también? ¿Hay algún problema que resuelva tu interpretación que el modelo estándar de historia mundial deje sin resolver? Es una buena idea, lo reconozco. Y tal vez solo por eso valga la pena, como ejercicio divertido. Pero no sé si ayuda a tu causa hacer una afirmación que no se puede respaldar ni demostrar. Quizá me digas que no es tarea de una obra de historia o ficción servir a la causa. Ahora estoy discutiendo conmigo misma. Espero tu respuesta. Solo quiero poner en cuestión tus ideas antes que lo hagan los críticos.

Con mucho amor,

Naomi

Querida Naomi:

Antes de nada, gracias por tomarte el tiempo y la molestia de leer el manuscrito. Me temía que era prácticamente incoherente, creo que he perdido el sentido que tiene.

Debo decir que... no me merece mucho respeto la psicología evolutiva, por lo menos en lo relativo al género. Si los hombres son por naturaleza más pacíficos y enriquecedores que las mujeres... eso lo decidirá el lector, supongo. Pero piénsalo: ¿los patriarcados son pacíficos porque los hombres son pacíficos? ¿O las sociedades más pacíficas tienden a permitir que los hombres lleguen arriba del todo porque le dan menos valor a la capacidad de violencia? Solo es una pregunta.

Veamos, ¿qué más preguntabas? Ah, los guerreros masculinos. Puedo enviarte imágenes de centenares de estatuas parciales o completas de soldados masculinos, desenterradas en todo el mundo. Y sabemos cuántos movimientos se han dedicado a borrar todo rastro de épocas anteriores, solo los que conocemos suman miles. Encontramos muchas estatuas y tallas destrozadas, y piedras de indicación borradas. Si no las hubieran destruido, imagina cuántas estatuas de soldados masculinos habría. Las podemos interpretar como queramos, pero en realidad está bastante claro que hace aproximadamente cinco mil años había muchos guerreros masculinos. La gente no lo cree porque no encaja con lo que ya creen.

En cuanto a lo de que te parece creíble que los hombres pudieran ser soldados, o tus fantasías sexuales sobre batallones de hombres uniformados... ¡yo no soy responsable de eso, N! Es decir, entiendo lo que dices, algunas personas se lo tomarán solo como porno barato. Siempre es la parte escabrosa inevitable si escribes una escena de violación. Pero seguro que la gente seria verá más allá.

Ah, sí, me preguntas: «¿La historia de verdad respalda la idea de que las mujeres no tenían ovillos mucho antes del Cataclismo?». La respuesta es: sí. Al menos tienes que ignorar un montón enorme de pruebas arqueológicas para creer otra cosa. Eso es lo que intentaba comunicar en mis anteriores libros de historia pero, como sabes, no creo que nadie quiera oírlo.

Sé que probablemente no pretendías sonar paternalista, pero para mí no es solo «una idea divertida». La manera en que pensamos sobre nuestro pasado informa de lo que pensamos que es posible hoy. Si repetimos las mismas frases viejas sobre el pasado, cuando hay pruebas claras de que no todas las civilizaciones tenían las mismas ideas... estamos negando que pueda cambiar algo.

Dios, no lo sé. Ahora que lo he escrito, me siento más inseguro. ¿Hay algo en concreto que hayas leído que te haga sentir insegura sobre este libro? Tal vez podría trabajarlas en otro sitio.

Mucho amor. Y gracias otra vez por leerlo. De verdad te lo agradezco. Cuando el tuyo esté terminado, otra obra maestra, estoy seguro, te debo un ensayo de crítica práctica sobre cada capítulo.

Besos,

Neil

Querido Neil:

Sí, por supuesto que con «divertida» no quería decir «trivial» o estúpida. Espero que sepas que nunca pensaría eso de tu obra. Te tengo mucho respeto. Siempre lo he tenido.

Pero bueno, ya que has preguntado... para mí hay una pregunta obvia. Lo que has escrito contradice tantos libros de historia que leímos todos de niños, y que se basan en relatos tradicionales que se remontan cientos de años atrás, o miles. ¿Tú qué crees que ocurrió? ¿De verdad sugieres que todo el mundo ha mentido a escala monumental sobre el pasado?

Mucho amor,

Naomi

Querida Naomi:

¡Gracias por contestar tan rápido! Bueno, en respuesta a tu pregunta: no creo que haya insinuado que todo el mundo mentía.

Por una parte, claro, no tenemos los manuscritos originales que se remontan a más de mil años. Todos los libros que tenemos de antes del Cataclismo se han copiado cientos de veces. Son muchas ocasiones para introducir errores. Y no solo errores. Todos los copistas tendrían sus propios intereses. Durante más de dos mil años, las únicas personas que copiaban eran monjas en conventos. No creo que sea exagerado sugerir que escogieron las obras que respaldaban su visión y dejaron que el resto enmohecieran hasta convertirse en escamas de pergamino. ¿Por qué iban a copiar obras que dijeran que antes los hombres eran más fuertes y las mujeres débiles? Sería herejía, y serían condenadas por ello.

Ese es el problema con la historia. No se puede ver lo que no está. Puedes observar un espacio vacío y ver que falta algo, pero no hay manera de saber qué era. Yo solo... dibujo en los espacios en blanco. No es un ataque.

Besos,
Neil

Querido Neil:
No creo que sea un ataque. Me cuesta ver a las mujeres retratadas como lo haces a veces en este libro. Hemos hablado mucho de eso. De lo mucho que «ser mujer» está vinculado a la fuerza y a no sentir miedo ni dolor. Agradezco nuestras conversaciones sinceras. Sé que a veces te ha costado entablar relaciones con mujeres: entiendo por qué. Agradezco mucho que hayamos conservado una amistad de lo que tuvimos. Para mí fue muy importante que me escucharas cuando decía cosas que no he sido capaz de decir jamás a Selim o a los niños. La escena de la extracción del ovillo fue muy dura de leer.

Besos,
Naomi

Querida Naomi:
Muchas gracias. Sé que lo intentas. Eres una de las buenas.
De verdad quiero que este libro sea mejor, N. Creo que puede ser mejor. Esto no es «natural» para nosotros, ¿sabes? Algunos de los peores excesos cometidos contra los hombres nunca —por lo menos a mi modo de ver— se perpetraron contra las mujeres antes del Cataclismo. Hace tres o cuatro mil años, se consideraba normal sacrificar a nueve de cada diez niños. Joder, hoy en día sigue habiendo lugares donde se abortan los embarazos de niños de forma rutinaria, o les «frenan» el pito. Eso no les pudo ocurrir a las mujeres antes del Cataclismo. Ya hemos hablado otras veces de

la psicología evolutiva: no habría tenido sentido evolutivo que las culturas abortaran niñas a gran escala o que destrozaran sus órganos reproductivos. Así que no es «natural» para nosotros vivir así. No puedo creerlo. Podemos escoger otra opción.

El mundo es como es ahora gracias a cinco mil años de estructuras de poder arraigadas basadas en épocas más oscuras en que todo era mucho más violento y lo único importante era si tú y las tuyas podían emitir descargas más fuertes. Pero no tenemos por qué actuar así ahora. Podemos pensar e imaginarnos de forma distinta cuando comprendamos en qué se basan nuestras ideas.

El género es un juego de trileros. ¿Qué es un hombre? Todo lo que no sea una mujer. ¿Qué es una mujer? Todo lo que no sea un hombre. Dale un golpe y verás que está hueco. Mira debajo: ahí no está la bolita.

xx
Neil

Querido Neil:
Llevo todo el fin de semana reflexionando. Hay mucho que pensar y comentar, y creo que lo mejor es que quedemos y lo hablemos. Me preocupa escribir algo que puedas interpretar mal, y no quiero. Sé que es un tema sensible para ti. Le pediré a mi asistente si puede escoger unas fechas para que comamos juntos.

Eso no significa que no apoye el libro. Sí lo apoyo. Quiero asegurarme de que llega al público más amplio posible.

Tengo una propuesta. Me has explicado que todo lo que haces está contextualizado por tu género, que es un marco del que es imposible escapar y es absurdo hacerlo. Todos los libros que escribes se consideran «literatura de hombres». Así que lo que sugiero es solo una respuesta a eso, de verdad, nada más. Pero existe una larga tradición de hombres que han encontrado una salida a esa atadura. Estarás bien acompañado.

Neil, sé que tal vez te resulte muy desagradable, ¿pero has pensado en publicar el libro con nombre de mujer?
Besos,
Naomi

Agradecimientos

$\mathcal{M}$uchísimas gracias a Margaret Atwood, que creyó en este libro cuando apenas era un destello, y me lo dijo cuando titubeaba que aún estaba muy vivo, no muerto. Gracias por las reveladoras conversaciones a Karen Joy Fowler y Ursula Le Guin.

Gracias a Jill Morrison de Rolex y a Allegra McIlroy de la BBC por hacer posibles esas conversaciones.

Gracias al Arts Council de Inglaterra y a las iniciativas Rolex Mentor y Protégé Arts, cuyo apoyo económico me ha ayudado a escribir el libro. Gracias a mi editora de Penguin, Mary Mount, y a mi agente, Veronique Baxter. Gracias a mi editora de Little, Brown en Estados Unidos, Asya Muchnick.

Gracias a un buen aquelarre, que salvó este libro un invierno: Samantha Ellis, Francesca Segal y Mathilda Gregory. Y gracias a Rebecca Levene, que sabe cómo hacer que las cosas ocurran en una historia y provocó que ocurrieran algunas cosas emocionantes en esta. Gracias a Claire Berliner y Oliver Meek por ayudar a arrancarlo de nuevo. Gracias a los lectores y comentaristas que me dieron ánimos y confianza: sobre todo Gillian Stern, Bim Adewunmi, Andrea Phillips y Sarah Perry.

Gracias por las charlas de masculinidad a Bill Thompson, Ekow Eshun, Mark Brown, Dr. Benjamin Ellis, Alex Macmillan, Marsh Davies. Gracias por las primeras conversaciones a Seb Emina y Adrian Hon, que conoce el futuro como yo antes conocía a Dios: es inmanente y brillante.

Gracias a Peter Watts por abrirme camino a través de la biología marina y ayudarme a averiguar dónde poner electroplacas en el cuerpo humano. Y gracias al departamento de ciencia de la BBC, sobre todo a Deborah Cohen, Al Mansfield y Anna Buckley, por dejarme saciar mi curiosidad sobre la anguila eléctrica más allá de lo que cabría esperar.

Gracias a mis padres, y a Esther y Russell Donoff, Daniella, Benjy y Zara.

Las ilustraciones son de Marsh Davies. Dos de ellas —el «Sirviente» y la «Reina sacerdotisa»— se basan en hallazgos arqueológicos reales de la ciudad antigua de Mohenjo-Daro en el valle del Indo (aunque sin trozos de iPad adheridos, claro). No se sabe mucho de la cultura de Mohenjo-Daro: algunos hallazgos indican que tal vez fuera bastante igualitaria en algunos aspectos interesantes. Sin embargo, pese a la falta de contexto, los arqueólogos que las desenterraron llamaron a la cabeza de esteatita ilustrada en la página 225 «sacerdote rey», y a la figura femenina de bronce de la página 224 «bailarina». Aún se conocen por esos nombres. A veces pienso que el libro entero podría comunicarse solo con ese conjunto de hechos e ilustraciones.

Naomi Alderman

Ha sido amadrinada por Margaret Atwood dentro del Programa Rolex Mentor and Protégé Arts Initiative. Su primera novela, *Disobedience*, ha sido traducida a diez idiomas y ganó el Premio Orange en 2006. En el año 2007, Alderman fue destacada por el *Sunday Times* como la mejor escritora joven del año y una de las 25 escritoras del futuro de la librería Waterstones, y escogida en 2013 como una de las mejores novelistas jóvenes por *Granta*. *The Times* ha destacado «su capacidad para el pensamiento original y la brillantez de su escritura». Actualmente, presenta *Science Stories* en la BBC Radio 4 y es profesora de escritura creativa en la Universidad de Bath. Es periodista en *The Observer*, donde tiene una columna sobre tecnología y juegos. También es la cocreadora y escritora del videojuego *Zombies, run!* Vive en Londres.

www.naomialderman.com